ㄷ
향

사랑, 그 설렘에 취하고 향기에 물들다.

향

사랑, 그 설렘에 취하고 향기에 물들다.

낙원의 이방인

낙원의 이방인

반해 장편 소설
DAHYANG ROMANCE STORY

"네가 했던 약속, 그 이상을 기다릴 거야."
버려지지 않는 미련을 잡고, 길고 긴 시간을 돌아온 남자.
두 눈에 그리움을 담고, 그녀의 앞에 서다.

"내가…… 왔어요. 일어나요."

하얀 눈이 흩뿌려지던 그날의 기억만 붙들고 살아온 여자.
아픔을 토해 내고, 그의 앞에 서다.

가슴을 조각내고 끝내 불태워 버리는 지독한 사랑이라 하더라도,
그래도 품어 내며 두 발 딛고 설 수밖에 없는 너와 나의 낙원.
사나운 겨울 폭풍 후에 천천히 다가오는 봄날의 그림자처럼,
언젠가 그 낙원에 서리서리 맺혀 들 따뜻한 바람의 존재를 알기에……

c o n t e n t s

"세 번째 작품, 〈연화(戀花)〉입니다. 응찰가 1억 5천만 원부터 시작합니다."

또렷한 발음, 살짝 낮으면서도 부드러운 색을 가진 서희의 음성이, 까만색의 헤드마이크를 통해 경매장에 울려 퍼졌다. 서희의 옆벽에, 직사각형 모양으로 붙어 있는 전광판에서 일억 오천만 원이라는 숫자가 황금빛으로 반짝거리자, 앉아 있는 사람들의 눈에서도 일제히 불이 켜졌다. 중국 '소더비즈(Sothebys)' 경매에 출품되었다가 거래가 성사되지 못하고 한국으로 건너왔다는 유명 작가의 유작에, 모두 뜨거운 관심들을 보냈다.

40평 남짓 되는 이곳 경매장에서는 서희가 몸담고 있는 '문화옥션'이 주관하는 대규모의 미술품 경매가 열리고 있었다. 동서양의 고(古)미술품과 그림, 그리고 희귀 컬렉션까지 경매의 대상과 종류는 한계가 없었다. 오늘의 '스페셜 이브닝 세일(Special Evening Sale)' 이벤트를 위해서 지난 두 달간 문화옥션의 직원 전체가 매달렸다. 특별히 동해 쪽에 위치해 있는 '엠파이어(Empire) 카지노 리조트'로부터 경매 장소를 제공받아 정, 재계 쪽 유명 인사들이 대거 초청되었다. 오늘 저녁은 그들의 고상하고 우아한 취미에 한껏 부응해 줄 수 있을 것이었다.

여기저기 번호판을 든 손들이 더욱 높은 가격을 부르며, 그들의 화려한 부(富)를 은근히 과시하기 시작했다. 서희의 눈동자가 쉴 새 없이 들어 올리는 번호판들 사이를 빠르게 오고 갔다.

"2억입니다. 더 없으십니까?"

1초. 2초. 가격을 책정하는 마지노선의 순간들이 지나자, 서희는 경매사의 자격으로 최종 낙찰가를 발표했다.

"〈연화〉 2억, 낙찰되었습니다."

'연화'가 물러가고 다음 작품이 단상에 올려졌다. 그 그림을 바라보는 서희의 눈빛이 순간적으로 깊이를 담고 일렁거렸다. 아득히 먼 시절, 그 어느 시간의 기억을 떠올린 눈이 아주 잠깐 아련함을 드러냈다. 곧추선 등허리를 따라 회한이 내달리는 듯하여 그녀는 잠시 단상에 기댔다. 경매에 출품된 작품목록을 보며, 그리고 사전 준비 과정에서 이미 한차례 마음을 다잡은 일이었다. 서희는 뛰고 있는 가슴을 진정시키려 잠시 손을 쥐었다 폈다. 이내 깔끔하고 단정한 경매사의 태도로 돌아간 그녀는, 헤드마이크 위치를 바로잡는 사이 언제 그랬냐는 듯 평소 모습으로 돌아왔다.

"네 번째 작품, 〈낙원의 이방인〉입니다. 서면 응찰가 3억부터……"

들리는 번호판을 확인하려 객석을 주시하던 그녀는 멈칫하며 이내 말끝이 흐려졌다. 고요하고 기계적으로 가라앉아 있던 서희의 안색이 짙은 의구심으로 탈색되었다. 객석의 가장 끄트머리에 있는 좌석. 고급 쌍안경을 통해 그녀가 서 있는 앞쪽을 주시하고 있는 남자를 발견한 까닭이다. 이런 경매장에서 으레 볼 수 있는 광경이었으나, 서희가 남자에게서 눈을 떼지 못한 이유는 따로 있었다. 쌍안경에 가려진 남자의 눈은 초점을 확인할 순 없었으나 서희는 직감적으로 알 수 있었다. 남자가 바라보고 있는 것은 그녀 자신이라는 것을. 그리고…….

"……3억부터…… 시작합니다."

쌍안경 아래로 드러나 있는 코와 인중, 그리고 입술과 턱 선은, 멀리서 보아도 어딘가 기묘하게 낯이 익었다. 검은색 셔츠를 감싸듯 부드럽게 떨어지는 핏의 검은색 슈트. 익숙하게 감겨드는 분위기. 고개를 돌려 전광판을 확인하는 순간에도, 그녀를 따라붙고 있다는 것을 눈치챌 수 있을 정도로, 남자의 시선은 한곳만 향해 있었다.

그녀는 애써 담담한 표정으로 돌아가 응찰가를 제시한 종이로 시선을 내렸다. 서면으로 선(先)응찰을 한 사람의 명단을 확인하기 위해서였다. 그러나 종이에 쓰여 있는 위력적인 세 글자를 확인한 순간, 겨우 진정시킨 가슴이 제멋대로 요동을 쳤다.

최강진.

서희는 번쩍 고개를 들었다. 남자의 눈을 가리고 있던 쌍안경은 이미 사라지고, 그 자리를 대신한 아름다우면서도 강렬한 눈동자가 그녀를 응시하고 있었다. 그였다. 어쩌면 무의식은 이미 예감하고 있었을지도 모른다. 자신을 바라보는 그의 시선이 의미를 읽을 수 없을 만큼 무감하고 건조함에도 경매장 전체를 휘어잡을 정도로 강렬한 그의 분위기에서 그녀는 벗어날 수 없었다. 모든 단서들이 그를 가리키고 있었는데도 왜 진작 알아보지 못했을까.

"……응찰 없으십니까?"

잊고 싶었으니까.

"……낙원의 이방인…… 삼…… 삼억에 낙찰입니다."

잊고 살고 싶었으니까.

서희는 허리 뒤로 손을 감추었다. 땀이 밴 손바닥을 스커트에 정성스레 문지르다 순간 새어 나간 짙은 한숨 소리가 헤드마이크를 통해 장내에 울려 퍼지자 그녀는 곧 마이크를 손으로 덮었다. 의아해하며 서희의 안색을 살피던 문화옥션 감독이 다가와, 다음 작품의 호명을 채근하며 속삭였다.

"서희 씨, 진행 안 하고 뭐 해."

"네. 죄송합니다."

서희는 자꾸만 비집고 올라오는 비통한 마음을 크게 심호흡을 하여 가라앉히고는 마이크를 막아 두었던 손을 떼었다. 여전히 자신을 지배하는 그와의 사이에 놓인 숨 막히는 기류 속에서, 애써 침착하게 다시 진행을 이어 갔다.

"다섯 번째 작품은……."

기억하고 있는 것보다 더, 서희는 아름다웠다. 굳이 쌍안경으로 자세하고 세밀하게 관찰하지 않아도, 부드러우면서도 낮은 음성이, 창백하도록 하얀 얼굴이, 가냘파서 더 매혹적인 어깨와 허리선이, 모두 다 그를 십 년 전으로 고스란히 데려다 주고 있었다.

십 년. 오래도 걸렸다. 돌아오기까지. 누군가에겐 생의 커다란 의미로 자리할 수도 있을 시간, 또 누군가에겐 그저 살아가는 것뿐 무의미할 수도 있을 시간. 강진에게 십 년은 그저 이곳으로 돌아오기 위한 과도기에 불과했다. 시냇물의 이쪽에서 저쪽으로 건너가기 위해 놓은 징검다리랄까. 때론 냇물에 풍덩 빠지기도 했고, 때론 바짓단을 더욱 바짝 끌어 올려 돌다리도 두들겨 보며 걷는 조심성을 학습하고 체득하기도 했다. 무수히 많은 시행착오 속에서도 늘 시선은 한곳만 보았다. 시냇물 건너 저쪽. 그래서 징검다리를 다 건너온 지금, 그는 다시 제 앞에 드리워진 길을 가려 하고 있었다.

서면에서 자신의 이름을 확인했을 그녀와 시선이 마주쳤을 때, 강진의 눈은 짧게 메시지를 보내었다.

말해.
나를 잊지 않고 있다고.
그래서 알아보았냐고, 말해. 유서희.

더듬거리는 서희의 언어들 속에, 마이크를 통해 올리는 그녀의 한숨 소리에, 강진은 대답을 다 들은 듯했다. 그가 서면으로 3억에 응찰했던 유화 〈낙원의 이방인〉이 보조감독에 의해 옮겨지는 것을 가만히 지켜보았다. 그 후로 서희는 두 번 다시 그에게 시선을 주지 않았지만, 그녀에게 박혀 든 그의 눈길은 오랫동안 거두어지지 않고 있었다.

그의 낙원은 지금부터 다시 펼쳐질 것이었다.

1
Black, 징후

　망각의 정도는 시간에 비례한다는 어떤 책 속의 글귀가 아니어
도, 경매를 끝낸 서희는 충분히 평상시로 돌아가 마음의 안정을
찾을 수 있었다. 오늘 경매의 성공적인 축하를 위해 뒤풀이 자리
를 가진다면, 생각 같아선 다른 이들 앞에서 즐겁게 웃으며 춤까
지 출 수도 있을 것 같았다. 기억 따위, 그리고 그 때의 일과 감정
들 따위. 지금의 현실에서는 그 무엇에도 힘을 발휘하지 못할 한
낱 꿈일 뿐이었다. 제 인생에서 유일하게 도려내고 싶었던 순간들
속에, 그가 존재했다. 아팠기에 더욱 떠올리기 힘든 기억 속에 존
재하는 그. 어쩌면 그도 그녀를 잊고 살았을지도 모른다. 오늘의
우연은, 말 그대로 우연일 뿐. 그렇게 생각을 정리하니 경매장에서
의, 짧지만 불꽃같았던 그 순간들 또한 잠시 꾸었던 꿈처럼 별거
아닌 듯 여겨졌다.

"하…… 답지 않게 감상에 빠졌어, 내가."

긴장할 때마다 물을 마시는 습관이 든 서희는, 물 잔을 내려놓고 두 팔로 가슴을 감싸 안으며 한숨을 지었다.

이제 경매장 뒷정리를 끝냈을 스텝들이 하나둘씩, 이곳 대회의실로 모여들 시간이었다. 이토록 감상에 빠져 허우적거릴 시간에 그들과 머리를 맞대고 경매 액수의 정확한 통계라도 내보는 것이 훨씬 심리 안정에 도움이 될 것이었다. 서희는 고개를 들어 커다란 전면 통유리창을 내다보았다. 창밖으로 바라본 밤하늘은 유난히 높고 새카맸다. 낮 동안의 파란 하늘도 절로 시선이 갈 만큼 감탄스러웠지만, 지금 보니 밤하늘의 정경에 비할 바가 아니었다. 동해가 가까이 있어서인지 무수히 많은 별들이 포말처럼 부서지며 쏟아져 내린다. 이곳 카지노 리조트에 온 지 이제 겨우 반나절인데도 저 하늘에 벌써 익숙해진 것 같았다.

'낙원에는 이방인이 필요 없어. 그 자체로 아름답거든.'

갑자기 환청이 고막을 찌르며 상습적으로 찾아오는 두통이 다시 시작되었다. 그의 등장으로 아무래도 생체 리듬이 깨져 버린 듯했다.

"헤이. 서희 씨!"

스텝 김민석 실장이었다. 서희는 평소의 야무진 모습으로 아무 일도 없는 듯 그를 맞이했다.

"김 실장님. 정리 다 끝나셨어요?"

"물론."

그는 문화옥션의 기획실장으로 경매 분야에서 잔뼈가 굵은 사람이었다. 40세라는 나이답게 연륜이 담긴 얼굴은 어느새 새카만 후배를 경외에 찬 시선으로 보고 있었다. 커피를 목으로 넘긴 후 환하게 웃는 표정이, 아무래도 오늘 경매가 성공적이었다는 것을 말하는 것 같아, 서희도 따라서 웃었다.

"오늘 대단하던데? 아직 정확하게 통계가 나온 건 아니지만 짐작에 38억 6천만 원 정도? 낙찰률도 굉장해. 70% 넘겠어. 이제 다섯 번째 경매인데 이러다 서희 씨가 우리 문화옥션 대표 경매사로 자리 잡는 거 아냐?"

"빨리 그러고 싶은데요? 서 선배한텐 죄송하지만요."

문화옥션의 대표 경매사인 서윤희를 염두에 둔 발언이다. 지금껏 35회의 경매를 치러 낸 발군의 프로. 물론 서희가 따라가려면 아직 멀고 먼 길이겠지만, 목표와 야망은 무조건 크게 잡는 거라고…… 그가, 말했었다. 그가. 서희는 또다시 시선을 떨어뜨렸다. 쓸데없는 것까지 기억해 내는 이 부질없음이 어이가 없어졌다.

"어렸을 때 미술 쪽으론 생각도 안 해 봤다던 사람이 어떻게 미술시학 공부를 시작했던 거야?"

김 실장의 질문에는 진심으로 궁금해하는 호기심이 담겨 있었지만 서희는 입을 다물었다. 그 대답조차도 그를 떠올리게 만들 것임이 분명하므로. 사실 작년에 입사 당시 면접 때에도 이 질문만큼은 대답을 하지 않았다. 자신의 삶에 더 이상 그를 개입시킬 수가 없었다.

낙원의
아방인 15

"마땅히 하고 싶은 게 없었거든요. 그땐. 우연히 그림을 보게 되었고, 할 게 없으니 그럼 이거라도. 했던 거죠."

진심을 숨기고 나간 대답에, 김 실장은 그녀의 어깨를 툭 치는 것으로 알았다는 반응을 보였다.

"역시 자긴 시크해. 보통은, 전공이 아닌데도 이렇게 잘나가고 있으니 얼마나 대단하냐고 목에 힘 빡 주는데."

"모르시는구나. 실장님. 저 이거 굉장히 으스대는 건데."

"하하하. 유서희 표 오만함인가? 어쨌든, 오늘 수고했어."

"실장님두요."

"곧 뒤풀이가 있을 거야. 지하 2층에 있는 클럽인데 지금 바로 내려가면 돼. 리조트 측에서 장소를 무려 공짜로 제공해 줬어. 끝내 주는 서포트야. 이 밤의 끝을 잡고 요란스럽게 한번 놀아 보자구."

그러곤 다 마신 종이컵을 조준하여, 구석진 곳에 있는 휴지통에 툭, 던진다. 그 모습을 지켜보던 서희의 안색이 얼마쯤 굳어졌다. 그도 여전히 그럴까. 다 마신 빈 종이컵을 휴지통에 정조준하여 툭, 내던지던 습관. 강진에 관한 자질구레한 기억들이 의식 속으로 재차 침입하자 서희는 기억을 털어 내려 고개를 젓다 기습적으로 전해지는 핸드폰 진동에 소스라치게 놀랐다.

핸드폰을 꺼낸 서희는 액정 위를 흐르고 있는 이름에 얼마쯤 가슴을 다독이며 통화 버튼을 눌렀다.

"어. 오빠."

서희가 통화를 시작하자, 김 실장은 눈치껏 빠져 주었다. 다 끝나면 클럽으로 내려오라는 손짓도 잊지 않았다. 그에게 고개를 끄덕여 보이며 서희는 다시금 창밖으로 몸을 돌렸다.

—오늘 경매는 잘 끝났어?

"물론입죠. 내가 누구야?"

—이제 겨우 다섯 번째면서 너무 으스대는 거 아니니? 그러다 한 방에 훅 간다구.

"나 훅 가도 오빠한테 먹여 살려 달라고 애원 안 할 테니까 염려 놓으라구요."

잡념에서 벗어날 수 있도록 일부러 더 환한 음성을 만들었다. 입가에 미소까지 머금으며 서희가 대답하자, 핸드폰 너머에선 주저하는 음성이 들려왔다.

—애원해도 되는데…… 그래, 열흘 후에 오는 거지?

"응. 그럴 것 같은데. 여기 공기가 좋아서 다행이지, 아니면 숨막힐 것 같아. 이리저리 둘러봐도 온통 산이거든."

—산이면 가슴이 더 뻥 뚫려야 하는 거 아냐? 산에 대한 예의가 없네.

"그런가? 근데 난, 여기가 답답해."

한참 동안 민우에게선 대답이 없었다. 물론 통화를 하다 보면 잠깐씩 대화가 끊길 때가 있지만, 워낙 여자 빰 올려다 붙일 정도로 수다가 많고 또 상내빙과의 적막감을 견디지 못하는 성향의 민우라, 서희는 새삼 이 침묵의 시간이 의아하게 여겨졌다.

"오빠? 듣고 있어?"

확인하듯 묻자, 민우에게서 급기야 참을성이 바닥이 난 듯한 한숨이 터졌다.

―에이. 입이 근질거려서 못 참겠다. 서희야. 오빠 입 무지 싼 거 알지? 좀 더 뜸 들이려고 했는데. 나 사실은 리조트 앞에 와 있다?

"뭐?"

서희는 민우의 의외의 대답에 밤하늘로부터 시선을 떼어 냈다. 그게 전부가 아니었다. 민우는 서희를 불러낼 그럴싸한 미끼까지 들이대었다.

―너 좋아하는 김밥도 싸 왔어.

서울에서 이곳까지 오려면 적어도 서너 시간은 족히 소요될 텐데, 민우는 정말로 왔다. 그것도 폐기 직전의 중고차를 타고 겨우. 이 시간이면 가게가 한창 막바지에 이르러 정리하느라 바쁠 텐데 대체 왜, 무슨 생각으로 온 것일까. 민우와 만나기로 한 장소로 거의 뛰다시피 하며 나간 서희는, 본관 건물 앞, 리조트 전용 2차선 도로 가 벤치에 앉아 있는 민우를 발견하곤 멈칫했다. 어제 아침에 보고 지금 처음 보는 거니, 족히 만 이틀이 지났는데, 어제까지만 해도 없던 그림자를 민우의 얼굴에서 발견한 까닭이었다. 김밥이 들었을 통을 흔들어 보이며 웃고는 있지만, 분명 뭔가 일이 생긴 것이다. 서희는 굳은 얼굴로, 걸음을 느리게 끌며 그에게 다가갔다.

"오빠!"

사람들보다도 차가 더 자주 보이는, 이곳 건물 앞 도로 가에는 은은한 주황빛을 뿜는 가로등이 곳곳에 서 있었다. 봄을 맞이하는 3월 초의 꽃샘추위가 절정인 날들이어서 제법 옷깃을 여미게 하는 날씨였다. 민우의 얼굴로 그 조명이 환하게 흩뿌려져 있었고, 곧 서희가 그 범주 안에 함께 했다.

"무슨 일 있어?"

다가간 서희는 김밥통을 받아 들고 민우에게 물었다. 십 년을 한 지붕 아래에서 살았다. 아니, 알고 지낸 것은 훨씬 더 오래되었다. 민우의 얼굴에 드리워진 어두운 그림자를 눈치채지 못할 서희가 아니었다. 민우는 그런 서희의 눈빛에 입을 다물었다. 갑자기 들이닥친, 복잡하고 어지러워진 심사에 오늘은 가게 문을 닫은 상태였다. 털어놓을 곳도, 사람도, 마땅하지 않아 생각 끝에 서희에게 달려온 것이다. 마음 더 쓰일까 차마 아버지 앞에서 계속 기운 빠져 있을 수도 없는 노릇이었고, 해서 그에게 있어 유일하게 진심을 전하고 알려 줄 수 있는 대상에게 무작정 온 것이었다.

"사실은, 내가 한 방에 훅 가게 생겼어. 서희야."

서희와 함께 벤치에 앉은 민우는 아주 잠깐 머뭇거리다 이내 사실을 털어놓았다.

"집이랑 가게를 내어놔야 할 것 같아."

"갑자기 그게 무슨……."

"집주인 할머니께서 다른 사람한테 모두 넘길 생각이시래. 시가보다 두 배나 더 쳐 준다고 했단다. 그 터에 뭐 다른 걸 짓는다나 뭐라나. 우리야 뭐 몇 달째 월세도 제대로 못 냈으니 할 말 없는 거고."

서희의 어깨가 두 치 정도는 축 아래로 늘어졌다. 아주 오래전, 강진의 집을 떠나 민우와 한 지붕 아래에 살면서부터 지금까지,

제게 있어 보금자리라 불릴 수 있는 곳이었다. 상처로 가득해 있는 그녀에게 따뜻한 피를 수혈해 준 민우의 가족. 서희의 안색이 급격히 어두워졌다.

"아버지한테 제일 면목이 없더라. 후우……."

평소답지 않게 짙은 한숨을 내쉰 후 하늘을 바라보는 그의 옆얼굴을 서희는 안쓰럽게 쳐다보았다. 작년부터 가게가 잘 되지 않고 있다는 것을 어렴풋이 짐작하고 있었다. 아주머니는 진즉 돌아가셨고, 다니던 공장에서 사고가 나 한쪽 팔을 쓰지 못한 지 오래된 기수 아저씨 역시, 살려고 바득바득 노력하는 아들에게 아무런 힘이 되어 주지 못해 늘 미안해하고 계시다는 사실도. 대학에 진학하면서 홀로 독립하려던 마음을 접고, 민우의 집에 셋방을 얻어서 살게 된 것도, 이들 부자에게 조그만 힘이라도 되어 주고픈 마음에서였다. 과거, 그녀의 부모님과 둘도 없는 형제지간처럼 지내 온 분들이었고, 어려운 순간마다 작은 도움을 주고받으며 살아온 사람들이라, 마음에 진 빚을 갚고 싶었던 것이다. 서희는 한숨을 쉬었다.

"서희 너한테도 집주인이 곧 연락할 거야."

"있는 사람들이란. 그래, 아저씨는 뭐라셔?"

"그냥 내가 하자는 대로 따르시겠대. 우선은 주인 할머니께 말미를 좀 달라고 부탁을 드려 봐야지. 그 후에 단칸짜리 전세방이라도 구하고, 나는 포장마차라도 시작해야 하나 생각 중이야. 해온 게 그런 거잖냐. 문제는……."

말을 끊은 민우가 서희를 물끄러미 바라보았다. 문제는 그녀의 거처라는 뜻이겠지. 가끔 민우의 이런 쓸데없는 배려와 인정이 서희는 못내 답답했다.

"내가 왜 문제가 되는데? 오빠도 참 대책 없다. 상황이 이런데 내 생각까지 해 줄 여유가 돼? 내 걱정은 하지 마. 원룸을 구하든, 작은 월세 방을 구하든, 내가 알아서 해. 오빠는 오빠 앞날이나 얼른 고민하시라구요."

서희의 말에 민우는 힘없이 고개를 떨어뜨렸다. 오래전부터 마음에 담고 있는 그녀를 위해 아무것도 할 수 있는 일이 없다는 게 남자의 자존심을 건드린 것이었다. 가게가 잘 되고 주머니에 돈이 좀 쌓이면, 프러포즈라도 할 참이었는데. 아직은 그를 오빠로만 여기고 있는 서희에게, 당당하게 남자답게 다가갈 생각이었는데.

"너 없었으면 우리 집 살림 엉망이었을 거야. 아버지랑 나, 둘이선 절대 못 꾸렸어. 정말 고마워하고 있어, 서희야."

"그래. 알았어. 그렇다고 치자."

서희는 살짝 웃었다. 그리고 까칠하여 주름이 잡힌 민우의 손을 제게로 끌어와 따뜻하게 잡아 주었다. 남들은 절대 이해하지 못할 그들 세 사람의 한 지붕 아래 동거는 순수했고, 서로 편안했으며, 무엇보다 아버지와 그리고 남매 같은 가족으로 이루어진 완전체의 느낌이었다. 작은 위로일 뿐일지라도 서희는 오랜 시간을 함께해 온 민우를 위해 계속하여 손을 어루만져 주었다.

그러다 한숨과 함께 도로로 얼핏 돌려진 그녀의 시선이 순간적으로 커다란 일렁거림으로 움직였다. 서희는 저도 모르게, 말 그대로 정말 무의식적으로, 어루만지고 있던 민우의 손을 놔 버렸다.

바로 앞, 도로를 천천히 서행하며 지나고 있는 고급 승용차의 운전석에서, 경매장 이후 다시 그를 보았기 때문이다. 마치 자신의 존재감을 알려 오듯 실내등을 환하게 켠 채로, 그는 서희와 민우를 뚫을 듯 응시하고 있었다. '너희들, 거기서 뭐 하는 거냐.' 라고 묻는 듯한 색채의 표정이 온몸으로 느껴졌다.

서희의 몸이 경직되어 굳어졌다. 동시에 표현할 수 없는 감정들이 북받치며 그녀의 가슴을 치고 지나갔다. 아마도 회한 같은 것일 게다. 옆에서 민우가 '왜 그래, 서희야?' 라고 물어왔으나, 그녀의 시선은 그의 차가 떠난 빈 공간에 멍하니 머물러 있었다. 망각의 정도는 시간에 비례한다는 말은 아무래도 틀린 것 같았다. 십년이 흘렀는데도 아직도 이렇게 가슴이 뛰는데. 자그마치 십 년이 흘렀는데도 말이다.

주차장에 차를 세우고 내린 강진은 키를 주머니에 넣은 후 입구 쪽을 응시했다. 저 입구 바깥에서 조금만 더 걸어가면 두 사람이 앉아 있는 벤치를 볼 수 있다. 지금까지 서희가 녀석과 같은 집에서 세를 얻어 살고 있었다는 것 정도는, 그리고 그 속에는 남자와 여자로서 가지는 특별한 의미는 없다는 것 정도는, 강 실장을 통해 이미 전해 들은 상태였다.

그의 눈매에 일순 번뜩이며 날이 섰지만, 그 빛은 이내 조소가 깃든 쓴웃음으로 변색되었다. 십 년 동안, 그 어떤 상황에도, 절대 반응하지 않고 흔들리지 않게, 심장을 더욱 차갑게 얼리는 훈련을 했다. 냉정하고 딱딱하게. 무엇보다, 두 번 다시 절망감 따위에 굴복하지 않게. 이 가슴을 길들이고 또 길들일 것이다. 그래서 두 사람이 함께 있는 모습을 본 순간, 화르르 일기 시작한 마음속 불꽃을 인내심으로 기꺼이 다스려 낼 수가 있었다. 하지만 두 번은 안 돼. 강진은 저 바깥의 서희에게 주문하듯 얼굴을 굳혔다.

입구에 두었던 시선을 거두고 엘리베이터 쪽으로 발길을 옮겼다. 큰 키에서 우러나는 큰 걸음이 따각따각, 구둣발 소리를 내며 주차장 전체를 울렸다. 그가 걸어갈 때마다 단단한 다리를 감싼 바지가 미끈하게 딸려 가며 유려한 실루엣을 자아냈다.

지하 2층에 있는 클럽 NII에 들어선 강진은, 잠깐 멈춰 서서 내부를 훑었다. 홀은 카지노를 하다 잠깐 휴식을 취하기 위해 몰려든 사람들로 북적거렸다. 인디밴드의 재즈풍 음색의 보컬도 시끌벅적한 분위기에 한 몫 단단히 하고 있었다. 시명과 여경이 함께 앉아 있는 테이블을 어렵지 않게 찾을 수 있었던 그는, 미로처럼 나 있는 테이블 사이사이의 통로를 따라 걸었다. 천정에서 나뭇가지처럼 뻗어 내린 파란색의 조명등이 각 테이블마다 음산하게 드리워져 있었다. 그 구불구불한 조명등의 가지들이 마치 복잡하게 얽혀 든 제 심사를 들여다보는 것 같아서, 강진은 잠시 묽은 호흡을 토해 냈다.

"여어. 내 남자, 왔어?"

소파에 거의 눕다시피 한 채로, 천정을 올려다보고 있던 시명이

제 시야로 강진의 얼굴이 들이치자 입꼬리를 스윽 말아 올리며 반갑게 맞이했다. 아버지의 대를 이어서, 얼마 전 이곳 엠파이어 카지노 리조트의 대표 이사가 된 시명은, 강진과는 대학 동창이었다. 그 옆에 앉아 있는 여경 역시나 같은 대학의 친구로, 현재 집권 여당의 실세인 정운오 의원의 큰 딸이자 방송국의 교양작가였다.

십 년 만에 돌아온 강진을 위해 어렵게 시간을 내었지만, 하필 회포의 장소가 이 먼 곳이라 불만이 가득했다. 시명은 몰라도 여경 쪽은 항상 시간과 전쟁을 벌인다는 방송국 사람이니 말이다. 시명은 테이블에 팔꿈치를 올려 턱을 괴고 장난스러운 눈을 빛냈다. 그러곤 제 옆에 앉은 강진의 얼굴을 세심하게 훑어 내렸다.

"어제 입국했는데도 뭐 그리 급해서 오늘 바로 날아왔냐. 역시나 때문인 거지?"

같은 남자로서, 이지적이면서도 섹시한 분위기가 흘러넘치는 강진을 늘 동경해 온 시명이었다. 이런 농담조차 그를 향한 경외감으로 구분 지을 수 있을 만큼, 오래된 시명의 습관이었다.

"재작년에 뉴욕 갔을 때 보고 처음 보는 건데도, 너의 아름다움은 변하지 않았다는 걸 알겠구나. 참 신기한 비주얼일세."

"미친 녀석."

건들거리는 시명을 향해 짧게 욕설을 내뱉은 강진은, 손가락을 튕겨 지나가는 직원을 불러 세웠다.

"예. 손님."

인사하던 직원은 시명의 얼굴을 확인하곤 더욱 공손한 자세가 되어, 강진에게 귀를 기울였다.

"위스키 한 잔."

고개를 끄덕인 직원이 자리에서 물러나자, 그는 소파 깊숙이 나른하게 몸을 묻고 기다란 다리를 꼬았다. 그리고 홀을 지나 건너편에 있는 긴 테이블 쪽으로 시선을 돌렸다. 경매장에서도 보았던, 문화옥션의 직원들로 추정되는 스텝들이 모두 모여 저들끼리 건배를 외치고 있었다. 조금 있으면 저 자리에 서희가 들어설 것이다. 강진은 무감한 얼굴로 물 잔을 들었다.

"강진이 너, 시명이 말로는, 이번 경매 이벤트에 네가 문화옥션을 추천했다던데 이유가 뭐야?"

"에헤이. 여경이 네가 무슨 저 녀석 마누라라도 되냐? 질문 뉘앙스가 왜 그렇게 도전적이냐?"

여경이 의문에 찬 얼굴로 묻자, 시명은 옆에서 깐죽거렸다. 그러곤 강진을 슬쩍 돌아보며 그의 눈치를 살핀다. 십 년 동안 강진과 시명이 어떤 식으로 교류를 해 왔는지 알 리가 없는 여경은 곧 죽어도 궁금증은 풀어야겠다는 표정이었다. 사람이 살고 죽는 문제를 포함한 세상사 모든 일들에 무관심이거나 내지는 무신경인 그였다. 함께 대학을 다닐 때에도 할 게 없으니 공부라도 한다는, 주의였다. 무엇보다, 절대 타인에게 간섭 따위, 하지 않는다. 그러니 시명의 사업에 강진이 끼어들었다는 사실 자체가 여경에겐 하나의 사건인 셈이었다.

"바른대로 불어. 무슨 꿍꿍이인 건데?"

여경은 강진에게서 대답을 들어야겠다는 확고한 표정이었다. 강진은 의미를 파악하기 힘든 미소로 그런 여경의 얼굴을 잠시 응시하다, 그녀의 어깨 너머로 서희가 클럽 입구에 들어서고 있는 모습을 눈으로 쫓았다. 서희는 잠시 내부를 두리번거리더니 제 동료들이 모여 앉은 곳으로 곧 걸음을 옮겼다. 하얀 블라우스를 감싼 검은색의 재킷과 그 아래로 타이트한 검은색 스커트. 경매장에서 본 그대로 우아하고 단정한 차림이었으나 푸른 조명 탓인가, 서희의 모습은 다른 누구보다 유혹적이었다.

직원이 내온 위스키 잔을 바로 받아 든 강진은 서희가 하는 양하나하나를 관찰하고 또 관찰했다. 회한의 눈빛. 그것을 넘어서는 간절한 그리움이 잔 속에 가득 담겼다.

"보고 싶었던 것을 제대로 보려고."

혼잣말 같은 중얼거림.

"함께하고 싶은 마음을, 제대로 전하려고."

서희를 향한 독백 같은 중얼거림.

"오늘 네가 구입한 그 그림 때문인 거야?"

강진의 말뜻을 헤아리지 못한 여경이 눈동자를 굴리며 전혀 다른 쪽으로 추측하자, 시명이 또다시 간섭한다.

"몰라도 되는 일들은 모른 채로 두는 게 좋아. 그렇지, 강진아?"

찡긋 윙크를 해 보이는 시명의 신호를 무시하며 강진은 잔을 들었다.

"지나친 추측들은 사양."

미소를 머금은 강진의 입가가 곧 위스키 잔에 의해 감추어졌다. 여경은 입술을 잘근잘근 깨물었다. 예전이나 지금이나 도무지 속내를 읽을 수 없는 남자였다. 최강진이라는 사람은. 마음에 담아 두다가도 지나치게 과묵한 그의 성정이 답답하여 밀어내기를 몇 번. 지쳤을 법도 하지만 그는 여전히, 여경에게는 매력적이었다. 여경은 의도적으로 강진을 도발하며 그에겐 전혀 먹히지 않을 제안을 했다.

"최강진. 이따 밤에 내 룸으로 올래? 와인 한잔 더 하자."

서희에게서 여경으로 잠시, 강진의 시선이 돌려졌다. 그들이 함께 어울려 다니게 되었던 스무 살 때부터, 여경이 제게 이따금씩 보내왔던 유혹의 분위기들을 모르지 않았다. 그가 냉정하게 거절을 해도 친구라는 이름으로 '농담이었어.' 라고 웃으며 넘어가 버리던 그녀.

"너하곤 안 자."

강진은 여경의 속내를 간파한 얼굴로 짧게 대답하곤 다시 서희를 응시했다. 입가에 고이는 위스키의 강렬한 맛이 입안뿐 아니라 몸속으로 저릿하게 흘러들었다.

"너희 둘은 어째 만날 때마다 불꽃이 튀냐. 변한 게 없네. 재미없다. 나만 빼놓고."

시명의 놀림조에 신경을 쓸 여유가 없었다. 북적거리는 사람들 사이로, 서희와 시선이 무너진 때문이었다. 창백하게 얼어붙은 얼굴로 그녀는 곧 고개를 돌렸지만, 그때부터 서희의 모든 신경이 자신에게로 향하고 있다는 것을 강진은 잘 알고 있었다. 목에 걸려 있던 위스키를 넘겼다. 서희의 타액을 삼키던 그 순간처럼, 몸에 전율이 찾아왔다. 서희가 자리에서 일어나 클럽을 나가는 것을 확인한 그는, 잠시 숨을 내쉰 후 곧 소파에서 몸을 일으켰다.

"왜 갑자기 돌아온 걸까. 김시명. 너 뭐 짐작되는 거 없어?"

강진이 나가고 있는 입구를 잠시 응시하던 여경이 입을 열자, 시명은 와인이 든 잔을 빙글빙글 돌리며 생각에 잠겼다.

"저 녀석 속을 누가 감히 알 수 있겠어. 다만, 무슨 꿍꿍이가 있는 건 확실한 것 같네."

"문제 일으킬 성격은 아닌데. 범생이 타입은 아니어도 사고뭉치 스타일도 아니니까. 미국에서도 죽자고 공부만 했다잖아."

여경의 착각을 바로잡아 줄 필요는 없어 보였다. 강진은 미국에서 '공부만' 한 게 아니라 '공부도' 했던 것이지만 그런 구차한 설명까진 덧붙이지 않아도 되리라.

"그런 것보다는……."

시명은 잔을 입에 물며, 강진이 나간 쪽을 바라보았다.

"왠지 불안해 보여. 저 녀석."

위태로워 보이면서도 늘 궤도에서 이탈하지 않는 친구였다. 주변머리가 생길 때쯤, 모친이 누구인지 어디에 있는지, 심지어 생사조차 불분명하다는 것을 알게 되었다고 했다. 일명 조폭 출신으로 지금은 사업가로 이름을 날리고 있는 그의 부친은 항상 외국이나 지방에 나가 계셨기 때문에 강진은 그 넓은 저택에서도 늘 혼자였다. 죽을 만큼 외로웠을 텐데도 지독하다 싶을 정도로 내색 한 번 하지 않았던, 과묵함. 어느 순간, 미국으로 떠나게 됐다며 시명에게 몇 가지 일을 당부했을 때에도 흐트러짐 하나 없었다. 물론 그

당부에는 유서희의 일도 포함이 되어 있었다.

"여경아. 대시하려면 확실하게 해라. 저 녀석 그런 말로는 꿈쩍도 안 해. 그만큼 겪고도 모르냐."

시명은 오랫동안 강진의 주변만 맴돌고 있는 여경을 향해 충고 한마디 쏘았다. 위태로워 보이는 저 녀석에겐, 여전히 유서희보다는 여경이 아무래도 안정적인 상대일 것 같다는 생각에서였다. 시명의 속내를 전혀 알 리가 없는 여경은 그저 쓴웃음만 지을 뿐이었다. 그래서 날더러 어쩌라고. 몇 년을 해도 안 되는 일을, 날더러 어쩌라고.

여자 화장실의 파우더 룸으로 들어간 서희는 복도의 정수기에서 챙긴 물 잔을 들고 앉았다.

"후우……."

민우를 보내고 클럽에 오기 전에, 약국에 들러 샀던 아스피린 한 알을 꺼내어 물과 함께 삼킨 후 벽에 머리를 기대었다. 두통이 사라지려면 좀 더 있어야 했다.

클럽에서 또다시 강진을 본 것이 과연 우연일까? 그도 잊고 살았을지도 모른다는 추측은 확실하게 사실이 아닌 것 같았다. 제게 보내오는 시선 속에, 강진은 너무도 많은 말들을 하고 있었다. 끓어오르는 눈빛이 그와의 사이에 놓인 거리를 모두 집어삼킬 것처럼 가깝게만 느껴졌다. 모든 신경이 그를 향하고 있다는 게 견딜 수 없어 양해를 구하고 클럽을 잠시 나왔던 것이다.

"저기요. 뒤에 줄이 길거든요?"

상념에 젖어 있는 서희의 귓전으로 기다림에 지친 음성 하나가 파고들었다. 파우더 룸의 커튼 아래로 화려한 구두가 보였다. 휴식을 위해 나온 여자들이 화장을 고치기 위해 줄을 서 있는 것이리라. 조용히 쉴 만한 곳이 또 어디에 있더라. 서희는 무거운 몸을 일으켰다.

"네. 나갑니다."

화장실을 나온 서희는 주변을 살폈다. 아무래도 조용한 곳에 앉아 잠시라도 쉬어야 할 것 같았다. 아직 스텝 개인별 룸을 정하지 않았기 때문에 룸으로 올라가는 것은 불가능했고, 그나마 클럽 입구 앞에 있는 로비에도 사람들로 들끓고 있는 것이 보여 낙담했다. 이래서야 휴식은커녕 제대로 돌아다니지도 못할 것 같아서, 서희는 하는 수 없이 클럽 안으로 다시 들어가야겠다고 마음먹었다. 화장실과 클럽까지 이어져 있는 복도를 걷는데, 화장실과는 사뭇 다른 문짝이 조금 열려 있는, 정체불명의 장소를 발견했다. 주변의 눈치를 살피며 그쪽으로 느릿느릿 걸음을 옮겨 문을 살짝 열어 보았다.

그곳은 클럽 직원들의 탈의실 같기도 했고, 각종 집기들을 보관해 두는 창고 같기도 했다. 어떤 곳이든 상관없었다. 조금이라도 앉아서 조용히 쉴 수만 있다면.

바닥 전체가 나무 재질이어서 조심스럽게 걸었는데도 빠직빠직 소음이 엄청났다. 불을 켜지 않아 사위는 온통 어둠뿐이었지만 그것마저도 서희에겐 다행스러웠다. 서너 군데 커튼이 쳐진, 아주 협소한 탈의실 같은 공간들이 있어, 그중 한 곳으로 들어갔다. 구석에 있는 의자에 앉으니, 그제야 심신에 가득 담겨 있던 피로들이 한층 가라앉는 것 같았다. 생각이 휴식을 방해하지 않도록, 최대한 머리를 비워 내려 애를 썼다. 어느 순간, 서희는 눈을 크게 뜨고 의자에서 벌떡 일어났다. 또각또각, 나무 바닥을 가로질러 오는 구 둣발 소리를 들은 때문이었다. 그리고 치익, 하고 확 거두어진 커튼 뒤로, 강진이 나타났다. 어둠 속에서도 그의 실루엣은 확실한 영상으로 그녀의 동공을 가득 메웠다. 서희의 숨이 완전하게 멎어 버렸다.

"이런 곳은 휴식엔 어울리지 않지."

서희가 휴식을 위해 공간을 찾아다닌 것을 모두 알고 있기라도 하듯, 그는 여유롭게 다가와 그녀의 앞에 섰다. 들고 있던 종이컵 을 그녀에게 내민다.

"마셔."

서희는 컵을 받을 생각도 하지 않고 목을 아프도록 꺾은 채로, 바짝 다가와 앞에 서 있는 그를 올려다보았다. 시야를 가두고, 호 흡을 정지시키고 있는 존재의 압도감을 숨 막히도록 느낀 순간이 었다. 그의 검은색 와이셔츠와 검은색의 슈트가 어둠과 근사할 정 도로 잘 어울렸다. 물 잔을 내밀고 있는 그는, 십 년이라는 세월이 무색할 정도로, 서희에게 여전히 익숙했다. 마치 어제 헤어졌다 다 시 만난 사람처럼, 해후의 순간에 그는 무섭도록 침착했다.

"그런 눈으로 볼 거 없어. 나, 맞으니까."

"하!"

강진의 가슴팍을 타고 낮게 울린 저음이 서희의 고막을 유린하였다. 멎었던 숨을 토해 내며 비명 같은 신음을 흘렸지만 말문은 여전히 막혀 있었다. 수 초간, 모든 것들이 암전 상태가 되었고, 서희는 그대로 그를 피하려 몸을 움직였다.

'여기가 좋겠는데?'

'하아……. 자기야, 어서.'

그러나 그 순간, 남녀의 음란하고 절박한 신음이 들려왔다. 나무 바닥을 타닥타닥, 타고 성급하게 걷는 소리들. 바로 옆 칸으로 요란스럽게 들어가는 소리. 그게 무슨 의미인지 서희는 짐작하고도 남았다.

'앗! 아아……. 하아…….'

'좋아? 으흑…… 더…… 세게?'

'으응…… 하악…… 거, 거기, 좀 더…… 아흑!'

옆 칸의 여자가 교성을 흘리며 발악을 해 댔다. 그에 맞추어 남자 역시 뜨거운 신음으로 격렬하게 움직이고 있었다. 사각사각, 거칠게 옷을 벗기는 소리와 혀로 피부를 쪽쪽대며 핥고 빨아 대는 소리, 주변의 집기들이 우당탕 무너지는 소리가, 이제 시작될 옆 칸의 은밀한 정사를 예고하는 듯했다.

당혹감에 젖은 서희가 무의식적으로 고개를 홱 들었다. 강진과 서희의 시선이 마주쳤다. 어둠 속에서, 그의 눈동자는 빛을 내며 그녀의 눈을 찌를 듯 파고들었다. 서희가 벗어나려 몸을 움직이자, 강진이 그녀의 손목을 붙들었다. 옆 칸까지 들리기엔 미세한 소리가 잠시 잠깐 공간을 맴돌았다.

"쉬……."

강진은 낮게 속삭이며 잡고 있는 서희의 손목을 좀 더 강하게 붙들었다. 옆 칸의 여자가 내고 있는 음란한 신음 소리를 따라서, 서희의 미려한 목선을, 부드럽게 굴곡진 가슴 선을, 그리고 잘록하게 들어간 허리를, 차례로 응시했다. 서희는 붙들린 손목의 의미를 알고 있었다. 아마도 저 커플과의 민망한 대면을 섣불리 만들지 말라는 경고일 게다. 민망하다 못해 견디기 힘들 정도로 부끄러워 서희의 귀밑까지 홍반이 점령했다. 옆 칸에서 들려오는 쾌락의 신음 소리에 자꾸만 빨려 들어가는 것 같다. 마치, 그와 발칙한 정사를 벌이고 있는 느낌 같아서 서희는 치욕이 밴 입술을 깨물었다.

'못 참겠어. 지금 바로, 들어간다.'

'아흑…… 자기야, 빨리!'

서희는 아찔함에 눈을 감아 버렸다. 두 남녀가 서로 교접하여 애액으로 질척거리는 소리가 파열음을 내며 그녀를 잠식했다. 아랫입술이 바들바들 떨렸다. 결정적으로, 고개 숙인 그녀의 정수리로 쏟아지고 있는 그의 뜨거운 숨결 때문에, 머릿속은 어지럼증까지 일었다. 약은 아무런 효과도 없이 그대로 몸속에서 사라진 모양이었다.

"놓으세요."

더 이상 견딜 수가 없어진 서희는 강진의 손을 힘겹게 뿌리쳤다. 옆 칸의 남녀가 서희의 목소리와 발소리를 들었는지 모든 행동들이 딱 멈추어졌고, 사방은 한동안 침묵으로 가라앉았다. 후들거리는 다리를 추슬러 나가려던 서희의 팔을 그가 다시 붙든다. 옆 칸의 남녀가 숨을 죽이고 내뱉는 호흡 소리만이 정적을 깨던 순간, 강진은 손에 든 종이컵의 물을 입속으로 털어 넣은 후, 의자 옆에 있는 휴지통에 정조준하여 툭, 내던졌다.

강진이 서희의 가슴께로 손을 뻗어 왔다. 검지와 중지 사이에 룸의 카드 키를 끼운 채였다. 어둠 속에서 황금색의 카드 키가 빛을 발하며 서희의 왼쪽 가슴에 있는 사각형의 주머니로 향했다.

"네가 했던 약속, 그 이상을 기다릴 거야."

'약속해. 너 어른이 되면, 다 주겠다고.'

주머니에 키를 넣은 그의 손가락이 서희의 젖가슴을 살짝 스치곤 이내 떨어졌다. 짙은 한숨이 스친 입가가 잠시 후 굳어졌다. 서희의 눈동자를 통해서 긴 세월을 이겨 버린 감정의 깊이를 다시 한 번 들여다본 순간이었다. 그 이상의 것. 서희의 마음을 원하는 그의 눈빛이 정확하게 그녀를 직시했다.

2

Red. 자각

'서희야. 사장님께서 너 고등학교 졸업할 때까지 돌봐 주겠다고
하셨다.'

그날은 비가 세차게 들이붓는 날이었다. 아버지의 장례식을 끝
내고 돌아온 텅 빈 집. 다 낡아 구멍이 듬성듬성한 마루의 끄트머
리에 앉아 넋 나간 듯 비 오는 허공만 바라보고 있던 그녀를 찾아
온 사람은 강규태라는 사람이었다. 아버지가 운전기사로 일했던
그 사장님의 비서라시. 아버지가 돌아가신 후로 혼자가 되어 버린
그녀는, 그 제안을 거의 반사적으로 받아들였다. 다른 생각이 침입
할 여지를 주지 않았다. 입술을 사려 물며 눈물도 말라 버린 얼굴
을 빗물에 씻고선, 고개를 크게 끄덕였다.

왜냐하면······.

"앞으로 3년 동안 신세 좀 지겠습니다."

살아야 했으므로. 어떻게든 3년을 버텨 고등학교를 졸업하고 어른이 되어야 했으므로. 그때까지만.

"이름은 유서희, 나이는 열일곱 살. 이제 고 1이 됩니다."

그때까지만, 독하게 발버둥 칠 것이었다. 이 낯설고 두려운 상황에 내팽개쳐진 상태라고 해도, 기어이 견뎌 내어서 반드시 어른이 되리라. 서희는 인사를 꾸벅 하는 자신의 모습을 뚫어지게 바라보고 있는 스물한 살의 강진 앞에서, 주눅 따위 과감하게 버리기 위해 입술을 앙다물었다. 가난 때문에, 살아서는 절대 행복하지 못했던 아버지가 불의의 사고로 돌아가신 순간, 서희의 가슴은 희한하게도 더 지독해졌고, 더 들끓게 되었다. 이 세상을 향한 몸부림이랄까. 나는 잘 살아가리라, 보란 듯이 살아가 주리라. 다짐, 또 다짐하였다.

그래서 아버지의 장례를 치르고 한 달밖에 흐르지 않았어도, 서희는 슬픔을 곱씹을 여유를 기꺼이 버릴 수 있었다. 돌봐 주겠다는 말을 들은 후부터, 아버지의 유골이 담긴 함보다도, 며칠 놓쳐 버린 보충수업이이 더 간절했으니까.

"사장님께서 보내신 학생입니다. 도련님. 다음 주가 새 학년 개학이라 조금 빨리 데리고 왔습니다. 한 달 전에 돌아가신 유 기사님의 딸이고 현재는……."

서희를 데리고 들어온 강규태 실장이 보충하여 설명하자, 강진이 필요 없다는 듯 손을 내저었다. 사전에 어떤 언질도 없이 갑자기 당하고 있는 일에, 강진의 심기가 얼마쯤 불편해지고 있었다.

집중하여 들여다보고 있던 신문에 대한 주의를 **빼앗긴** 것도 그랬지만, 아버지가 무슨 이유로 이런 일을 벌이는지 이해할 수 없을 지경이었다. 그가 아는 한, 아버지는 절대 이런 배려를 베풀 사람이 아니었다.

그리고 결정적으로 앙칼지게 다물려 있는 저 입술이 마음에 들지 않았다. 타인의 입술이 어떠하든, 더 나아가 타인의 감정이 어떠하든, 일절 관심을 두지 않는 성향이었지만, 바짝 엎드려 기어도 모자랄 판에 주제도 모르고 도도하게 서 있는 자세가 그의 신경을 교묘하게 갉아먹고 있는 것이었다. 강진은 들고 있던 신문을 내려놓은 후 팔짱을 꼈다.

"맹랑하네."

그의 말에 서희는 물론이고, 강 실장과 주방에서 달그락거리며 그릇을 씻고 있던 입주 가정부 한씨까지 모두 숨을 죽였다. 서희는 긴장감으로 두근대고 있는 가슴을 억지로 진정시켰다. 그리고 그 말의 속내를 파악하기 위해 분주하게 머리를 굴렸다. 아마도 알아서 기어야 하지 않냐는 눈치를 주고 있는 게 아닐까. 서희는 마른침을 꿀꺽 삼켰다. 그렇다면 눈치, 보아 주리라. 원한다면 최대한 눈치를 보면서 조심조심 비굴하게 살아가 주리라.

"맹랑해서…… 죄송합니다. 말을 바꾸겠습니다. 그냥 잘 부탁드립니다."

"게다가 **뻔뻔**하기까지."

두 사람의 시선이 얽혀 들었다. 서희 쪽은 그제야 주눅이 든 눈빛이었고, 강진은 차가움이 뚝뚝 떨어지는 빛깔이었다.

"남의 공간에 발을 들였으면, 적어도 미안한 표정 정도는 지어야 하는 거 아닌가?"

서희가 내쉬는 당혹스러운 숨소리가 크게 들려왔음에도 그는 개의치 않았다.

"염치까지 있으면 더 좋겠지만."

강진은 탁자에 두었던 신문을 집어 들고 소파에서 일어났다. 이층으로 향하는 계단에 올라서는 그의 뒷모습은 위압적으로 단단하고 완고해 보였다. 그가 계단을 다 올라가 모습이 보이지 않을 때까지, 서희는 제대로 된 사고를 하지 못하고 있었다. 그에게 압도된 마음속으로, 두려움이 하나 가득 몰려들기 때문이었다. 하지만 절대 내색하지 않았다. 대신에 어느새 다가온 한씨 아줌마가 내미는 잔의 물을 정신없이 입속으로 꿀꺽꿀꺽 삼켰다.

"천성이 나쁘진 않아. 워낙 어려서부터 혼자여서 자기 공간을 침범당하는 일에 익숙하지 않아서 그럴 거야. 뭐든 혼자서 처리하고 결정해 와서. 강진이한테 오늘 일은 충분히 당황스러울 수 있어."

강 실장이 말하며 서희 쪽으로 돌아섰다. 그 말은 두 가지 효과를 가져왔다. 강진의 입장을 두둔하며, 서희까지 위로한 것. 서희는 한씨에게 공손한 태도로 잔을 돌려주며 강 실장에게 환하게 웃어 주었다.

"저는 괜찮아요, 아저씨."

최강진. 그의 이름. 서희는 앞으로 실수를 하지 않기 위해 머릿속에 단단히 입력시켰다.

"그래. 유 기사님 일은…… 정말 안됐다."

그 말을 하는 강 실장의 표정이 딱딱하게, 혹은 의미심장하게 굳어지는 것을 어느 누구도 눈치채지 못하고 있었다.

"네."

위로의 말을 끝으로 그 길로 강 실장은 서둘러 저택을 나갔고, 한씨가 대신 서희의 정면을 차지했다. 넉넉하고 푸근해 보이는 몸집에 역시나 푸근해 보이는 첫인상이었다.

"강 실장한테서 얘기 들었어. 오늘쯤 유 기사 딸이 들어올 거라고. 그 양반하고 많이 닮긴 했구먼. 난 이 집서 먹고 자고 하는 가정부야. 그냥 아줌마라고 부르렴."

"반갑습니다. 유서희라고 합니다."

"평소엔 자주 부딪힐 일은 없을 거야. 워낙 학교랑 도서관만 왔다 갔다 해 놔서. 나도 주말에야 잠깐 얼굴 보는 정도거든."

그를 두고 한 말이리라. 서희는 알았다는 듯 고개를 끄덕였다.

이곳 최수찬의 저택에서 일을 하는 고용인들은 모두 셋이었다. 유 기사, 강 실장, 그리고 한씨. 해서 이들은 한 직장의 동료처럼 서로가 친했으며 사생활도 가끔 털어놓는 막역한 사이였다. 한씨는 서희를 안쓰럽게 쳐다보며 어깨를 토닥여 주었다.

"그래. 천천히 친해지기로 하고 우선 올라가자. 네 방 청소 다 해 놨어."

고개를 야무지게 끄덕인 서희는 한씨를 따라 계단을 올랐다. 이십 대 초반의 아들이 혼자 살고 있는 이 큰 집에 안심하고 자신을 보낼 수 있었던 이유. 한씨의 말처럼 그가 집에 자주 있지 않은 것도 있겠지만, 아마도 한씨 아주머니 때문일 거라 짐작한 서희는, 그녀가 보호막으로 여겨졌다. 그녀의 넉넉한 몸집처럼 커다랗고 든든한.

계단의 벽면에 나 있는 동그란 창으로 저택의 주변 광경이 조금씩 보였다. 서울의 변두리 지역. 온통 산이다. 산으로 둘러싸인 저택이다. 답답하고 숨이 막혀 왔다. 서희의 발걸음에 서글픔과 함께 무거운 한숨이 실렸다.

서희를 방으로 안내한 후, 한씨는 다시 주방으로 내려가, 강진이 좋아하는 레몬홍차를 만들어 그의 방을 찾았다. 서희와 강진의 방이 나란히 옆으로 붙어 있는데, 아무래도 둘 사이를 풀어지게 만들어야 그녀 자신도 얼마쯤 행동이 편하고 자연스러울 것 같았다. 한순간도 마주칠 가능성이 없다면 모를까, 죽이 되든 밥이 되든, 앞으로 3년이나 함께 지내야 하는데 계속 이런 식이면 서로가 불편할 것이다. 세 번의 노크 후, 한씨는 문을 밀고 들어갔다. 강진이 정해 놓은 규율이었다. 세 번의 노크에도 별 언질이 없으면 들어오라는 신호라는 것.

넓은 방에는 책상과 여덟 자짜리 붙박이장, 그리고 족히 다섯 명은 누울 수 있을 법한 큰 침대와 간이 소파 두 개가 있었다. 구석에는 욕실로 들어가는 문짝도 있다. 책상에 앉아 아까 읽다 만 신문을 보고 있던 강진은, 한씨의 등장에도 미동 한 점 없었다.

한씨는 찻잔을 책상 위에 슬그머니 내려놓은 후 그의 눈치를 살피며 입을 열었다.

"듣자 하니까, 걔네 엄마는 가난을 못 견뎌서 몇 년 전에 도망 갔고, 단칸방에서 겨우겨우 부녀가 살아왔나 보더라구. 강 실장 말 로는 월급도 몇 번이나 앞당겨서 받아 가고 그랬대. 근데도 워낙 빚이 많아서 감당을 못 했던 거지."

"……."

"그 양반이 그전에 사업한답시고 판을 많이 벌였던 모양인데. 쯧. 평소에 등산을 잘 다니는 것도 아니었는데 그날은 어쩌자고 산에 올라가서 그 지경을. 뭐 실족사라나 뭐라나."

"……."

"어제 강 실장이 안 그래도 너 찾았어. 저 아이 오게 됐다는 소 식 전하려고. 근데 도서관에 있다가 새벽에나 왔고, 또 곧장 지하 수영장에서 몇 시간 보냈잖아? 말할 틈이 없었지 뭐."

한씨의 설명을 흘려들은 강진은 신문의 다른 면을 쫙 펼쳤다. 그녀에 얽힌 구구절절한 사연들 따위, 그의 관심 대상이 아니었다. 친아들의 얼굴은 일 년에 한 번 볼까 말까 하면서, 남의 집 딸에게 는 넘치는 배려와 호사를 베풀고 있는 부친의 모순에 대한 파악 도, 깊이 하려 들지 않았다. 완벽한 무관심과 철저한 무시. 지금껏 그래 왔던 것처럼 앞으로도 그렇게 하면 그만이었다.

"나가서서 일 보세요."

무심하게 흘려 한 말에, 한씨는 한숨을 지었다. 어려서부터 보 아 온 강진의 성격상, 새로운 일이나 사람에게 쉽게 마음을 열지 는 않을 것이었다. 시명 군과 여경 양도, 이 집을 드나들기까지 무 려 2년이나 걸렸으니까. 서로가 많이 외로울 텐데. 남매처럼 사이 좋게 지내면 좋으련만. 피도 눈물도 없다는, 냉혹하고 포악한 성정의 사장님이 저 아이를 돌보겠다고 집으로 들여보냈을 정도면, 아이의 품행이나 행실은 크게 걱정하지 않아도 될 테니 말이다. 한씨는 아쉬운 표정으로 쟁반을 들고 방을 나갔다.

한씨가 나간 후, 강진은 비로소 신문에서 시선을 떼어 냈다. 사정이 그런데도, 그토록 맹랑하고 뻔뻔스러운 태도라니. 아버지가 돌아가신 걸 오히려 전화위복으로 삼고서, 좋다고 이 집에 냉큼 들어온 게 아닐까, 싶은 생각마저 들었다.

고개를 설레설레 저은 강진은 책상 서랍에서 담배를 꺼내어 들고 일어났다. 아치 형의 전면 유리 창문을 열고 베란다로 나간 그는 난간 앞에 서서 담배를 물었다. 불을 붙이고 길게 한 모금 들이마시자, 강한 바람 속으로 연기가 금세 사라졌다. 아직은 쌀쌀함이 가시지 않고 있는 초봄의 일요일 오전. 저택을 둘러싸고 있는 산이 바람에 거세게 흔들리고 있는 것이 보였다. 강진은 담배 끄트머리에 매달려 있는 불꽃이 빨갛게 타들어 가는 것을 지켜보다가 다시 훅 들이마셨다.

"흑흑흑."

그러다 옆의 베란다에서 들려오는 소리에 그가 고개를 돌렸다. 강진의 수려한 미간에 일순 주름이 잡혔다. 그 맹랑한 계집애가 베란다의 난간을 붙들고 서서 하늘을 올려다보고 있었던 것이다. 그가 바로 옆 베란다에 서 있는 것도 모르는 듯, 계집애의 행동은 아까와는 다르게 살짝 풀어져 있었다. 그러나 강진이 눈매를 더욱 크게 비튼 이유는 따로 있었다. 계집애가 울고 있다. 하늘을 보면서, 손등으로 눈물을 연신 닦아 내면서, 소리까지 내면서, 울고 있다. 등을 덮은 긴 머리칼이 바람에 날려 얼굴을 덮는데도 아랑곳하지 않고, 정말 속 시원하겠다 싶을 정도로 울고 있었다.

강진의 손가락 사이에 끼여 있는 담배가 제멋대로 타들어 가고 있었다. 저렇게 울어 본 게, 나는 언제쯤이었나, 속으로 계산하느라 담배를 물어야 한다는 것을 잊은 탓이었다. 그러고 보니 일곱 살 때, 혼자라는 사실을 자각하면서 살짝 울었던 것 같기도 하다. 나를 사랑하고 있다고, 부모는 당연히 자식을 사랑해야 하는 거라고, 믿었던 신념에 대한 배신감 때문에. 세상이 그렇게 아름답지 않다는 사실을, 그는 일곱 살에 알게 되었다. 그 후로는 글쎄⋯⋯ 감정 따위에게 내어 줄 마음의 여유는 없었다.

바람에 실려 간 담배 냄새를 맡아서였을까. 서희가 울다 말고 갑자기 이쪽으로 고개를 홱 돌렸다. 바로 옆 베란다에서 자신을 발견한 순간, 그녀의 눈물이 거짓말처럼, 딱 멈추어졌다.

"히꾹! 히꾹!"

서희가 당황하여 딸꾹질까지 해 대며 커다래진 눈으로 놀라 바라보자, 강진의 눈동자 역시 그녀를 따라 점점 커져 갔다. 그녀가 재빨리 손바닥으로 입을 틀어막으며 자신을 향해 허리를 깊이 숙여 보인다.

"죄, 죄송합니다! 히꾹! 히꾹!"

크게 외친 서희는 다급히 방으로 들어가 버렸다. 휑한 바람이 일어 그를 감쌌다. 혼자 남은 강진은 잠시 멍하니 서 있다가 손으로 앞머리를 쓸어 올렸다. 시선의 끝이 서희가 방금 막 들어간 방을 향했다. 눈살이 잘게 찌푸려졌다. 뭐가 죄송하다는 건지.

방으로 후다닥 들어온 서희는 창문을 닫으며 힐끔 바깥을 보았다. 그가 어떤 표정으로 서 있었는지는 기억에 없었다. 그저 자신의 모습이 그의 심기를 또 건드리지 않았기를. 부디 화를 내지 말기를. 바라고 또 빌며 방으로 들어온 서희는 당혹감으로 두근거리는 가슴을 쓸어내렸다. 어느새 말라 버린 눈물은 얼굴에 따끔거리는 느낌만 남겼다. 방 안을 휘 둘러보았다. 낯선 곳. 폭신한 침대와 앉으면 쿠션감이 좋을 소파가 두 개나 있었지만, 그녀는 그냥 방바닥에 무너지듯 주저앉았다.

"아빠……."

혼자라는 사실이 실감나게 부딪쳐 왔다. 독하게 걸어 잠그겠다, 했지만 아직 열일곱의 어린 가슴은 고독한 공간에서 사무치게 힘들어 하고 있었다. 답답한 가슴을 조금이나마 풀어 놓기 위해 베란다로 나가 마음껏 울어 보려 했더니, 이 지경이다.

"맘 놓고 울 수도 없어."

서희는 무릎을 세우고 고개를 묻었다. 짜증 섞인 혼잣말을 웅얼거렸더니 아니나 다를까, 딸꾹질이 또 시작되었다.

"히꾹! 히꾹!"

반복된 딸꾹질 때문에 어깨가 빠질 듯 아려 왔다. 아까와는 다른 이유로 서희의 눈가에 눈물이 그렁그렁해졌다. 빨리 어른이 되고 싶다. 그 세상에도 별다를 게 없다고 해도, 어서 어른이 되어서 눈물 정도는 마음 놓고 흘릴 수 있다면, 좋겠다. 서희의 마음을 껴안은 저택에서의 서글픈 첫날이 그렇게 저물어 가고 있었다.

❖

"헉. 헉. 헉."

서희는 넓은 정원을 숨이 차오르도록 뛰어 현관에 들어섰다. 밤 아홉 시에 간신히 맞춘 귀가 시간. 중학교 때에 비해 자율학습 시간이 좀 더 빡빡하게 돌아갔지만, 이 정도면 귀가를 해서도 한씨 아줌마의 일들을 충분히 도울 수 있을 것 같았다. 개학을 하고 3주 동안, 자율학습 시간과 귀가 시간을 체크해서 얻은 결론이었다. 그리고 그 '3주'는 물론 강진의 저택에 머물기 시작한 시점과 같기도 했다.

"서희 왔어?"

아버지의 죽음으로 인한 아픔도, 상처도, 모두 억지로 구겨 넣고 지내니 그래도 살 만한 것 같았다. 속은 몰라도 적어도 겉은 멀쩡한 모습으로 돌아가고 있는 것 같았다. 그렇게 3주라는 시간이 쏜살같이 흘러간 것이다. 앞으로도 담담함이라는 가면을 쓰고 미소라는 가식을 사용할 것이었다.

서희는 한씨가 일하고 있는 주방으로 들어갔다.

"네. 저 왔어요. 근데, 아주머니 뭐 하시게요?"

한씨는 고무장갑을 끼고 육중한 엉덩이를 이리저리 흔들며 주방을 분주하게 돌아다니고 있었다.

"응. 지하 수영장에 내려가서 청소 좀 할까 하고. 그 전에 주방 정리 좀 하고 있어. 오늘쯤 강진이가 새벽에 수영장을 찾을 것 같거든. 보통 한 달에 한두 번쯤 찾으니까."

강진이라는 이름에, 서희가 멈칫했다. 그러고 보니 지난 3주 동안 그를 제대로 못 본 것 같다는 자각이 뒤늦게 든 것이다. 학교와 도서관만 왔다 갔다 한다더니, 그는 정말로 새벽에 나가 밤늦게 들어오곤 했다. 가끔 늦은 밤까지 공부하다, 복도를 지나 방으로 들어가는 그의 발소리를 들을 때마다 순간적으로 신경이 예민해졌지만, 그래도 얼굴을 안 보고 지내서인지, 첫날의 그 살벌한 분위기는 더 이상 생겨나지 않는 것 자체가 감사할 지경이었다. 서희는 곧장 가방을 내려놓았다.

"제가 할게요. 이리 주세요."

"네가? 아서라. 넌 공부나 하라고 했지?"

"그러지 말고 주세요. 말씀드렸잖아요. 아주머니 일들 조금씩 도와 드리겠다고요. 저 그렇게 염치없고 맹랑하지 않거든요."

용돈과 학비, 그리고 기타 생활비의 출처가 모두 최수찬 사장이라는 사실을 잘 알고 있을 서희의 마음일 게다. 그리고 첫날에 강진이 했던 말을 의식한 듯이 서희가 멋쩍게 웃기에, 한씨 역시 따라서 웃음을 터뜨리고 말았다. 한씨는 고개를 설레설레 저으며, '어디 한번 해 봐, 그럼.' 하고선 청소도구가 어디 있는지 가르쳐 주었다. 집중해 듣던 그녀는 말이 끝나자 한씨를 향해 빙긋 웃었다. 아직 많이 낯설고 마음이 힘들 텐데도, 내색 한번 없는 서희가 예뻐서, 한씨는 그저 흐뭇하기만 했다.

저택의 규모에 비해 수영장은 그렇게 넓지 않았다. 그리 밝지 않은 오렌지색 조명 탓에 협소해 보이기도 했지만 눅눅하고 습한 공기가 답답했다. 교복을 갈아입고 면 티셔츠에 헐렁한 트레이닝복 바지를 입은 서희는 우선 청소도구와 고무장갑을 바닥에 내려놓은 후 바짓단을 돌돌 말아 무릎 위까지 걷어 올렸다.

풀 바깥 가장자리 바닥에도 물기가 축축했던 탓에 아예 양말까지 확 벗어 던졌다. 다이아몬드 무늬의 타일이 깔린 바닥에 솔솔 세제를 뿌린 서희는 손잡이가 기다란 솔을 떡 붙잡고 밀기 시작했다. 풀의 테두리는 높은 유리벽으로 감싸 있어 세제 물이 침투할 걱정은 없었다.

"어?"

그렇게 몇 차례 열심히 밀던 서희가 무의식중에 풀 안으로 고개를 돌렸을 때, 그녀는 행동을 딱 멈추었다. 처음엔 그냥 이물질이려니 했다. 이물질치고는 좀 크다 싶었지만, 조명이 워낙 어두컴컴해서 이쪽 청소를 끝내고 저쪽으로 가면 확인해야겠다, 생각했던 것이다. 그러나 눈을 가늘게 뜨고 몇 번이나 반복해서 확인한 결과, 그것은 이물질이 아니었다.

"허어……. 크, 큰일 났……."

수면에 맨등을 보인 채로 둥둥 띠 있는 그것은 분명히 사람이었다. 얼굴이 물속에 담겨 있어 마치 죽은 이 같았다. 설마, 누군가가 자, 자살? 서희는 솔을 던지듯 팽개쳤다. 당황스러움과 당혹감, 무엇보다 공포심의 기색이 서린 얼굴로 그녀는 자신도 모르게 그쪽으로 뛰듯이 다가갔다. 허둥지둥 사다리를 타고 내려가 물속으로 들어간 서희는 거의 복부까지 올라오는 물살을 가르며 그 사람에게 다가갔다.

"이봐요! 이봐요!"

목소리가 울렸다. 정신없이 다가간 서희는 그의 맨어깨를 잡고 돌리려 애썼다. 그녀의 전신이 흠뻑 젖었고, 머리칼도 반쯤 물에 빠져 흠씬 젖어 버렸다. 그러나 그런 것쯤은 아무래도 상관없었다. 서희는 수면 위에 엎드려 있는 이 사람이 누구인지 단박에 알아보았기 때문이다.

"세상에! 이 사람이 왜 이런 짓을!"

최강진, 그였다. 서희는 직감적으로 알 수 있었다. 하지만 그가 왜, 무슨 일로, 이런 짓을. 놀라 커진 눈이 두려운 기색을 내보냈다. 서희는 어떻게 해야 좋을지 알 수 없어 몇 번 침만 꿀꺽 삼키다가 이윽고 강진의 어깨를 잡고 일으켜 세우려 애썼다.

"나 봐요. 아빠 돌아가시고 고아가 됐는데도 이 악물고 발버둥 치고 있잖아요? 아무리 힘들어도 언젠가는 나한테도 좋은 날이 올 거라고 믿으면서요. 그쪽은…… 저보다 가진 것도 많고 공부도 잘하시는 것 같고 무엇보다도, 덜 외로우면서!"

목소리가 거의 울부짖음으로 변해 갔다. 서희는 물을 먹어 더욱 무거워진 남자의 몸을 감당하기가 버거웠지만 사력을 다해 그의 몸을 세우려 노력했다.

찔끔. 눈가를 뚫으며 새어 나오는 눈물에 서희의 정신마저 아득해지는 것 같았다. 하지만, 가서 아주머니를 불러와야겠다고 생각하고 덜덜덜 떨리는 손길로 그의 어깨를 놓는 순간, 그가 갑자기 물속에서 몸을 일으켰다. 물줄기가 쏴아, 하고 그의 몸에서 폭포수처럼 쏟아져 내렸다. 그 물의 반동에 서희의 몸이 순간적으로 균형을 잃고 흔들리자, 강진의 팔이 다급히 그녀의 허리를 휘어 감는다. 푸흡, 하고 거친 호흡을 내뱉으며 젖은 머리칼과 얼굴을 동시에 쓸어 올린 강진은 안겨 있는 서희의 얼굴을 확인하곤 얼굴을 굳혔다.

"뭐야, 너."

"아, 저, 저는…… 그러니까 그게……."

아직 충격이 가시지 않았던 터라, 그가 반라라는 사실도 자각하지 못했다. 서희는 이 상황에 대해 어떻게 생각하고 정리를 해야 할지 막막해서, 생각한 그대로의 마음을 내비쳤다.

"나쁜 생각을…… 하시는 줄 알고……."

서희의 말에 강진은 살짝 이맛살을 찌푸렸다. 잠시 그녀의 말을 이해할 수 없었으나, 제 얼굴과 수영장을 번갈아 쳐다보는 시선에, '나쁜 생각'이라는 말의 뜻을 유추할 수 있었다. 강진은 물기로 인해 흐릿하게 젖어 버린 눈으로 기가 막힌다는 듯 쓴웃음을 지었다. 본격적으로 수영을 하기 전, 엎드린 채로 물에 몸을 맡기는 것이 그의 오래된 습관이었다. 아무 방해도 받지 않고 수영에 전념해 보려 했더니 몸을 잡고 일으켜 세우지를 않나, 무슨 뜻인지도 모를 말을 혼자서 중얼거리고 외치지를 않나, 상황들이 이 따위다.

"차라리 딸꾹질을 계속해. 그게 더 어울리니까."

깜빡깜빡. 젖은 서희의 기다란 속눈썹이 오렌지 빛 조명 아래 눈이 부시자, 강진은 그 빛을 가만히 응시했다. 투명한 구슬처럼 반짝거리는 서희의 눈동자가 얼핏 떨리는 것도 같다. 물기로 미끈하게 젖어 있는 그의 상반신에 서희의 젖은 몸이 완전하게 겹쳐져 있었다. 풋과일처럼 덜 여문 앙증맞은 젖가슴이 뭉근한 감촉으로 감겨들었다. 그녀의 허리를 감고 있는 팔에 저도 모르게 힘이 들어갔다. 그리고 잠시간이라도 그녀의 눈동자를 들여다보았다는 사실에 마음의 장막을 치듯, 숨기듯, 험상궂은 음성을 내보냈다.

"안 나가냐? 내가 널 끌어내야 해?"

"네. 저, 저기……."

'팔을 풀어 줘야 나가지요.'

"나가라고 했다. 너, 내 말이 우스워?"

섬뜩하리만치 낮은 음성에, 서희는 자기도 그러고 싶다는 듯 허리를 살짝 비틀며 민망하게 웃었다. 그러자 강진은 제 팔이 지금 어디에 가 있는지 자각하며 서둘러 팔을 풀었다. 이유 모를 패배감에 얼굴이 화끈 달아올랐지만 내색하지 않았다.

"죄송합니다!"

외친 서희는 곧 사다리를 올라가 타닥타닥 뛰다시피 하며 수영장을 나갔다. 차박차박, 물이 발에 밟히는 소리가 수영장 내부를 넘어 강진의 귓전까지 울려 대었다. 또, 죄송하단다. 마치 자신이, 서희를 내도록 죄송하게 만드는 존재가 된 것 같아 잠시 어이가 다 없어졌다. 물살을 빠져나가 사다리에 올랐다. 잔근육들이 유려하게 춤을 추는 등골로 물줄기들이 흘러내렸다. 자신의 몸을 다급히 붙들며 울부짖던 서희의 말들을 곱씹으며, 강진은 입가에 쓴웃음을 머금었다. 서희의 말 중에 틀린 부분을 하나 골라 낸 것이다.

'덜 외로우면서!'

강진은 고개를 설레설레 저었다. 맹랑하고 뻔뻔하고 염치까지
없으면서, 상황 판단마저 안 되는 아이다.

"지금 나가는 거야?"

다음날 아침. 한씨는 주방에 들어서고 있는 강진에게 방금 막
갈아 만든 생과일주스 한 잔을 내밀었다. 수찬이 사들인 제주도의
농장에서 올라온 과일들이 제철이 아님에도 불구하고 무척 신선하
여, 아침 식사를 거르곤 하는 강진에게 더할 나위 없이 좋은 요깃
거리가 될 것이었다. 잔을 받아 든 강진은 입에 물기 전, 짤막하게
대답했다.

"네."

"잘됐다. 서희도 방금 나갔거든. 배가 아프다고 해서 내 방에
있는 약을 줬는데 깜빡 잊고 갔지 뭐야. 지금 나가면 골목길에서
만날 수 있을 텐데. 괜찮……을까?"

목으로 넘어가던 주스가 얼마쯤 속도가 더뎌졌다. 어제, 서희의
허리를 안았던 팔 언저리가 갑자기 뜨거워지는 느낌이었다. 한씨
가 대리석 식탁 위에 있는 캡슐 알약 두 개를 가리키며 말했지만,
강진은 일부러 시선을 맞추지 않았다.

"에이. 나중에 학교 다녀오면 먹으라지 뭐."

강진을 설득하는 것을 포기했는지, 한씨는 보조 주방으로 향하
는 문을 열고 나갔다. 주스 잔을 비운 그는 식탁으로 고개를 돌렸
다. 잠시 후, 그 알약은 강진의 손에 의해 사라졌다.

인지하지도 못한 순간에, 누군가의 뒷모습을 눈으로 쫓게 되었다는 사실을 깨닫게 되는 것은 그다지 기분 좋은 일이 아니었다. 기실 얼마쯤, 불쾌하기까지 했다. 강진은 학교를 갈 때만 주로 타고 다니는 은색 아우디 안에서 바로 그런 불쾌감을 맛보고 있었다. 저택 앞의 2차선 도로 가. 약 20미터가량 되는 가로수 길을, 회색 교복을 입은 서희가 혼자서 걷고 있었다. 허리를 조금 구부정하게 구부려 걷고 있는 것으로 보아, 그녀가 배가 아프다는 한 씨의 말은 사실인 것 같았다.

버스정류장까지는 아직도 십여 분을 더 걸어야 할 텐데 걸음이 저리 더뎌서야 학교에 지각이나 하지 않으면 다행일 것 같았다. 서희가 걸어가는 쪽으로 차를 가까이 몰아 천천히 서행을 한 강진은, 그녀가 걸음을 멈추자 차를 정차시켰다. 창문을 반쯤 내려 알약을 쥔 손을 내밀었다. 서희가 커다란 눈동자를 굴리며 물끄러미 쳐다본다.

"번거롭게 만들지 마라. 앞으론."

절정인 꽃샘추위가 아니어도 차가운 말투와는 달리, 그가 내민 약은 반갑기 그지없었다. 서희는 강진의 손바닥에 놓인 약을 보곤 아차, 싶어 황급히 허리를 구부렸다. 어젯밤, 수영장에서 도망치다시피 나온 순간이 떠올라 가슴이 감당할 수 없을 정도로 뛰기 시작하여, 자칫 안색이 이상해질까 두려워서이기도 했다.

"죄송합니다!"

"그 말, 버릇 돼. 뭣도 아닌 일에도 주눅 들고 싶지 않으면 꼭 필요한 상황에만 써. 눈치가 있으면 좋겠다고 했지 죄송하단 말을 입에 달고 살라고 하진 않았어."

약을 받아 들기 위해 나아간 팔이 멈칫했다. 그는 정면만 주시하고 있었지만, 어쩐지 자신을 조금은 생각해 주는 것 같아 세차게 뛰던 가슴을 안정시켜 가며 크게 대답했다.

"네. 알겠습니다."

하지만 알약 두 개가 그녀의 손이 아니라 땅바닥으로 떨어졌을 때에, 서희는 제 생각이 아주 대단한 착오였음을 깨달았다. 바닥에 나뒹구는 약을 채 주워 들기도 전에, 그의 차는 쌩, 그 자리를 떠났다. 뭐야. 여자아이 괴롭히고 싶어 하는 초등학생도 아니고. 서희는 입술을 깨물며 차의 꽁무니를 노려보았다. 발로 그의 정강이를 걷어차듯 휙 공중으로 차 주는 것도 잊지 않았다. 그녀의 모습을, 강진이 룸미러를 통해 힐끔 보며 피식, 미소를 짓고 있다는 사실을 꿈에도 모른 채로.

"으으. 생리통은 정말 저주스러워. 이럴 때마다 내가 여자라는 사실이 너무 싫어져서."

같은 중학교에서 3년 내내 한 반이었던 친구 경주가 이번엔 짝꿍이 되었다. 공교롭게도, 서희 역시 새벽부터 슬슬 찾아온 복통에 몸이 무거운 상태였는데, 경주마저 생리통으로 아파하며 책상에 엎드려 울먹이고 있었다. 자신의 복통은 그저 새로운 환경에 적응하고 있던 몸이 과부하를 일으킨 것이라고 결론지었지만, 경주의 복통의 이유에는 조금 민감해졌다.

"그렇게 아파?"

"너도 알 거 아냐. 뭘 새삼스럽게 묻니?"

"으음. 그렇지."

서희는 애먼 국어 교과서만 열심히 뒤적거렸다. 사실, 서희는 아직 첫 생리를 하지 않은 상태였다. 빠른 친구들은 초등학교 때, 늦어도 대부분 중학생 시절엔 통과하는 그 자연스러운 절차가 서희에겐 아직 찾아오지 않은 것이다. 사람에 따라서 늦어지는 경우도 있다는 얘기를 듣긴 했지만 친구들이 너도나도 저런 모습을 보일 때마다 가슴에 뾰족뾰족 뿔이 돋아나는 것은 어쩔 수가 없었다. 자존심이 상했는지 아니면 속까지 깊이 털어놓는 친구가 아니었기 때문인지, 서희는 굳이 자신의 상황을 경주에게 알려 주고 싶지 않았다.

"생리할 때마다 엄마가 허브 차 끓여 주시는데, 어제 아빠랑 여행 가시는 바람에. 으흑."

"네 손으로 직접 끓여서 마시면 되잖아."

"그게 또 웃겨요. 분명히 같은 차인데도 엄마가 끓여 주는 거랑, 내가 끓이는 거랑, 맛이 천지 차이라니까. 초등학교 6학년 때 첫 생리했을 때부터 엄마가 해 줬던 거라서 그런가 봐. 그래서 다들 엄마 손, 엄마 손, 하는 건가."

경주의 말이 끝나자, 서희는 눈을 두고 있던 국어책에 더욱 집중하는 척했다. 서희의 집안 사정을 자세하게 알 리 없는 친구는 그 후에도 계속하여 끙끙 앓으며 엄마를 찾아 댔지만, 그녀는 다른 생각에 골몰하였다. 만약, 그녀가 첫 생리를 하게 되는 날은 기분이 어떨까. 드디어, 나도 해냈다, 는 벅찬 가슴이 먼저일까. 아니면 자신을 다독거려 주고 챙겨 줄 이가 아무도 없다는 뼈저린 깨달음이 먼저일까.

"하……."

경주가 듣지 못하게 작게 한숨을 쉬었다. 중학교에 이어 고등학교에서도 상위권 성적을 놓치지 말아야 하는데, 오늘은 책 속 글자들이 동공 안 저쪽에서 이리저리 널을 뛰는 것 같다. 서희는 책상 아래로 손을 내려 배를 슬슬 문질렀다. 엄마 손 대신에 서희 손이다.

새벽녘에, 서희는 잠을 깼다. 아픈 배도 그랬지만, 아래에서 느껴지는 끈적끈적하면서도 불쾌한 이물감에 내내 잠을 설치다가 기어이 몸을 일으킨 것이었다. 벽에 붙은 조명 스위치를 켠 후에 혹시나 하는 마음으로 침대의 이불을 들추어 낸 서희는 그대로 굳어 버렸다. 붉은색의 혈흔 자국. 엉덩이 부분이 닿아 있던 위치로 미루어 짐작컨대 비로소 바라고 바라던 그 절차가 찾아온 것 같았다. 복통의 이유가 바로 이거였나.

하지만 서희는 움직임은커녕, 생각도 똑바로 하지 못하고 있었다. 복잡한 마음의 가지들이 얽혀 들어 행동을 방해하고 있었다. 두렵기도 하고 떨리기도 한 마음의 저편에는, 울컥하는 감정의 파편들이 튀어 올라 그녀를 서글프게 만들었다. 학교에서 했던 생각. 둘 중 어떤 게 먼저일까, 에 대한 해답을 알아 버렸다. 철저하게 홀로 내동댕이쳐졌다는 사실이 실감이 났다. 뭐부터 시작해야 하는지 이 상황을 어떻게 수습해야 하는지, 사고의 모든 회로가 차단된 것처럼 아무 생각이 나지 않았다. 가면과 가식을 집어던진 지금, 희한하게도 눈물이 났다. 이 두근거리고 떨리는 마음을 풀어 놓고 위로받을 수 있는 누군가가 곁에 없다는, 서글픈 사실을 절감했다.

떨리는 손으로 이불로 하반신을 감싸고 다리를 오므렸지만 그 후의 행동은 섣불리 취할 수 없었다.

"어떻게…… 해야 하지? 어떻게……."

자꾸만 가라앉은 마음을 애써 일으킨 서희는 그제야 손등으로 눈물을 훔치고는 이불을 두른 채로 몸을 움직였다. 우선 시트를 정리한 후 아주머니한테 가 볼 생각이었다. 그러다 발을 헛디뎌 이불깃을 밟고는 그대로 쿵, 바닥으로 나자빠졌다.

계단을 올라가는 몸이 무거웠다. 학교 도서관에서 장장 여섯 시간을 처박혀 있었다. 이렇게 한 번쯤은 도서관에 붙박여 몇 시간을 지내는 것도 나쁘지 않다. 모두가 그를 학교와 도서관만 왔다 갔다 하는 학생으로 알고 있기에, 그들을 위해 기꺼이 쇼 정도는 보여 줄 수 있다. 그가 어디서 가장 많은 시간을 보내는지는 아마 앞으로도 비밀이 될 것이었다.

복도에 올라선 강진은 서희의 방 앞에서 잠시 멈추어 섰다. 문짝을 바라보는 시선에는 피곤함이 어려 있었지만, 오늘 아침, 차 뒤꽁무니를 보며 발로 뻥 차던 그녀의 모습이 생각나 피식, 웃음기도 맴돌았다. 시선을 거두고 걸음을 떼어 내려는데, 그녀의 방에서 쿵, 하는 소리가 들려왔다. 강진의 눈길이 다시 서희의 방으로 홱 돌려졌다. 귀를 갖다 대어 본다. 흐느끼는 소리가 미세하게 들리자 강진은 미간에 골이 패도록 인상을 찡그리며 노크를 하였다.

똑똑똑.

그러나 대답이 없고, 울음소리는 뚝 그쳐졌다. 잠시 망설이던 그는 손잡이를 천천히 돌려 살짝 문을 열었다. 틈새를 보던 강진의 시야로, 가장 먼저 눈에 들어온 것은 서희의 침대였다. 붉은 혈흔 자국에 놀라 문을 확 열었다. 이불로 몸을 돌돌 감싼 채로 방바닥에 풀썩 주저앉아 있는 서희가 이쪽으로 고개를 돌렸다.

"무슨 일이야, 너."

처음엔 핏자국을 보고 강도가 든 상황인 줄 알았다. 그러나 주저앉아 곤혹스러움에 떨리고 있는 서희의 눈동자를 마주했을 때, 그 커다란 눈에 맺혀 있는 물기를 보았을 때, 그는 자신의 짐작이 틀렸음을 직감했다. 치욕스럽게 입술을 깨물며 얼굴을 확 붉히고 있는 서희의 모습은, 치부를 들킨 여자마냥 수치심을 가득 머금고 있었다.

"……죄송합니다. 시끄럽게 해서…… 제가 다 치울게요."

울먹이며 더듬거리는 서희의 젖은 음성에 강진은 애써 차분하게 눈동자를 가라앉혔다. 그리고 무안해진 얼굴로 방에서 나가려 몸을 돌린 순간, 서희의 눈빛을 본 강진은 그대로 걸음을 멈추었다. 느끼지 말아야 할 것들이 비수처럼 가슴을 관통하고 지나갔다.

텅 빈 서희의 눈동자를 어디선가 본 적이 있다. 가만히 기억을 떠올려 보니, 그것은 자신의 눈동자였다. 전교 1등을 했다는 사실을 증명한 상장 하나를 들고 집으로 돌아왔을 때에도, 우렁찬 박수 소리에 정작 아버지의 박수 소리는 없었던 졸업식장에서도 그가 익숙하게 드리웠던 색깔의 눈빛이었다. 기억 곳곳에 존재하고 있는 외로움. 매번 체념과 절망을 불러일으키던 그 회색빛 그림자가, 서희의 눈빛에서 보였다. 오랫동안 방치해 두었던 고독한 가슴이 본능처럼 그녀의 외로움을 알아본 순간이었다. 무의식 저편에서 타닥거리며 일기 시작하는 발작적인 전류의 뜨거움에 감전된 듯, 강진은 꽉 잠겨 버린 목소리를 힘겹게 끌어내었다.

"그 말, 그만 하라고."

낮게 경고한 그는 큰 걸음으로 서희의 방으로 들어갔다.

3
Yellow, 약속

'들어가.'

방에 들어온 그가 서희를 일으켜 세워 억지로 밀어 넣은 곳은 방에 딸린 욕실이었다. 그 후로 그가 핸드폰으로 누군가와 통화하는 소리를 얼핏 듣긴 했지만 머릿속이 그냥 하얗게 빈 상태라 관심을 둘 여유가 없었다. 서희는 머리 위에서 떨어지고 있는 샤워기의 물줄기를 맞으며 입술을 힘껏 사려 물었다. 어릿한 통증 때문에 입기기 뜨거웠다. 행여 머리까지 뜨거워질까 봐 서희는 이내 고개를 들어 뒤로 젖혔다. 물줄기가 이번엔 얼굴로 쏟아졌다.

"최악이다, 정말."

중얼거리며 벙싯거린 입속으로 물이 고였어도 서희는 아랑곳하지 않고 쏟아지는 물을 계속하여 맞고 있었다.

"이제 얼굴을 어떻게 볼래? 응? 잘한다, 잘해."

자책하며 매를 맞듯, 물줄기를 맞고 있는데 누군가 욕실 문을 노크하는 소리가 들려왔다. 움찔. 서희의 몸이 움츠러들었다.

"서희야. 안에 있니?"

한씨 아주머니의 음성이 들리자, 서희의 긴장이 얼마간 풀어졌다.

"네, 네. 아주머니."

"잠깐 문 좀 열게."

조금 열린 문 틈새로 한씨의 손에 들린 생리대가 들어왔다.

"하필 그게 똑 떨어졌지 뭐야. 강진이가 나가서 사 왔어. 새벽이라 가게가 다 문을 닫아서, 시내 편의점까지 갔었나 보더라. 좀 전에 전화 받고 깜짝 놀랐네."

"네에……"

"너무 부끄럽게 생각하지 마. 요즘은 뭐 남자애들이 자기 애인 꺼 잘만 사 준다던데. 우리 딸 결혼하기 전에도 우리 사위가 가끔 사 주고 그러더라구."

생각지도 못하였다. 방해받기를 그토록 싫어하던 그가 그렇게까지 챙길 줄은. 그래서인지 고마운 마음보다는 난처함이 앞섰다.

'애인이 아니니 그렇지요.'

"네. 큰 병이 난 것도 아닌데 새벽에 유난을 떨어서 죄송해요, 아주머니. 주무세요."

서희의 표정에 참담함이 서렸다. 한씨가 무언가가 궁금한지 자꾸 한숨을 내쉬고 있었지만, 참담함에 잠긴 서희는 딱히 더 이상 해 줄 말이 없었다.

"유난은 무슨. 시트 챙겨서 내려갈게."

"아니에요. 아주머니. 그냥 두세요. 제가 해요. 그냥 두셔야 해요. 저 얼굴 못 들고 다니게 만들지 마세요."

"허이구, 참. 알았어."

인자하게 웃으며 나가는 한씨의 발소리를 끝으로 바깥은 다시 침묵에 휩싸였다. 수도를 잠그고 한씨에게서 받은 생리대를 물끄러미 내려다보다가 바스락바스락 소리가 나도록 주물럭거렸다. 아랫배에선 여전히 미진하게 통증이 있었지만 어쩐지 무언가가 든든해졌다는 안도감이, 불안감 대신에 자리하는 것 같았다.

"아…… 그래도, 아무리 그래도 최악이야. 유서희."

그래도 변치 않는 현실은 어쩔 수가 없지만 말이다.

가방을 메고 계단을 후다닥 내려가던 서희는 중간쯤에서 걸음을 우뚝 멈추었다. 평정을 유지하고 있던 눈동자가 흔들리면서 이지러졌고 덩달아 가슴도 뛰었다. 새벽 운동을 다녀왔는지 그가 트레이닝복 차림으로 현관과 거실을 가로질러 계단을 올라오고 있었기 때문이다. 혹시나 그와 마주칠까 일부러 평소보다 일찍 가방을 메고 등굣길에 나선 참이었다. 오늘 새벽에 있었던 일은, 확실히 최소한 일주일 정도는 서로가 민망스러울 일임에 틀림없었으므로. 그래서 고마웠다고 해야 하나, 잠시 갈등하던 서희는 무난한 인사말로 대신했다.

"……안녕하세요."

현관에서부터 서희를 주시하며 계단을 올라온 강진은 그녀의 바로 아래 칸에 섰다. 큰 키 탓에 그래도 서희를 내려다볼 수 있었던

강진은, 붉어진 얼굴을 어쩔 줄 몰라 하며 고개만 푹 숙이고 있는
그녀의 인사를 흘려들으며 침묵을 지키고 있었다. 운동을 한 직후
라 이마에 맺혀 있던 땀이 뺨을 스쳐 턱을 간질였다. 딱 그 느낌처
럼, 서희의 정수리가 그의 턱에 닿을 듯 말 듯하며 간질거렸다.

"학교 가는 길?"

"……네."

대답을 하며 서희는 조심스럽게 고개를 들었다가 이내 후회했
다. 그와 시선이 마주친 탓이다. 새삼 그에게 홀린 듯 서희는 잠시
동안 아무것도 할 수 없었다. '왜 그렇게 허둥대는 거지?' 라고 묻
는 듯한 차가운 미소가 마치 제 속내를 모두 읽은 듯해 보였다. 감
당하기 힘든 창피함에 젖어 있을 무렵, 갑자기 그의 기다란 팔이
그녀의 어깨 언저리로 올라왔다. 움찔하며 움츠린 서희의 어깨에
서 머리칼 한 올을 집어 올리며 그녀의 눈앞에 내보인다.

"묻었다."

마른침이 절로 삼켜졌다. 거칠게 뛰고 있는 심장만큼이나 입술
도 함께 떨리고 있어 감히 말조차 쉽게 내뱉을 수가 없었다.

"다, 다녀오겠습니다."

후다닥 그를 지나쳐 가 버리는 서희에게서 옅은 레몬 향의 샴푸
냄새가 났다. 강진은 좀 전 그녀의 가슴께에 붙어 있던 이름표를
떠올렸다.

해연여고 1학년. 유서희.

새삼스러운 인식이었다. 돌아보니 그녀가 막 현관을 나서고 있
었다. 아마도 죽도록 정원을 가로질러 뛰어갈 것이다. 그 생각을

하니, 오늘 새벽 서희를 욕실로 들여보내고 한씨에게 전화까지 한 후에 방을 나와서도, 문 앞에서 한참 동안 움직이지 못했던 이유를 짐작할 수 있을 것도 같았다. 누군가를 향해 관심을 쏟는다는 것이 꽤나 생소한 두근거림을 선사한다는 것을 느꼈기 때문일까. 강진은 이제 현관에서 모습을 보이지 않고 있는 서희의 그림자를 찾기라도 하듯 그곳에서 시선을 떼지 못했다.

어쩌면…….

앞으로, 집에 일찍 들어오게 될 것 같다.

가로수 길을 걷고 있던 서희의 발치로 자꾸만 새끼 고양이가 왔다 갔다 하고 있었다. 강진을 향한 부끄러움과 수치심으로 머릿속이 꽉 차 있어 좀 전까지는 깨닫지 못한 상황이었다. 행여 발길에 걸릴까 서희는 고양이를 들어 올렸다. 얼마나 바깥 생활만 했던 것인지 털이 아예 뭉치가 되어 엉겨 붙어 있었고 눈에는 이물질이 가득 끼여 보는 이로 하여금 절로 눈살을 찌푸리게 만들었다. 이 녀석에게서 나는 냄새가 옷에 옮겨질까 살짝 걱정이 되었다. 그러나 제 품에 안겨 바르작거리면서도 몸을 떨고 있는 이 녀석을 가만히 들여다보니 마치 갈 곳 없던 자신의 모습을 보는 것 같아, 서희는 착잡한 기분이 되었다.

"왜 자꾸 내 앞을 가로막는 거니? 엄마 없어? 아빠는?"

반쯤 감긴 눈으로 애처롭게 피곤을 알려 오고 있는 녀석이 살포시 꼬리를 흔들었다. 나 지금 무진장 지쳐 있으니 빨리 쉼터를 마련해 달라는, 어찌 보면 굉장히 건방진 요구 같기도 했다.

"요 녀석 보게. 그런 눈으로 보면 날더러 어쩌라구."

서희는 갈등으로 눈동자를 굴렸다. 이 지저분하고 가여운 고양이를 어떻게 처분하느냐는 이제 순전히 제 손에 달렸다는 비장한 깨달음의 갈등이었다. 잠시 강진의 저택 쪽으로 시선을 던진 서희는 이윽고 결심한 듯 발걸음을 되돌렸다.

아무에게도 들키지 않고 정원을 가로질러 저택의 뒤편에 있는 뜰에 잠입을 성공한 서희는 키 큰 은행나무에 다다라서야 가쁜 숨을 몰아쉬었다. 안고 있던 녀석도 힘이 들었는지 연신 '야옹' 하며 바르작거렸다. 서희는 다급히 주변을 둘러보았다. 이곳에 온 지한 달이 다 되어 감에도 이 뒤뜰은 처음이었다. 군데군데 은행나무가 심겨 있었지만 워낙 큰 저택에 가려 햇빛 한 줌 없는 곳이라 어둡고 을씨년스럽기까지 했다. 서희는 세 번째 은행나무 옆에 있는 작은 창고 같은 곳을 발견하곤 그리로 걸음을 내디뎠다.

다 벗겨진 페인트칠과 떨어질 듯 말 듯한 문손잡이가 이곳이 사람의 출입이 없이 꽤나 오랫동안 방치되었다는 것을 증명하고 있었지만, 차라리 잘된 것 같았다. 이 녀석을 둘 수 있는 장소로 적합할 것 같아서였다. 문을 스르르 여니 아래로 내려가는 돌계단이 있어 서희는 조심스럽게 내려갔다. 계단을 다 내려가니 거기에야말로 지하 창고 같은 곳으로 통할 문이 하나 더 있었다. 녹이 슨 자물쇠로 굳게 잠겨 있어 들어가진 못하고, 대신 서희는 문 앞, 조그만 빈 공간에 녀석을 놓아 주었다.

"여기 있어. 언니 학교 다녀올게. 나돌아 다니지 말고 얌전하게 있어야 돼. 이 집 주인님은 워낙 고급이고 취향이 우리와는 달라서 널 보면 기함하실 거야. 알았지? 이 언니가 아직 나이 어리다고 충고 무시하면 안 돼. 다 피가 되고 살이 되는 거라구."

그러곤 가방을 열어 우유를 꺼내었다. 밥을 거를 때마다 한씨가 챙겨 주곤 하는 것이다. 서희는 그것을 열어 녀석이 핥기 좋게끔 적당하게 귀퉁이를 찢었다. 그러자 녀석이 꼬리를 치며 좋다고 우유 곽에 달라붙었다.

"나중에 봐."

서희는 녀석의 머리를 쓰다듬은 후 재빨리 계단을 딛고 뜰로 올라왔다. 문을 닫자 미소가 퍼졌다. 누구도 모를 비밀이 하나 생긴 것만으로도 가슴이 충만해지는 것 같았다.

전공 수업이 끝나고 강의실을 나온 강진은 손목시계를 보았다. 시간을 확인함과 동시에 집으로 가기 위한 발걸음이 빨라진다. 그러나 1층 교수실이 몰려 있는 복도에 다다르자, 그의 핸드폰이 시끄럽게 울려 댔다. 강진은 걸음을 멈추었다. 지금 시간이면 발신인은 분명 시명이 녀석일 것이다.

—여어. 내 남자 뭐 하나? 오늘 한잔 꺾자.

"바빠."

건너편에서 휘이익, 휘파람 소리가 들려왔다.

—우리 도련님, 오늘도 도서관에 일수 찍으시려고? 가끔 코에 바람도 좀 넣어 주고 입에 알코올 좀 땡겨 주고, 거시기에도 여자 구경 좀 시켜 주고 살아. 넌 뭐 만날 그렇게 도 닦냐? 잘생겼으면 그에 따른 책임이라도 지지 그래?

"책임이라니?"

—여자들의 안구를 정화시켜 줄 책임. 너랑 친한 거 알고 나보고 너 데려오라고 난리다. 여기 클럽 기집애들이. 너 오면 바로 다리라도 벌려 줄 기센데?

"실없는 놈. 끊는다."

—야아! 최강진! 끊지 마아아아!

시명의 절규가 핸드폰 너머에서 흐려졌다.

국내 몇 개의 사업체를 소유한 부친 덕에 뒷돈으로 학교에 입학한 사실을 공공연하게 떠벌리고 다니는 시명이, 강진 역시도 그런 신세인 줄 알고 친구 먹자고 접근해 온 게 작년 초였다. 강진의 아버지인 최수찬이 주먹 세계에서 적당하게 굴러먹다가 투자에 손을 대기 시작하면서 돈을 끌어 모으고 있는 대부라는 사실을 들은 모양이었다. 그러나 강진은 특혜 한 점 없이 오로지 공부로만 입학했다는 것을 뒤늦게 알고 시명은 한때 그를 '괴물'이라 불렀었다. 워낙 말수가 없고 생각을 읽을 수가 없는 강진의 분위기 때문에 선뜻 다가오지 않던 친구였으나, 시명의 취미가 그림 그리기라는 사실을 공유하면서부터 둘은 친해졌다. 강진의 취미 역시, 그림을 그리는 것이었기 때문이다.

시명과 실없는 통화를 끝낸 강진은 서둘러 복도를 지났다. 그러다 저만치 앞, 학과장 사무실 앞에서 벌어지고 있는 광경에 그의 눈매가 사납게 비틀렸다. 학과장, 그리고 아버지인 수찬, 강 실장이 방금 막 문을 열고 나와 악수를 하며 인사를 나누고 있었다. 세 명이 동시에 강진을 쳐다보았다. 수찬은 특유의 입매를 비릿하게 비틀면서 잠시 강진을 주시하다가 이내 학과장에게로 고개를 돌렸다. 몇 개월 만에 보는 아들에게 보낼 법한 표정은 확실히 아니었다. 강 실장이 잠시 수찬과 학과장에게 양해를 구하는 것 같더니 강진에게 다가왔다.

"도련님."

"듣는 사람도 없는데, 그냥 이름 부르세요."

강 실장은 잠시 머뭇거리더니 이내 표정을 풀었다.

"그래. 강진아. 수업이 없는 시간인가 보구나."

"없는 게 아니라 다 끝난 시간이죠."

고개를 끄덕인 규태는 등 뒤의 광경에 대해 설명을 해 주었다.

"마카오에서 어제 돌아오셨어. 내일은 러시아로 나가실 거야."

"그래요?"

"요즘 새로 대학교 재단 사업에 관심이 생기셨나 봐."

짧게 고개만 끄덕인 강진은 별 관심 없다는 듯 어깨를 으쓱했다. 아버지의 입이 아닌 다른 이를 통해 계획과 일정을 전해 듣는 것은 이미 익숙해졌다. 부자지간으로서의 유대가 전혀 없기에 이 또한 당연한 일이라 넘긴 지 오래다.

중학교 2학년 때, 1년 만에 얼굴을 본 아버지에게 친자식이 아니라면 버려 달라고 부탁을 한 적이 있었다. 다른 집에 입양이 되면 최소한 지금보다는 덜 외로울 거라고.

하지만 그날 저분이 그랬다. 강진은 그에게 '아들'이라는 이름의 액세서리라고. 사람이 폼 나게 살려면 몸에 액세서리는 필수이며 그래야 남들이 쉽게 안 여긴다고. 물질적으로 풍요롭게 만들어 줄 테니 정신적인 풍요는 네가 알아서 만들라고. 그 후부터는 외로움에 익숙해지는 법을 스스로 터득했다.

"궁금한 게 있어요. 강 실장님."

"그래. 얘기해."

"유서희, 그 여자애를 아버지께서 무슨 이유로 돌봐 주겠다고 하신 거죠?"

강진은 규태의 어깨 너머 수찬에 눈을 둔 채로 말을 이었다. 목적을 이루기 위해서라면, 좀 과장되게 말해 살인도 불사할 인간이라는 것을 잘 알고 있다. 하나를 얻기 위해 수단과 방법을 가리지 않는다는 말이다. 냉혹하고 잔인하다. 무엇보다 타인에 대한 배려심 따위, 전혀 없는 사람이었다. 돈을 위해선 가족이라는 개념에도 연연하지 않는다. 그런 사람이 무슨 이유로 죽은 기사의 딸을 돌봐 주겠다고 없는 자비심을 베풀고 나선 것일까.

"납득이 안 가서요. 아버지 성향을 보자면 한참은 벗어난 일이에요. 그 나이에 '일탈'이라도 하시는 건가요? 경험과 상식상 이런 경우 나쁜 결과를 몰고 오기 마련인데. 그럼 저도 대비는 해야지요."

강진의 시선이 수찬에게서 규태로 옮겨졌다. 잘 단련된 포커페이스. 어떤 동요도 감정도 읽을 수 없는 규태의 눈빛이 그랬다. 강진은 다시 한 번 어깨를 으쓱했다.

"뭐 상관은 없습니다. 아버지에게 타당한 이유가 있었던 적이, 거의 없었으니까요."

다만, 제 혈관에는 수찬과 같은 종류의 피가 흐르고 있지 않기를 바라며 강진은 몸을 돌렸다. 뒤에서 규태가 흔들리는 눈빛으로 한숨을 짓고 있다는 사실을 알지 못한 채.

도로 옆 인도에는 개나리꽃이 만개해 있었다. 노란색으로 뒤덮여 버린 세상이 일 년 중 첫 번째 계절의 한가운데에 와 있음을 알려 주며 위엄을 떨치고 있었다. 강진이 일상의 뒤편에 갇혀 의미 없는 시간을 보내고 있을 때에도, 세상은 정해진 궤도대로 움직이고 있었던 것이다. 빨간색 신호에 걸려 차를 멈춘 강진은 신호등 옆에 달린 이정표를 보았다.

해연여고.

이 도로에서 우회전을 하면 서희의 학교가 있다는 표시였다. 조금 전 학교에서 수찬을 본 후로 낮게 가라앉아 있던 가슴이, 이정표를 보자 얼마쯤 들떠 올려졌다. 툭툭. 강진의 손가락이 핸들을 건드렸다. 갈등에 휩싸인 눈빛이었지만 그는 알고 있었다. 정확하게 5초 후 자신이 우회전을 위해 핸들을 돌릴 거라는 것을.

학교 정문 앞 적당한 곳에 차를 주차시킨 강진은, 이제 막 교문을 통과하여 나오는 여학생들의 시선을 한 몸에 받으며 차에서 내렸다. 아직 저녁이 오기 전의 이곳 역시, 만개한 노란 개나리꽃들이 교문의 양옆으로 즐비해 있었다. 언제 나올지도 모를 누군가를 기약도 없이 마냥 기다리는 것. 예전 같았다면 그에게 어림도 없을 일이었다.

강진은 스스로를 향해 코웃음을 치며 차에 몸을 기댄 채로 교문을 주시했다. 몇몇 하교를 하는 여학생들 속에 서희는 아직 보이지 않고 있었다. 바람이 머리칼을 가볍게 흔들었다. 바지 주머니에 손을 찔러 넣은 강진이 교문 쪽으로 다시 고개를 돌렸을 때, 그의 눈가가 사뭇 반가움으로 일렁거렸다. 재킷의 작은 주머니에 손을 집어넣은 채 교문을 나서고 있는 서희를 발견한 까닭이었다. 하지만 그의 눈가에 매달린 엷은 미소는, 서희의 앞을 가로막는 어떤 교복 차림의 남학생의 등장으로 인해 싸늘하게 굳어졌다. 그 남학생을 보는 서희의 표정이 사무치게 반가워 보여서 더 그랬다. 강진은 지나가는 여학생들 틈에서 감격의 해후라도 한 듯 서로를 마주 보고 있는 두 사람을 냉소하며 지켜보고 있었다.

"민우 오빠!"

"드디어 만났구나. 어휴."

숨겨 둔 고양이와 한씨 아주머니의 일을 도와 드려야 한다는 생각에 바삐 걸음을 재촉하고 있던 중이었다. 그러나 제 앞을 막아서는 민우의 등장에 서희는 반가움을 넘어선 서글픔마저 느끼며 그의 이름을 불렀다.

아버지가 돌아가시기 전까지 한 동네에 살았던 이웃이다. 말이 이웃이지 서희의 부모와 민우의 부모는 동향 출신으로 서울에까지 흘러들어 와 같은 동네에 나란히 살면서 고락을 함께해 온, 가족과도 같은 사람들이었다. 서희의 엄마가 몇 년 전 자취도 없이 도망간 후에 그들 사이에도 살짝 변화가 오긴 했지만, 여전히 부모들은 절친한 사이를 유지하고 있었다. 그랬던 와중에, 서희의 아버지인 기수가 죽은 것이다. 서희는 목구멍으로 무거운 돌을 삼키듯 힘겹게 침을 넘겼다. 자꾸만 목이 메는 것 같아서 말도 겨우 꺼낼 수 있었다.

"……오랜만이야."

"겨우 그 말뿐이야? 어디 가서 얘기 좀 하자. 서희야."

친오빠와 동생처럼 친하게 지내던 사이였기에 아무런 언질도 없이 동네를 떠나 버린 데 대해서 미안함이 솟구쳤다. 동시에 억지로 구겨 넣고 있었던 슬픈 감정들이 새록새록 가슴을 뚫고 나올 것만 같아서 서희는 눈물을 삼켰다.

"미안하지만 난 지금 시간이 없어. 빨리 가야 하거든. 내가 다음에 연락할게."

"네가 살게 됐다는 그 집? 거기?"

"알고…… 있어?"

서희가 붉어진 눈가를 손등으로 대충 훑으며 묻자, 민우가 고개를 끄덕였다.

"아버지가 너희 아버지께서 일하셨던 그 회사에 가셔서 어찌어찌 알아보신 모양이야. 갑자기 너희 전셋집이 처분되었다기에 수소문해 보니 넌 아저씨가 모셨던 사장님 댁으로 들어갔다는."

말을 하면서도 민우는 내심 섭섭한 표정을 지어 보였다. 갑자기 불어닥친 상황에 어린 서희가 주변까지 챙길 여유가 없었을 거라고 이해를 하지만 그래도 서운해 마지않는 얼굴이었다.

"아버지가 많이 서운해하셨어. 얘기라도 해 주고 떠났으면 좋았을 텐데."

"그땐, 경황이 없었어. 정말 미안해. 아저씨, 아줌마한테도 너무 죄송하다고 꼭 전해 줘. 내가 조만간 찾아뵙겠다고. 응?"

서희가 애써 담담하게 말했지만, 민우는 그녀의 말에 혹시나 하는 의구심을 만면에 짙게 드러내었다.

"설마, 그 집에서 눈치 보면서 살고 있는 거니?"

"그런 거 아니야."

"눈치 보면서 살지 마. 서희야. 알았지?"

저를 생각해 주는 말이라는 건 알지만 별로 공감이 되진 않았다. 지금 서희 자신의 처지가 자존심 따위를 내세울 만한 상황이 아니라는 것을 민우는 절대 알지 못할 것이다. 벼랑 끝에 서서 맨몸으로 비바람을 맞고 있다가 겨우 그것들을 피할 수 있게 되었는데 까짓 눈치 보며 사는 게 대수일까.

"눈치 보면서 살면 좀 어때. 눈치라도 볼 수 있는 기회가 있음에 난 감사할 따름이야."

민우가 움찔하며 한숨을 내쉬자, 서희가 그를 다독여주었다.

"연락할게, 오빠. 정말 미안하고 또 고마워."

서희의 젖은 음성에 민우는 걱정스러운 표정을 유지하며 한숨을 푹푹 내쉬었다. 서희에게 그런 엄청난 일이 생겼는데 자신은 아무런 도움이 되지 못했다는 사실을 뒤늦게 자각했을 때 몰려오던 패배감은 너무도 쓰라렸다. 다시는 만날 수 없을 줄 알았던 서희를 분명 눈앞에 두고 있는데도 패배감은 여전히 민우를 치고 있었다. 그래도 생각보다 서희의 얼굴이 좋아 보여 다행이라고 생각한 민우는 가방에서 조그만 액자를 꺼내어 그녀에게 내밀었다.

"너 만나면 전해 주라고 하시면서 아버지가 주신 거야. 갖고 계셨던 모양이더라구."

민우가 내민 액자 속에서 개나리 덤불을 등진 서희의 가족들이 환하게 웃고 있었다. 기억에도 없는 모습들. 이때는 아빠의 앞머리가 풍성한 걸로 보아 아주 오래전의 모습 같았다. 그리고 그 옆에 있는 엄마와 네 살 정도 되어 보이는 서희가 있었고, 프레임의 끄트머리에 어린 민우가 자기도 사진을 찍히고 싶은지 빠끔 장난스럽게 얼굴을 내밀고 있었다.

서희의 눈이 회한에 잠기며 슬픔 속에 빠졌다. 강진의 저택으로 들어가면서 사진 한 장 챙겨 가지 않았었다. 사진이 많이 없기도 했지만 3년 동안은 독하게 마음먹고 모든 것들을 구겨 넣기로 작정한 탓에 부러 챙기지 않았던 속내도 있었다. 사진 속 개나리들은 너무도 환한데, 모두의 미소도 환하기 그지없는데, 마음은 자꾸만 어둠 속으로 들어가려 하는 것 같았다. 사진을 들여다보던 서희는 고개를 들고 돌아가는 민우의 등을 한참 동안 서서 바라보았다.

어느새 어슴푸레 저녁 빛이 사방에 깔렸다. 학교 앞 4차선 도로의 횡단보도를 건넌 민우가 완전하게 사라진 후에야 서희는 발길을 돌렸다. 반대쪽 횡단보도에 거의 도착했다 싶을 즈음, 발치 아래로 떨어진 고개를 든 서희는 예의 딸꾹질이 엄습하려는 것을 느끼며 서둘러 입을 틀어막고 호흡을 멈추었다. 도로 가에 주차되어 있는 고급 승용차에 그가 기대어 서 있는 모습을 발견한 때문이었다.

갑자기 가슴이 뛰었다. 좀 전까지 그녀를 지배하고 있던 서글픔의 잔상들이 일순 사라지고, 그 자리를 이유 모를 떨림이 가득 채웠다. 그가 여긴 어떻게 와 있을까, 하는 당연한 의문은 애초부터 떠오르지도 않았다.

강진은 서희를 잠시 응시하더니 이내 민우가 사라진 쪽을 흘깃 보았다.

"누구야?"

희미한 저녁 가로등 아래 그의 그림자는 커다란 보금자리처럼 서희를 감쌌다. 다짜고짜 내뱉어진 그의 질문에서, 서희는 그가 지금껏 자신과 민우의 만남을 지켜보고 있었다는 것을 깨달았다.

"아. 어, 엄마 친구 분의 아들이요. 저보다 한 살 많은 오빠예요. 어렸을 때부터 친하게 지냈는데, 최근에 연락이 안 되어서 걱정했대요. 그래서……."

"말로만 듣던, 엄친아, 인가?"

농담처럼 던진 말에 서희의 얼굴이 천천히 붉어지는 것을 보고야 만 그는 입술을 일자로 굳히며 피식, 소리 죽여 웃었다. 서희의 붉어진 얼굴을, 그 남학생을 향한 풋사랑의 감정이라 해석한 까닭이었다.

"그 오빠가…… 교문 앞에서 기다리고 있었던 모양이더라구요."

그가 묻지도 않았는데 변명처럼 말들이 쏟아졌다. 서희는 민우와의 만남이 결코 사전의 약속에 의해 이루어진 것이 아니라는 것을 저도 모르게 처음부터 알리고자 했다는 것을 깨달았다. 스스로도 이해할 수 없었지만 왠지 그가 이 상황을 오해하지 않기를 바라는 마음이 커져 가고 있다는 것도. 그래서 일부러 몇 번이고 그의 표정을 살피고 있다는 사실도.

서희의 설명에 강진은 차분하게 고개를 끄덕였다. 운전석으로 가기 위해 걸으며, 나도 널 기다리고 있었다고 말하고 싶은 마음을 내리눌렀다.

"타."

"네?"

"집에 안 갈 거냐? 설마 중간에 딴 데로 새려던 계획이라도 있었어?"

묻는 말투 속에 묘하게 잡혀 오는 빈정거림. 뾰족한 가시. 그리고 따끔한 질책. 서희는 그가 민우를 염두에 두고 묻고 있는 거라 단정 짓고 강하게 부인했다.

"아뇨! 아니에요!"

"그럼 타. 나도 집으로 가는 길이니까."

"……네에."

대답한 서희는 차 앞에서 잠시 망설였다. 그의 옆 좌석에 타자니 뭔가 어색하고 민망하여 제 자리가 아닌 것만 같아서, 슬쩍 뒤로 물러나 뒷좌석의 문을 딸깍 열었다.

"네가 무슨 귀빈이라도 돼?"

그러자 그의 날카로운 음성이 그녀의 행동을 저지했다. 이어서 강진이 간단한 턱짓으로 조수석을 가리켰다.

"옆에 타."

강진이 도서관을 거치지 않고 이른 시각에 곧장 집으로 온 건, 그야말로 초유의 사태라고 볼 수 있었다. 따라서 저녁 식사 준비에 평소보다 몇 배는 공을 들이고 있을 한씨는 주방에서 나올 줄을 모르고 있었고, 저택은 오랜만에 활기가 도는 느낌이었다.

강진은 2층의 방, 한쪽 벽면이 모두 책장으로 이루어진 곳에 서서 전공 서적들을 들춰 보고 있었다. 지금 도서관이라면 보고 있었을지도 모를 책들이었다. 그러나 두 귀는 살짝 옆방을 향해 열어 두었다. 굳이 이 책장 앞에 서 있는 것도 서희가 있는 옆방과 가장 가까운 위치이기 때문이었다. 방과 방 사이의 벽은 워낙 방음이 잘 되어 있는 편이었지만 그의 의식과 무의식은 계속하여 옆 공간을 두드리고 있었다.

옆방을 의식하면서, 강진은 조금 전 서희를 태우고 돌아왔던 차 안의 분위기를 회상하고 있었다. 딸꾹질을 심하게 하다가 나중엔 사레까지 들려 정신없이 기침을 해 대던 그녀. 눈물과 콧물이 범벅이 된 얼굴로 울먹이기에 결국 티슈까지 건네주었다.

"큭……."

입가로 퍼지는 미소가 좀 전의 그 시간으로 되돌려놓고 있었다. 까만 눈동자에 차오르던 기침으로 인한 눈물이 예뻤던 것을 기억해 낸 그의 입매가, 가늘게 늘어졌다. 책 속의 활자들이 회상 속으로 너울지며 사라지는 것 같아서, 강진은 그만 책을 덮어 버렸다.

탁탁탁.

그러다 옆방에서 들려오는 둔탁한 소리에, 눈썹을 밀어 올리며 귀를 기울였다. 무언가로 벽을 서투르게 내리치는 듯한 파열음이 벽을 타고 울리고 있었다. 잠시 서희의 방을 주시하던 강진은 곧 발길을 옮겼다.

서희는 책상 옆에 서서 망치로 벽에 못을 박고 있었다. 노련하지 못한 어설픈 손길이 망치와 못을 자꾸만 어긋나게 하고 있었다. 몇 번의 시도 끝에 손톱을 살짝 찍었는지 그녀의 어깨가 갑자기 들썩거린다.

"아얏!"

손톱을 입술로 빨면서도 아프다, 신음 소리를 참고 있었다. 강진은 문틈에 서서 그런 서희의 뒷모습을 바라보았다. 천천히 다가간 그녀의 등 뒤에서, 강진은 책상 위에 놓인 작은 액자 사진을 발견하게 되었다. 젊은 부모와 어린 여자아이, 그리고 얼굴만 삐죽 나와 있는, 역시나 어린 남자아이. 아마도 못질의 이유가 이 액자 때문이라고 생각한 강진은 사진 속 사람들의 구도도 어렵지 않게 파악할 수 있었다. 서희와 그녀의 부모님. 그런데 저 남자아이는……

"이 집 주인한테 적어도 허락은 구해야 하는 거 아닌가? 벽을 그런 식으로 난도질해도 된다고 누가 그래?"

추리를 멈춘 강진은, 서희와 남자아이의 관계를 머릿속에서 더 이상 비약 발전시키지 않기 위해 입을 열었다. 그러자 놀란 게 분명한 서희가 어깨를 움찔하더니 이내 뒤돌아보았다.

"액자를…… 걸어 두려고."

까만 눈이 흔들리며 난감한 기색을 내보냈다.

서희는 얼굴을 찌푸렸다. 조용히 한다고 했는데 망치질이 워낙 서툴다 보니 그의 심기를 또 건드리게 된 모양이었다.

"죄송하…… 아니. 걸어도…… 되는지."

딱히 긍정의 대답을 바라고 나간 질문은 아니었다. 그러나 그가 서희의 손에 든 망치와 못을 빼앗듯 가져간 순간, 그녀는 강진이 너무 가깝게 다가와 있다는 것을 깨달았다. 긴장감으로 몸이 오그라드는 것 같았다. 숨소리마저 다 들릴 정도로 밀착되어 있는 그의 가슴께가 잠시 한숨으로 들썩거리는 것이 보였다.

한 손에는 망치를, 다른 손에는 못을 들고 그가 벽을 향해 두 팔을 뻗었다. 그의 두 팔 사이에 완전히 갇히게 된 서희의 몸이 경직되고 굳어졌다. 크게 떠진 동공이 그의 목젖에 고정되었고 차마 목으로 넘기지 못하고 있는 침이 입안에 가득 고이게 되었다.

탁탁탁. 몇 번의 망치질로 쉽게 못을 박은 그가 책상에 놓인 액자를 천천히 걸어 주었다. 그때까지도 얼음처럼 꼿꼿하게 서 있던 서희는, 정수리로 와락 쏟아지는 그의 음성 때문에 겨우 정신을 추스를 수가 있었다.

"아까 그 엄친아?"

강진의 턱짓이 사진 속의 어린 민우를 향하고 있는 것을 깨달은 서희는 천천히 고개를 끄덕였다. 그러곤 곧장 시선을 발치 아래로 떨어뜨렸다. 그다음에 이어진 강진의 표정이 어떠했는지는 알 수 없었다. 다만 가지런히 놓인 그의 두 발이 자신의 발끝과 완전하게 맞닿아 있는 모습에 눈을 둘 뿐이었다. 그러다 그가 쏟아 내는 말에 서희의 가슴으로 떨림이 먹물처럼 빠르게 번져 갔다.

"서툴러. 나는."

액자를 건 강진은 사진 속 노란 개나리꽃과 서희와 민우를 차례로 주시하다가 그녀의 정수리로 시선을 떨어뜨렸다. 무언가, 지금 말을 하지 않으면 안 될 것 같은 다급함이 그를 채근하였다.

"말하는 것, 표현하는 것, 전부 다."

아까 학교 앞에서 나도 너를 기다렸다는 말을 하는 대신에.

"그러니까 내 말속에 너를 찌를지도 모를 가시가 있어도, 모두 걸러 내고 들어. 그리고……."

그 대신에, 꼭 지키고 싶어진 약속을 주문처럼 걸었다.

"앞으로 네 하교는 내가 맡을 테니까 그렇게 알아."

강진은 고개를 든 서희와 눈을 맞추었다. 입술 대신에 시선을 얽으며, 강진은 마치 그녀와 키스를 한 것 같은 착각에 사로잡혔다. 설익은 풋사과처럼 달큼한 향이 입술과 입술 사이의 거리를 넘어 전해졌다. 순식간에 찾아든 열정의 느낌. 그보다 더한 열병의 감각이 가슴에 날아들기 시작한 순간이었다. 마른 입술을 축이며 긴장감에 잠긴 서희이 눈길을 받고 있던 그때, 강진은 차마 입 밖으로 꺼내지 못한 말들을 속으로 삼키고만 있었다.

내가, 어쩌면 너를…….

나…… 어쩌면 너를…….

4

Gray, 낙원

고양이의 이름을 '네로'라 지었다. 제목도 기억나지 않는 동요처럼 털이 검은색도 아니었고, 로마의 황제처럼 거칠거나 폭력의 기질도 없어 보였지만, 서희는 그 이름이 꽤 근사하다고 생각했다. 마침 이 녀석도 마음에 드는지 꼬리를 살랑살랑 흔들어 보인다. 네로를 가두어 두고 있는 뒤뜰의 계단 아래, 즉 지하 창고 앞에서, 서희는 쭈그리고 앉아 조그만 통에 참치를 가득 담으며 그렇게 녀석의 이름을 붙여 주었다.

"요즘 내 마음이 이상해지고 있어, 네로야. 간질거리기도 하고 갑자기 막 뜨거워지기도 해. 침을 제대로 삼킬 수 없을 때도 많아. 그냥, 한마디로 엉망이야."

저가 원하는 대답을 해 줄 리 만무하건만, 서희는 참치를 으깨면서도 내도록 네로에게만 시선을 고정시키고 있었다. 작은 혀로 할짝할짝 참치를 핥고 있는 네로를 보다가 서희는 세운 무릎에 턱을 괴고 한숨을 지었다. 어느새 여름이 성큼 다가와 있었다. 등에선 땀이 흘렀고 뒤뜰은 녹음의 냄새가 가득했다.

그는 정말로 약속을 지켰다. 하루도 빠짐없이 학교 앞에서 기다렸으며 서희가 나오면 차에 태워 집으로 왔다. 약속한 지 석 달이 넘어가는 지금까지도 말이다. 차 안에서는 내내 침묵이었고 집에 오면 각자의 방으로 들어가는 게 다였지만, 서희는 아버지가 돌아가신 후 처음으로 누군가로부터 보호받고 있는 기분을 느끼게 되었다. 습관처럼 교문을 나설 때마다 그의 차가 와 있는지를 확인하고 발견하는 기쁨. 엄두를 내어선 안 될 것들이 점차 그녀의 속에서 크게 자리해 가고 있었다.

하지만 오늘은 처음으로 그 습관이 어긋났다. 학교의 사정으로 오전 수업만 했던 것이다. 그가 기다릴까, 내심 걱정이 되었지만 연락을 해야 한다는 사실을 일부러 외면했다.

"그래서인 거지. 언젠가 떠나야 하는데, 이렇게 마음이 가면 어쩌자는 거야."

서희는 주머니에서 휴지를 꺼내어 네로의 입가에 묻은 기름기를 닦아 주었다. 그러다 계단을 내려오는 누군가의 발소리에 멈칫하며 숨을 죽였다. 허겁지겁 네로를 끌어안은 서희는 그릇을 구석으로 치운 후, 바로 옆에 있는 모퉁이로 몸을 숨겼다. 빛살 하나 들지 않는 어둠뿐인 곳이고 안 그래도 밤 시간이어서 네로만 조용해 주면 들키지는 않을 것 같았다.

"쉿!"

품에 안겨 바르작거리는 네로를 향해 입술에 손가락을 대며 달랜 서희는, 계단을 다 내려온 발소리가 반대편의 창고 앞에 멈추는 것에 귀를 기울였다. 달그락거리는 소리와 함께 잠시 후 삐거덕, 창고의 문이 열리고 발소리는 그 안으로 사라졌다. 그리고 문이 닫혔다.

"휴우······."

서희는 가슴을 쓸어내리며 안도의 한숨을 쉬었다. 하지만 인적이 드문 곳이라 생각했던 이곳에도 사람이 왔다 갔다 하고 있다는 사실에 잠시 난감해졌다. 도대체 누굴까. 저 허름한 창고를 드나드는 사람은. 서희는 네로를 내려다보며 입술로만 조용히 벙싯거렸다.

"언니가 너 딴 데로 옮겨 줄게."

허리를 숙여 그릇을 들려던 찰나, 숨이 막혔던지 네로가 앙칼지게 울자 서희는 당황했다.

"조용! 조용히 해!"

인상을 찡그리며 속삭여 보았지만 막무가내였다. 자칫 손이라도 할퀼까 황급히 내려놓으려는데 옆으로 익숙한 음성이 다가왔다.

"주인이 너였어?"

발치로 그의 운동화가 보였다. 홱 들려진 서희의 시선에 그의 얼굴이 담겼다. 강진은 서희의 품에서 바동거리는 고양이와 당황해하고 있는 그녀의 얼굴을 차례로 훑었다. 그 결과 그동안 창고 앞에서 서식하고 있던 고양이의 주인이 서희였다는 사실에 얼마쯤 반가움을 느꼈다. 이 창고는, 말하자면 그의 비밀의 공간이기 때문이었다. 모두가 그가 학교와 도서관만 오간다고 알고 있을 때에도,

그는 이곳에 있었다.

　네로를 내려다놓고 고개를 끄덕인 서희는 살짝 열려 있는 창고의 문을 슬쩍 보며, 이 허름한 공간을 그가 왔다 갔다 하고 있었다는 것을 깨닫고 괜히 걱정이 되었다. 앞으로 모은 두 손에서 땀이 배었다. 그와 함께 있으면 으레 생기곤 하는 긴장감 때문이었다.

　"혹시, 네로가…… 이 녀석이 무슨 피해를 준 건 아니죠?"

　"피해가 많아, 아주."

　그의 말에 서희는 표정을 굳히며 그를 쳐다보았다. 그러나 장난스럽게 눈을 빛내며 웃고 있는 그를 보았을 때, 서희는 굳어진 얼굴을 풀 수밖에 없었다. 처음이었다. 그의 웃는 낯을 본 것은. 소년과 남자의 사이, 그 미묘한 경계에 서 있는 그의 이중적이고 복합적인 미소가 열일곱 서희의 순수한 가슴을 쥐고 흔들었다.

　갑자기 그가 서희의 손목을 붙들었다. 순식간에 그에 의해 이끌려 간 곳은 창고 안이었다.

　코를 찌르는 물감 냄새에 서희는 얼굴을 찌푸리며 손바닥으로 코를 막았다. 아찔한 느낌에 머리가 잠시 어지러운 것도 같았다. 수 초 후, 체내의 모든 감각이 정상으로 돌아왔을 때 서희가 본 것은 넓은 창고 안을 빼곡하게 메우고 있는 십수 점의 그림들이었다. 한눈에 보기에도 범상치 않은 솜씨의 그림들이 줄을 지어 서 있었다. 그 앞으론 작업하던 중인 듯 어지러이 놓인 이젤과 붓, 유화물감 등이 뿌연 회색빛 조명 아래 존재감을 드러내었다.

　"와아……."

　탄성과 함께 그를 흘짓 보았다. 이런 곳에서 그는 계속 시간을 보내고 있었던 것일까. 아무도 몰래 혼자 그림을 그리면서? 어쩌면 그도 외로운 사람일지도 모른다고 생각하니 이 회색빛 공간이 더없이 처연하게만 느껴졌다.

강진은 걸음을 옮겨 구석에 놓인 간이침대로 가서 몸을 뉘었다. 헤드 부분이 위로 들린 상태였기에 거의 앉은 자세나 다름없었지만, 그래서 서희를 더욱 자세히 관찰할 수 있었다. 강진은 두 팔을 머리 뒤로 두르고 기다란 다리를 꼰 채로 서희의 모습을 망막에 아로새기기 시작했다.

죽 나열되어 있는 그림들을 따라 걸음을 옮겨 가던 서희가 어느 지점에 멈추어 섰다. 고개를 갸웃거리며 그림 속 풍경에 시선을 두고 있는 그녀의 등으로 강진의 저음이 날아들었다.

"김도근 화백의 1970년대 작품이지. 제목은 낙원의 이방인. 고가의 그림이지만 친구 녀석 덕분에 운 좋게 얻게 되었지."

언뜻 사막으로 보이는 곳에 산호초 같은 것이 외롭게 삐죽 솟아 있었다. 서희는 고개를 돌려 그를 바라보았다.

"제목의 뜻이 뭔데요?"

"평온하게 안주하고 있던 삶에 갑자기 들이닥친 생소한 일들이랄까. 내가 살고 있는 낙원에도 이방인이 하나 들어와 있지."

피식, 웃는 그의 얼굴에서 아마도 서희 자신을 이방인으로 지목한 듯한 뉘앙스가 읽혔다. 서희는 마치 저가 그의 평온한 삶에 끼어든 훼방꾼 같이 느껴져 입술을 삐죽였다.

"낙원에는 이방인이 필요 없어. 그 자체로 아름답거든."

"네에……."

더 무안해졌다. 이 집에서 나가라는 말인가, 하는 바보 같은 생각까지 들었다. 그러나 이어지는 그의 말에 서희는 가슴을 부풀리며 목구멍에서 뜨겁게 올라오는 무언가와 힘겹게 싸워야만 했다.

"하지만 그 이방인 덕분에 더 아름다운 낙원을 찾게 된다면. 저 사막이 산호초 덕분에 바다의 존재를 알게 된다면, 사는 게 더, 풍요로워지겠지?"

강진은 서 있는 서희를 향해 집요한 시선을 보내며 들끓어오르고 있는 제 안의 감정들을 가만히 관조했다. 나 또한, 너 때문에 사는 게 어쩌면 그리 건조하지만은 않을지도 모른다는 것을 알게 됐으니.

"기다렸어. 꽤, 오래. 학교 앞에서."

질책하는 듯하다. 그의 음색이 그랬다. 서희는 그를 향해 완전하게 몸을 돌린 후 머뭇거리며 입을 열었다. 귀밑까지 달아오른 얼굴이 화끈거렸다.

"장학사들이 학교를 방문하는 날이라 오전 수업만 했어요. 기다리실까, 연락을 드리려고 했는데요. 못했어요. 죄송해요. 아, 이 말은…… 취소예요."

"못한 거야, 아니면 안 한 거야?"

머리 뒤로 팔을 두른 채 빤히 쳐다보는 시선. 서희가 그를 얼마나 의식하고 있는지 훤히 다 안다는 눈빛이었다. 그 시선에 갇혀 서희는 한동안 입을 열지 못했다. 그녀의 침묵이 마음에 들지 않았는지, 그가 오므린 주먹으로 침대 옆 벽을 툭툭 치며 대답을 재촉했다.

"……안 했어요."

"왜."

그 질문에 뭐라 대답해야 할지 막막해진 서희가 입술만 연신 달싹이고 있자 그가 곧장 핵심을 짚어 버린다.

"우리가, 특별한 사이가 되는 것 같아서?"

"……특별한…… 사이요?"

땀이 밴 손을 얽어 문지르고 있던 행동이 딱 멈추어졌다. 되물었으나 그게 바로 정답이었다는 깨달음을 얻기까지는 그리 오래 걸리지 않았다. 확인하기 두려웠던, 그래서 외면하기 일쑤였던 감정의 실체와 마주했을 때, 서희는 심각하게 갈증을 느꼈다. 언제부터인가 긴장을 하게 되면 찾아오는 갈증. 그래서 그가 빤히 바라보고 있는 것을 알면서도, 바로 옆 탁자에 놓인 조그마한 생수 병을 들고 한 모금 물을 들이킬 수밖에 없었다.

서희의 움직임 하나하나에 눈을 둔 채로 침대에서 일어난 강진은, 늘어서 있는 그림들을 검지로 주욱 쓸며 그녀에게 다가갔다. 차르르 돌아가는 환풍기, 그 앞으로 부채꼴로 펼쳐져 있는 회색빛 음영. 베갯속을 털어 내듯 바람에 날리고 있는 먼지들 속에서 그의 실루엣이 서희를 가득 덮었다. 강진은 서희의 손에 들려 있던 생수 병을 탁자로 천천히 옮겨 놓았다.

"여긴 내 낙원이지만……."

그리고 대신 그녀의 손에 쥐어 준 것은 이 창고의 열쇠였다. 온기가 부딪힌 손가락 하나하나를 서희의 손가락들 사이로 천천히 얽었다.

"유서희, 라는 이방인을 특별히 허락해. 언제든, 와도 좋아."

한 치의 틈도 없이 맞물린 손가락 사이로 땀이 스몄다. 손바닥과 손바닥 사이에 있는 열쇠조차 뜨겁게 달구어져 열정을 부채질했다. 강진은 다른 손을 들어 바들바들 떨고 있는 서희의 턱을 부드럽게 매만졌다. 숨이 얽혀 들고 시선이 부딪힌다. 그가 주고 있는 떨림 앞에서 더 이상 참을 수가 없을 지경이 된 서희는 마치 네로가 품 안에서 바르작거리듯, 잡혀 있는 그의 손안에서 벗어나려 비틀었다. 그러곤 어떻게든 이 폭발 직전의 상황을 무마하기 위해 화제를 돌리려 했다.

"……이 말, 꼭 하고 싶었는데요."

"뭔데?"

"고맙습니다. 잘해 주셔서."

"하고 싶은 말, 그게 아니잖아?"

마음을 들여다보는 듯한 강진의 확언이 서희의 뇌리를 내리친 순간, 그가 상반신을 숙여 입술을 부딪혀 왔다. 여전히 손가락을 풀지 않은 채로 겹쳐 온 그의 입술이 조심스럽게 서희의 아랫입술 언저리를 맴돌았다. 들끓어오르고 있는 감정을 애써 다독이며 차분하게 쓸어 가다 이내 욕심을 내며 그녀의 입술을 가득 집어삼켰다. 고개를 틀어 입술을 완전하게 맞물리며 아프도록 빨고 아릿하도록 들이마신다.

숨결까지 모조리 장악해 버릴 정도로 집요하게 빨아들이던 새에, 강진은 서희가 아직 고등학생이라는 사실을 문득 자각했다. 아직 완벽하게 열지 못하고 있는 입술이, 제 손 안에서 부들부들 떨고 있는 그녀의 작은 손이, 가슴팍으로 부딪혀 오는 아직은 작고 설익은 젖가슴이, 키스 그 이상을 원하고 있는 그의 감정을 얼마쯤 차단시키고 있었다.

아쉬운 듯, 그의 입술이 떨어졌다. 목구멍에 쌓여 있던 호흡 덩어리를 거칠게 내뱉으며 휘청하는 서희의 허리를 감싸 안아 주었지만 그는 더 이상 행동을 나아가지 않았다. 차르르르, 빠른 속도로 돌아가는 환풍기의 날개처럼, 두 사람의 심장도 빠른 리듬을 타며 넘실거렸다.

❖

머릿속이 하얗게 비어 버린 상태로 며칠을 보낸 건지 알 수 없었다. 접시들끼리 부딪히는 달그락거리는 소리에 퍼뜩 정신을 챙긴 서희는, 옆에서 저를 빤히 쳐다보고 있는 한씨의 눈길을 받았다.

"너 무슨 일 있니? 요즘 왜 그렇게 넋 나간 사람처럼 그래?"

가만 돌이켜 보니 열흘이 지난 일요일이다. 창고에서의 일 이후, 열흘이나 지났지만 마음속 시계는 여전히 그날에서 멈추어져 있었다. 서희는 일부러 얼굴을 환하게 폈다.

"헤에. 내일 기말고사 때문에 넋이 나갔나 봐요. 저 지난번 중간고사에서 3등 한 거 아시죠? 이번엔 1등을 해야 하는데 그 부담감 때문에 그런 거예요."

"서희 너도 참 대단해. 학교 끝나자마자 집에 와서 청소니 설거지니 법석을 떨면서도 그렇게 공부를 하다니 말이야."

"제가 좀…… 그렇죠?"

헤헤 머쓱하게 웃어 보았지만 여전히 신경은 머리 뒤로 가 있었다. 그녀의 뒤, 넓은 거실의 소파에는 강진을 비롯하여 그의 친구들이라는 두 사람이 함께 앉아 있었다. 시명이라는 이름의 남자와, 여경이라는 이름의 여자. 그들을 위해 과일 화채를 준비하는 주방은 아까부터 바빴다.

서희가 그날의 키스를 떠올린 이유는, 강진의 옆에 착 달라붙어 앉아 있는 바로 저 여자 때문이었다. 현관에 들어서자마자 반가운 연인을 만나기라도 한 듯 강진의 품에 안겨 즐겁게 웃던 저 여자. 제게 그렇게 키스를 했으면서 지금은 다른 여자를 옆에 두고 있다니. 켜놓은 텔레비전 소리 때문에 그들이 무슨 대화를 나누고 있는지 들리지 않아 답답했다. 한숨을 쉬며 질투, 라는 이름의 비수를 가슴에 박는다. 서희는 묵묵하게 주서기에 과일을 넣고 얼음을 준비했다.

"다음부턴 그런 행동은 금물. 앞으로 네 애인이 될 사람한테나 써먹어."

여경은 강진의 따끔한 충고가 무슨 의미인지 모르지 않았다. 현관에 들어서자 보인 강진이 반가워 저도 모르게 덥석 안겼더니 이내 몸을 밀어내는 그가 미웠다. 그의 입에서 금지가 선포된 행동에 또 하나 추가. 여경은 팔짱을 척 끼었다.

"지겨워. 또 그 소리."

보통 이 정도면, 제 마음이 어떤지 눈치를 챌 만도 하건만, 강진은 여전히 틈을 주지 않고 있었다. 이제 신물이 난다. 그의 외면은. 친구라는 이름으로 옆에 있긴 하지만 그녀의 진심은 그 이상이라는 사실을 잘 알 텐데 말이다. 허탈함에 잠긴 여경은 힘없이 자리에서 일어났다.

"나 화장실 좀 다녀올게."

여경이 화장실로 사라지자 기다렸다는 듯, 시명이 바짝 다가왔다. 눈을 빛내며 강진의 옆얼굴을 훑어본다. 아까부터 강진의 시선이 텔레비전이 아닌 다른 곳으로 향해 있다는 사실을 시명의 날카로운 눈매가 읽어 낸 까닭이다.

"너희 둘은 또 불꽃 튀냐. 그만 좀 해. 여경이 정도면 난 황송하게 받겠구먼. 그건 그렇고……."

시명은 흥미로운 표정으로 주방으로 시선을 던졌다. 낯선 이방인. 까만색의 긴 머리칼을 지닌 앳된 여자아이의 뒷모습이, 바로 강진의 시선 끝에 내내 매달려 있던 실체였다.

"선남선녀가 한 집에 있으니, 정분이 안 날래야 안 날 수가 없겠는데."

팔을 툭툭 치며 다분히 놀리는 듯한 어조로 시명이 말하자, 강진은 그제야 서희의 등에 내도록 꽂혀 있던 눈길을 거두어들였다. 못 들은 척 담담히 레몬이 띄워진 찻잔을 들었다.

"말해 봐. 쟤랑 잤냐?"

"생각이 늘 그쪽으로만 움직이는 것도 능력이군. 고등학생한테 말이 좀 심하다는 생각, 들지 않아?"

아하, 고딩이었군, 중얼거린 시명이 고등학생들에겐 학을 뗐다는 표정으로 두 손을 척 들어 올렸다.

"물정 모르는 소리. 야. 요즘 고딩들이 어디 고딩이냐? 걔들은 말이야. 그냥 어른이야. 어른 뺨 치고 귀싸대기까지 올려붙일 수준이라구. 나 자주 가는 클럽에도 고딩 여자애들 아주 죽치고 논다. 귀찮을 정도로 들러붙어요들."

"자랑이다."

강진이 싸늘하게 일갈하며 짧게 비웃었지만, 시명은 그 틈을 놓치지 않고 얼굴을 바짝 끌어와 그를 향해 속삭였다. 강진의 구미를 충분히 당길 만한 제안을, 우선 핵심만 빼고 들이밀었다.

"내일 강원도에 가자. 그 얘기 하려고 들렀어. 친한 여자애들한테 얘기해 놨거든? 아버지 리조트 앞에 호수가 아주 그냥. 여자애들 몸매도 아주 그냥. 한 일주일 있을 예정인데 어때?"

"내가 할 일들이 좀 많으시다. 너처럼 생각 없이 살면 얼마나 좋겠냐만."

찻잔을 내려놓은 강진의 시선이 다시금 주방 쪽을 향했다. 서희를 찾는 눈길에 조바심이 일었다. 보조 주방으로 나갔는지 그녀가 보이지 않기 때문이었다.

"내가 딴 일에는 둔할지 몰라도, 남자 여자 러브라인엔 무진장 눈치가 빨라요."

그러다 아직도 그를 춘천에 데리고 가고야 말겠다는 희망의 끈을 놓지 않고 있는 시명의 속사인이 들려왔다. 강진의 허를 찔러 보는 의도가 너무도 뻔하였다.

"그런 의미에서 너 요 몇 달 일찍 내뺀 이유, 쟤 맞지? 요즘 들어 페로몬을 마구마구 뿜어내 주시는 배후에도 쟤가 있었던 거야. 아까 물 마시러 주방에 들렀을 때 한씨 아주머니가 그러시더라. 너 요즘 모 여고 앞에 매일 저녁 나간다며? 나가서 기사 노릇 하신다며?"

너스레를 떨며 물어오는 시명의 언성이 차츰 높아졌다.

"세상사 무심한 녀석들이 어느 하나에 꽂히면 물불 안 가리고 꼭 그것만 파고들어요. 그걸 얻어 내야 직성이 풀리지. 왜냐. 평소에 안 하던 짓이라 반쯤 미치게 되거든. 그런 종류의 사람들을 보기가 힘든데 네가 그중 하나였구나. 인마, 그러니까 평소에 안 하던 짓을 하면 정신이 오락가락한다니까. 너 지금 딱 그 꼴이야."

코웃음과 비웃음 사이에서, 시명은 열심히 강진의 심기를 불편하게 건드리고 있었다.

"나처럼 유들유들하게 사는 게 제일이야. 이것저것 먹어도 보고, 이 여자 저 여자 만나도 보고……."

그저 강진을 여행에 데려가고자 한 말들이었으나 그때까지도 침묵만 이어지는 분위기에 시명은 문득 정신을 챙기고 고개를 돌렸다. 차갑게 눈빛을 얼리며 허공을 주시하고 있는 강진의 표정에는 변화 하나 없어 보였다. 그러나 시명은 직감적으로 알 수 있었다. 자신이 쏟아 낸 말들이 강진의 심사를 얼마쯤 비틀었을지도 모른다는 사실을.

"자식이 겁나 진지해지네. 다 농담이었고 그림 그리는 애들 모임이야. 다들 그 주변 풍경을 통째로 화폭에 담고 싶단다."

그래서 하는 수 없이 여행의 목적을 사실대로 까발려 주었지만 그래도 강진의 얼굴은 풀어지지 않고 있었다. 시명은 고개를 설레설레 젓고는 그대로 입을 다물었다.

서희로 인해 설렘으로 벌어졌던 마음의 틈새로 삐죽 가시가 돋아난다. 거침없이 내뱉어진 시명의 말들. 한 귀로 흘려보내면 그뿐이었지만 문득 강진의 가슴을 붙드는 한마디가 있었다. 평소에 안하던 짓이라 반쯤 미친다는 말.

언젠가, 강 실장에게 서희를 데려온, 아버지답지 않았던 행동을 '일탈'이라 스스로 규정지은 적이 있었다. 그리고 일탈의 끝은 언제나 나쁜 쪽으로 기울어진다는 말도 덧붙였었지. 강진의 시선이, 방금 막 보조 주방을 나온 서희와 마주쳤다. 금세 자신을 외면하고 싱크대로 돌아서는 서희의 등은 굳어 있었다.

너에 대한 내 마음도, 넓게 보자면 일탈. 그것일까.

시명과 여경이 돌아간 저택 안은 다시금 평온한 분위기로 돌아갔다. 그들이 완벽하게 해치운 저녁 식탁의 뒷정리는 서희의 담당이었다. 피곤해 보이는 한씨를 억지로 방으로 들여보낸 그녀는 고무장갑을 끼고 식탁 위의 빈 그릇들을 하나씩 볼에 담기 시작했다. 아직 미세하게 남아 있는 음식 냄새에 허기진 배가 요동을 치자 남은 반찬들을 큰 그릇에 담고 밥을 비벼 먹어 볼까, 하는 생각으로 그릇을 찾고 있는데 계단을 내려오는 발소리가 들렸다.

굳이 확인하시 않아도 발소리의 주인이 누구인지 시희는 알 수 있었다. 고무장갑 안의 손에서 다시금 땀이 일어났다. 친구들과 함께 있으면서 편안해 보였던 그를 떠올린 가슴이, 차츰 무거워졌다.

'내일 강원도에 여행 가자. 그 얘기 하려고 들렀어. 친한 여자애들한테 얘기해 놨거든?'

결정적으로, 그가 친구와 나누던 대화가 서희의 머릿속을 헤집으며 돌아다녔다.

싱크대로 다가온 강진은 물컵이 모두 싱크 볼 안에 들어가 있는 것을 확인한 후 서랍을 열어 종이컵을 꺼냈다. 정수기에서 물을 받아 들고 단숨에 목으로 넘겨 버리곤 서희의 옆얼굴을 응시했다.

"유서희."

"더 필요한 거 있으시면…… 말씀하세요."

왠지 말이 곱게 나가지 않았다. 저가 생각해도 차가웠고 무뚝뚝했다. 불쑥 튀어나온 질투심을 애써 억누르며 입술을 달싹거렸다.

강진은 움찔거리고 있는 서희의 입술로 시선을 내렸다. 가득 들이마시고 삼켜 버렸던 그날의 감각이 되살아났다. 그러나 그보다 더 강한 힘으로 그를 압박하고 있는 것은, '일탈'이라는 단어 속에 아버지와 비슷한 종류의 인간으로 묶이게 된 것 같은 쓰라린 패배감이었다.

"내일부터 너 데리러 못 갈 거야."

그래서였다. 조금은 마음에 여유를 두자고, 스스로 결정을 내린 것은.

"아, 알겠습니다."

"왜냐고 묻지 않아?"

결국, 가는구나, 여행. 틀어 버린 시선 속으로 그의 회색 슬리퍼가 눈에 들어왔다. 창고 속에서 보았던 그 뿌연 회색 빛살을 다시 보는 것 같은 착각이 일었다.

"많이 바쁘신 거겠죠, 라고 말하고 싶지만, 굳이 이유를 알고 싶지도 않아요. 그럴 만해서 그러시겠죠."

고개를 끄덕인 강진은 쥐고 있던 종이컵을 힘을 주어 빠직 어그러뜨렸다. 그러곤 휴지통을 향해 툭, 던진다.

"시험 잘 쳐라."

등을 보이며 주방을 떠나 계단을 오르는 그를 하염없이 바라보았다. 울컥, 튀어 오른 서글픈 감정이 망막으로 젖어들었다. 코끝이 시큰해져 잠시 고개를 치켜든 서희는 입술을 사려 물며 싱크볼로 고개를 내렸다. 힘차게 튼 수도에서 물이 콸콸 쏟아졌다.

"내가 데리러 와 달랬나? 자기가 그러겠다고 큰소리치고선 갑자기 왜 저런대? 일이 있으면 못 올 수도 있지. 그게 무슨 큰일이라고…… 저렇게 차가운 표정으로……."

작게 중얼거렸지만 수돗물을 따라서 감정들도 함께 세차게 흘러내렸다. 그날의 키스는 뭐였는지, 어린 여자아이를 갖고 논 거였는지, 달려가서 따지고 묻고 싶은 마음을 애써 눌렀다. 수세미에 세제를 묻히며 입술을 짓씹었다.

"웃겨. 정말."

그런 거였다. 조금 불쌍하고 가련한, 어린 여자아이에게 잠시 잠깐 베풀었던 온정이나 동정 같은 거였다. 현실을 이겨 깊은 감정으로 연결될 수는 없었던, 나약하고 일시적인 충동 같은 거였다. 5일간에 걸친 기말고사를 모두 끝낸 오후, 학교에서 돌아오자마자 뒤뜰로 온 서희는 창고 앞에 쭈그리고 앉아 그렇게 결론을 지었다.

복잡해진 머리로 시험을 겨우 치른 것치곤 괜찮은 결과였으나, 이 기쁨을 함께 공유할 사람이 없다. 그래서 네로만 죽어나고 있었다. 서희는 우유를 할짝거리고 있는 네로의 코끝을 만지작거렸다.

"다 그런 거지 뭐. 역시 나한텐 네로 너뿐이다."

그러곤 이제 제법 몸집이 커져 버린 네로를 들고 품에 안았다. 우유에 미련이 남은 네로가 자꾸만 그릇을 내려다보며 혀를 굴렸지만 아랑곳하지 않고 더욱 세게 끌어안았다.

"넌 절대 나 배신하면 안 돼. 나 외면하기만 해 봐. 콱! 그날부로 밥 안 줘."

'야옹' 하며 꼬리를 치는 품새가 제 말을 다 알아들었다는 뜻 같아서 서희는 잠시 마음이 가벼워졌다. 이런 일상으로도 얼마든지 견딜 수는 있을 것 같아졌다. 그가 했던 말들, 주었던 감정들 따위, 외면하고 지우고 잊어버리면서.

조심조심. 열쇠로 창고 문을 열고 들어간 서희는 이제는 제법 익숙해진 물감 냄새를 코끝으로 훅 들이마셨다. 그가 강원도로 여행을 간 후 지난 며칠 동안, 서희는 밤에 공부를 하다 말고 가끔 이곳에 들어오곤 했다. 희한하게도 이곳에 오면 몸이 노곤해진다. 몸에 눅진하게 눌어붙어 있는 일상의 피로가 다 씻겨 나가는 기분. 그래서 서희는 오늘도 강진이 누웠던 그 간이침대에 길게 몸을 뻗어 누워 버렸다.

몸을 모로 돌려서 넓은 창고 안을 시야에 담아 본다. 그의 흔적이 스쳤을 회색빛 공간 여기저기를 두드리는 서희의 눈길은 그리움에 차 있었다. 그러다 '낙원의 이방인' 액자에 눈을 고정시킨 그녀는 한순간에 차오르는 눈물을 손등으로 닦아 냈다.

'여긴 내 낙원이지만…… 유서희라는 이방인을 특별히 허락해. 언제든, 와도 좋아.'

"돌아와요."

낮게 읊조린 음성이 뿌연 허공으로 흩어졌다. 가물거리는 시야 앞으로 그의 얼굴이 나타나 환청처럼 물었다. 왜냐고. 그래서 서희는 그가 여행을 떠난 직후부터 가슴에 품고 있던 말을 눈을 감으며 되뇌었다.

"그냥…… 보고 싶으니까요."

시명의 아버지가 운영하는 엠파이어 카지노 리조트에, 말하자면 베이스캠프를 둔 채로, 강원도 곳곳을 누볐던 일정이 금요일 오후가 되자 서서히 마무리 단계에 접어들었다. 여름을 맞이한 골짜기는 초록의 싱그러움을 흡수하여 말 그대로 대자연이라는 장관을 이루고 있었다. 새벽이면 이슬을 머금은 풀잎들이, 밤이면 아스라이 떨어지는 달무리가, 지친 도시의 삶들을 조용히 어루만져 주곤 했다. 그 색다른 경험들 때문에 그림 동아리의 회원들이 대부분인 일행들은 다들 얼마쯤 들떠 있는 상태였다.

강진은 배정받은 룸의 창가에 서서 창문 바깥을 내다보고 있었다. 인근 바다로 나간 일행들은 아직 돌아오지 않은 상황. 그 무리에 전혀 섞이지 않은 채로 혼자 근처 산골짜기 일대를 돌아다녔던 강진은, 뻐근해진 몸의 근육을 풀기 위해 이리저리 허리를 돌렸다. 그러다 손에 쥔 핸드폰에 힘을 주었다. 익숙해진 한계가 또다시 차오르고 있었다. 집으로 전화를 하고 싶은 마음을 몇 번이나 내리눌렀는지도 까마득하다. 보고 싶은 마음을 바쁜 일정 뒤로 억지로 구겨 넣으며 아침을 맞이한 게 벌써 5일째. 오늘쯤 서희가 시험이 끝났을 텐데. 떨어져 있어도 함께 있는 기분이다. 서희의 모든 일상이 빼곡하게 들어차 있는 가슴으로 휑하니 바람이 불었다.

"여기까지 왔으면 좀 즐기지. 어휴. 최강진 고루한 건 알아 모셔야 해."

노크와 함께 들어온 시명의 음성이 뒤통수에 원망처럼 들러붙었다. 이렇게 따로 놀 거면 왜 따라왔느냐는 투정일 게다. 몸을 돌린 강진을 노려보는 시선 역시도 잔뜩 날이 서 있다.

"없는 사람 취급해. 애초에 나한테서 뭘 바란 것도 없었잖아."

"그건 그래. 단지 콧바람을 좀 쐬게 해 주고 싶었을 뿐이었지. 그래도 인마. 너 혼자 튀니까 애들이 다 너만 보잖아. 이 여행의 호스트는 엄연히 나라고. 왜 네가 주목을 받는 거냐!"

다가와 장난스럽게 멱살까지 쥐어흔드는 시명의 손을 웃으며 내려놓은 강진은, 진동으로 흔들리는 핸드폰을 물끄러미 내려다보았다. 집 전화번호였다. 혹시나 하는 기대감은 휴대폰 건너 들려오는 한씨의 음성에 차분하게 가라앉았다.

"네."

—아…… 잘 있나, 하고. 별일 없지? 일요일 밤에나 올 거야?

"네. 서희는요?"

—응? 아…… 바, 방에 있을 거야.

"시험이 어땠다는 말은 없어요?"

—그, 글쎄. 그건 잘…….

강진은 이맛살을 잘게 구겼다. 더듬거리는 듯한 한씨의 말투에서 심상치 않은 뉘앙스가 묘하게 잡혀 왔기 때문이었다.

"서희한테 무슨 일, 있습니까?"

돌려서 묻지 않은 질문에, 한씨가 수 초 동안 망설이다 이내 대답했다.

—사실은 강진아. 서희가 오늘 계속 안 보여. 방에 가방은 있는데. 언질도 없이 어딜 나갈 애가 아닌데 말이야. 이제 곧 어두워질 텐데 걱정돼서, 너한테 혹시나 연락이 갔나 전화해 본 거야.

툭, 밀어 올린 플립에 땀이 묻어났다. 서둘러 걸음을 옮겨 붙박이장으로 다가간 강진은 문을 열고 가방을 챙겼다. 옆에서 통화를 모두 듣고 있던 시명이 팔짱을 낀 채로 그를 응시했다.

"지금 가게?"

"가 봐야 할 것 같다. 서울에서 보자."

가방을 어깨에 멘 강진은 시명의 팔을 툭 치며, 붙박이장 옆의 협탁에 놓인 차 키를 움켜쥐었다. 시넝의 자동차 열쇠였다. 시명의 차에 합석해서 왔기에 홀로 돌아가야 할 지금, 그를 서울로 데려다 줄 기동력이 필요했다.

"이거. 나중에 돌려주마."

"야! 야, 인마!"

순식간에 문밖으로 사라진 강진을 보며 시명은 눈을 껌뻑거렸다. 무언가에 홀린 듯 텅 빈 허공만 바라보다가 이내 입을 열었다.

"자식이. 꼭 돌아갈 구실을 계속 찾고 있었던 것 같잖아."

강진이 저택으로 돌아온 건 밤 10시가 넘어서였다. 금요일 저녁이라 도로는 주차장을 방불케 하는 체증 현상으로 거의 마비가 되다시피 하여 차는 느림보 속도를 낼 수밖에 없었다. 오자마자 현관에서 마주친 한씨의 얼굴에서 서희는 여전히 행방불명인 상태라는 것을 알 수 있었다. 강진은 가방을 거실에 내던지듯 팽개친 후 한씨와 함께 집 안 구석구석을 둘러보았다. 방과 화장실, 베란다와 보조 주방까지, 이미 한씨가 한 차례 휩쓸었을 공간들을 강진도 빠짐없이 살펴보았다. 답답함에 갈라진 목으로 마른침이 고였다. 마음에 여유를 두려 했던 결정 따위, 잠시 선을 그어 보려 했던 의지를 배반하며 기어오르고 있는 보고픔에 이미 묻혀 버렸다. '에휴. 대체 어딜 간 거야.'라며 근심 어린 기색으로 한숨을 짓고 있는 한씨의 음성이 고막을 뚫었다. 강진은 그대로 현관을 박차고 나갔다.

창고 앞에 선 강진은 서희가 이곳에도 없다면 지난번 보았던 그 남학생을 수소문해 보리라 생각했다. 그런 불쾌한 불상사는 일어나지 않기를 바라며 문을 연 강진은, 뿌연 회색빛 조명 아래 침대에 누운 채 잠이 들어 있는 서희를 만날 수 있었다. 안도의 한숨이 어깨까지 뻐근하게 만들었다. 피식, 잇새로 새어 나오는 헛웃음이 등골을 내리 타고 흘렀다. 주머니에서 핸드폰을 꺼낸 강진은 저택의 번호를 눌러 한씨와 통화를 했다. 찾았으니 걱정하지 말라는 말에, 어디냐 묻기에 함께 있다고만 대답했다. 며칠 만에 만난 서희와의 시간을 방해받고 싶지 않아서였다.

사각사각, 바닥을 헤집으며 침대로 다가가는 걸음은 조심스러웠다. 코끝을 스치는 물감 냄새 속에 은은하게 퍼져 가는 서희의 샴푸 향이 그의 발길을 이끌었다. 평화로운 얼굴로 잠이 든 그녀를 내려다보며, 강진은 자신이 어찌 됐든 강원도에서 빨리 돌아올 계기를 찾고 있었다는 것을 깨달았다. 떨어져서도 잘 지낼 수 있을 거라, 스스로를 기만했던 꼴에 보기 좋게 패배당했지만 상관없었다. 일탈이라 해도, 괜찮을 것 같았다. 명료해지는 마음을 바탕으로, 강진은 손을 뻗어 서희의 얼굴을 어루만졌다.

"일어나. 유서희."

소원이 간절하면 이루어진다. 잠결에 그의 음성을 들은 서희는 꿈인가, 생각하다 뺨을 간질이는 현실의 감각에 번쩍 눈을 떴다. 홱 상반신을 일으켜 침대 끝에 걸터앉았다가 눈앞에 확연하게 드러나 있는 익숙한 실루엣을 보며 흠칫 놀라 몸을 떨었다. 심장에 몰려든 열기를 식혀 내기 위해 크게 호흡을 들이켠 그녀는, 머리가 아닌 가슴에 맺혀 있는 그의 얼굴을 확인하고야 말았다. 일요일에 돌아오기로 되어 있던 그가, 지금 왜 여기에 있는 걸까.

"혹시 지금 일요일이에요? 나 금요일에 잔 건데."

"아니. 금요일 맞아."

"근데 왜……."

여기에 있냐는 뒷말을 막으며 그가 입술을 겹쳐 왔다. 몽롱한 의식 속에서도 또렷하게 각인되어 있는 그의 입술이, 서희의 질서를 달콤하게 파괴하고 흩트려 놓고 정복했다. 단정하게 여미고 있던 여름 교복의 상의 아래로 그의 손이 파고들었을 때, 그리고 옆구리를 타고 올라와 덜 여문 젖가슴을 가득 움켜쥐었을 때, 그녀의 운명은 이미 결정이 나 버린 것일지도 몰랐다.

하지만 거기까지였다. 그는 더 이상 나아가지 않고 손과 함께 입술도 떼어 냈다. 올라가 있던 브래지어를 내려 주고, 교복의 옷깃을 다시금 여며 주고, 기울어진 이름표를 제자리에 돌려 주었다. 그리고 그녀의 이마에 제 이마를 기대며, 꽉 잠겨 있는 목소리를 끌어내었다.

"약속해. 너 어른이 되면, 나한테 다 주겠다고."

"……."

"약속해."

귓전에 새겨진 채로 지워지지 않을 말들. 서로의 외로움을 알아보았기에 엉겨들 수밖에 없었던 두 사람이었다. 더는 외롭고 아프게 영혼이 사그라지지 않도록 이 밤, 서희는 영원히 지키고 싶은 약속 하나를 그에게, 그리고 제 가슴에 대고 맹세했다.

서희는 고개를 끄덕였다.

빨리 어른이 되고 싶은 이유가, 하나 더 생겼다.

5
Blue, 파란(破亂)

　검은색의 링컨 컨티넨탈이 느린 속도로 저택으로 향하는 진입로에 들어서기 시작했다. 어제까지 내린 비가 여전히 대기 속에 눅진하게 들러붙어 있는 듯, 축축한 기운이 기분마저 가라앉히게 만드는 가을의 한복판이었다. 뒷좌석에 나른하게 몸을 묻으며 신문을 들여다보던 수찬은 창문을 반쯤 내려 하늘을 올려다보았다. 그가 세계 각지를 돌아다니며 돈에 모든 것을 걸고 있을 때에도, 세상은 변함없이 사계절을 담으며 끊임없이 지연의 행군을 히고 있었다. 시리도록 파란 하늘에 눈을 두던 수찬은 잠시 후 미간에 주름을 잡으며 창문을 다시 올려 버렸다. 예나 지금이나, 이 계절은 마음에 들지 않는다. 늘 이맘때면 삐죽삐죽 가시처럼 솟아나는 날카로운 기억들에 가슴이 산산조각이 난 지 오래면서도, 매번, 습관처럼 바라보게 되는 저 파란 하늘.

"강진이는?"

쓸데없는 상념을 털어 내려 수찬은 들고 있던 신문을 고쳐 쥐며 입을 열었다. 신문에 빼곡하게 박혀 있는 활자들에 신경을 쏟는 얼굴에는 다시금 무표정만이 서렸다.

"잘 지내고 있습니다, 사장님."

"여전히 학교와 도서관만 왔다 갔다 하면서?"

"네. 그런 것 같습니다."

강 실장은 룸미러로 뒷좌석을 흘깃 주시했다. 투자 건으로 홍콩과 마카오를 경유하여 일본을 마지막으로 한 석 달간의 긴 일정이 마무리되고 입국한 것이 조금 전. 지친 기색 하나 없이 곧장 저택으로 가자는 말에 강 실장은 잠시 제 귀를 의심하였다. 수찬이 저택으로 가자는 말을 하는 건 일 년에 한 번 있을까 말까 한 경이적인 일이기 때문이었다.

모두가 수찬을 작은 사무실을 하나 두고, 한가하게 낚시나 즐기면서 이자놀이나 하는 사람으로 알고 있지만, 그가 얼마나 거물인지 실체를 알게 되는 순간, 입에 거품을 물 정도였다.

주식으로 일어서서 세계 유수기업체들에 거액을 투자하는 큰손이 되기까지, 수찬의 옆에서 모든 행보를 함께해 온 강 실장마저 그 집요한 노력에 경외감을 갖기에 충분했다. 뉴욕, 런던, 파리, 도쿄, 로마에 큰 별장을 소유하고 있으며 그것 말고도 각종 부동산으로 쉴 새 없이 부를 축적하고 있었다.

신문에만 고정되어 있지만 강렬함을 감출 수 없는 저 시선은 언제 봐도 강진을 연상케 했다. 강진의 수려한 외모에서 풍기는, 보

통의 사람들과는 다른 이질적인 강렬함 역시 아버지의 피를 이어
받은 것이리라.

유 기사가 죽은 이후 이 차의 운전대는 강 실장이 잡게 되었다.
유 기사의 그, 사건 이후로 수찬은 새로운 사람을 들이기를 꺼려
했고 결국 강 실장의 일은 두 배로 늘어나게 된 셈이었다. 그러고
보니 시간이 제법 흘렀다. 강진이 스물둘, 서희가 열여덟이 됐으니
1년도 훨씬 지났다.

"그 아이는? 아…… 이름이 뭐였지?"

갑자기 수찬이 생각이 난 듯 덧붙여 묻자 강 실장은 긴장감에
잠시 호흡을 내쉬었다.

"유서희입니다. 사장님."

"아, 그래. 그때, 강 실장이 쓸데없는 일을 벌였어. 쯧. 그냥 버
려도 될 것을."

따끔한 질책에 왠지 할 말이 없어진 강 실장은 입을 다물었다.

"사람은 말이지. 생긴 대로 살아야 해. 얄량한 양심 챙기자고
내키지 않는 자선사업까지 벌이는 건 내 모습이 아닌데. 아닌 척
고고하게 있어 봐야 속에 든 찌꺼기들이 사라지는 게 아니거든.
개가 두 발로 긷는다고 사림이 되는 게 아니란 밀이지."

"……."

"개는 그냥 개일 뿐이야."

"……."

"유 기사가 그렇게 되었다고 그 식솔까지 왜 내가 책임을 져야
하나."

"나중을 위해서입니다, 사장님."

뱉어 놓고 아차 싶었던 강 실장은 다급히 룸미러를 쳐다보았다. 수찬에게 있어 아킬레스건이 될 부분을 건드린 까닭이었다. 예상대로 수찬의 얼굴은 싸늘하게 일그러졌다. 그리고 곧이어 비열한 냉소가 만면 가득 퍼졌다. 누구도 눈치채지 못할, 오로지 수찬과 강 실장 자신만이 알고 있는 모종의 미소.

"나중에…… 뭐가 어떻게 된다는 거지?"

"제가 실언을 했습니다. 죄송합니다."

"강 실장. 그렇게 오래 내 옆에 있었으면서도 아직도 나를 모르는군."

탁 소리가 나도록 신문을 접어 버린 수찬은 기분을 잡쳤다는 듯 옆 자리로 휙 내팽개쳤다.

"나한텐 아무 일도 일어날 수가 없어. 아무도 나를 어찌하지 못해. 내겐 돈이 있거든."

강 실장은 숨을 훅 들이켰다. 자신만만하면서도 늘 여유가 흘러넘치는 저 모습. 옆에서 사람이 죽어 나가도 유유자적 담배 한 개비를 입에 물 수 있는, 잔인함. 등골로 소름이 일었다. 잠시 잠깐 그런 수찬에게 건방지게 제 생각과 의견을 피력했다는 사실을 후회하며, 눈치 빠르게 화제를 바꾸었다.

"한씨에게 전화를 해 놓을까요? 저택에서 저녁을 드실 예정이신지."

수찬은 잠시 달아올랐던 가슴을 누르며 창밖으로 고개를 돌렸다. 저택으로 이어지는 도로 가에 은행나무가 즐비하다. 쌀쌀한 일요일 오후의 바람과 함께 바닥으로 내리꽂히는 이파리들은 그 옛날, 제 모습처럼 힘이 하나도 없어 보였다.

"강진이 녀석, 집에 있을 시간이 아니지?"

"아마 지금도 도서관에 있을 겁니다. 내년이면 졸업인데 가끔 바람도 좀 쐬면서 살면 좋을 텐데요."

"졸업이라. 더 넓은 세상으로 나가는 건가?"

입가에 슬쩍 냉소가 어린다.

철저한 애증의 대상.

늘 그 녀석을 보면 괴로움이 먼저 일었다. 한때 모든 것을 바쳤고 제 인생을 걸었던 그 여자가 유일하게 남기고 간 흔적. 부유했던 그녀와, 주먹 외에는 가진 것이 아무것도 없었던 젊은 날의 수찬 자신과의 시작은 어쩌면 끝이 뻔히 예상된 관계였을지도 몰랐다. 결국, 비슷한 환경의 부유한 남자를 만나 다른 삶을 꾸리게 된 그녀를 먼발치서 숨죽여 바라보기만 했던 이십 대의 세월들은 충분히 괴로웠다.

강진은 마치 그녀가 투영된 것 같았다. 그 녀석을 보면 자연스레 기억되고 떠올려지는 그 여자의 얼굴. 애정보다 증오가 먼저 샘솟는 이유는, 아마도 여전히 상처가 가슴에 화인처럼 새겨져 있기 때문일 게다. 그래서겠지. 그 녀석의 얼굴을 보지 않기 위해, 마주쳐서 마음이 괴롭지 않기 위해, 닥치는 대로 일거리를 만들어 밖으로만 나돌아 다니는 것은. 액세서리라는 말도 안 되는 단어로 강진과의 거리감을 만들려는 이유는. 그리고 오늘처럼 아주 가끔이라도 얼굴을 봐야 마음이 놓이는 것 같은 이율배반적인 모순도.

"나는, 그 녀석이 웃고 행복한 게 싫어."

조용한, 그러나 충분히 소름이 끼칠 만한 음성의 독백이 넓은 차 안을 가득 메웠다. 저가 괴로웠던 만큼, 그 녀석도 괴로워야 만족할 것 같은 마음은, 아직도 오래전 그녀와 이별을 했던 그 가을날에 멈추어져 있었다.

뒷목으로 닿는 더운 숨결이 몸속에 가라앉아 있던 긴장의 불씨를 끌어당겼다. 그가 입을 열 때마다 움찔 떨리는 어깨가, 파르르 속도를 더해 가는 맥박이, 붓을 쥐고 있는 손에도 전해져 순간순간마다 그림보다 가슴을 다독이는 것이 먼저였다.

"리듬을 탄다고 생각하면 돼. 툭툭, 마음속 리듬을 따라 점을 찍듯이, 붓을 옮겨 가 봐."

지하 창고, 이젤 앞에 앉아 있는 그녀의 뒤에서 그가 속삭였다. 가슴팍을 그녀의 등에 밀착시키고, 붓을 쥔 그녀의 팔을 따라, 그의 기다란 팔도 함께 겹쳐졌다. 강진이 휘두르는 팔의 힘에 의지하여 서희의 팔도 같이 움직여졌다.

그의 성격만큼이나, 붓을 날리는 모양새도 거침이 없다. 어디로 가야 할지, 무엇을 해야 할지, 절대 갈등하고 헤매는 법이 없었다. 생각하고 정한 방향대로 한 치의 망설임 없이 다가서고 움직인다. 정갈하면서도 간단명료하지만, 또한 집요했으며 고집스럽기도 했다.

"아무래도 난 그림엔 소질이 없나 봐요. 보는 건 좋은데 붓을 들고 그리는 건 부담이 돼요."

뛰고 있는 가슴을 들킬까 일부러 퉁명스럽게 내뱉었다. 정작 소질이 없는 것은, 그가 집요하게 보내고 있는 유혹의 분위기를 외면하는 거라는 것을, 모르지 않았다. 말이 입 밖으로 제대로 나가고 있는지 느끼지도 못할 정도로 서희의 머릿속은 아까부터 하얗게 비어 가고 있었던 것이다. 등으로 감기는 그의 체온이 뜨겁다. 목으로 부딪히는 숨결은 그보다 더한 농도의 열기를 담고 있었다.

"그래서?"

강진이 장난스레 속삭이듯 물으며 고개를 약간 틀자, 시야로 서희의 흰 목덜미가 들이쳤다. 뒤로 묶어 내린 머리칼 새로, 팔딱팔딱 생명력을 가지며 뛰고 있는 맥박의 움직임이 선연하게 잡혀 왔다. 조금만 가까이 다가서면 입술이 닿을 거리였지만 차마 갖다 대지 못하고 더운 숨만 내쉬었다. 강진의 그런 머뭇거림을 눈치챈 서희는 마른 입술을 축이며 애써 도화지로 신경을 모았다. 더듬거리는 말들 속에 떨리는 마음의 조각들이 낱낱이 박혀들었다.

"그래서…… 보는 걸로 만족을 해야 할 것 같아요. 오르지 못할 나무는 안 쳐다봤어야 하는 건데. 이 도화지를 다 채워 보겠다고 한 게 벌써 사흘이나 시났는데 아직 귀퉁이도 완성이 안 됐어요."

시간을 쪼개어, 그를 따라 시작한 서툰 그림들. 전문적으로 배운 게 아니었기에 당연하다 싶으면서도, 어쩐지 그에 비해 한참이나 뒤처진다는 느낌을 지울 수가 없다. 그러나 이어지는 위로 같은 그의 말에 서희는 크게 가슴을 부풀리며 심호흡을 하였다.

"목표나 야망 같은 건 무조건 크게 잡는 거야. 험난하면 험난할

수록 더 좋아. 이루어지든 이루어지지 않든, 그걸 이루는 과정에서 이미 내가 성큼 자라 버린 것 같거든."

가끔 그의 말들에서 그가 다 성장한 어른처럼 여겨질 때가 있었다. 유년기를 통째로 덜어 내어 버리고 곧장 어른이 되어 버린 남자를 보는 것 같다. 그의 유년은 어떠했을까, 궁금해하는 마음을 누르며 괜한 심통을 부려 본다.

"하지만 그만큼 더 실망하게 되잖아요. 내가 채우지 못한 빈 공간이 더 크게 느껴지니까요. 그래서……."

"그래서…… 내가 있잖아."

목덜미를 간질이는 속삭임에 서희는 순간적으로 그를 향해 고개를 돌렸다. 강진의 다갈색 눈동자가 깊이를 담고 일렁거리고 있었다. 얽혀 든 숨결 새로 파고드는 역력한 갈망의 표시.

"내가, 네 옆에."

다짐하듯, 그가 되뇐 말을 가슴에 담았다. 서희는 몸을 일으킨 그가 손을 내밀자 마주 잡았다. 딸려 올라간 몸이 금세 그의 단단한 품에 갇힌다. 등을 조여 오는 팔의 힘에 순간적으로 숨을 쉴 수가 없었지만, 망설이듯 조금씩 그의 허리를 감는 제 두 팔을 느낄수가 있었다. 그것은 보금자리를 찾아 헤매는 동물의 본능과도 같은 것이었다. 그러다 어느 순간에, 서희의 눈동자가 차츰 흐려졌다. 생각하지 말아야 할 것들이 뇌리를 스치고 달아난 까닭이었다. 행복한 순간에도, 불안을 먼저 생각하게 되어 버린 습관이 든 까닭이었다.

만약.

그가, 옆에 없는 순간이 온다면.

그래서, 다시 혼자인 순간이 온다면.

창고를 나와 서희의 손을 잡고 현관에 들어선 강진은, 낯선 구
두 두 켤레가 가지런히 놓인 바닥으로 잠시 시선을 내렸다. 낯설
다, 했으나 실상 두 켤레의 구두 중 하나의 주인이 누구인지 모르
지 않았다. 거실로 던진 시선이 무감하게 가라앉는다. 소파에 앉아
다리를 꼰 채로 신문을 들고 있는 수찬. 그 옆에 서서 두 손을 가
지런히 앞으로 모으고 있는 강 실장. 그들의 눈길이 일제히 현관
쪽을 향했다. 강진에게 잡혀 있던 서희의 손이 순식간에 빠져나갔
다. 강진과 똑같은 광경을 보았을 그녀가 힘을 주어 손을 빼낸 탓
이었다. 손바닥의 온기가 급격하게 식어 버려 잠시 후 차가운 한
기로 변해 갔다. 수찬을 지나 강 실장을 향해 눈인사를 했지만, 길
게 이어지던 침묵을 깨고 말문을 먼저 연 건 수찬이었다.

"복병이 숨어 있었군."

강진의 손에 잡혀 있던 서희의 손을 이미 발견한 후였다. 수찬
은 아들의 얼굴에서 눈을 떼지 않은 채로 강 실장에게 질문을 던
졌다.

"예상치 못했던 전개야. 그렇지 않나, 강 실장?"

비수가 들어 있는 수찬의 힐난에, 강 실장은 제 발 저린 듯 고
개만 숙이고 있었다. 흘깃 현관 쪽을 살폈지만 강진과 서희 사이
에 흐르고 있는 미묘한 분위기는 아무리 생각해도 자신이 느끼고
있는 것이 맞는 것 같았다. 그리고 수찬도 똑같은 생각을 하고 있

는 듯했다.

수찬과 강 실장을 본 서희는 당혹감을 머금은 채로 아래로 시선
을 떨어뜨렸다. 고등학교를 졸업할 때까지 돌봐 주겠다며 강 실장
을 앞세워 집 앞으로 찾아왔던 저분의 얼굴을 일 년이 훨씬 지난
지금에서야 또렷하게 보게 되었다. 처음 찾아왔던 그날은 차의 뒷
좌석에서 반쯤 내린 창틈으로 가볍게 고개만 끄덕였던 저분의 얼
굴은, 생각했던 것보다 훨씬 더 강진을 닮아 있었다. 하지만, 싸늘
하게만 느껴지는 눈빛은 몸에 한기가 들 정도였다.

자신을 돌봐 주겠다는 말에, 마음이 따뜻한 분일 거라고만 생각
했는데. 어째서 분위기가 이렇게까지 기묘하고 소름이 일 정도로
무서워지는 것일까. 그리고 단단히 경직되어 있는 것 같은 강진의
분위기는 바로 옆에서도 확연하게 느껴질 정도였다.

"올라가 있어."

강진은 서희의 팔꿈치를 잡고 안으로 들이밀었다. 그녀에겐 절
대 보여 주고 싶지 않은 광경과 마주한 순간, 먼저 생각이 난 건
서희를 보호해야 한다는 것이었다. 이런 상황에 뒤섞여 힘이 드는
건 자신만으로 충분했다.

"저어. 사장님. 식사 준비 다 되었습니다."

주방을 나온 한씨가 말하자, 수찬과 강 실장의 시선이 잠시 그
녀를 향했다. 그 틈을 타 서희가 걱정스러운 얼굴로 그를 돌아보
았다. 이해할 수 없는 냉랭한 분위기에 겁을 집어먹은 듯했으나
강진은 안심하라는 듯, 엷은 미소를 띠고 입술로 말을 전했다.

'괜찮아. 올라가.'

대리석 식탁 위로 제 얼굴이 선명하게 투영되었다. 식당의 천정에 달린 샹들리에 빛살을 역광으로 받아 윤곽은 희미했지만, 일자로 굳게 다물려 경직되어 있는 입술은 또렷한 영상처럼 그의 눈에 비쳐 들었다. 침묵의 공간. 길고 넓은 식탁. 오직 수찬과 강진만이 자리를 하고 있는 식당은 화려한 조명과 값비싼 식기가 빼곡했지만, 그것들은 또한 텅 빈 허상들 같기도 했다. 고기 한 점을 썰어 포크로 찍은 수찬이 입안 가득 삼키며 강진을 응시했다.

"넌, 안 먹니?"

"나중에 먹겠습니다."

혼자 저녁을 먹게 될 서희를 위해서이기도 했지만, 수찬의 앞에서 소화가 될 리 만무한 음식들을 억지로 구겨 넣고 싶지 않아서였다. 알겠다는 듯 고개를 크게 끄덕인 수찬은 또 한 점 입안에 넣은 후 입맛을 다셨다.

"한씨, 스테이크 만드는 솜씨는 여전하구나. 내가 이래서 한씨가 만든 음식은 남김없이 다 먹는 편이지."

포크를 내려놓은 수찬은 냅킨을 집어 들고 천천히 입술을 닦아내기 시작했다. 그런 그의 행동 하나하나를 강진은 지켜보고 있었다. 식탁 위로 두 사람의 시선이 팽팽하게 맞물렸고 먼저 피한 건 수찬 쪽이었다.

"얼굴이 좋아 보이는구나."

"그런가요?"

"네가 좋아 보이는데, 난 왜 기분이 나쁘지?"

찰나였지만, 강진의 눈빛이 흔들렸다. '좋아 보인다.'는 말이 서희의 손을 잡고 있는 모습을 염두에 둔 말이라는 것을 알지만, 또한 그걸로 자신과 서희와의 관계를 어느 정도 짐작하고 있으리란 추측도 가능했지만, 기분이 나쁘다는 말은 전혀, 의외였다.

무관심. 방임. 방치.

따라서 강진이 누구와 어떤 관계를 맺든 수찬은 철저하게 무신경했어야 했다. 지금까지 그래 왔던 것처럼. 그리고 덧붙여진 수찬의 말은 강진을 조금 더 당황케 만들었다. 지금껏 단 한 번도 없었던 도발. 신경을 묘하게 거슬리게 하는 눈빛이었다.

"내 앞에서, 웃고 행복해하는 게 싫다. 보면 부서뜨리고 싶은 충동이 일어."

"놀랍군요. 그런 뒤끝 있는 마인드로 이렇게나 성공을 하셨다니."

"쥐도 코너에 몰리면 고양이를 문다잖니. 내가 문 고양이는 제법 몸집이 컸던 모양이지."

냉소하며 다시금 포크를 집어 드는 수찬을 지켜보던 강진은, 흔들림을 머금은 눈빛을 싹 지우고 의자에 등을 깊이 묻었다.

"저는 웃을 것이고 또 행복할 겁니다. 기필코."

담담한 척 가장한 두 시선이 허공에서 한데 맞물렸다. 먼저 끊어 낸 것은 강진이었다.

"식사, 계속 하세요."

"그래. 그러자꾸나."

덤덤한 척했으나 날카로운 조각조각들이 칼처럼 심장을 깊숙이 찔러 오는 느낌이었다. 그때, 수찬이 했던 말들의 의미를 좀 더 일찍 파악했더라면, 저 무심한 얼굴의 뒤편에 도사리고 있는 섬뜩한 조소를 일찍 알아챘더라면, 그가 서희를 안으며 웃고 행복할 수 있는 날이 좀 더 빨리 왔을지도 몰랐다. 먼 훗날, 짐작할 수도 없는 긴 시간을 돌고 돌아 오는 것이 아니라……

계단의 난간에 의지했던 손을 떼어 내며 2층에 올라선 강진은, 복도의 제일 끄트머리, 방문 앞에 서 있는 서희를 발견하곤 걸음을 멈추었다. 수찬과 강 실장이 돌아간 밤. 복도의 불은 모두 꺼져 있었고 벽에 부착된 작은 비상등에서 파란 불빛만이 내리치고 있었다. 그녀의 긴 머리가 등에서 찰랑거렸다. 발소리를 들었는지 이쪽으로 돌아보는 얼굴은 걱정스러움이 가득이다. 차마 다가오지 못하는 이유는 아마도 그의 만면에 퍼져 있는 어두운 그림자를 보았기 때문이리라.

잠시 멈추었던 걸음을 이어 간 그는 서희의 앞으로 다가왔다. 수찬을 만난 후 형편없이 뒤얽혔던 마음이 그녀의 얼굴을 보자 한꺼번에 사라지고, 그 자리를 엷은 미소가 대신하기 시작했다. 강진은 서희의 손을 잡았다.

"배고프지 않아? 뭐라도 먹자."

"괜찮으세요?"

대답 대신 나간 질문에 고개만 끄덕여 보이는 그에게 서희는 더 이상 묻지 못했다. 잡힌 손이 시큰거렸다. 익숙한 듯 저릿한 전류가 절박하게 뛰는 심장으로 흘러들었다.

아무것도 물어오지 않고 그저 묵묵히 손만 내어주는 서희를 물끄러미 내려다보며, 강진은 그녀의 얼굴 옆, 벽에 이마를 묻었다. 뭐라도 먹자는 말은 형식상 나간 말일 뿐, 실상 어떤 것도 마음에 진 허기를 채워 줄 수 없다는 것을 잘 알고 있었다. 그래서······.

"서희야."

유일하게 제 가슴을 다독여 주는 이의 이름을 부를 수밖에 없었다.

"네······."

"네가 어른이었다면, 오늘······."

너를 안았을지도 몰라.

뒷말을 삼키며 입을 닫았다. 대신에 더듬더듬 입술을 옮겨 서희의 뺨으로 옮겨 갔다. 가느다란 목선을 쓸고 다시 올라와 귓전을 파고든다. 두근거림으로 거칠게 심호흡을 한 탓에 적당하게 부풀어진 그녀의 젖가슴을 감각하며, 강진은 언저리만 맴돌던 입술을 크게 벌려 그녀의 입술을 모조리 삼켜 냈다. 그리고 이내 두 손으로 서희의 얼굴을 감싸 쥐었다. 한 치의 틈도 없이 깊숙하게 맞물린 입술 사이로, 더운 열기와 함께 건너간 혀가 그녀의 입안을 제멋대로 헤집었다. 흐르는 서희의 타액을 제 목으로 넘기고 들이마시며 취하였다.

싸늘하게 밀려드는 조명 빛에, 두 사람의 머리 위로 파란 그림자가 지기 시작했다.

❖

파란색 우산을 쓰고 교문을 나선 서희는, 앞을 막아서며 나타난 강 실장을 발견하며 순간적으로 놀란 가슴을 쓸어내렸다. 비가 거세게 내리고 있는 탓에 우산 속에 가려진 강 실장의 얼굴은 흐릿하고 핏기 하나 없어 보였다. 자주 보는 얼굴은 아니었지만 그래도 어제 수찬과 함께 저택에서 봤을 때는 이 정도의 싸늘함은 느껴지지 않았는데. 무슨 일일까. 걱정스러운 얼굴로 서희는 그를 향해 고개를 끄덕이며 인사를 했다.

"강진이가 매일 태우러 오는 거야?"

"네."

그 사실을 어떻게 알았느냐는 질문은 하고 싶지 않았다. 아마도 한씨 아주머니를 통해 들은 정보이리라.

"오늘은 나랑 같이 어딜 좀 가야 해, 서희야."

망설이듯, 머뭇거리듯, 힘겹게 내뱉는 것 같은 강 실장의 말에 서희는 우산을 다른 손에 고쳐 쥐며 고개를 갸웃거렸다.

"어딜요?"

"사장님이 너를 만나고 싶어 하셔."

"사장님이라면……."

"그래. 강진이 아버지 말이야."

가슴이 가볍게 뛰었다. 어제 저택에서 느꼈던, 그 기묘하면서노 유쾌하지 못했던 기분을 떠올린 때문이었다. 그를 어둡게 만들었던 그 상황들이 다시금 망막으로 스쳤다. 서희는 대답을 미룬 채 강 실장의 어깨 너머로, 강진의 차가 늘 서 있던 곳에 눈을 두었다. 조금 있으면 그가 도착할 시간인데. 그가, 올 시간이 다 됐는데. 내리치는 빗줄기 새로 환영처럼 그가 보였다. 눈을 껌뻑이자 그것은 곧 다른 이의 형체로 변하였다. 서희는 한숨을 쉬며 강 실장에게로 다시 눈길을 돌렸다.

　그곳은 24층짜리 건물의 가장 꼭대기 층에 있는, 사방이 통유리로 되어 있는 꽤나 넓은 사무실이었다. 전 방위가 뻥 뚫려 있기에 어딜 둘러보아도 빽빽한 빌딩숲뿐이었다. 창을 때리는 빗줄기 소리는 방음이 잘 되어 있는 유리 탓에 거의 들리지 않았지만, 사선으로 내리치는 모양새는 확연하게 시야에 잡혀 왔다. 덕분에 하얗게 대기를 적시는 비의 한가운데에 서 있는 기분이었다. 그 넓은 공간의 한가운데에 수찬이 등을 진 채로 책상 앞 회전의자에 앉아 있었다. 저가 사무실에 들어섰는데도 의자를 돌리지 않고 있어 인사를 해야 하나 말아야 하나 서희는 잠시 갈등했다. 하지만 강 실장이 이끄는 대로 응접소파에 앉자마자 회전의자가 차르르 돌아서는 소리가 들렸다.

　엉거주춤 엉덩이를 들고 일어나 인사를 하자, 수찬이 빙그레 웃었다. 그 웃음에 실려 있는 묘한 뉘앙스를 채 파악하기도 전에, 수찬은 다시 의자를 돌려 버렸다.

　"이런 말, 정말 미안하구나."

　무릎에 놓인 손을 맞잡아 깍지를 낀 서희는 다짜고짜 미안하다고 말하는 강 실장에게로 얼굴을 돌렸다. 왜냐고 묻는 그녀의 표정을 읽었는지, 강 실장은 잠시 수찬의 등을 응시하다 혀로 마른 입술을 축였다.

　"저택에서 나가 달라는 사장님의 당부가 계셔."

"……왜, 왜요? 제가 무슨 잘못이라도."

한동안 잘못 들었나, 싶었다. 그러나 강 실장의 진지한 얼굴은 내뱉은 말을 쉽게 번복을 할 것 같지 않았다. 입술을 살짝 깨문 강 실장은 어두운 기색의 얼굴로 말을 이어 갔다.

"사실은 서희 네 아버지, 그러니까 유 기사님이……."

"……."

"업무상 중요한 내용이 든 USB를 빼돌렸어. CCTV만 확보하면 쉽게 범인을 잡을 수 있다는 사실을 유 기사님이 잠시 잊었던 모양이야. 그동안 빚에 많이 허덕이셔서 순간적으로 실수를 저지르신 거지. 그 때문에 회사가 잠시 힘들어질 뻔했단다. 모두 돌아가시기 직전에 있었던 일이야."

멍멍해진 귓전에, 충격이 실린 당혹감이 강렬한 형태로 들이쳤다. 눈을 뜨고는 있지만 잠시 앞이 컴컴해진 것도 같았다. 충격. 이어지는 깊은 좌절감. 서희의 눈동자가 파란을 일으키며 갈피를 잡지 못하고 이지러졌다. 사고의 회로가 일시적으로 차단된 와중에도 한 가지 의문이 떠올라 겨우 떨리는 입술을 열었다.

"그, 그런데, 왜 저를 돌봐 주신……."

"그럼에도 불구하고 사장님께서, 아직 이런 내가 신경이 쓰이셨던 거지."

다물린 입술이 아려 옴과 동시에 가슴도 아려 왔다. 강 실장이 하고 있는 말속에서 배은망덕이라는 단어를 떠올린 때문이었다.

"강진이랑 너. 보통 사이가 아닌 모양인데…… 그걸 보는 사장님의 심기가……. 네가 저택에서 나가 주기만 하면 모두 다 잊으시겠대."

늘어진 어깨에 실린 삶의 무게가 무겁다. 돌고 돌아 결국 제자리로 간 듯한 허탈함에 멍해진 눈과 귀를 추스를 정신도 없이, 그녀는 허겁지겁 바닥에 무릎을 꿇고 붉어진 얼굴로 애원했다.

"없는 듯이 지내겠습니다. 공부만 하면서…… 말 한마디 하지 않고 지내겠습니다."

"……"

"그러니까 졸업할 때까지만…… 봐주세요. 부탁드립니다. 사장님께 진 신세는 제가 커서 반드시 갚겠습니다. 아버지 몫까지 다 갚겠습니다."

절규를 터뜨리며 매달리는 서희의 얼굴은 눈물로 젖어 있었다. 단둘뿐이었던 유일한 핏줄인 아버지의 죄를, 대신 제 이마에 주홍 글씨로 새기는 한이 있어도 그가 있는 저택을 떠날 수 없었다. 그 절박함에 기대어 빌고 또 빌었지만, 아직 어린 나이 때문에 이 상황에 할 수 있는 일이 없다는 사실에 그저 또 한 번 절망할 뿐이었다.

"서희야."

밀려드는 안타까움을 속으로 애써 묻은 강 실장은, 원망의 시선으로 수찬의 등을 바라보았다. 침묵에 갇힌 수찬은 어떤 제스처도 취하지 않고 있지만 보이지 않는 끈으로 계속해서 자신을 조종하고 있다는 것을 알 수 있었다. 강 실장은 수찬 몰래 흔들리는 서희의 어깨를 토닥여 주었다.

그로부터 두 시간 후, 서희는 저려 오는 다리에 겨우 힘을 주며 몸을 일으켰다. 말로 애원하는 대신에 무릎을 꿇고 사죄를 빌었지만 돌아온 건 수찬의 냉랭한 무응답뿐이었다. 휘청거리는 몸을 강 실장이 부축해 주자 서희는 파랗게 탈색된 입술을 겨우 열었다.

"……뭐라 드릴 말씀이 없어요. 아저씨."

"서희야."

"아버지를 대신해서, 정말 죄송합니다. 죄송합니다. 죄송합니다."

강진이 하지 못하게 막았던 '죄송합니다.'라는 말이 입에서 폭 포수처럼 쏟아졌다. 지끈거려 오는 머리와 텅 비어 버린 가슴이 황망하고 공허한 바람을 만들어 냈다. 가슴 한가운데로 싸늘한 통증이 박혀 온다. 손에 쥘 수 없는 그를 떠올리며 서희는 발길을 옮겼다.

서희가 나가자 기다렸다는 듯 수찬의 회전의자가 돌려졌다.

"잘 했어. 강 실장. 시키는 일은 참 잘 해낸단 말이지."

입술 끝에 조소를 매달고 있는 수찬은 잔인하도록 포악해 보였다.

"자, 이제 강진이 녀석한테도 연락을 해 줘야지?"

강 실장은 침울한 얼굴로 입술을 사려 물었다. 저 아이들이, 아프다. 저렇게 아픈데도 하지 말아야 할 짓을 끝내 저질러 버린 이 비양심을 스스로가 꾸짖고 있었다. 수찬을 똑바로 응시하는 눈빛에는 일 년 전, 그날의 산, 그 순간으로 돌아가 있었다. 서희에게 했던 말들은 모두 사실이었다. 빗에 허덕이고 있었던 유 기사의 한순간의 착각과 실수. 그리고 홀로 남게 된 서희가 불쌍하여 그럴싸한 핑계로 저택으로 데리고 왔던 그 자신. 그러나…….

비통함에 찬 강 실장의 눈이 수찬에게 따지듯 눈으로 묻는다.

이게, 전부가 아니지 않습니까.

가을이 깊어지고 있음을 알리는 비는, 그 옛날 서희가 살던 동네에도 내리고 있었다. 수찬의 사무실을 나와 한동안 멍하니 버스 정류장의 의자에만 앉아 있다가 결국 발걸음을 한 곳이 여기였다. 좁은 골목. 전단지가 덕지덕지 붙은 전봇대. 금방이라도 터져 버릴 것만 같은 낡고 허름한 가로등의 전구. 치우지 않은 쓰레기봉투들. 페인트칠이 다 벗겨진 철제 대문들. 왈왈 짖어 대는 강아지 소리. 높은 허공에 어지럽게 얽혀든 전깃줄까지. 그녀가 떠나기 전의 익숙한 모습 그대로였다.

저가 살던 집의 대문 앞에 도착한 서희는 잠시 우산을 뒤로 기울이고 고개를 들었다. 희미한 불빛이 새어 나오고 있는 조그만 창문이 눈에 들어왔다. 저가 살던 동안에도 폐허 같은 곳이었지만, 지금은 또 다른 사람에게 소중한 보금자리가 되어 있을 것이었다.

'왜 그랬어, 아빠.'

삶에 힘겹게 저항하다가 어느 순간 맥을 놓아 버렸을 아빠의 고통이, 수찬을 향한 죄책감만큼이나 크게 느껴지자 울컥 눈앞이 흐려졌다. 손등으로 눈물을 닦은 서희는 몸을 돌려 아직 젖지 않은 벽에 등을 기대었다. 관망하듯이 비를 바라본다. 붉어진 눈시울이 뜨거운 열기를 선사하자, 또 다른 방향에서 서글픈 감정들이 튀어올랐다.

그가 없다. 이곳은 그가 없는 곳이다.

저택, 그녀의 방에 있던 물건들을 모두 챙겨야 하는데. 그곳에 돌아갈 염치가 조금이라도 생기게 될까. 그는 지금쯤 뭘 하고 있을까. 완성하지 못한 서툰 그림들과 함께 그를 떠올렸다. 매시간 의식을 잠식하고 침범하고 흔들겠지. 막막해진 앞날보다도, 그를 향한 그리움이 더 절박해져 갔다. 우산으로 후둑후둑 내리꽂히는 빗소리가 점차 요란해졌다. 비 말고는 보이는 것이 아무것도 없었다.

"어? 서희 아냐?"

그때, 빗소리를 헤치고 들려온 음성에 고개를 돌렸다. 저만치 파랗게 퍼지는 가로등 아래, 우산을 쓰지 않아 교복이 흠뻑 젖은 채로 민우가 우뚝 멈추어 서 있었다. 긴가민가 잠시 서희를 주시하던 민우는, 제 짐작이 맞는다는 것을 확인한 후에야 머리에 이고 있던 가방을 손에 쥐고 서희의 우산 속으로 달려 들어왔다.

서희의 방문을 거칠게 열어젖힌 강진은 방이 텅 비어 있음을 확인하고 눈매를 가늘게 늘였다. 교문 앞에서 한참 동안 기다려도 끝내 나오지 않는 서희 때문에 교실까지 찾아갔으나, 이미 하교한 뒤라는 친구들의 전언만 들었을 뿐이었다. 어제 수찬이 다녀간 후로 지금까지 내내 신경을 곤두세우고 있었던 탓인지, 서희의 행보에서 어딘가 심상치 않은 분위기가 읽혔다. 손을 허리에 얹고 발밑으로 뜨거운 한숨을 토해 냈다. 창고도, 어디에서도 찾을 수 없

는 서희 때문에, 거칠게 차오르고 있는 답답함을 필사적으로 참아
내고 있었다.

　그 순간 교문 앞의 남학생이 떠올랐다. 강진은 서희가 살았던
곳을 알아보기 위해 강 실장에게 전화를 걸었다. 서희가 갈 만한
곳은 아무래도 그곳 언저리, 어딘가일 것 같았다. 설령 없다고 해
도 그녀를 찾는 여정은 그곳에서부터 시작해야 할 것 같았다. 만
약 그곳에도 없다면 서울 시내 전체를 훑고 다녀야 할지도 모르기
에 불쾌함 같은 건 떠올릴 여유가 없었다.

　—강진아.

　"여쭤볼 게 있어서 전화 드렸습니다."

　—무슨 말 하려는지 안다. 먼저 내 말부터 들어. 서희를 그만 놓아주
거라.

　불길한 예감은 언제나 현실로. 그리고 그 현실에 맞닿아 있는
것의 특성은 항상 잔인한 것들이었다. 일탈의 결과는 늘 나쁜 쪽
으로 기울어지기 마련이었고, 이번에 그것은 강진에게로 모두, 수
렴되었다. 거의 십여 분 동안, 강 실장은 혼자서 주절주절했지만
강진의 귓전은 그저 웡웡거릴 뿐이었다. 그리고 마침내 강 실장의
말이 모두 끝났을 때, 그는 서희의 침대에 털썩 걸터앉아 허공만
주시했다.

　'내 앞에서, 웃고 행복해하는 게 싫다.'

　짧게 떠오른 수찬의 말 때문에 강진의 숨결이 잠시 어지러이 흩
트려졌다. 핸드폰을 쥔 손에 섬뜩하리만치 차가운 냉기가 흘렀지
만 억지로 이성을 챙기고 다시금 핸드폰에 귀를 기울였다.

―강진아. 듣고 있니? 그래서 서희는 저택을 떠나게 될 거라고.

칼날이 베어 간 자국이 욱신거리고 아파 왔지만 어떻게든 의식을 추슬러야 할 필요가 있었다. 무엇보다, 서희에겐 현재 머물 곳이 없다. 그 생각은 강 실장이 했던, 여타 다른 말들을 깡그리 망각하게 만들었다.

"저를 조금이라도 생각해 주시는 마음을 믿고 질문하는 겁니다. 서희 예전에 살던 집 주소, 알려 주십시오."

긴 한숨이 묻은 강 실장의 부름이 귓전에 심술처럼 와락 달라붙었지만 강진은 개의치 않았다.

―……강진아.

"알려 주세요."

서희가 쓰던 연습장의 귀퉁이를 아무렇게나 찢어 강 실장이 불러 주는 대로 빠르게 메모해 갔다. 그리고 통화가 끝나자마자 그는 벽을 향해 핸드폰을 집어 던졌다.

탁!

빠르게 날아간 핸드폰이 벽에 부딪쳐 파열음을 내며 세상의 모든 소음들을 지워 버렸다. 그동안 가슴속에 응축시켜 놓았던 무언가가 금방이라도 터질 것만 같았다. 바닥으로 흩어지는 조각소각들에 잠시 눈을 두던 강진은 손바닥으로 마른 얼굴을 쓸어 내며 곧 방을 나섰다.

빗줄기가 만들어 내는 하얀 여백 사이로 미로처럼 뻗어 있는 좁은 골목을 저벅저벅 걸었다. 집 한 채 한 채를 지나갈 때마다 손에 든 쪽지에 적힌 주소를 비교하여 확인하는 눈길은 다급했다. 빗기가 엉겨 붙어 있는 차가운 가을 밤 공기 속에서 혹여 서희가 떨고 있을까, 걱정스런 마음에 우산을 쥔 손에 핏발이 일었다. 그러다 마지막 모퉁이를 돌아 또 다른 골목으로 접어든 순간, 그는 걸음을 느리게 끌었다. 한 우산을 쓰고 마주 보고 있는 서희와 그 녀석을 발견한 탓이었다.

가물가물 거의 빛을 내지 못하고 있는 가로등은 본디의 색을 잃어버린 것인지 파란 빛을 퍼뜨리고 있었다. 사선으로 내리치고 있는 장대비가 그 파란색의 배경 속에서 처연함을 더해 갔다.

걱정스러운 얼굴을 하고 있는 그 녀석, 그리고 어두운 얼굴을 한 서희를 보며, 강진은 밀려드는 불안감을 머릿속에서 간신히 몰아내었다. 그들이 더 잘 보이도록, 천천히 우산을 고쳐 들었다. 무섭도록 내리깔린 그의 음성이 요란한 빗줄기를 뚫고 두 사람을 향했다.

"이리 와. 유서희."

갑작스런 기척에 놀란 민우가 돌아보았지만, 그의 음성임을 알아차린 서희는 어깨를 흠칫 떨면서도 고개를 돌리지 않고 있었다.

"내 말, 안 들려?"

되살아나려 하는 죄책감. 이어지는 자괴감이 서희를 괴롭혔다. 오늘 내내 너무도 그리웠던 목소리를 바로 옆에서 듣고 있는데도 고개를 돌릴 수 없는 심정이 작은 가슴에 고스란히 담겼다.

의아한 표정으로 서희와 강진을 번갈아 보던 민우는, 서희가 곤혹스러워하는 얼굴로 말을 하지 못하자 대신 입을 열었다.

"저기요. 누구신지는 모르겠지만 지금은 서희가……."

"오빠는 집으로 들어가. 내가…… 흐윽!"

민우를 끌어들일 문제가 아니라는 것을 잘 알고 있기에 하는 수 없이 서희가 입을 연 순간, 다가온 강진이 팔을 뻗어 왔다. 그녀의 손목을 끌어당겨 금세 자신의 우산 속으로 가두어 버린다. 허리를 감고 몸을 끌어안았다.

"이것 보세요! 지금 뭐 하시는 거예요! 당신이 누군데!"

당황하여 소리치고 있는 민우의 외침은 허공으로 흩어질 뿐이었다. 강진은 제 품에 갇혀 젖은 눈을 들고 있는 서희에게 시선을 박은 채로, 민우를 향해 나직이 입을 열었다.

"최강진."

"……."

"내 이름이야. 그리고 서희는……."

내 모든 것과 온전히 겹쳐진 이름.

네가 함부로 부를 수 없는 이름.

내리치는 빗줄기 새로 파랗게 젖어든 서희의 얼굴은 창백해 보였다. 체온이 내려간 그녀의 몸은 온기가 절실하게 필요해 보였다. 강진은 고개를 들고 민우를 바라보있다.

눈은 민우를 향해 있지만, 마음은 수찬을 보며, 뭉그러져 가는 마음이 보내는 절박한 신호를 전했다.

우리를, 그냥 둬.

6

White, 갈망

좁은 시멘트 마당의 곳곳에 뚫린 골로 강한 빗줄기가 무섭게 내리꽂히고 있는 밤이었다. 댓돌에 비스듬히 놓인 민우의 운동화를 정리한 기수는, 처마 끝으로 주룩주룩 떨어지는 비를 응시하며 입을 열었다.

"그러게 우산 갖고 가랬더니 말 안 듣고 꼴좋다, 요 녀석아. 물에 빠진 생쥐마냥 홀딱 젖어서 왔구먼."

"에이. 우산이라 해 봤자 순 아귀가 안 맞는 것들뿐이면서. 새 우산 좀 사 두시라니까요."

비를 많이 맞은 탓에 몸을 씻고 머리를 수건으로 닦으며 마루로 나온 민우는 기수의 옆에 털썩 주저앉고는 머리를 슬쩍 바깥으로 내밀고 물기를 마저 털어 냈다. 그러다 발톱에 낀 때를 발견하곤 손으로 대충 훑어 내리던 민우는 갑자기 생각이 난 듯 고개를 들었다.

"서희한테 무슨 일이 생긴 것 같아요, 아버지."

"무슨 일이라니?"

돌아보는 기수의 얼굴에 감출 수 없는 근심이 어렸다. 죽은 친구를 대신해서, 자식이나 다름없는 서희의 안부를 늘 걱정하고 신경을 써 왔던 터라, 무슨 일이 생긴 것 같다는 민우의 말에 자연스레 인상이 써질 수밖에 없었다. 가진 게 없어 해 줄 수 있는 것은 아무것도 없었지만, 그러했기에 항상 서희에게 미안하기만 했다. 기수는 말만 던져 놓고 입을 꾹 닫은 아들 녀석의 팔을 세게 치며 대답을 채근했다.

"아, 자세히 말해 봐. 요 녀석아."

"아얏! 아, 거 좀 소중한 팔뚝 자꾸 치지 마시라니까."

"대답이나 해."

"……좀 전에 요 앞 골목에서 마주쳤는데요. 자세하게 말은 안 하는데 애가 그냥……."

"요 앞 골목? 서희가 이 동네엘 왜 와?"

몸을 민우의 앞으로 바짝 끌고 온 기수가 자글자글한 주름살을 더욱 깊이 패며 묻자, 민우는 다시금 발톱으로 시선을 내렸다.

"뭐, 올 수도 있죠. 그래도 오래 산 곳인데."

"흐음."

"그 좋은 집에서 잘 사나 싶었는데 애 얼굴에 근심이 가득하더라구요."

"그래서 서희 어디 갔냐."

발톱을 만지던 손의 움직임이 툭, 멈추어졌다.

"아…… 돌아가, 갔어요."

"그래? 하…… 그 저택인지 뭔지에 한번 가 봐야 하나. 그 녀석 잘 지내고 있는지도 궁금하고."

"근데 더 이상한 건요, 아버지……."

저도 모르게 허공을 응시하며 독백처럼 나간 말이었다. 조금 전, 골목에서 보았던 광경에 대해 설명을 하고 싶은 의도가 전혀 없었던, 무언가에 홀린 듯한 마음이 실언을 한 것처럼 입 밖으로 나간 것이었다. 퍼뜩 정신을 챙긴 민우는 뒷말을 기다리고 있는 기수를 보며 고개를 강하게 저었다.

"아, 아니에요. 아무것도요."

민우의 가슴이 수많은 의문들로 가볍게 뛰기 시작했다. 갑자기 나타나 서희를 데리고 간 남자. 서희가 살고 있는 저택과 관련이 있는 사람이라는 것쯤은 쉽게 추측할 수 있었지만, 그 밖의 것들은 안개에 휩싸인 듯 오리무중이었다.

그 남자에게서 풍겼던, 기묘하면서도 어딘가 이질적인 분위기에 한순간에 압도되어, 서희를 잡으려 뻗었던 팔을 스르르 거둬들일 수밖에 없었다. 이해할 수 없는 이유로 순식간에 그들로부터 유리되어 타인이 되어 버린 듯한 기분. 우산 속에 함께 있는 두 사람을 본 순간, 그들은 마치 세상과 동떨어진 둘만의 견고한 공간에 갇힌 듯해 보였다. 누구의 침범도 허락하지 않는 성에 둘밖에 모른 채로 살아가는 왕자와 공주. 떼려야 뗄 수 없는 동전의 앞뒤. 뿌리를 함께한 두 갈래의 나무. 그런 감상적인 조합의 문구들이 민우의 머릿속에서 춤을 추었다.

"에잇! 나 발톱 좀 깎아 줘, 아버지."

괜히 기수의 다리에 제 발을 툭 올려놓고 심술을 부려 보았다. 두 사람의 모습을 머릿속에서 몰아내기 위해선 뭐라도 해야 했다.

"저리 안 치우냐? 냄새 나."

기겁을 하며 몸을 틀어 버리는 기수의 타박 속으로, 여전히 하염없이 내리는 빗소리가 젖어들었다.

투둑투둑. 쉬지 않고 차창을 두드려 대는 비가 마치 복잡하고 서글프게 얽혀든 마음을 때리는 듯했다. 그의 품에 거의 안기다시피 하여 골목을 빠져나와, 주차된 차에 올라타고 달린 지 얼마의 시간이 흘렀는지를 짐작하는 것도 포기했다.

서희는 고개를 외로 꼰 채로 조수석의 차창 밖에만 눈을 두고 있었다. 하지만 그의 숨소리 하나에까지 가슴이 생생하게 반응하고 있다는 것을 알고 있다. 목이 뻐근해져 오는 감각조차 느끼지 못할 정도이니, 시선과는 다르게 모든 신경은 운전석에 앉아 있는 그를 향해 있다는 것을 인정하지 않을 수 없었다. 서희는 눈을 감아 버렸다. 아버지가 돌아가신 그 순간부터 지금까지 있었던 모든 일들이 꿈이었다면 좋겠다, 생각하면서.

"……어디로 가는 거예요?"

그에게 내내 붙들려 있는 손이 마비라도 된 것처럼 하얗게 질려

가고 있던 순간이었다. 혈류가 막힌 건지 통증마저 일어나는 손을 조금 비틀며 겨우 입을 열자, 그가 다시금 강하게 붙든다.

"자 뭐. 좀 더 달려야 하니까."

가끔씩 기기를 만질 때 말곤, 그는 서희의 손을 놓지 않고 있었다. 놓쳐 버리면 영영 떠나기라도 할까, 기류가 일정한 공기 속에서도 맥없이 날리는 깃털을 붙잡는 것처럼 절박했다. 서희가 손을 저려 한다는 것을 알기라도 한 듯, 그가 잡은 그녀의 손을 부드럽게 주물렀다. 그제야 서희가 천천히 고개를 돌렸다. 지나가는 차에서 반사된 라이트의 불빛을 따라 강진의 얼굴로 환한 빛이 비쳤다 사라지고 있었다. 처음 본 순간부터 지나치게 강직하고 공고하여 내내 신경을 쓰게 만들었던 얼굴. 그 얼굴 위로 지나간 기억들이 환영처럼 되살아났다. 머리카락 한 올마저 설레게 만들던 그의 전부가.

"……다 들은 거죠? 알고 있는 거죠?"

나약해진 마음의 틈이 이만큼 더 벌어져 절망을 불러왔다. 그도 모든 것을 알고 있으리라는 짐작쯤은 어렵지 않게 할 수 있었다. 너무 많은 말들을 담고 있었던 조금 전 골목에서의 눈빛. 굳이 묻지 않아도, 확인하지 않아도, 쉽게 눈치챌 수 있었던 그의 표정은 뒷걸음질 치려 하는 그녀를 위태롭게 붙잡고 있었다. 그래서였다. 마지막이 될지도 모를 그와의 시간에 부질없는 의미를 붙여 보고자 한 것은.

강진은 입을 열지 않았다. 서희가 다시 고개를 돌려 반대쪽 창문에 머리를 기대는 것을 옆 눈으로 느끼며 말보다 잡고 있는 손에 힘을 주었다. 하지만 한숨과 함께 읊조리듯 내뱉는 서희의 고백에, 그는 핸들을 잡고 있는 손을 잠시 그러쥐었다.

"……사랑해요."

양쪽으로 움직이는 와이퍼 사이로 라이트 불빛들이 흔들리듯 넘실거렸다. 미동 한 점 없는 그의 눈동자는 여전히 전방만 주시하고 있었지만 손바닥에 맺힌 땀까지 모른 척 외면할 순 없었다.

"……사랑이라는 게 뭔지 아직 잘 모르지만, 이런 마음일 거라 생각하려구요."

급기야 강진의 눈동자가 흔들렸다. 사납게 비튼 눈매가 서희의 고백에 담겨 있는 또 다른 의미를 이미 파악했다. 사랑한다는 말 뒤에 숨어 있는, 그를 떠나겠다는 마음을. 그러쥐었던 손을 다시 펴서 똑바로 핸들을 잡았다. 다른 손에서 전해지는 서희의 온기가 미약하게 그의 숨통을 뚫어 주었다.

"자 둬."

그의 말을 끝으로 차 안은 다시금 정적이 내려앉았다. 날카롭게 잘려 나간 서희의 고백, 혹은 서글픈 암시가 암전이 된 그의 귓전에 내내 매달려 있었다.

어느새 비가 그친 밤. 열두시가 다 되어 그의 차가 도착한 곳은, 강진이 가끔 그림을 그리기 위해 아무도 몰래 들르곤 하는 춘천 외곽의 조그만 별장이었다. 시명의 명의로 되어 있으나 더 자주 사용하는 이는 그였기에 별장지기 노부부조차 주인을 헷갈려 하는 일이 태반이었다. 별장이라 이름 붙었지만 방갈로라는 명칭이 더 어울릴 법한 이곳은 그다지 넓지 않은 규모에 사방이 산이었다.

마치 그의 저택처럼 사방의 산들이 품어 주는 이곳에서, 서희는 그가 왜 자신을 이곳으로 데리고 왔는지 이유를 알 것 같았다. 저택으로 돌아가기엔 보고 관찰하는 눈들이 많을 것이다. 사장님의 감시가 곳곳에서 이루어지고 있을지도 모른다. 듣고 싶지 않고 보고 싶지 않은 존재를 참아 내기엔, 어린 그녀의 눈에 비친 사장님은 비열하고 냉정해 보였다. 그가 저택으로 돌아가자고 했어도 그녀가 먼저 거절했을 것이었다.

서너 발걸음 앞서 걷던 그가 뒤를 돌아보며 손을 내밀었다. 고막을 찌르는 가을 풀벌레 소리 때문이었는지 잠시 멈추었던 걸음이, 그가 낚아챈 손에 의해 빠르게 옮겨졌다. 별장의 정원에 있던 몸이 한순간에 레몬 향이 은은하게 흐르는 거실에 서 있었다. 불을 켜지 않은 내부. 비가 그친 밤하늘에 어느새 아스라이 뜬 달빛이 거실 바닥을 유영하고 있었다. 강진은 거실의 한가운데에 우두커니 서 있는 서희를 잠시 응시하다가 주방으로 들어갔다. 잠시 후 그가 손에 들고 나온 것은 물이 든 컵이었다.

"마셔."

서희는 다가와 잔을 내밀고 있는 그의 소맷부리에 한참 동안이나 눈을 두었다. 정갈하고 군더더기 없는, 깔끔한 셔츠의 매무새를 보다가 시선을 올려 물 잔을 본다. 긴장할 때마다 물을 마시는 습관을 잘 아는 그가, 안아 주고 품어 주는 또 다른 배려인 셈이었다. 왈칵 비통함에 찬 눈이 순간적으로 붉어지려 해 고개를 숙이고 입술을 사려 물었다. 익숙해진 그의 모든 것들이 어린 그녀의 가슴에 남게 될 이 밤. 서희는 또 하나의 결심을 하며 그의 손등으로 눈물을 한 방울 뚝, 흘려보냈다.

손등에 맺힌 서희의 눈물을 말없이 내려다보던 강진은 물 잔을 바닥에 내려놓았다. 엄지로 서희의 턱을 잠시 쓸다가 이내 치켜 올리며, 붉어진 그녀의 눈동자와 마주했다.

"울고 싶으면……."

절망이 너울지는 동공으로.

"지금처럼 내 앞에서 울어."

주저앉아 버린 서희의 가슴이 환영처럼 박혀들었다.

강진의 손을 내려놓은 서희는 잠시 그를 응시하곤 이내 천천히 몸을 돌렸다. 그가 바라보고 있는 앞에서, 등을 보인 서희는 교복 셔츠의 단추를 하나씩 풀기 시작했다. 그의 시선이 어떤 색채를 띠고 등으로 꽂히고 있는지에 대해선 생각하지 않기로 했다. 마음이 시키는 대로 움직이다 보면 그도 따라와 줄 것이다.

사각거리는 소리와 함께 금세 바닥으로 떨어지는 교복 상의와 스커트. 서희의 여린 몸을 덮고 있는 것은 하얀 속옷들이 다인 것이 되어 버린 순간, 강진은 달빛을 받고 눈부신 실루엣을 자아내고 있는 그녀의 뒷모습을 눈에 담았다. 그러나 그 눈에는 순간순간 고통스럽게 일그러지고 마음이 비쳐 들고 있었다.

마침내 한참을 머뭇거리던 서희가 뒤돌아섰을 때, 그리고 이내 결심한 듯 입을 열었을 때, 그의 눈에 담긴 고통이 서희가 하는 행동의 저의 또한 생생하게 파악하기에 이르렀다.

"다 드릴게요."

절망스러운 선언.

"그리고…… 다시는 만나지 말아요."

횡포와도 같은 잔인한 말들이 칼날처럼 쑤셨다. 흔들리려 하는 마음을 필사적으로 붙든 강진은 바지 주머니에 손을 찔러 넣는 것으로 감정을 감추었다. 표정 역시 무감한 쪽으로 바꾸었다. 뽀얀 브래지어 속에 든 채 영글지 않은 젖가슴과, 골반에 위태롭게 걸쳐진 하얗고 얇은 팬티 위로 수줍게 숨어 있는 여성의 검은 음모. 적나라한 유혹 앞에 굴복당하기엔, 지금 그는 지나치게 고통 속에 빠져 있었다. 다시 만나지 말자는 서희의 한마디로 인해.

"하고 싶은 얘기, 다 한 거야?"

강진은 바들바들 떨고 있는 서희를 원망의 낯빛으로 쳐다보았다. 지금 그녀를 안아 버리면 모든 것이 끝날 것이라는 걸 모르지 않는 이성이, 그녀의 도발을 바라보고 있는 욕정을 단숨에 날려 버렸다.

"약속했잖아. 너 어른이 되면 그때, 안을 거야."

그 말 뒤에 남은 건 짙은 침묵뿐이었다. 강진도, 서희도, '그때'가 오지 않을 수도 있음을 막연하게 생각하고 있기 때문이었다.

강진은 뚜벅뚜벅 다가가 바닥에 흘린 셔츠를 주워 들고 서희의 어깨에 걸쳐 주었다. 몸 곳곳으로 부딪쳐 드는 한기 때문인지, 제 손길이 맨살에 닿았기 때문인지, 그녀의 어깨가 이따금 움찔거렸다. 그리고 그가 마지막으로 한 일은, 서희가 거부당했다는 수치심을 느끼지 않도록 품으로 끌어당긴 것이었다.

한 팔로 허리를 감고, 다른 손으로 긴 머리칼을 쓸어내렸다. 내뱉었던 말들을 후회하며 다시금 주워 담을 수 있도록, 정수리로 입술의 온기를 전하는 것도 잊지 않았다.

손바닥을 타고 흐르는 수많은 감정들을 알아채기라도 한 듯, 한동안 가슴에 묻혀 있기만 하던 서희가 뜨거운 한숨을 내쉬었다.

"얼굴을 보면, 아빠가 돌아가셨을 때만큼, 아니 그때보다 더 마음이 아파서 견딜 수가 없어질 것 같아요. 얼굴을 보는 내내 그 일이 떠오르겠죠. 그리고 나는…… 내내 괴롭겠죠."

고마운 마음만큼이나, 몇 시간 사이 쑥쑥 자라 버린 죄책감. 그 마음들이 방망이로 몸을 흠씬 두들겨 맞은 듯한 육체적 아픔까지 수반하며 서희를 괴롭혔다. 기대고 있는 그의 품이 아니었다면 바닥으로 쓰러질지도 몰랐다. 그래서 나가는 말과는 반대로 서희는 그의 가슴에 자꾸만 볼을 비벼 댔다. 가장 힘들고 외로울 때 함께 한 이였기에 서희는 마치 어미 새를 찾는 아기 새의 본능처럼, 그의 품을 헤집고 또 파고들었다.

"그러니까…… 나 때문인 거예요. 내가 편해지고 싶어서요. 이런 마음으로는 앞으로 어떤 일이 일어나도 행복할 수가 없을 것 같아요."

서희는 계속하여 파고들었다.

"차마 그럴 수가 없을 것 같아요."

흐느낌처럼 털어놓는 서희의 말들에, 강진은 제 가슴팍을 뜨겁게 달구는 것이 서희의 한숨이 아니라 눈물이었음을 깨달았다. 혈류가 순식간에 뒤바뀌기라도 한 듯, 뇌리를 강타하는 아찔한 현실에 그는 두 눈을 감았다.

그 말, 멈춰 줘. 내 손을 놓지 말아 줘. 서희야.

입 밖으로 드러낼 수 없는 말들이 머리를 쟁쟁 울려 대었다. 유영하는 달빛 속에 그의 눈동자는 초점을 잃고 흐려지고 있었다.

소파에 누워 잠이 든 서희에게 이불을 덮어 준 강진은 건너편으로 돌아와 푹신한 의자에 몸을 묻었다. 몸보다도 마음이 더 피곤했다. 몇 년에 걸쳐 일어나야 할 일들이 단 몇 시간 만에 일어난 것처럼 복잡다단하기도 했다. 그러나 어느 때보다 선명하게 잡혀 오는 생각과 계획들은 빠른 속도로 덩치를 불려 가고 있었다. 그동안 어렴풋이 머릿속에서만 간직하고 있던 계획들을 구체화하기 시작했다. 수찬의 세상을 벗어나선, 서희를 품을 힘이 아직은 미약한 자신의 현실을 인정하는 것부터가 순서였다.

'내 앞에서, 웃고 행복해하는 게 싫다.'

타인보다 못한 이름의 아버지.

수찬이 얽어매고 있는 족쇄를 풀 때가 온 것 같았다. 이유를 알 수는 없었지만 수찬의 성격으로 미루어 짐작컨대 서희를 제 옆에 머물게 할 수는 없다. 그것 역시도, 뒷걸음질 치고 있는 서희의 마음처럼 서글픈 현실이었다. 감정을 현실로 녹여 내기엔 아직은 나약하고 어린 나이. 강진은 태어나 처음으로 그 현실을 제 손으로 만들어 낼 수 있는 강력한 힘을 갈망하기 시작했다. 수찬의 세상에서 벗어나 오로지 혼자의 힘으로 만들어 낼 서희와의 현실을 말이다.

다리를 꼰 채로 소파의 팔걸이에 팔꿈치를 올렸다. 턱을 괴고, 잠이 든 서희의 얼굴을 응시해 본다.

유서희.
내 가슴을 할퀴고 움켜쥐어 버린,
맹랑하고 뻔뻔한,
어린 고양이.

그녀와의 첫 대면을 돌이킨 강진의 입매가 쓸쓸한 미소를 담아 냈다. 서희의 눈에서 본능처럼 외로움을 발견한 순간, 그의 삶은 예정되어진 것인지도 몰랐다. 그렇다면, 정해진 궤도에 올라 기다 렸다는 듯 날아가는 우주선처럼, 예비되어 있는 길을 가면 그뿐.

가슴을 크게 부풀리며 심호흡을 한 강진은 서희가 그랬던 것처 럼, 소파 위로 몸을 뉘었다. 흐려지는 의식 속에 잠든 서희의 얼굴 이 박혀들었다. 이제 펼쳐질, 숨이 막힐 것 같은 긴 터널이 언제 끝날지는 알 수 없겠지만 통과, 해야겠지. 그래야겠지. 그리고 나 는 불면의 밤을 이어 가겠지. 강진은 서희의 얼굴을 눈에 담은 채 로 곧 눈을 감았다.

서희가 눈을 뜬 건, 강진이 눈을 감은 지 한 시간이 흐른 후였 다. 가물거리는 시야를 들고 가장 처음 했던 생각은 그가 없다는 것이었다. 허겁지겁 상반신을 일으켜 눈으로 그를 찾았다. 어둠에 익숙해지지 않아 몇 번이나 눈을 껌뻑이고 나서야 맞은편의 소파에 엎드린 채로 누워 있는 그를 발견할 수 있었다. 긴장에 잠긴 서희의 눈동자가 순식간에 안도감으로 변하였다. 잠결에서도 찾아 헤매게 만든 이를 보며, 땀이 밴 이마를 손등으로 닦아 낸 서희는 몸을 일으켜 그에게 다가갔다.

무릎을 꿇은 채 그의 얼굴 가까이에 입술을 가져갔다. 키스를 해 주고 싶었지만 그가 잠을 깰까 저어된 마음이, 그리고 이제 정말 그와 끝이라는 절망감이, 결국 입술을 대지도 못하게 만들었다. 이제 어떻게 해야 하나. 그의 얼굴을 보자 막막한 앞날이 걱정스럽게 밀려왔다. 한숨과 함께 얼굴을 들려던 순간, 갑자기 그가 손을 뻗어 서희의 뒷목을 그러쥐고 제 쪽으로 강하게 끌어당겼다.

"……잠든 거 아니었어요?"

고개를 젓는 그의 눈동자는 의외로 선명하고 확연해 보였다. 그 사실이 더 아팠다. 잠이 들 수 없을 정도로 그의 머릿속이 복잡하다는 의미니까. 두 입술이 부딪히기 직전의 상태에서 서희의 눈동자는 말할 수 없는 슬픔으로 인해 출렁거렸다.

"먼 훗날에, 네가 나를 알아볼 수 있게 하려면 어떻게 해야 할까, 생각해 봤어."

입가에 가지런히 미소를 묻으면서도 내뱉는 그의 음성은 처연했다. 먼 훗날이라니. 그는 무슨 말을 하려는 것일까, 라는 의문조차 그런 처연함에 묻혀 버렸다.

"역시, 마음뿐이더군."

"……."

"사랑한다는 네 말. 넌 다른 의미로 했을지 몰라도 난 그대로 받아들일 거야. 잊지 않을 거야. 숨 쉴 때마다 생각할 테니까."

강진이 서희의 입술을 좀 더 가까이 끌어가며 마지막으로 다짐을 요구했다.

"나와 이어져 있는 끈을 놓지 마. 그렇게 하겠다고 약속해."

아아. 숨을 쉴 수가 없다.

서희는 밀려오는 눈물을 참아 내기가 힘들어 고개를 숙였다. 무언가 대답을 하기 위해 입술을 달싹였지만, 그것마저 곧 그의 입술에 의해 삼켜졌다. 마음을 넘어서서 몸까지 뜨겁게 만들고야 마는 그의 키스에 굴복당한 서희는, 그의 의지대로 건너오는 혀를 받아들였다.

몸과 마음이 그에게 하나로 묶이는 시간. 하지만 안다. 영원이 약속되어 있는 가족조차 불시에 떠나갈 수 있는 현실을 이미 겪었기에, 쉽게 약속할 수 있는 종류의 말이 아니라는 것을. 아무런 약속을 해 줄 수 없는 대신에, 서희는 강렬하고 뜨겁게 부딪쳐 오는 그의 입술을 받아들이고만 있었다. 그리고 절대 이루어지지 않을 바람을 품었다. 이대로 시간이 흐르지 않고 멈추어 버렸으면, 하고.

강진은 조그만 커피숍에 앉아 있었다. 서희의 예전 집이 있는 동네에서 조금 벗어나 시내 쪽으로 가까이에 있는 이곳에서, 그는 민우의 아버지를 기다리고 있었다. 새벽에 별장을 떠나 서희를 학교에 데려다 준 후, 곧장 연락을 건네고 성사된 만남이었다. 투명한 유리 테이블 아래, 기다란 자신의 다리를 들여다보던 강진은 고개를 들고 커피숍 바깥의 풍경에 눈을 두었다. 학교의 교문에 들어서기 전, 돌아보던 서희의 얼굴이 잊히지 않았다. 잘 살아 갈 테니 아무 걱정 말라는 듯한, 과장되게 환하던 미소가.

뻥 뚫려 버린 가슴으로 시린 바람이 파고들었다. 머리로는 이미 잡혀진 계획들이, 가슴으로 내려오자 또다시 아픔으로 서걱거린다. 그러다 커피숍의 문이 열리던 순간에 울리는 종소리에 강진은 고개를 틀었다. 자글자글한 주름이 고단한 삶을 살아왔다는 것을 증명해 주고 있는 50대의 남자가 내부를 잠시 휘 둘러보았다. 한눈에 보기에도 자신과 만나기로 했던 사람이라는 것을 알아챈 강진이 자리에서 일어나 인사를 하자, 기수 역시 어물쩍 고개를 숙이는 둥 마는 둥 하며 그의 앞자리로 몸을 옮겼다.

"대체 뉘시요?"

주문을 받기 위해 온 직원이 메뉴판을 건네고 있음에도, 다짜고짜 기수는 그것부터 물어왔다. 그러자 강진은 잘 조련된 미소를 보내었다.

"서희와 잘 아는 사람입니다."

"혹시, 우리 서희가 사는 그 저택, 거그 사람이요?"

"네."

강진은 간단하게 커피 두 잔을 주문한 후 다시 기수 쪽으로 얼굴을 돌렸다. 양념 국물이 배인 점퍼에서 음식물의 냄새가 풍겨 왔다. 국밥 가게를 한다고 했던가. 바쁠 시간을 쪼개게 만든 것이 한편으론 미안해져 서둘러 본론으로 들어가기로 했다.

"문제가 생겨서 서희가 더 이상 저택에 있지 못하게 되었습니다."

강진의 말에 기수는 어제 민우가 했던 말을 떠올렸다. 그랬구나, 뒤늦은 깨달음으로 서희를 향한 걱정이 얼굴로 비쳐 들었다.

"나중에 학교로 가셔서 서희를 데리고 댁으로 가 주십시오. 서희가 먼저 말을 꺼내기엔 미안하고 부담이 될지도 몰라 제가 대신 말씀드리는 겁니다. 내치지 마시고 아무것도 묻지 마시고, 당분간 졸업할 때까지만 머물게 해 주십시오. 부탁드립니다."

"나야 서희를 내칠 이유는 없지요. 그런 말 하지 마쇼. 딸자식 같은 앤데. 갸 부모랑 우리가 한 집 식구같이 지냈지요. 갸 아버지 그리되고 내가 얼마나 서희 걱정을 했는데."

기수가 답답하다는 듯 억눌려 있는 가슴을 툭툭 쳤다. 친구의 가정사를 훤히 알고 있는지라 그런 박복한 팔자에 저가 다 화가 나서 속으로 다스리는 중이었다. 강진은 그런 기수를 가만히 응시하다 재킷 주머니에 손을 넣었다. 그러곤 하얀 봉투를 꺼내어 테이블 위에 놓았다. 급한 대로 제 명의로 된 은행의 예금과 보험금을 모두 현금화시킨 것이다. 그동안 서희가 저택에서 집안일을 했던 대가라 치면 될 것이었다.

"나를 뭘로 보는 거요. 이런 돈은 필요 없어요. 서희 하나 건사할 힘은 있소."

"생활비로 쓰시고 서희가 대학에 들어가면서 독립하게 되면, 요

령껏 도우세요. 서희에겐 비밀로 해 두시고."

"······그런데 댁은 뉘슈?"

돈 봉투에 기함하던 기수는 갑작스럽게 떠오른 의문에 물끄러미 강진을 쳐다보았다. 어려 보이는 친구지만 말투나 분위기가 예사롭지가 않았다. 입고 있는 재킷이나 손목에 둘러진 시계가 얼마나 고가의 것들인지 굳이 따져 보지 않아도, 외모에서 풍기는 압도적인 화려함을 감출 수는 없어 보였다.

강진은 잠시 입을 닫았다. 누구냐고 묻는 말에 뭐라 대답을 해야 할지 갈피를 잡을 수 없는 이유가, 아마도 서희와의 관계가 어떤 이름으로 딱히 정의 내려지지 않았기 때문인 것 같아서였다. 그래서, 강진은 대답 없이 침묵을 유지할 수밖에 없었다.

직원이 내어온 커피 잔을 내려다보았다. 평소에 즐기는 레몬홍차가 아닌 탓에 처음부터 마실 생각은 없었다. 이 커피가 싸늘하게 식을 때까지 그는 절대 입을 열지 않을 생각이었다. 그리고 다 식어 버리고 나면 자리에서 일어날 것이었다.

차고에 차를 주차시킨 후 돌아서는 그의 앞으로 한씨가 나타났다. 마음이 금세 얼굴 표정으로 드러나는 성격이라, 한씨에게서 풍기는 불안과 걱정을 쉽게 눈치챌 수 있었다.

"무슨 일 있습니까?"

"저기, 뒤뜰 창고 있지? 나는······ 웬 고양이가 왔다 갔다 하길래 잡으려고 뒤따라갔더니, 그런 덴 줄 모르고······. 네가 쓰던 곳 맞지? 너 셔츠 하나가 거기 걸려 있던데. 그건 그렇고, 아휴······."

우물쭈물 말을 잇지 못하고 있는 한씨를, 강진은 차분하게 기다려 주었다. 그리고 이윽고 그녀가 한숨과 함께 이은 말에 강진의 심사가 또 한 번 복잡하게 얽혀 들었다.

"때마침 그때, 사장님이 오셨지 뭐야. 가 봐. 지금 거기 난리……"

한씨의 말을 잘라 버린 강진은 싸늘하게 얼린 눈동자를 들고 걸음을 옮겼다.

창고로 내려가는 계단에서부터 이미 파열감을 예감하고 있었다. 코를 찌르는 물감의 냄새. 아마도 통을 모두 엎었으리라는 예상이 가능할 정도로 짙고 깊게 퍼지고 있었다. 한쪽 배 부분에 파란 물감을 뒤집어 쓴 네로는 주인의 부재를 알고 있기라도 하듯, 앙칼지게 울어 댔다.

가끔 네로의 몸을 닦아 주기 위해 서희가 걸어 둔 수건을 뗀 강진은, 웅크리고 앉아 네로의 몸을 닦아 주었다. '캬옹' 울음을 내며 제 팔을 핥아 대는 네로를 보며, 강진은 또 한 번 서희가 곁에 없음을 실감하게 되었다. 그러다 창고를 막 나서는 이의 서늘하게 가라앉은 목소리를 들었을 때에, 강진은 굳어진 얼굴로 몸을 일으켰다.

"취미 한번 고상하구나."

고개를 튼 강진의 눈빛에 수찬은 잠시 호흡을 가다듬었다. 일찍이 본 적이 없었던, 의미를 헤아리기 힘든 색채의 눈빛에, 아들이지만 일순 긴장감을 느낀 때문이었다. 그러나 이내 평정심을 되찾은 수찬은 냉소로 젖은 입매를 길게 늘이며 한 걸음 다가왔다. 그의 뒤로 강 실장이 강진을 향해 측은한 눈빛을 보내며 뒤따랐다.

"여기서 틀어박혀 밤낮 페인트질을 했던 게냐."

"……."

"쯧쯧. 정신 차려. 최강진."

어깨까지 툭툭 건드리며 싸늘하게 비웃는다. 강진은 마음이 들여다보이지 않는 담담한 음성으로 입을 열었다.

"다 하셨으면 나가 주시죠."

"그래. 그러자. 그렇지 않아도 곧 공항으로 나가야 할 시간이거든."

찬바람을 일으키며 수찬이 계단으로 올라섰다. 뒤를 이어 강 실장이 강진의 어깨를 마찬가지로 툭툭 건드려 주었다. 물론 강 실장의 툭툭, 은 수찬의 툭툭, 과는 의미가 달랐다.

계단을 다 오른 수찬이 좀 전까지 만면에 드리워져 있던 냉소를 싹 걷어 내고 무언가 의미심장한 기색을 담아 물었다.

"저 녀석이 왜 대들지 않는 거지?"

그 질문은 딱히 강 실장 본인의 대답을 원한 것 같지는 않았다. 다만 강 실장은 굳게 침묵했다. 강진이 서희를 위해, 자신의 명의로 된 은행 예금이나 보험을 전액 현금으로 바꾸어 배기수라는 사람에게 주었다는 사실도 영원히 침묵할 것이었다. 하지만 그 일을 일사불란하게 처리하는 강진의 모습은 어쩐지 여느 때와는 달라 보였던 것도 사실이어서 얼마쯤 걱정스럽기도 했다. 고뇌의 흔적이 역력한 강진의 얼굴이 안쓰러워 어깨를 토닥거려 주었지만 그것 역시 아무런 위로가 되지 못할 거라는 것도 알았다. 강 실장은 굳은 얼굴로 수찬의 뒤를 따라 나갔다.

지리멸렬하다.

강진은 창고 안에 펼쳐진 광경을 보며 문득 그런 생각이 들었다. 나뒹굴고 있는 이젤들, 색깔을 분간하기 힘들 정도로 뒤섞여 버린 물감들, 이리저리 찢겨 나간 도화지들. 현재 그의 마음처럼 복잡하게 이지러져 있었다. 억눌린 신음 한 자락조차 뱉어 내지 않은 채로 강진은 그것들을 저벅저벅 걸어 넘으며 '낙원의 이방인' 그림 앞에 멈추어 섰다. 이런 무차별적인 만행 앞에서도, 생명력을 자랑하듯 그림은 무사했고 강진은 액자를 들었다. 폐허가 된 창고. 그의 유일했던 낙원을 둘러보았다.

쓰러져 가는.

서희가 없는.

하지만 언젠가 다시 찾게 될.

"사람의 기억이 희미해지기까지 얼마나 오랜 시간이 걸릴까."

제 방의 탁자 위에 늘어놓은 사진들을 하나하나 관찰하고 있던 시명은, 창가에 서서 창밖에만 눈을 두고 있는 강진의 질문에 아까부터 두 귀를 열어 두고 있었다. 가을을 맞이해 지리산에 다녀온 모임의 회원들이 찍어 온 사진들이었다. 역시 자연의 색감만

한 게 없다며 다분히 아마추어다운 생각을 속으로만 품고 있던 차였다. 그러나 강진의 방문으로 시명의 잔잔하던 일상이 균열이 간 것이다.

"5년? 10년? 말해 봐."

강진이 다시금 묻자, 그제야 시명은 고개를 들었다. 이미 강진을 통해 사건의 전말을 전해 들은 후였다. 세상사에 무감했던 저 녀석의 얼굴에 단 한 번도 본 적 없었던 고통의 기색이 서려 있었다. 시명은 팔짱을 척 꼈다.

"걔 때문에 그러냐?"

"나를 보면 고통스러워서 힘이 든다는데. 그런 힘든 기억들은 얼마의 시간이 흘러야 사라지는 걸까, 생각 중이야."

"잊어. 그런 일이 있었다면 해피엔딩은 힘들어. 걔 아버지가 했다는 일, 그거 말하자면 범죄잖아. 더구나 네 아버지 성격 알면서. 여자가 필요하다면 차라리 여경이랑 사귀든지. 시작이 나쁘면 결말도 나쁜 법이야, 강진아. 첫 단추를 잘못 끼웠니 어쩌니, 하는 가슴 아픈 얘기들이 그냥 나오는 줄 아냐?"

"역시, 오래 걸리는 거지?"

시명의 충고를 간단하게 피해 간 강진은 창문으로부터 등을 돌리고 돌아섰다.

"그럼 다른 질문을 하지."

침을 꿀꺽 삼키고 있는 시명에게, 정확하면서도 날카로운 강진의 눈빛이 박혀들었다.

"내가, 맨손부터 시작해서 일어서기까지 얼마나 걸릴까."

시명은 다시금 침을 삼켰다. 그 말을 하는 강진은 무표정한 얼굴이었지만 시명은 그 너머에 있는 비장함을 보았다. 때때로 강진에게서 느끼는 칼날 같은 단호함이나 철두철미한 집요함, 그 이상이 지금 보였다.

"자식이. 그런 무시무시한 소리만 하고. 우리 같은 인생들은 그저 부모 손바닥 위에서 노는 게 최고야. 돈 나오지. 밥 나오지. 하여간 넌 배가 불렀어."

"떠나려고. 아버지한테서 벗어나서 나 스스로의 힘을 키울 생각이야. 함께하려면 그 방법뿐이야. 이제 와서 나한테 남은 것 또한 그것뿐이지."

"너…… 진심인 거냐?"

웃으며 고개를 끄덕여 보이는 강진은 이미 모든 계획을 세운 후인 것 같았다. 씨도 먹히지 않을 충고를 충고랍시고 해야겠는데 왠지 자신은 없었다.

"그래 뭐. 너희 아버지가 조금 특이할 정도로 너한테 잔인하고 냉정하신 건 인정해. 하지만 인연을 끊을 정도로 네가 절박한 건 아니잖아."

"절박해. 아주 많이. 쥐도 코너에 몰리면 고양이를 문다고, 그분이 그러시더군. 나 역시 공감해. 사면초가. 그땐 이유가 필요 없어져. 무조건이 되는 거지."

벼랑 끝에서 그가 선택할 수밖에 없는 방향을, 그 누구도 이해할 수 없을 것이다. 단 한 명, 서희 말곤. 그래서 지금도 그는 서희의 달콤한 입술을 미치게 그리워하고 있었다. 갈망하는 것밖에 알지 못하는 짐승의 뜨거운 포효처럼 가슴이 울부짖고 있었다.

강진은 뜨거워 오는 머릿속을 비워 내려 잠시 호흡을 토해 냈다. 억지로 다잡은 마음을 다시금 싸늘하게 얼린다. 그리고 옆에 세워 둔 액자로 시선을 내렸다.

"이 그림을 맡아 줘. 그리고 네게 부탁할 게 있어."

그날은, 비교적 일찍 찾아온 추위 탓에 모두가 두꺼운 옷을 단단히 여미고 다니게 된 11월의 마지막 날이었다. 아침부터 먼지처럼 조금씩 날리기 시작하던 눈발이 어두워지고 저녁이 되면서 굵은 눈송이로 변하여서 귀가를 재촉하는 발걸음들이 한층 다급해진 그런 날이었다.

버스가 정류장에 도착하자, 열린 뒷문으로 내린 서희는 얼굴을 때리는 눈송이에 잠시 걸음을 멈추었다. 바닥에 조금씩 쌓이기 시작한 눈 때문에 걸음마저 조심스러워져 더 그랬다.

"서희야!"

그러다 민우의 집 쪽으로 걸음을 옮겼을 때 제 이름을 부르는 음성에 고개를 들었다. 품에 붕어빵 봉투를 품은 민우가 활짝 웃으며 다가왔다. 수능고사를 애초에 포기하고 기수 아저씨의 가게를 이어받겠다고 준비 중인 민우가 오늘은 어쩐 일인지 서희를 마중 나와 있던 참이었다.

"추운데 왜 나왔어?"

"붕어빵 사러. 아버지가 드시고 싶다고 하시잖냐."

그러곤 하나를 꺼내어 입속으로 날름 집어넣는다.

"너도 먹을래?"

또 하나를 꺼내어 서희에게 건넸지만, 그녀는 살짝 웃어 보일
뿐이다. 민우는 무안해하며 손을 거두었다.

서희가 집으로 들어온 지 한 달째. 저가 쓰던 쪽방을 서희에게
주고 대신 아버지와 한 방을 쓰게 되었지만 상관없었다. 하지만
예전에 보았던 환하던 미소와 웃음이 사라진 것만 같은 느낌에 민
우는 항상 그녀가 신경이 쓰였다. 밥을 먹을 때에도, 그들 부자의
빨래를 할 때에도, 때때로 멍하니 딴 세상으로 빠져들곤 하던 차
여서 언제 한번 얘기나 해 봐야겠다, 생각하고 있었다. 전에 보았
던 빗속의 그 남자가 누군지 궁금하기도 하고 말이다.

붕어빵을 우걱우걱 씹어 먹으며 걷던 민우는, 문득 옆 공간이
텅 빈 것을 알아차리곤 뒤로 고개를 핵 돌렸다. 따라오는 줄로만
알았던 서희는 저만치 뒤쪽에서 더 이상 걸음을 진전시키지 않고
우두커니 서서 건너편 인도를 바라보고 있었다.

"서희야. 안 와?"

흩날리는 하얀 눈발 시이로, 시희는 건너편의 인노에 서 있는
그를 보았다. 민우가 발길을 재촉하며 이름을 불렀지만, 바닥에 꽁
꽁 주술처럼 묶인 두 발이 움직이려 하는 의지를 비웃으며 그녀를
꼼짝도 하지 못하게 만들고 있었다. 예감은 항상 간절함을 수반한
다.

그것은 순간이었다. 민우의 뒤를 따라 의미도 없는 발걸음을 옮

기고 있을 때에, 무언가에 홀린 듯이 고개를 틀어 건너편을 본 것은. 시선이 닿은 그곳에 그가 있어 주기를 바랐는데 정말로 그가, 있었다.

언뜻, 그의 시선이 서희를 거쳐 잠시 민우를 향하며 날카롭게 빛을 낸 듯도 싶었다. 그를 바라보며 서희는 아무런 표정도 지어 보일 수 없었다. 하지만 그라면, 마음에서 보내고 있는 많은 말들을 알아차릴 것 같았다. 뿌옇게 흐려지는 시야로 서희는 오랫동안 그의 모습을 담아내었다.

그리고, 그가 다음 날에 이 땅을 떠났다는 사실을 안 건, 아주 오랜 시간이 흐른 후였다.

7

야수, 너밖에 모르는

'이사님? 듣고 계십니까? 그 외에 다른 건요?'

창밖의 까만 어둠에 짓무르도록 눈을 두던 강진은, 대답을 재촉
하는 음성에 핸드폰을 고쳐 쥐었다. 땀이 밴 손바닥으로 한기가
흘러든다. 늘 그랬듯, 어두운 밤이 주는 불면이 오늘도 시작될 것
임을 알기 때문이다. 몸이 먼저 느끼는, 익숙해졌으면서도 여전히
반갑지 않은 불청객이자, 달갑지 않은 습관.

"내일 아침에 갤러리의 비서가 그림을 하나 들어 놓을 겁니다.
그건 2층 끝 방에 걸어 두십시오."

십 년 전 강진이 떠난 후 수찬이 팔아 버린 그곳을, 다시 사들
였다. 예상보다 더 길었던 저택의 내부 수리가 얼마 전에 마무리
되었고, 요 며칠 한창이던 인테리어 작업까지 모두 완료되었다는
소식이었다. 이제 몸만 들어가면 된다는 인테리어 회사 직원의 말

에 창밖을 응시하며 좀 전에 보았던 서희를 떠올리고 있던 중이었다. 핸드폰 너머 직원이, 그 방이 이사님의 방이냐고 정답게 묻는다. 가늘게 늘린 입매가 쓸쓸함을 머금었다.

"그 방의 주인은 따로 있어요."

마음이 뜨겁다. 태양이 이미 자취를 감추어 버린 이 밤에, 우습게도 가슴은 더 뜨거워지고 있었다. 생명이 있는 것이 자랄 수 없는 사막에 덩그러니 남은 허무한 열기 같았다. 황량하고 공허하고, 지독하다.

통화를 끝낸 강진은 창문으로부터 몸을 돌렸다. 손목에 둘러진 시계를 확인한 그는 고개를 들고 정면을 응시했다. 길이를 가늠할 수 없을 정도로 길게 뻗어 있는 복도의 끝. 금색의 비둘기가 화려하게 비상하고 있는 엘리베이터의 문을, 단지 시선으로 열어 본다. 그 안에 서 있을, 맹랑하고 뻔뻔한 그의 고양이가 웃으면서 걸어 나오는 모습을 상상해 본다. 이 복도에 깔려 있는 붉은색 양탄자가, 그녀를 저가 서 있는 이곳으로 이끌어 주는 이정표가 되는 상상.

서희가 오지 않을지도 모른다는 생각은 애초부터 하지 않았다. 그것은 와 주었으면, 하는 기대감이나 기다림을 넘어서는 일종의 '절대'였다. 그 절대적 신뢰는 서희를 향한 것이라기보다는, 강진 본인의 오만하면서도 확실한 자신감에서부터 출발한다는 것을 모르지 않았다.

엘리베이터의 문이 갑자기 열렸다. 강진의 눈동자가 일순 출렁거렸지만, 이내 공허함에 다시 잠겨 버렸다. 엘리베이터에서 내린 두 남녀는 취기가 오른 몸을 비틀거리며 한 치의 수치심이나 부끄러움이 없는 몸짓으로 서로의 입술을 탐하고 있었다. 그 어느 룸으로 들어가는 순간까지 서로의 몸을 더듬는 그들이 룸 안으로 완전히 사라지고 나서야, 강진은 다시금 엘리베이터로 눈을 돌렸다. 재차 정적이 가라앉은 밤. 바지 주머니에 두 손을 찔러 넣은 그의 눈동자는 천정에서 내리치는 불빛마저 차단시켜 버릴 만큼의 강렬한 야성을 발하고 있었다.

"자자, 이런 때가 아니면 이런 걸 언제 마셔 보겠어? 부어! 그리고 마셔! 내일 일은 내일 생각하자고."

탈의실을 떠나 다시 돌아온 클럽 안에서 문화옥션의 동료들은 이미 얼큰하게 취해 있었다. 내일 일정들은 이미 머릿속에서 지워 버렸는지 정신들이 없다. 제 자리 남의 자리가 따로 없이 서로 얽혀 들어 있었던지라 서희는 민석의 옆, 조그만 공간을 찾아 겨우 앉을 수 있었다. 앉자마자 빈 잔이 빠른 속도로 채워지는 것을 보며, 서희는 또다시 두통이 밀려오고 있음을 느꼈다. 냄새만으로도 이미 취할 것 같은 강한 술의 향은, 마치 그의 체취처럼 어지럽고 독한 느낌으로 코끝을 찔러 왔다.

"하아……."

짙은 한숨과 함께 좀 전의 일을 떠올렸다. 그의 얼굴을 똑바로 마주한 순간에, 제 안에 억지로 눌러 담아 놓은 그리움을 엿보고야 말았다는 절망스러운 사실 앞에서, 꿈틀거리는 눈동자로 술잔을 들었다. 그때의 일이나 감정들 따위 별것 아니라고, 충분히 아무것도 아닐 수 있다고, 스스로를 기만했던 생각들이 찰랑거리는 술잔 속으로 거침없이 빨려 들어가는 듯했다. 보고 싶어 하는 가슴이, 가질 수 없는 사람이라는 것을 잘 알고 있는 머리를 비웃는다. 그의 손가락이 타고 흘렀던 왼쪽 젖가슴이 저릿저릿하다. 주머니에 든 룸의 카드가 술로 들뜬 심장을 움켜쥐는 것 같았다. 기다리고 있을 그의 모습이 망막에 선연하게 잡혀 왔지만 애써 모른 척 담담하게 두 번째 잔을 채웠다.

"어? 여기 사장님이시네?"

혀가 반쯤 꼬여 불분명해진 발음으로 민석이 서희의 팔꿈치를 툭툭 건드렸다. 무의식중에 들린 서희의 시선이 민석이 손가락으로 가리키고 있는 곳을 향했다. 그곳은 아까 강진이 앉았던 테이블이었다. 강진에게로만 신경이 쏠려 있어 발견하지 못했던 나머지 두 사람이 지금에 와서야 눈에 들어왔다. 파란 조명 아래, 연신 잔을 부딪치며 술을 마시고 있는 남자와 여자. 어딘가 익숙한 듯한 그들의 외모가 서희의 주의를 끌었다. 그리고 그들이 오래전, 강진의 저택 거실에서 보았던 그의 친구들이라는 사실을 깨달은 건 금방이었다. 잔을 들고 있는 서희의 손이 행보의 의지를 잃어버린 듯 허공에서 딱 멈추어졌다.

"저분이…… 이곳 사장님이시라구요?"

"그렇다니까. 의외로 젊으시지? 근데 젊은 사람이 안목이 수준급이야. 이런 대형 이벤트에 무려 우리 문화옥션을 추천했으니 말이지."

몇 가지 예감으로 서희의 눈동자가 크게 일렁거렸다. 마치 경매장에서 그를 보았던 그 순간처럼, 등골로 전율이 흘렀다. 확인할 수 없는 그 예감들 중 가장 큰 힘으로 뇌리를 까마득하게 장악한 것은, 오늘의 만남이 우연이 아닐지도 모른다는 것이었다. 술잔을 내려놓은 손을 잔뜩 그러쥐었다. 위태로웠던, 괴로웠던, 가장 아팠던 열여덟 살의 시간들이 마치 어제 일처럼 눈앞으로 흘러갔다. 제 예감이 맞는 거라면 그는 그 시간으로 다시 걸어가고 싶어 할지도 모른다. 두려움을 집어먹은 서희는 벌떡 자리에서 일어났다. 술에 약한 몸이 휘청거리며 균형을 잃자 테이블에 덥석 손을 짚었다. 그 작고 사소한 움직임 때문에 왼쪽 가슴의 주머니에 든 카드의 양감이 더욱 선명하게 와 닿았다. 목으로 마른침을 삼켜 낸 그녀는 그대로 자리를 빠져나갔다.

결심을 하며 올라왔지만, 막상 그의 방 앞 복도에 선 서희는 주머니 속 카드 키를 꺼낼 생각도 하지 못하고 그대로 굳어 있었다. 제 생각이 틀렸을지도 모른다는 또 다른 가능성으로 용기백배했던 마음이 곤두박질치고 있었던 것이다. 어쩌면 술기운 때문에 잠시 착각과 망상에 빠졌던 것일 수도 있다. 오늘의 일은 정말로 우연이고, 그가 올라오라고 했던 것 역시 단순한 해후의 인사치레일 뿐일지도 모르는 것이다. 서희는 온갖 갈등이 일고 있는 마음을 조심스레 관조하면서 피식, 헛웃음을 삼켰다. 돌아서려 마음을 다잡는다.

그때, 등 뒤가 온기로 잠시 더워지는 느낌에 서희는 멈칫했다.

이내 뒤에 선 누군가의 두 팔이 그녀의 허리를 감아 오고, 턱으로 그녀의 정수리를 가볍게 눌러 왔다.

"안 들어가?"

정수리를 타고 울리는 음성이 누구의 것인지 모르지 않았다. 뒤에서 안고 있는 그의 품은 낯설지 않은 감각을 전하며, 등으로 숨막히도록 뜨거운 체온을 겹쳐 왔다. 그가 허리를 감고 있던 팔 하나를 천천히 들더니, 서희의 왼쪽 가슴팍에 있는 주머니로 향했다. 역시나 검지와 중지를 이용하여 능숙하게 카드 키를 뽑아낸다. 노란색의 불빛이 껌뻑거리고 있는 투입구로 카드를 천천히 삽입하자 달칵, 문이 열렸다. 서희의 몸은 뒤에서 미는 그로 인해 금세 룸 안으로 옮겨졌다.

"어제부터 있었어. 누구를, 열심히 기다리면서."

룸 내부는 넓은 침대와 화장대, 응접용 소파와 커다란 마호가니 책상이 있는 비교적 간단한 구도였지만 서희의 눈에 그런 것들은 하나도 들어오지 않았다. 미칠 것처럼 뛰고 있는 가슴이 사물마저 분간하기 힘들게 만들어 자칫 크게 호흡을 토해 낼 뻔도 했다.

책상 위에 흐트러져 있는 여러 서류들에 어지러운 시선을 꽂은 서희는, 이내 고개를 돌려 그를 바라보았다. 입고 있던 검은색 재킷을 벗어 옷걸이에 걸어 둔 그가 돌아본다. 눈이 마주치자, 사무치게 서글퍼진 마음이 시야까지 뿌옇게 흐려지게 만들었다.

그의 말 한마디, 그리고 저를 바라보고 있는 시선 하나로, 서희의 모든 추측과 예감은 사실로 확인되었다. 오늘 만남은 절대 우연이 아니었으며 그는 분명히 다시 시작하고 싶어 하는 것이다.

"물, 줘야 해?"

무섭도록 차분하게 내리깔린 음성으로 그가 물으며 책상 앞으로 나왔다. 책상에 반쯤 엉덩이를 걸친 채로, 곧게 쭉 뻗은 다리를 비스듬히 꼬았다. 내려 버린 시선으로 반질거리는 검은색의 구두코가 들이 차자, 서희는 앞으로 모았던 손을 살짝 그러쥐며 용기를 끌어 모았다. 물은 필요 없다며 고개를 젓는 대신에, 그를 본 순간부터 마음에 담고 있던 말들을 쏟아 내었다.

"드릴 말씀이 있어요."

"해."

서희와의 거리, 불과 1미터. 강진은, 팔을 뻗어 끌어당기면 곧장 끌려와 제 품에 갇힐 작은 몸이 바들바들 긴장으로 떨리고 있는 것을 응시하였다. 서희의 입에서 무슨 말들이 떨어질지 잘 안다. 이미 수천 번도 더 예상했던 일이었다. 물론 그에 대한 대응도 수천 번도 넘게 준비하면서.

"……저는 다 잊었어요. 생각보다 힘든 일, 아니에요. 의지만 있으면 얼마든지 가능해요."

"계속 해."

그의 무감한 반응에 서희는 내심 움찔거렸다. 들어는 주겠지만 소용없는 말들이다, 라는 의미를 공고히 하고 있는 어조. 대화의 방향이 그녀가 생각한 대로 흘러가지 않을 것이라는 강력한 선언에 다름 아니었다. 서희는 얼굴을 굳혔다.

"다시 만나서, 다시 힘들고 싶지 않아요. 반복하는 건 싫어요.

반복해 봤자 돌아오는 결과는 변하지 않아요. 그런 짓, 더는 싫어. 이제 와서……."

"나한테, 그럴 의지가 전혀 없으니 문제지."

서희의 말을 자르며 강진이 거리를 좁혀 왔다. 서희의 몸을 가득 덮어 버린 그의 어두운 그림자가 마침내 그녀와 밀착되어진 순간, 그가 다시 팔을 뻗어 허리를 감았다.

"숨 쉴 때마다 생각할 거라고 말했잖아."

아슬아슬하게 피어오르고 있는 아름다운 그의 미소 속에서, 십 년이라는 시간을 뛰어넘은 짙은 감정들을 보았다. 그의 얼굴을 마주하기 위해 아프도록 뒤로 고개를 꺾은 채로 서희는 흐려지는 눈을 감아 버렸다. 이른 겨울 날, 도로 건너편에서 바라보았던 그의 모습이 떠올라 가슴에 싸한 통증이 일었다. 그를 떠올리면 가장 먼저 생각나는 풍경. 눈발 사이로 흩날리던 그의 외로운 실루엣.

숨이 막히도록 서희의 등을 껴안은 강진은 그녀의 귓불로 입술을 내렸다. 뜨겁게 머금다 이내 모든 숨결을 끌어내어 들이붓는다. 오랜 세월을 견뎌 드디어 품에 안은 연인의 향기를 끌어안으며 사무친 그리움을 토해 냈다. 강진은 지독하게 갈라져 버린 목소리를 서희의 귓전으로 꺼내었다.

"저택."

붉어진 서희의 귓전에서 열기가 느껴졌다.

"네 방, 그대로 있어. 이곳 일정이 끝나면 들어와."

그녀의 어깨가 움찔거리는 것이 느껴졌지만, 개의치 않았다. 그가 어떤 마음으로 돌고 돌아 왔는지, 서희 역시도 알아야 했다.

"갈 곳 없는 거 알아. 너만 들어오면……."

"……."

"그 사람들의 집은 그대로 둔다."

그 말 한마디에 바르작거리며 몸을 틀어, 힘겹게 고개를 든 서희의 얼굴에는 아슬아슬한 의문으로 가득 차 있었다. 바들바들 떨고 있는 입술을 겨우 떼어 낸 그녀가 침통한 얼굴로 물었다.

"……그게 무슨 말이죠? 그럼 그 집을 산 사람이……."

그 말을 하는 서희를 본 순간에, 어쩌면 그녀에겐, 강진 자신보다 그들이 더 소중한 존재가 되었을지도 모른다는 슬픈 예감이 들었다. 서희만 품으며 십 년을 견딘 그의 수고는, 어쩌면 물거품처럼 사라져 버리는 게 아닐까, 하는 나약해진 마음을 잠시 들여다본 그는 곧 심장을 단호하고 차갑게 얼렸다.

"널 그 집에서 **빼내** 오기 위해선 그 방법뿐이었어. 아무도 다치지 않아. 너만 오면."

단단하게 굳혔다.

"내 옆에 있어. 이유 불문. 무조건이야."

이런 소유욕은 서희를 더욱 힘들게 할 것이라는 걸 모르지 않으나. 그러나 아는 선 버리일 뿐, 가슴으로 느끼고 부대끼고 있는 신한 감정들은 달랐다. 서희를 단 한 순간도 제 삶에서 떼어 내 본 적이 없는 기억들이 있었다. 서희에게 가는 길 말고는 어떤 길도 알지 못하는 그였기에, 잔혹한 야수의 모습을 해서라도 붙들 수밖에 없는 마음들도 있었다.

하지만 서희는 차분하게 제 허리를 두르고 있는 그의 팔을 떼어 냈다. 옆에 있어 달라는 말에 가슴이 내려앉은 것도 사실이었지만, 그 전에 그가 대단히 큰 실수를 했다는 것을 인지시켜야만 했다.

"그분들과 저는, 말로 표현할 수 없는 유대감이 있어요. 다른 사람들은 이해하지 못하는."

그의 시선을 똑바로 직시하며 말을 이었다.

"당신 집을 나올 수밖에 없었던 나를, 거두어 준 분들이에요. 고등학교 때, 대학에 입학을 해서까지. 도움을 수차례 받았어요. 그렇게나 어려운 형편인데도 힘든 내색 한 번 없이 저를 도와주셨어요. 당신은, 그분들한테 죄를 지은 거예요."

가시처럼 아프게 박혀 오는 말들. 기수가 서희를 데리러 갔던 일은 순전히 강진의 부탁이었던 것도, 서희가 무사히 학교 과정을 마칠 수 있었던 이유가 그가 모든 돈을 대어 주었기 때문이라는 것도, 그녀는 아직 모르고 있었다. 시선을 떨어뜨린 강진은 발치로 한숨을 토해 냈다. 모든 사연들을 시시콜콜 일러다 바치는 건 그의 성격이 아니었기에 대신에 나지막이, 그러나 당당하게, 제게 와 줄 것을 요구했다.

"그러니……."

"……."

"그렇게 소중한 사람들이니 힘들게 하고 싶지는 않겠지?"

마침내, 서희는 무너졌다. 질기게 붙들고 있던 끈이 툭, 하고 떨어져 나가는 것 같은 기분에 바닥으로 와르르 주저앉으며 두 손으로 얼굴을 감싸 버렸다.

"난 잘 지내고 있어요. 그러니까 제발, 흔들지 마세요."

과거의 아픈 기억들에 종속당하는 것도 싫었지만, 절박하게 다가오는 그를 외면하고 싶지 않은 이율배반적인 심정도 가라앉은 가슴에 돌을 던졌다. 아버지가 지은 죄가 여전히 주홍글씨로 제 이마에 선명하게 박혀 있는데도 말이다. 어린 그녀가 감당하기 벅차고 힘들었던 만큼, 그만큼의 크기로 여전히 그녀를 지배하고 있는 죄의식이니 말이다.

흐느끼는 서희를 향해 그가 한쪽 무릎을 구부리며 앉았다. 그녀의 얼굴을 덮고 있는 작은 두 손을 하나씩 걷어 내자, 눈물에 젖어 있는 얼굴이 드러났다. 강진은 두 손으로 그녀의 얼굴을 감쌌다.

"그때의 일이 아직 너를 괴롭혀도, 네 마음에, 내가 아닌 다른 사람들이 우선이어도 상관없어. 이젠 함께해야겠어. 떨어져서 힘든 것보단 그게 나아."

두통과 함께 아까 마신 술의 취기가 복잡한 심사를 한층 어지럽게 하였다. 그를 다시 만난 직후부터 지금까지 위태롭게 붙들고 있던 끈이 끊어짐과 동시에, 서희는 더 이상 버티지 못하고 바닥에 몸을 뉘어 버렸다. 보드라운 카펫의 감촉을 느끼며 희미하게 귓전으로 흘러드는 그의 마지막 말이 어떤 의미인지 되새기고 있었다. 흐릿한 시야로, 역시나 누워 있는 그의 얼굴이 들어왔다. 아마도 저를 부축하려다 함께 바닥으로 쓰러진 것이리라.

사실은, 당신이, 보고 싶었어요.

동공 가득 비쳐 드는 그의 얼굴을 보며, 서희는 절대 드러낼 수 없는 말을 마음으로만 뇌까렸다. 그러다 가만히 부딪쳐 오는 그의 입술을 저항할 힘도 없이 받아들였다.

옆에 누운 채로, 서희의 허리를 감아 제게 끌어온 강진은 고개를 약간 들어 그녀의 입술에 부드럽게 입을 맞추었다. 벌써부터 탐욕을 드러내고 있는 그 안의 야수가 거칠게 들고 일어서서 그를 부추겼으나, 강진은 절대 성급하게 굴지 않았다. 맞물리고 있는 입술 새로 어느새 흘러내린 타액을 입술로 남김없이 핥으며, 목선을 타고 내려갔다. 팔딱팔딱 뛰고 있는 맥박에 입술이 닿자, 생명력을 부여받은 듯 그가 더욱 농도 짙은 키스를 퍼부어 갔다. 허리를 감고 있는 손을 움직여, 서희의 재킷 안, 셔츠를 더듬거렸다. 스커트 안에 깊숙하게 파묻혀 있던 셔츠의 깃을 빼내어 그 속으로 손을 집어넣는다. 손이 젖가슴까지 뻗어 올라가자 타이트한 셔츠의 앞 단추가 투둑투둑 떨어져 나갔다.

"하……."

서희가 움찔하며 허리를 비틀었다. 긴장이 풀어져 지쳐 버린 몸과 마음이 완전하게 해제당하여 비틀린 신음을 쏟아 냈다.

벌어진 틈으로 적나라하게 보이는 하얀색 브래지어에 그의 입술이 떨어졌다. 젖무덤 사이의 골을 타고 자분자분 입을 맞추어 가다가, 이내 손으로 브래지어를 밀어 올렸다. 새파란 정맥이 비치는 탐스러운 젖가슴에 눈을 두던 강진은 뜨거운 호흡을 뱉어 내며 혀로 핥아 내렸다. 아프게 깨물린 유두에서 전해지는 저릿함을 서희도 느꼈는지 일순 전율하며 몸을 떨었다.

너무도 오랫동안 참아 왔던 일인지라, 그의 몸은 이미 강렬한 분출이 일어나기 직전이었다. 젖가슴을 으스러지도록 움켜쥐고 사납게 유두를 베어 물었다. 아프도록 빨아 올리며 짓이기고 서슴없이 핥아 대었다. 격렬한 호흡과 함께 시선을 들어 서희를 바라보았다. 서희의 몸을 타고 올라, 그녀의 두 팔을 위로 올려 두었다. 욕망에 젖어 있는 눈을 서희와 맞추고, 아프도록 딱딱하게 커진 남성을 그녀의 사타구니에 묻으며 유연하게 허리를 움직였다. 그녀의 모든 것을 가지겠다는 각오가 서린 눈동자에선 핏발이 일고 있었다.

그러나 서희의 흐린 눈동자에 시선을 고정시킨 순간, 눈물이 그렁해진 그녀의 눈동자를 확인한 순간, 강진의 동공이 조용히 가라앉았다. 서희가 마지막 힘을 내어 제 감정을 숨기고 있다는 것을 눈치채지 못한 그는, 그녀의 얼굴을 쓰다듬으며 꽉 잠겨 있는 음성으로 속삭였다.

"네 마음, 다시 열어 줘. 되도록 빨리."

지팡이에 몸을 의지한 채 사무실로 들어온 수찬은 뒤따라오는 강 실장의 말 한마디에 그만 몸이 얼어붙고 말았다. 스르르 뒤돌아보는 눈동자에 서린, 숨길 수 없는 긴장감은 오직 강 실장만이 알아볼 수 있는 것이었다.

"방금, 뭐라고 했나?"

"강진이가 돌아온 것 같습니다."

강 실장은 수찬이 잠시 몸을 비트는 것을 발견하며 서둘러 달려가 그를 부축했다. 십 년 전, 강진이 언질도 없이 갑자기 떠난 후로 모든 것들이 조금씩 바뀌기 시작했다.

우선 수찬은 충격에 쓰러진 후 한쪽 다리를 절게 되었고, 그 때문에 세계 각지에 벌여 놓았던 투자 명목의 사업을 하나씩 축소하고 그 눈을 국내로 돌렸다. 오늘도 국내 최대 규모의 미술관 갤러리의 개관을 앞두고 그곳 실태를 조사하던 중, 그곳의 이사가 최강진이라는 이름을 가졌다는 정보를 입수한 직후에, 강 실장은 혹시나 하는 마음에 혼자 독단적으로 알아보았다. 갤러리의 실무 책임을 맡고 있는 사람을 비밀리에 만나 강진과 자신의 관계를 설명한 후 모든 사실을 빼곡하게 전해 들었다. 역시 직감이 맞아 들어갔던 것이다.

미국에서의 강진은 허름하고 값싼 8평짜리 아파트에 머물면서 밤낮으로 일을 했다고 한다. 그렇게 1년 동안 일을 하여 학비를 벌어 어렵게 시카고에 있는 미술대학을 다녔다는 말도 그 사람이 덧붙였다. 그림을 보는 눈과 그것의 가치를 발 빠르게 체크하고 흡수하는 능력이 뛰어나, 미국 현지의 유명 갤러리에서 재능을 인정받기에 이르렀다. 탄탄대로를 달리며 초고속으로 승진을 한 그는, 얼마 전 한국 최대 규모의 갤러리에서 스카우트 제의를 받고 날아온 것이다.

그 모든 과정이 정확하게 십 년이 걸렸다. 무엇이 강진으로 하여금, 그토록 절박하게 삶의 의지를 부여했는지는 알 수 없었다. 어렴풋이 서희 때문일지도 모른다고 짐작만 할 뿐, 역시 자신할 수는 없다.

강 실장은 흔들리고 있는 수찬의 등을 든든히 받쳐 냈다. 어쩌면 수찬도 강진을 사랑하고 있을지도 모른다. 그저 그 모습이 특이하게 비틀려 있을 뿐, 다리를 절고 사업을 줄일 정도로 삶에 흥미를 잃은, 이제는 늙어 버린 노인의 등은 애처롭기만 했다. 그래서인지도 모른다. 여전히 수찬의 곁을 지키면서, 강진과의 관계가 원만해지길 기다리고 있는 것은. 하지만 돌아선 수찬의 눈빛은 그 어느 때보다 분노와 증오로 일그러져 있었다.

"그래. 지금 어디에 있지?"

"동해 쪽에 있는 엠파이어 카지노 리조트에 잠깐 머물고 있다고 합니다."

"엠파이어 카지노 리조트라……. 거기에 누가 있길래?"

"강진이 친구가 운영하는 걸로 알고 있습니다."

수찬은 잇새로 쓴웃음을 내뱉으며 입술을 짓씹었다. 한국으로 돌아왔다면서 그에게가 아닌 다른 곳에 가 있는 아들이 서럽도록 원망스러웠다.

수찬은 억지로 호흡을 가다듬었다. 그리고 강진을 낳고 말도 없이 떠나 버렸던 그 여자를 떠올렸다.

지나치게 똑같군. 그래서 네 녀석을 미워할 수밖에 없는 거야. 그 생각을 하자, 그의 이마에 빼곡하게 고통의 흔적이 서렸다. 잡고 싶은데도 잡히지 않는 존재 때문에 절망감에 휩싸였던 그때. 그때도 제 안의 고통만 보았듯이, 수찬은 지금도 여전히 자신만의 고통만 들여다보고 있었다.

"그렇다면, 아들을 만나러 가 봐야겠지?"

다잡은 마음으로 다시 몸을 정립한 그는 싸늘한 눈빛으로 강 실장을 돌아보았다.

"준비해."

❖

머리가 깨어질 듯 아파 왔다. 부스스 뜬 눈으로 강렬한 태양의 빛이 비쳐 들자, 서희는 잠시 동안 눈살을 찌푸렸다. 술기운 탓인지 여전히 어지럼증이 가시지 않고 있는 머리를 기어코 들며 갈증이 일고 있는 목을 추슬렀다. 언뜻 젖가슴이 욱신거리고 유두가 따끔거리기도 했다. 그 감각에, 어젯밤의 일이 고스란히 떠오른 가슴이, 또 한 번 싸늘한 통증을 뱉어 냈다.

"깼어?"

그러다 물 잔과 함께 건너오는 다정한 음성에 서희는 천천히 고개를 들었다. 창가로 들이쳐 오는 태양빛을 역광으로 받고 서 있는 그가 보였다. 그가 입매를 늘이며 미소를 지어 보이는 순간에야, 그의 침대에서 잠이 들었다는 사실을 깨달을 수 있었다. 완벽하게 풀어진 어제의 그녀를 보며 그는 무슨 생각을 했을까. 그에게 초라한 모습을 보이고 만 것 같아 가슴이 쓰라렸다.

"식사해야지."

강진은 상반신을 숙여 서희의 얼굴을 쓰다듬었다. 깊이를 담고 일렁이는 눈동자가 사랑하는 연인을 향했다. 조금 부은 것 같기도 한 그녀의 볼을 웃으며 살짝 꼬집어 본다.

"무려 열 시간을 잤어. 잠꾸러기야."

"가 봐야 해요. 다들 나를 찾을 거예요."

서희가 서둘러 침대에서 내려오는 바람에, 그녀의 볼을 꼬집었던 강진의 손이 허공에 그대로 머물렀다. 그의 얼굴에 퍼져 있던 미소가 쓸쓸한 색깔로 바뀌었다. 제게 절대 열리지 않는 견고한 문 앞에서, 강진은 소리 죽여 아파하고 있었다. 고개를 틀어 제 옆을 스쳐 지나가는 서희의 손목을 붙들었다. 다시 한 번 그의 몸 안에서 발작 같은 불꽃이 일었다.

"유서희."

서희는 움찔하며 그를 올려다보았다. 다정하지만 찰나에 빛을 내는 눈동자가, 끓어오르고 있는 감정들을 애써 삭이며 조용히 경고하자 그녀는 탄식을 터뜨렸다.

"혹시라도 피해 갈 생각은 하지 않는 게 좋아."

"하……."

"그 옛날처럼, 두 번 다시 네 손을 놓는 일은 하지 않아."

나른하게 퍼져 있던 몸의 모든 감각이 그의 말 한마디로 빠른 속도로 회복해 갔다. 선언, 그리고 경고. 서희는 아침 햇살을 머금고 있는 그의 얼굴을 꽤, 오랫동안 올려다보았다.

카지노 리조트 건물의 지하 1층. 정식 카지노 홀은 아니었지만 군데군데 바카라와 블랙잭을 위한 테이블이 갖추어져 있고, 그것보다 더 화려한 칵테일 바와 카페가 있는, 꽤 넓은 이곳에서, 서희는 문화옥션의 후배 스텝인 진경과 함께 내일 있을 두 번째 경매를 준비하고 있었다. 준비라 해 봐야 작품 리스트와 서면 응찰자의 여부를 확인하는 것뿐이었지만, 경매 참가자들의 대부분이 부유한 상류층 사람들이다 보니 어느 때보다 고도의 집중력과 조심성을 겸비해야 했다.

홀의 가장 왼쪽 끄트머리에 있는 테이블에 진경과 나란히 앉아 리스트를 점검하고 있던 서희는, 이따금 뒤쪽을 흘깃거리고 있는 진경 때문에 신경이 곤두설 대로 곤두서 있었다. 진경이 누구를 보고 있는지 잘 알고 있기 때문이다.

"저기, 유 선배. 저 뒤에서 자꾸 누가 선배를 쳐다보고 있는데요?"

때마침 점심시간이라 칵테일 바와 카페테리아는 넘쳐 나는 손님들로 북적이고 있었다. 자세히 주의를 기울이지 않으면 인파 때문에 발견할 수도 없을 지경일 텐데도, 진경의 매서운 육감은 놀랄 정도로 강진의 존재를 꿰뚫고 있었다. 서희는 펜을 탁, 내려놓고 한숨을 내쉬었다.

"자꾸 신경 쓸 거야? 나랑 일하는 거야, 아니면 뒤쪽에 있는 사람들이랑 일하는 거야?"

"미안해요. 하도 자꾸 쳐다보기에. 유 선배랑 무슨 사이라도 되나, 싶었죠. 아니면 내가 마음에 드는 건가? 그나저나 저 남자 되게 멋지긴 하다."

턱까지 괸 채로 홀린 듯, 뒤쪽을 보고 있는 진경을 보자니 오늘 점검 업무는 아무래도 물 건너간 듯했다. 담담하게 허공을 응시한 서희는 울컥, 하고 튀어 오른 감정과 마주했.

어젯밤의 그. 오늘 아침의 그. 사납도록 거칠게 가슴을 움켜쥐던 그와 눈물 나게 다정한 음성으로 깼냐고 물어봐 주던 그. 가질 수 없는 대상을 향해 불길 같은 열망이 인다. 그와의 사이에, 지난 십 년의 시간적 거리감이 통째로 사라진 것 같은 이 익숙함이 무서웠다. 다시 일기 시작하는 마음속 바람이 두려웠다. 시끌벅적한 인파의 소음 속에서, 서희의 마음 역시 요란스럽게 얽혀 들고 있었다.

"그렇게 좋냐? 아주 눈길이 콕 박혀 있구면."

바에 등을 기대고 간단한 칵테일을 입에 머금고 있는 강진을 향해 시명이 다가왔다. 입구에 들어서서부터 강진의 시선이 어디로 향해 있는지 확인한 순간까지, 시명은 내내 입가에 조소를 거두지 않고 있었다. 급기야 직원에게서 칵테일 잔을 넘겨받은 시명이 강진의 옆에 나란히 서서 빈정거리며 비웃음까지 날릴 지경에 이른 것이다. 강진은 홀을 가로질러 서희의 등에 꽂혀 있던 눈길을 거둬들이며 잔을 내려놓았다.

"내가 어떤 기분인지 안다면, 네가 이렇게 빈정거리지 못하지."

"어떤 기분인데?"

시명이 눈을 빛내며 물어왔지만, 강진은 그저 다시금 서희의 뒷모습에 눈을 둘 뿐이다.

"말하기 싫은데."

그럴씨히게 내뱉었지만 시희의 뒤에서, 아프게 사그라저 가는 제 모습을 돌아보는 것을 잊지 않았다. 그것은, 어젯밤 결국 이루어지지 못했던 서희와의 정사만큼이나 아쉽고 허무한 일이었다. 언젠가, 이 지독한 사랑의 끝자락과 만나는 날이 오게 된다면, 이런 공허함도 사라지게 될까. 마음속의 무언가가 날카로운 이를 드러내며 그런 기대감을 버리라며 그를 조롱하는 것 같았다.

"어? 강진아. 저, 저기……."

그때, 잔을 물다 만 시명이 말끝을 흐리며 손가락으로 어딘가를 가리켰다. 불안함에 떨리고 있는 시명의 얼굴을 주시하던 강진은, 그가 가리키는 쪽으로 고개를 돌렸다. 곧이어 강진의 눈동자에도 거친 파도가 일렁이기 시작했다.

수많은 사람들 사이를 유유히 파헤치며 홀에 들어서고 있는 이는 그의 아버지, 수찬과 강 실장이었다. 강진의 시선이 잠시 수찬이 들고 있는 지팡이를 향하다가, 이내 생각이 난 듯, 반대편의 서희에게로 순식간에 옮겨진다. 아직 수찬은, 강진은 물론이고 서희 역시 발견하지 못한 상태였다.

하지만, 의자에 앉아 있던 서희가 옆의 스텝과 대화를 나누며 자리에서 일어서자, 강진은 관자놀이에 경련을 일으키며 그녀를 주시했다. 수찬이 서 있는 곳과 나란히 일직선상에 서희가 있기 때문에, 발견되는 건 시간문제였다. 본능이 서희를 염려했다. 불안의 요소들이 곳곳에 산재해 있는 이 상황에서 빠르게 벗어나야 했다.

일어나지 마.

고개, 돌리지 마.

아무것에도 눈을 주지 마.

눈빛을 싸늘하게 얼린 강진은 그대로 성큼성큼 걸었다.

"야! 야! 최강진, 인마!"

시명은 낮게 그의 이름을 부르며 낙담했다. 행여 꼭지가 돌아 버린 저 녀석이 수찬에게 다가가 난동이라도 부리지 않을까, 하는 불안감이 팽배해져 재차 입술을 깨물었다. 물론 강진이 그런 난폭한 성격은 아니지만, 분명히 강진이 이곳에 있음을 알고 왔을 수찬으로 인해 없는 걱정까지 사서 해야 할 판이었다. 그러나 시명의 걱정과는 다르게, 강진이 다가간 곳은 수찬이 아니라 서희 쪽이었다.

"뭐야. 네 여자부터 챙기겠다, 이거냐?"

시명은 한숨과 함께 어깨를 으쓱해 보였지만, 친구의 막막한 앞날을 걱정하는 얼굴에는 금세 그림자가 번져 들고 있었다.

사람들 사이로 바삐 걸음을 옮긴 강진은, 서희의 테이블에 다다라서야 수찬과의 거리가 지나치게 가깝다는 것을 깨달았다. 서희의 등을 응시하며 그는 그날의 기억을 떠올렸다.

빗소리. 좁고 허름한 골목길. 눈물짓던 서희. 폐허가 된 그들의 낙원.

그날의 횡포가 비수처럼 그의 전신에 아프게 박혀들었다. 아무것도 모르는 서희가 수찬이 서 있는 쪽을 향해 몸을 돌린 순간, 강진은 그녀의 앞을 가로막았다. 그로 인해 서희의 존재가 완전하게 가려졌다. 서희는 당황하여 고개를 치켜들었지만, 금세 그의 품으로 몸이 빨려 들어가 버렸다. 영문도 모른 채로 그의 가슴팍에 얼굴을 묻고 있었지만, 서희는 분명 보았다.

찰나지만 짧게 흔들렸던 그의 눈동자를.

"그대로 있어."

불안을 끌어안고 있는 그의 얼굴을.

8
언젠가, 너와 나는

강진은 후배 스텝과 함께 멀어지는 서희의 등을 오랫동안 지켜보았다. 비상구가 있는 쪽을 향해 억지로 등을 떠밀다시피 보낸 후인데도, 가슴을 치받는 답답한 마음의 자락들은 기세도 좋게 펄럭이고 있었다. 이미 오랜 시간 동안, 심장을 차갑게 단련시켜 왔는데도 막상 서희와 얽힌 일들을 대면하게 되니 역시나 감정들이 녹록해지지 않았다. 제 안에 빼곡하게 새겨진 고통의 역사를 마주하는 것 같은 불쾌감, 이어지는 한숨. 그러나 언젠가 부딪혀야 할 대상이라는 것을 알기에 얼마쯤 일었던 동요가 차츰 사그라지고 있는 것도 사실이었다.

강진은 가슴을 추스르듯, 서희를 끌어안느라 살짝 틀어진 와이셔츠의 소맷부리를 다시금 단정하게 여몄다. 팽팽하게 당겨진 이성이 돌아오고 있는 것을 느끼며, 그는 천천히 몸을 돌렸다. 어느

새 눈앞 가까이까지 와 있는 수찬이 여전히 인파들 사이를 눈으로 훑는 것이 보였다. 뚜벅뚜벅. 망설임 없이 다가가 그들의 앞에 선 강진은, 수찬과 강 실장의 흔들리는 눈길을 받으며 공손하게 머리를 숙였다. 십 년 만의 해후가 이루어지고 있는 순간임에도, 세 사람은 서로에게 익숙해져 버린 침묵을 전혀 깨뜨리지 않고 있었다. 잠시 강진과 수찬의 눈이 부딪혔다. 수찬의 눈에서 여전히 들끓고 있는 잔인한 야성을 싸늘하게 외면한 강진은, 공손하기 그지없는 말투와 함께 그들에게 손을 뻗었다.

"올라가시죠."

지척의 거리에 있으면서도 결코 반가워할 수 없는 수찬의 얼굴. 강진은 사뭇 경련이 일어나고 있는 관자놀이를 뚜렷하게 느끼며 그들을 앞장섰다.

룸에 들어온 강진은 수찬과 강 실장을 소파로 안내했다. 강 실장이 수찬의 지팡이를 받아 들고 그를 부축하는 모습에 잠시 시선을 두다 이내 돌아선다. 화장대 옆 앤티크 스타일의 왜건에서 위스키 한 병과 잔을 집어 든 그는 강 실장을 돌아보았다.

"한산, 하시겠습니까? 강 실장님?"

"아…… 난 또 운전을 해야 하니까."

강 실장의 거절에 고개를 끄덕인 강진은 제 잔으로 위스키를 따르며 날카로운 예감이 가슴을 스치는 것을 느꼈다. 역시, 그들은 자신을 만나러 온 것이다. 자신이 형편없이 뒤얽혀 있을 거라 생각하고, 그런 모습을 눈으로 직접 확인하고자 온 것이다. 홀에서 보았던, 수찬의 입매에 묻어 있던 차가운 냉소. 그리고 안절부절못하던 강 실장의 태도가 그 모든 것들을 증명해 주고 있었다. 반쯤 채워진 잔을 입에 머금었다. 제 모습을 확인하고자 왔다면, 보여 주리라. 지난 시간 동안 마음에 꾹꾹 담아 두었던 것들을 야금야금 꺼내어 얼마든지 내보이리라.

"대신, 나한테 한잔 주겠니?"

등 뒤로 꽂히는 수찬의 저음에 강진은 고개를 돌렸다. 입매를 늘이며 웃고는 있지만 그 웃음에 서린 의미를 모르지 않는다. 강진 역시 똑같은 종류의 미소를 지어 보이며 고개를 끄덕였다.

수찬은 제 앞으로 잔을 들고 오는 강진에게서 시선을 떼지 않았다. 무언가, 예전과는 다른 위협적인 분위기가 아들에게서 풍겨 왔지만 내색하지 않았다. 단지 나이를 먹었기 때문이라고만 여겼다. 여전히 제 손으로 얼마든지 조종이 가능하다고 믿고 있는, 그 현실만을 믿었다. 때론 외면하기도 하고 때론 괴롭히기도 하면서 저가 받은 상처를 내보일 것이었다. 수찬은 받아 든 잔을 입속으로 털어 넣으며, 강진이 책상의 끄트머리에 엉덩이를 걸치고 앉는 것에 눈길을 주었다.

"내 인생을 말하라면 딱 하나야……."

수찬은 잔을 빙글 돌리며 그 안에 담긴 노란색의 액체로 시선을 내렸다. 한 번쯤은 강진에게도 속내라는 것을 드러내고 싶었다. 무관심과 학대의 이유에 해명과 변명을 붙여 두기 위해서랄까. 치졸하다고 생각하지는 않았다. 강진이 또다시 떠나게 할 순 없었으니까.

"여자가 있었지. 죽도록 사랑했고, 너를 낳았고, 나는 버림을 받았지. 내 인생을 설명하라면 그게 모두야. 다른 건 없어."

담담하게 내뱉어지고 있는 수찬의 말에, 강진도 강 실장도 모두 그를 향했다. 말의 사이사이 무겁게 흐르는 침묵조차 수찬이 내보이고 있는 감정적 기류에 묶이는 것 같았다.

"넌 나를 버린 네 에미 같아. 내 눈에 선명하게 새겨진 고통의 흔적을 보는 것 같단 말이야. 그래서 안 보고 사는 게 최선이라 생각하면서도 또 네가 뭘 하고 다니나 참으로 궁금해지기도 한단 말이지."

이건 뭘까. 강진은 난생처음으로 수찬의 고백을 들으면서도 의구심으로 변해 가는 눈빛을 거두어들이지 않았다.

"네가 중학교에 다닐 땐가. 한 번은 그런 말을 한 적이 있었지. 버려 달라고. 그 말을 하는 네 얼굴에서 아주 작은 설렘이 느껴지더구나. 나한테서 벗어나면 행복할 수 있을 거라는 믿음 같은 거였지. 그때 느꼈지. 난, 네가 웃거나 행복한 게 싫은 거구나."

자신의 말에 스스로 위로를 보내듯, 수찬은 고개를 크게 한 번 끄덕이며 남은 술을 모조리 목으로 넘겼다.

"너는, 나를 버렸던 그 여자를 매번 떠올리게 하거든. 네 몸에 감겨 있는 그 여자의 핏줄과 성격과 분위기들. 내 눈에 선명하게 새겨진 그 여자를 보는 것 같아. 그래서지. 난 이렇게 여전히 불행한데 너만 행복해지면 반칙이지."

무표정하던 수찬의 얼굴이 조금씩 일그러지기 시작했다. 강진은 그 얼굴이 낯설지 않다는 생각에, 머릿속으로 기억을 떠올렸다. 수찬이 언급했던, 중학생 때, 저를 버려 달라고 애원하며 매달렸던, 그 순간의 아버지.

"십 년 동안 나를 떠나 있으면서 네가 조금이라도 행복했을 거란 생각을 하니, 어찌나 억울해지던지."

그러나 세월이 가져다준 마음의 장막과 무섭게 자라 버린 이성 만큼이나, 수찬의 그런 협박 정도는 가벼운 미소로 넘기기에 이르렀다. 강진은 드러내지 않은 조소를 가만히 삼키며 술잔을 내려다보았다.

"그렇지 않느냐? 그렇지?"

제게서 무슨 대답을 원하는지 수찬은 두 번씩이나 물어왔다. 아마도 그간 자행되었던 이해할 수 없던 행동들에 대한 해명을, 보아 주고 알아 달라는 어린아이 같은 보챔이 아닐까. 하지만 강진은 그런 수찬의 바람을 간단하게 접어 버리고 외면했다.

"서희, 저택으로 돌아옵니다."

수찬의 미간이 미약하게 좁혀지는 것이 보였다.

"앞으로 함께할 겁니다."

미간의 골이 더욱 깊게 패이기 시작했다.

"결혼도 물론."

고개를 든 강진의 시야에, 마침내 침통하게 일그러지고 있는 표정의 수찬이 비쳐 들었다. 전혀 감정을 읽을 수 없었던 아버지의 얼굴은, 세월을 지나 그 반대가 되어 있었다. 감정이 이성을 이기는 것은 시간의 흐름에 따라 어쩔 수 없는 모양이었다. 수찬은 사업가라면 절대 어기지 말아야 할 포커페이스의 기본 원칙을 철저하게 파괴시키며 비통함에 잠긴 얼굴로 강진을 쳐다보고 있었던 것이다. 강진은 그런 수찬을 요리하듯 말을 이어 갔다.

"이 무시무시한 저의 반칙들이 앞으로, 하나씩, 실현될 겁니다."

말없이 침묵만 유지하고 있는 수찬이 힘겹게 이성을 유지하고 있는 것이 느껴졌다.

"제겐 꿈이 있습니다. 내 손으로 내 세상을 구축하고 그곳에서 서희와 함께하는 것이죠. 그리고 그 세상엔, 유감스럽게도 아버진 없습니다."

그러나 당당한 강진의 태도는 완벽하게 거침이 없었다.

"이 구도를 완벽하게 이해하시겠습니까? 그렇다면 이제 그만 돌아가 주시죠."

익숙하지 않은 패배감. 어떤 도전이든 완벽하게 받아 주겠다는 강진의 선포에 수찬은 기어이 분노를 이겨 내지 못하고 파르르 떨리는 얼굴로 자리에서 벌떡 일어났다. 그의 입가에 이는 경련이 사뭇 격렬한 흥분으로 변하기까지, 강진은 모든 상황을 지켜보았다.

"강 실장님. 아버지께서 나가시겠답니다."

길게 이어졌던 두 부자의 대화에 가슴이 내려앉는 것을 느끼며 답답해하고 있던 강 실장이, 주춤 자리에서 일어나 수찬을 부축했다. 침울한 얼굴로 강진을 잠시 보던 그는 무거운 숨만 색색 내뿜고 있는 수찬에게 지팡이를 건넸다. 지팡이를 쥔 손에 힘을 준 수찬은 책상의 끄트머리에 앉은 채인 강진을 보았다.

"여긴 너무 멀구나. 언제, 가까운 곳에서 다시 보자꾸나."

문을 열고 나가기 직전에, 강 실장이 다시금 제게 눈길을 주자, 강진은 고개를 끄덕이며 이별의 인사를 전했다. 그러나 강 실장의 만면에 짙게 드리워져 있는 수심을 발견한 순간, 무언가 미진하게 가라앉아 있는 앙금이 가벼운 의문을 품었다. 할 말이 있는 듯한 미련을 읽었다.

소리 없이 닫힌 문처럼, 품었던 의문들도 점차 자취를 감추어 갔지만 눅진하게 눌러붙은 찜찜함은 가시지 않고 있었다. 사방에 재차 적막이 깔리자, 강진의 눈동자에 허한 공간들이 생겨났다. 동공에 새겨진 아픈 여백이 수찬의 가슴에 남아 있는 상처를 되새김질하였다. 그런 사연들이 있었던가.

수찬의 삶이 복잡해진 이유의 기저에 '사랑'이라는 감정적인 것이 자리하고 있을 줄은 몰랐다. 어쩐지 또 다른 인생의 한 단면을 보게 된 것 같아 잠시 쓴웃음이 났지만, 그렇다고 변명으로서의 구실을 할 수는 없는 것이었다. 모든 행동에 이유를 단다고 해서 면죄부가 되지 않듯이. 한숨을 내쉰 강진은 신경은 재차 강 실장의 마지막 표정으로 모아졌다. 이해할 수 없었던, 무언가 뒷목을 자꾸만 붙드는 것 같은, 불길한, 징후.

머리가 뜨거워졌다. 행여 가슴까지 뜨거워질까 강진은 얼른 창 밖으로 고개를 돌려 버렸다.

❖

12층. 문화옥션의 스텝들을 위해 마련된 조그만 사무실에서 점검 작업을 모두 끝낸 서희는, 커피 한잔 하러 내려가자는 진경의 제안을 거절하고 혼자 남았다.

오후의 햇살. 봄이 깊이 들어와 있음을 알리는 상쾌한 숲의 공기가 살짝 열린 창틈을 비집고 들어오는 시간이었다. 이따금 심술궂은 바람도 함께 실려와 책상 위에 있던 몇 장의 서류들을 흩트려 놓기도 했다. 완벽하게 풀어진 시원한 공간임에도, 서희의 마음은 무거운 사슬에 묶이기라도 한 것처럼 아까의 홀에서 단 한 발자국도 움직이지 못하고 있었다. 저를 끌어안았던 그의 표정. 불안감을 머금고 짧게 흔들리던 눈빛을 보고야 말았던 순간부터, 이미 머릿속은 엉망으로 이지러지고 있었다.

대체 무슨 이유로 그런 얼굴을 하고 있었던 것일까. 걱정이 스며든 손가락으로 이유 없이 책상만 툭툭 건드리고 있었다. 저를 흔들지 말아 달라고 애원했건만, 정작 흔들리고 있는 것은 서희 자신이었다. 어리석은 마음을 밀어내고 있는, 그를 만나러 가야 한다는 열망이 가슴에 불어닥친다. 결국 서희는 의자를 밀고 자리에서 일어났다. 못난 것, 스스로를 비웃으며 혀를 끌끌 차면서.

그의 룸이 있는 층의 엘리베이터에서 내린 서희는, 서반지 앞에서 걸어오고 있는 두 사람의 존재를 눈으로 확인하며 몸을 굳혔다. 강력한 둔기로 어딘가를 맞은 듯한 순간적인 통증에, 걸음이 더 이상 앞으로 나가지 못하고 멈춰 서 버렸다. 수찬과 강 실장이 그녀를 발견하고 안색을 바꾸는 것만큼이나, 아니 그 이상으로 서희의 얼굴에도 붉은 열기가 감돌기 시작했다. 강진의 이해할 수 없었던 행동의 이유를 알게 된 순간, 그녀는 영원히 풀기 힘들 것 같은 과제를 품에 안은 사람처럼 무거운 마음으로 고개를 숙였다.

"그간 안녕하셨어요?"

굳이 예의를 차릴 사이가 아니라는 점, 그리고 그것은 절대적으로 서희 자신의 치부라는 점을 모르지 않았지만, 서희는 가슴 깊은 곳에서 우러나는, 자책감을 가장한 인사를 기어이 하고 있었다. 그녀 앞으로 다가온 두 사람의 얼굴을 차마 마주할 면목도 없어 그저 아래로만 시선을 내리깔았다.

"아니 너……."

놀란 듯한 강 실장의 말투가 귓전으로 날카롭게 부서졌다. 곧이어 수찬의 외면하는 듯한 발걸음이 지팡이와 함께 서희를 스쳐 지나갔다. 꽉 조이던 나사가 풀린 듯, 서희의 심장이 사뭇 풀어졌다.

"서희야. 지금은 좀 곤란하고, 며칠 후에 내가 연락할게. 얘기를 좀 했으면 해."

강 실장은 수찬이 듣지 못하게 아주 작은 소리로 속삭여 왔다. 서희는 고개를 끄덕였지만 두려움을 감출 수는 없었다. 십 년이라는 시간이 흘렀음에도 제게 해야 할, 남아 있는 이야기의 종류가 어떤 것인지 짐작하는 까닭이었다. 서희는 두 사람이 탄 엘리베이터가 1층에 도착했다는 불이 껌뻑일 때까지 그곳만 바라보고 서 있었다.

그의 룸 앞에 멈춰 선 두 발이 지상에 붙박였다. 벨을 누르기 위해 가져간 손가락이 몇 번의 망설임으로 굽혀졌다 펴지기를 반복하고 있었다. 아주 오래전에, 수찬을 만난 후에 그가 힘들어 했던 기억을 갖고 있다. 그가 절박하게 위로를 필요로 했던 그때, 어렸던 서희는 그저 입술만 내어줄 수밖에 없었던 애틋한 기억을 갖고 있다. 그때처럼, 혹여 지금도 그가 힘들어 하지 않을까, 염려스러운 마음을 손가락에 실었다. 하지만 벨을 채 누르기도 전에, 문이 알아서 열렸다. 당황하여 혹, 하고 들이켠 숨이, 자동으로 닫히려 하는 문을 잡고 서 있는 그를 보자 다시금 목구멍으로 쑥 내려간다.

서희의 눈을 담담하게 응시하는 그의 눈빛에는, 걱정과는 다르게 완벽한 평정심만 서려 있었다. 쓸쓸함인지, 낙담인지, 그에겐 더 이상 위로가 필요 없을지도 모른다는 생각에, 서희는 제 두 발이 서 있는 이유를 잃어버린 것 같았다. 왜 왔냐고 물어보면 뭐라 대답을 해야 하나, 이제는 그 변명을 찾기 위해 머리를 굴려야 했다. 그러나 그가 뻗은 팔에 손목이 붙들린 순간, 순식간에 룸 안으로 끌려 들어간 순간, 머릿속에 생각해 두었던 것들이 휘리릭 날아가고 있음을 깨달았다. 그녀의 생각이 틀렸다. 룸에 들어서자마자 그녀의 허리를 끌어당긴 그는 이제 위로가 아닌, 유서희, 자신만을 갈구하고 있다는 것을 느꼈기 때문이었다.

"넌 항상, 망설이는구나."

강진은 저를 올려다보고 있는 서희의 까만 동공을 응시했다. 그녀의 샴푸 향, 몸에서 은근히 풍기는 옅은 향수가 그가 속한 공기에도 배었다. 서희를 만나러 나가려 문을 연 순간 시야에 가득 차던 그녀의 얼굴이, 황량한 그의 가슴을 얼마나 다독여 주었는지 모른다. 부질없이 흩어져 버린 생각의 조각들을 하나로 이어 주는 느낌. 강진은 손을 들어 서희의 귓바퀴에 걸려 있던 머리칼을 쓸어 넘겨 주었다.

"그렇지 않아요."

"그럼 문밖에서 뭘 한 거야?"

다부진 그녀의 대답에 잠시 틈을 두었다가 묻는 강진의 얼굴에는 장난기가 가득했다. 마치 그녀가 왜 왔는지 다 안다는 표정이었다. 홀에서 전해지던 그 아슬아슬한 긴장감의 이유에, 그가 걱정이 되어 왔다는 것까지 모두 꿰뚫고 있는 듯했다. 그러나 강진은 등으로 내리치는 서희의 머리칼을 쓰다듬듯, 밝히고 싶지 않을 그녀의 마음결까지 쓰다듬었다.

"어떻게 온 건지 물어도 대답 안 할 거라는 거 알아. 또 굳이 말할 필요도 없어. 네게서 진심을 전해 듣는 행운이 오지 않아도 돼. 내 옆에만 있으면."

강진은 제 몸으로, 안고 있는 서희의 몸을 조금씩 뒤로 밀어내었다. 그녀와 눈을 맞추며, 계속하여 밀고 나갔다. 그리고, 그의 힘에 의해 한 걸음씩 뒷걸음질 치고 있는 서희의 등이 벽과 밀착되었을 때에, 서희의 입술에서 작게 신음이 흘렀다.

"오늘 저녁에 난 돌아가."

가슴을 닿아 오며 그가 속삭이자 서희의 동공에 감출 수 없는 파란이 일었다. 그는 돌아간다니. 마치 그 옛날에, 그가 그림 여행을 떠나 며칠씩 집을 비웠던 순간 같아서 언뜻 기시감을 느낀 것도 사실이었다. 그의 부재를 상상하자 벌써부터 허전한 감정들이

들이닥치기 시작했다.

"언젠가 우리…… 웃으며 행복할 수 있는 날이 오겠지?"

그의 말에 아득해졌다. 잡을 수 없는 바람처럼, 쥐면 손가락 사이로 죄다 빠져나가는 허무한 공기처럼, 도저히 실체가 잡혀지지 않는 막연한 그림. 어디에 색을 칠해야 할지 캄캄하기만 한 하얀 도화지. 이루어지지 않을지도 모를 열망에 기대어, 그가 품고 있는 꿈과 세상은 그녀가 대답할 수 없는 것들이었다. 그 사실에 서희는 서글퍼졌다.

"나는……."

"기다릴게."

속삭인 강진은 어두워진 서희의 눈동자와 대답을 외면한 채로, 그녀의 뒷머리를 천천히 뒤로 젖히고 입술을 깊게 맞물렸다. 활짝 열린 입술 새로 거칠게 들여놓은 혀끝으로, 숨어 있는 그녀의 혀를 찾아 입안을 샅샅이 핥아 내리기 시작했다. 매끄럽게 뻗은 등골을 오르내리며 쓰다듬던 손을 돌려 그녀의 얼굴을 부드럽게 감싸 쥔다.

딩동, 하는 벨이 울렸다. 이어서 '룸서비스입니다. 손님. 사장님 지시로 와인을…….' 외치는 남직원의 음성도 문을 뚫고 들려왔다. 그러나 강진은 키스를 멈추지 않았다. 밖에 서 있는 직원이 계속하여 노크를 했지만, 그는 입안에서 그녀의 혀와 달콤하게 밀어를 속삭일 뿐이다.

어차피 서희를 제외한 모든 것들은 세상의 잡음.

서희의 소리가 그런 세상의 잡음들을 지워 버린다.

둘만 있다. 그래서 웃고 행복할 수 있을 것이다.

언젠가.

언젠가, 너와 나는.

강 실장이 연락을 해 온 것은 그로부터 이틀 뒤였다. 그것은 강진이 서울로 올라간 지 이틀째 되는 날이었고, 리조트에서의 일정을 사흘 남겨 둔 시점이기도 했다. 서희는 김 실장에게 양해를 구한 후 잠시 서울로 올라왔다.

강 실장과 만나기로 한 장소에 나가기 전 은행에 들러, 생각해 두었던 모든 준비를 끝냈다. 그다지 많지 않은 벚꽃나무들이 이제막 움을 트기 시작한 가로수 길을 걸으며 마음에 여유를 주는 것도 잊지 않았다. 서희는 담담하게 이어 가고 있는 두 발로 시선을 떨어뜨렸다. 봄바람이, 피부로 따뜻하게 휘감겨 왔다.

어쩌면 이 선택으로 또 한 번의 상처를 입게 될지도 모른다. 사실 갈피를 잡지 못하고 있는 마음 역시, 지리멸렬하게 구겨져 있는 심중을 더욱 어지럽게 하였다. 진심을 찬찬히 들여다보길 거부하는 고집불통의 장막을 억지로라도 걷어 내고 싶었다. 기수와 민우의 집을 다시 돌려주기 위해서, 라는 이유는 단지 핑계일 뿐. 실상은 그의 곁에 있고 싶어서, 라는 진심을.

복잡하게 널브러진 심사들을 정리라도 해 주겠다는 듯, 핸드폰이 울려 댔다. 액정에 뜬 이름은 민우였다. 들켜선 안 될 것을 들킨 사람처럼 서희의 손이 한동안 통화 버튼 누르기를 망설이고 있었다.

"응. 오빠. 그 날 잘 들어갔어?"

—왜 이렇게 늦게 받냐? 그날은 잘 들어갔지. 확인 전화도 안 걸어 주고 넌.

"미안. 바빴어."

서희는 자신이 해사하게 웃고 있다는 것을 자각하며 갑자기 입술을 사려 물었다. 순식간에 들이닥친 찬바람에 가슴이 휑하다. 생각해 본다. 그와도 이렇게 웃으며 대화를 나눌 수 있다면 얼마나 좋을까, 라고.

—나도 바빴어. 월세라도 구해 볼까 해서 돌아다니고는 있는데 마땅한 집이 없네.

민우의 말에 서희는 걸음을 우뚝 멈추었다. 눈이 부시도록 파란 하늘을 올려다보며 결심한 듯 상황을 전했다.

"그 집, 나오지 않아도 돼. 주인 할머니께서 며칠 안에 말씀하실 거야."

—무슨 말이야, 그게?

"나중에. 나 일정 끝나고 돌아가면 그때 얘기해."

민우가 전화를 끊지 말라며 외쳤지만 통화 종료 버튼을 누르는 손길은 거침이 없었다. 아직은 민우에게 무슨 말을 어떻게 전해야 할지 막막하다.

예전의 상황 속으로 망설임 없이 돌아가겠다는 선언을 한다면, 기수와 민우는 발 벗고 나서서 뜯어말릴 것이다. 강진을 떠나 민우의 집에 살기 시작하면서 한동안 앓았던 불면. 잠들면 어김없이 꾸었던 악몽. 지독하게 들쑤셨던 그리움. 그것들을 다시 시작하겠다고 한다면 정신 차리라며 뺨을 맞을지도 모른다. 강진이 없는 시간 동안, 그들과 함께 나누었던 유대감은 그런 행동들조차 정당하게 받아들일 수 있는 끈끈함이 있었다.

그래도, 어쩔 수 없었다. 기다린다는 그의 말을 모른 척 외면하기엔 그를 그리워했던 지난날들이 사무치게 길어서, 미련을 잘라내기엔 아직도 그를 보면 가슴이 아프고 먹먹해서, 차라리 괴롭더라도 그의 말처럼 함께 있는 게, 살 수 있는 길일지도 몰랐다. 그 길에, 비록 웃음과 행복이 없다 할지라도.

찬란하기만 한 이 봄날에, 서희는 더욱 찬란했던 그 봄, 그와의 첫 만남만 떠올리고 있었다.

시내의 커피숍에 들어선 서희는 구석에 있는 테이블에 홀로 앉아 있는 강 실장을 발견했다. 고개를 든 그와 짧게 눈인사를 나누며 서둘러 건너편에 앉은 그녀는, 뒤이어 따라온 직원에게 간단하게 커피를 주문했다. 강 실장의 표정을 살피는 눈길이 조심스러웠다. 원래도 얼굴에 감정을 잘 드러내지 않는 편이었지만, 시간이 흐른 지금에도 강 실장의 얼굴에선 어떤 징후도 발견할 수 없었다. 그것이 불안한 것인지 아니면 안심이 되는 것인지, 분간이 가지 않는 혼란이 치민다.

"저택에 들어가기로 했다며. 강진이한테 들었어."

무릎에 편 손을 꾹 말아 쥐었다. 그날 엘리베이터 앞에서 만났던 수찬이 강진과 어떤 대화를 나눈 후였는지 짐작이 가능한 대목이었다. 결국 이것은 불안의 징후인 것이었다.

"그것 때문에 드리고 싶은 게 있습니다. 이거⋯⋯."

최대한 냉정을 되찾으려 호흡을 들이켠 서희는 가방을 열고 봉투를 꺼내어 그의 앞으로 내밀었다. 의아해하는 강 실장의 시선은 일부러 회피하였다.

"돈뿐만 아니라 어떤 걸로도, 아버지의 죗값을 치를 수 없다는 거 압니다. 이것 역시도 제 마음이 먼저 편하고 싶은 변명에 다름 아니라는 것도요. 염치없지만 받아 주세요. 제가 직장에 다니면서, 그리고 틈틈이 아르바이트를 하면서 모은 돈입니다."

봉투를 내려다보며 아연해하고 있는 강 실장의 얼굴을 그제야 마주하였다. 잠시 주눅이 들어 어깨가 움츠러졌지만 이내 마음을 다잡는다. 강진과 다시 시작하기 위해선 반드시 거쳐야 할 절차라는 것을 상기하며 말아 쥔 주먹에 힘을 주었다.

"그때, 사장님께 신세졌던 것에 비하면 터무니없이 적은 액수겠지만, 그래도 받아 달라고 전해 드려 주세요. 십 년이나 지나서야 이렇게 드리게 된 것이 죄송할 따름입니다."

"난 걱정이 먼저 앞서는구나, 서희야."

돌아가지 않는 강 실장의 말에 서희의 가슴이 서늘해졌다. 불안의 징후와 마주히면서 절대 담담해질 수 없는 마음이 초소하게 늘 썩였다.

강 실장은 그런 서희의 표정을 보며, 이틀 전 리조트에서의 강진과의 만남을 떠올렸다. 위태로웠던 두 부자의 대화. 몸이 아니라 말로 치열하게 전쟁했던 그 날. 수찬의 과거사를 들으며 강 실장은, 어쩌면 이 전쟁의 최후의 피해자는 강진이 될지도 모른다고 어렴풋이 예감했었다.

"너도 느꼈겠지만, 강진이에 대한 사장님의 마음이 생각보다 더 날카로우셔. 말릴 수가 없다. 세월이 흐르면 마음 같은 건 무뎌지는 건 줄 알았는데, 그 반대인 사람도 있나 봐."

자조하듯 내뱉은 강 실장은 잠시 대화에 뜸을 들였다. 무슨 말을 어디서부터 시작해야 할지 잠시 갈등이 일었다. 제게 주어진 의무가 아니니 두 아이들의 위태로운 사랑을 염려하는 마음을 가져 봐야 헛수고라는 걸 모르지 않았다. 말을 전한 후에 상황이 어떻게 바뀌게 될지 염려가 되는 것도 사실이었다. 그러나 결과가 어떤 형태가 되든, 이 삼각 트라이앵글의 한 축을 이루는 서희 역시 과정을 알아야만 한다고 결론을 내렸다.

그리고 마침내, 마치 고해 성사처럼, 강 실장의 담담한 고백이 시작되었다. 그날, 룸에서 강진에게 했던 수찬의 말들을 하나도 남김없이 서희에게 전한 것이다. 강 실장조차도 처음 알게 된, 그래서 더욱 충격일 수밖에 없었던 수찬의 과거사들을. 강진을 그렇게 대할 수밖에 없었던 이유들을.

"강진이가 그 피해자지. 늘 입버릇처럼 말씀하신다. 강진이가 웃고 행복한 걸 못 본다고."

서희는 하얗게 질려 가는 주먹을 하염없이 내려다보았다. 강 실장의 말을 들으며 쏟아지려 하는 탁한 호흡들을 애써 참아 내기 위해 손바닥에 작은 경련까지 일었다. 오랜 시간이 흘러서야 알게 된, 그의 외로움의 실체와 대면하면서, 그녀의 가슴이 난도질당하고 있었다.

늘 혼자였던 그가 어째서 창고에서 그림을 그리는 것으로 무료한 삶을 달랠 수밖에 없었는지. 수찬을 만난 후에 왜 그런 표정으로 힘들게 이마를 기대어 왔는지. 뒤늦게 깨달은 그녀에게 아픔을 던진다. 새삼 얼굴을 쓰다듬어 주고 머리칼을 매만져 주던 그의 손길이 그리워졌다.

불길처럼 뜨거웠던.

"그래서 걱정이 돼. 네가 강진이 옆에 있게 된다면, 사장님은 보나마나……."

한없이 다정했던.

"무서운 분이시지. 이빨을 감추고 있는 호랑이 같은 사람이야. 언제 어느 때고, 제 마음에 들지 않는 이를 공격할 수 있는."

수많은 언어들이 담겨 있었던.

"너희들. 차라리 먼 곳으로 떠나라."

서희는 고개를 들었다. 그렁해진 눈물을 아이처럼 손등으로 스윽 닦아 냈다. 가슴 밑바닥에서부터 치고 올라오는 흐느낌의 덩어리가 슬픔으로 응집되어 목구멍 너머로 토해졌다. 젖은 기침이 시작되었다. 얼굴이 붉어질 정도로 잦아들지 않는 기침은, 물을 목으로 넘기고 나서야 그쳤다. 제 대답을 기다리고 있는 강 실장을 보며 서희는 한 번 더 주먹을 그러쥐었다.

"덕분에…… 제 마음이 더욱 확고해졌어요. 감사합니다. 말씀하시기가 쉽지 않으셨을 텐데."

강 실장이 무슨 의도로 이런 말들을 전하고 있는지 충분히 이해하고 있었다. 그러니까 강진의 곁으로 다가오지 않는 게 둘 다에게 좋을 거라는, 배려를 담은 걱정이라는 것을 모르지 않는다.

"안심하셔도 된다고 전해 주세요. 그 사람은…… 웃고, 행복하지 못 할 겁니다."

하지만 마음에 가면을 씌워서라도 그의 곁에 있고 싶어 하는 열망이 뭉클한 아픔을 토해 냈다. 그것은…….

"제가 마음을 주지 않을 테니까요. 그러면 되지 않나요?"

그에겐, 그녀밖에 없다는 깨달음이었다.

서투르게 시작되었던 풋사랑의 감정이 세월의 더께만큼이나 켜켜이 쌓여 갔던 흔적을 발견한 순간이었다. 그를 홀로, 차가운 곳에 내버려 두었던 지난 시간들이 무시로 망막을 찔러 왔다. 이렇게 마음을 숨겨서라도 곁에 있고 싶은 이유에, 서희는 절박하게 매달리게 되었다.

마음을 주지 않겠다고 말했지만 서희의 표정은 온전히 다 주겠다고 말하고 있었다. 강 실장은 충분히 그것을 느꼈다. 가뭇가뭇, 불안감이 내려앉은 눈을 타고 이제는 빛이 바래 버린 희뿌연 영상들이 흘러간다.

그 밤, 산, 비탈, 담배를 피우던 수찬, 그리고 잠시 후 그 아래로 떨어지던…….

강 실장은 눈을 감으며 한숨을 뱉어 냈다. 산을 쩌렁쩌렁 울려 대던 비명 소리가 여전히 고막을 찔러 대는 것 같았다. 이 전쟁의 최후의 피해자는 강진이 될 거라는 예감은 어쩌면 현실이 될지도 몰랐다. 되도록 그 순간이 찾아오지 않기를, 강 실장은 이름 모를 신들에게 바라고 또 빌었다.

저택의 외관은 변함이 없었다. 울창한 숲에 둘러싸인 신비한 성. 외딴 곳에 감추어져 있는 아름다운 낙원. 사계절이 골고루 느껴지는 주변의 경관이 가슴까지 벅차게 만들었던 기억. 강 실장을 만난 후로 발길이 절로 이곳으로 향했다. 그가 있을 리도 없건만. 서희는 대낮임에도 조금 열려 있는 대문을 의아하게 내려다보다가 이내 살짝 밀고 들어갔다. 경보음이라도 울리면 어쩌나 뜰 안으로 발을 들이밀면서도 어깨를 움찔했다. 그는 분명 집에 없을 텐데, 누가 이 대문을 열어 둔 걸까. 의구심도 잠시 서희의 시선은 금세 저택의 뒤쪽으로 돌아가는 좁은 길로 향했다. 수도 없이 드나들었던 곳이다. 네로, 그와의 창고, 그리고 낙원의 이방인.

슥슥 스치듯 떠오르고 있는 기억에 의존하며, 그녀는 그쪽으로 발을 옮겼다.

창고로 내려가는 계단은 수리를 한 건지 깔끔한 목제 계단으로 바뀌어 있었고, 창고의 내부 역시나 암울한 회색빛이 아닌, 환한 햇살이 가득 들이치는 넓은 홀로 변해 있었다. 하지만 벽면을 가득 장식한 그림 액자들과 이젤, 팔레트, 의자, 침대 등은 다름없이 익숙한 풍경을 자아내고 있어 내심 안도가 되었다. 물론 물건들은 모두 새것으로 바뀌었지만 자리해 있던 위치는 그대로다.

서희는 침대 옆으로 나 있는 조그만 쪽창 앞에 서서 두 팔을 벌리고 크게 숨을 들이마셨다. 그와의 일들을 생생하게 기억하는 가슴으로, 추억들이 너울진다. 서희는 벽에 등을 기대고 눈을 감았다. 머릿속이, 그 어느 날 어느 순간으로 꽉 채워졌다.

'그때, 나는 자고 있었어. 시험이 끝나고 몸과 마음이 풀어져서…… 그리고, 며칠 동안 집에 없었던 그를 그리워하고 있었지.'

차르르 돌아가던 환풍기, 회색빛으로 흩날리던 부채꼴 모양의 빛살을 차례로 떠올려 본다. 그리고 마지막으로 생각한 건, 그 안에, 금방이라도 날아갈 것처럼 위태롭게 서 있던…….

"유서희."

당신.

귓전에 다가온 생생한 음성에, 서희는 감고 있던 눈을 번쩍 떴다. 그러자 가물거리는 시야로, 그의 얼굴이 환영처럼 들어섰다. 놀란 그녀에게 한 걸음 더 다가선 그는 생각지도 못한 선물을 받은 양 환한 미소를 지어 왔다.

"너, 일정이 끝나려면 며칠 더 남은 걸로 아는데."

강진은 내부 수리와 인테리어가 모두 끝난 저택을 점검해 달라는 업체의 부탁으로 잠시 들른 차였다. 2층 복도의 끄트머리 창문을 통해, 정원을 가로질러 오고 있는 서희의 모습을 발견하지 못했다면, 그대로 차고로 내려가 집을 나섰을 것이었다.

"아…… 지나가다 들렀어요."

망설이며 내뱉은 서희의 대답, 강진은 그녀의 속내를 훤히 읽어 버린 눈빛을 내며 또 한 걸음 다가섰다.

"거짓말."

"아니. 거짓말 아니에요."

단호하게 말했지만 흔들리는 눈빛을 그가 알아챌까, 두 눈을 감아 버렸다. 코끝으로 감겨드는 익숙한 향이 천천히 얼굴로 다가오는 것을 느끼면서도, 행여 감정을 드러낼까, 잔뜩 굳은 몸을 움직일 수도 없었다.

"상관없어."

강진은 고개를 숙여 그녀의 입술에 더운 입김을 들이부었다. 서희의 뒤를 따라 한 걸음씩 옮기면서 가슴 벅찼던 순간들을 되짚어 본다. 생각지도 못한 순간에 기습 선물을 받은 양, 마음이 들뜨고 그것이 한계를 넘어서서 격정이 되었다. 서희의 등장으로 오늘 이후의 일들이 이미 머릿속에서 까맣게 사라져 버렸다.

서희의 허리를 끌어와 하체로 밀착시켰다. 아랫입술을 머금다 이내 윗입술마저 가득 삼켜 버린다. 그녀의 호흡을 모조리 입술로 앗아 냈다. 입안을 파고들고 헤집으며 숨결마저 장악한다. 그러다 잠시 입술을 떼어 낸 강진은 여전히 눈을 꾹 감고 있는 서희를 향해 탁한 숨을 뱉어 냈다.

"눈을 왜 감고 있는 거야? 떠 봐."

그의 명령에 세차게 고개를 젓는 서희는 마치 고집을 피우는 어린아이 같았다. 피식, 잇새로 웃음을 삼켰다. 턱을 가만가만 쓸기만 하던 손가락에 얼밍이 배인다. 비로 이곳에서 했던, 어른이 되면 다 주겠다던 그녀의 약속이 섬광처럼 번뜩이며 그를 인내의 끝자락으로 몰고 갔다.

점점 거칠어지는 숨결을 받을 새도 없이, 그가 격렬하게 입술을 밀어붙였다. 벽으로 서희의 등이 부딪히고 겹쳐진 두 몸은 틈 하나 없이 매끄럽게 연결되었다. 그가 고개를 틀고 입술의 방향을 바꾸는 순간에 흘린 신음과 들썩이는 호흡 소리가, 서희의 귓전으로 가득 자극을 몰고 왔다. 셔츠 아래를 파고 든 손이 브래지어를 들고 젖가슴을 움켜쥔 순간, 그가 원하는 게 무엇인지 서희는 똑바로 인지했다. 그가 잠시 입술을 떼어 낸 사이, 두 사람의 시선이 부딪혔다. 마음이 얽혀 들고 서로를 탐하고픈 욕망이 짙게 배인 순간이었다. 서희는 그가 주는 눈길에 완벽하게 사로잡혔다. 강 실장 앞에서 마음을 주지 않겠다는 절망의 가면을 쓰긴 했으나, 그 가면 아래에는, 그에게 모든 것을 다 주겠다는 결심이 서려 있었던 것을 기억했다.

그의 입술이 목선을 타고 흘러 쇄골에 닿았을 때, 하체로 들이치는 생경한 감각으로 인해 적나라하게 부풀어 있는 젖가슴을 강하고 뜨겁게 주물렀을 때, 그리고 마지막으로 그가 재킷 속 블라우스의 단추를 거칠게 잡아 뜯었을 때, 서희는 자진해서 그의 목에 팔을 둘렀다. 외로웠던 그에게, 그녀가 주는 첫 번째 선물이었다.

9
찰나, 네가 보이지 않아

서희의 몸에서 옷가지들이 하나둘씩 떨어질 때마다, 감고 있는 그녀의 눈꺼풀에서 경련이 점점 심해졌다. 눈치채지 못하고 있으리라 생각하고 있는 건지 애써 담담해 보이기 위해 그녀가 기울이는 노력은 거의 필사적으로까지 비쳐졌다. 투둑. 브래지어의 후크가 강진의 손에 의해 풀리고, 그가 어깨에 걸린 얇은 끈을 손가락으로 밀어내자 어김없이 바닥으로 떨어진다. 드러난 뽀얀 젖가슴으로 시선을 내린 강진은 짧게 숨을 토해 내며 손을 아래로 옮겨 서희의 스커트마저 벗겨 냈다.

"눈. 절대 마음을 보여 주지 않겠다는 뜻이야?"

스타킹을 천천히 내리며 강진이 속삭였다. 서희의 등으로 돌려진 커다란 손이 미끈한 여체의 허리와 등골을 쉴 새 없이 어루만지며 대답을 채근했다. 서희의 발끝으로 말려 내려간 스타킹을 제 발로 거칠게 잡아 벗겨 내며 작은 팬티 속으로 손을 집어넣자, 어깨를 움찔한 그녀가 기어이 눈을 떴다. 그 틈을 놓치지 않은 강진은 손가락으로 부스스한 음모를 가려 내고 여성의 가장 한가운데의 정점, 예민하게 부풀어 있는 살갗을 아프도록 찔러 대며 재차 속삭였다.

"그래?"

뜨거운 열기와 함께 귓전으로 몰려오는 자극적인 음성의 질문은, 분명 감고 있는 자신의 눈이 마음에 들지 않아서라는 것을 알고 있었다. 그의 손가락이 노골적으로 파고들고 있는 아래로부터 홧홧하게 일어나는 통증과도 같은 전율에 잠시 눈을 떴지만, 이내 거친 신음과 함께 찡그리며 닫혀 버렸다.

"하읏!"

서희는 등 뒤의 벽이 아니라, 단단하게 곧은 그의 어깨에 머리를 기대었다. 여성을 지분거리고 있는 적나라한 그의 행동에 절로 다리가 벌어져 자칫 잃을 뻔한 몸의 균형을 가다듬기 위해서였다. 다 벗은 나체로 들이치는 바람에 오한이 들고 그것은 곧 몸에 소름으로 돋아났다. 가장 민감한 부위에서 전신으로 퍼지는 열감만큼이나 그녀를 자극하고 또 자극하였다. 서희는 거친 호흡을 뱉으며, 꽉 잠긴 음성을 억지로 끌어내었다.

"……대신에, 옆에 있을게요. 그게 내가 할 수 있는 말의 전부예요."

"네가 나를 두고 자포자기할 리 없다는 거 알아. 옆에 있겠다는 네 말 한마디에 그저 나는 또……."

끝없이 녹아내리겠지. 너한테.

강진은 서희의 팬티 속에서 꺼낸 손으로 그녀의 젖가슴과 쇄골을 따라 올라가 목선을 그러쥐었다. 그러다 손을 옮겨 감고 있는 서희의 눈을 어루만졌다. 닫힌 서희의 눈 아래 감추어진, 그녀의 열망을 읽어 본다. 그 어느 날에, 어른이 되면 다 주겠다며 야무진 미소로 대답하던 그녀의 열망을. 몸과 마음을 그에게 묶겠다는 약속을. 시간이 흘러서도 제 모든 곳에 뚜렷하게 각인되어 있었던 그 말들을. 그래서 서희의 마음이 겉으로 드러나지 않는 지금조차도, 그는 충분히 행복할 수 있었다.

"나는 또, 웃을 수 있겠지. 너 때문에."

귓전으로 다가와 부서지는 그의 쓸쓸한 말 한마디에, 서희는 들썩이고 있는 가슴으로 사무치는 서글픔이 밀려오고 있는 것을 느끼며 스르르 눈을 열었다. 아려 오는 동공 속으로 가장 먼저 그의 얼굴이 들어선다. 늘어진 입매에 담겨 있는 쓸쓸한 미소. 안아 주고 싶은, 처연하리만치 외로워 보이는 그의 얼굴. 자칫 사랑한다는 말로 이 모든 상황에 종지부를 찍을 뻔하려는 성급함을 자책하며, 겨우 입을 열었다. 대신에 서희는 아래로 늘어뜨리고 있던 두 손을 올려 그의 넥타이를 서툰 솜씨로 풀어냈다.

"……확인하려 들지 마세요. 내가 말하지 않아도, 내 마음을 열어 보이지 않아도, 아무것도 묻지 않겠다고 약속해 줘요."

"맹랑하네."

시선이 부딪힌다. 두 사람 모두 과거의 첫 대면을 떠올리며 의미심장한 미소를 지었다.

"말을 바꿀게요. 아무것도 묻지 않으면, 옆에 있을게요."

"게다가 뻔뻔하기까지."

강진은 커다란 손으로 서희의 뺨을 쓸며 가슴에 무겁게 얹혀 있는 다른 생각들을 모두 지워 냈다. 서희의 손에 의해 풀린 넥타이가 아래로 떨어지고 곧이어 슈트와 와이셔츠, 바지 등 제 몸에 걸쳐진 모든 것들까지, 마치 머릿속에 들러붙어 있는 상념이 지워지듯 떨어져 나간 후, 그는 서희의 한쪽 다리를 제 허리에 걸치게 했다. 벽과 밀착되어진 서희의 등이 힘들지 않도록 손으로 받친 후, 그녀의 몸의 무게중심을 모두 제게 쏠리게 만들었다. 뜨거운 기운이 몸 안 곳곳을 누비고 다니며, 그로 인해 숨통마저 조여든다 싶을 즈음, 강진은 아프도록 커져서 단단하게 선 남성을, 활짝 열린 서희의 사타구니 속으로 강하게 밀어 넣었다.

"흐윽!"

통증과 함께 어마어마한 힘으로 아래로부터 밀려오는 낯선 감각에 서희는 호흡조차 내뱉지 못하고 그의 어깨로 이마를 기대었다. 좁은 입구로의 쉽지 않은 진입에 아직 반쯤은 들어가지도 못한 상태임에도, 팽팽하게 일어서 있는 여성의 점막이 그를 감싸자 강진의 이마에 아찔한 쾌감의 흔적이 떠올랐다.

"하아…… 괜찮아?"

탁한 숨소리에 묻혀 있는 그의 질문은 야릇하고 적나라했으며 서희의 감각을 은밀하게 적셨다. 하지만 쉽게 열리지 않는 입은 드문드문 옅은 신음만 흘려 댈 뿐이었다. 그저 그의 목을 끌어안으며 지금의 내밀한 고통과 버무려져 있는 낯설고도 압도적인 느낌을 어떻게든 견뎌야 했다.

"견딜 수 없으면 소리를 내. 지금은 마음을 다 보여 줘도 돼."

강진은 재차 숨을 받아 내며 조금씩조금씩 나머지를 밀고 들어갔다. 마침내 그녀의 안을 꽉 채운, 그의 남성은 그때부터 탄력을 받고 강하게 움직였다. 천천히 뒤로 물러섰다가 이내 무시무시한 힘으로 들이치는 강렬한 야만을 선사했다. 간간이 신음만 흘릴 뿐, 온몸이 그에 의해 묶여 있으면서도 절대 눈을 뜨지 않는 서희를 보며, 강진은 더욱 세차게 허리를 움직였다. 뿌리 끝까지 찔러 넣고 뜨거운 절정을 박아 넣으면서 서희의 반응을 채근하고 재촉했다. 맞물린 몸의 끝 사이에서 전해지는 완벽한 합일감. 몸으로 충만하게 번져 드는 쾌감과 극도의 흥분. 그의 목에 서희가 박은 손톱자국이 날카롭게 새겨졌다. 그것이 신호가 되어 강진은 더욱 뜨겁고 강하게 허리를 튕겼다. 열정을 이기지 못한 서희가 완벽하게 부서져서 그의 안으로 온전히 녹아내릴 수 있도록. 그렇게 속살을 가르고 뿌리 끝까지 부딪혀, 서희의 심장에도 언젠가는 닿을 수 있도록. 세월과 현실을 이겨 낸 그의 사랑이 그녀를 다시금 사로잡을 수 있도록.

"눈을 떠. 유서희."

절정에 도달하기 전, 강진은 마지막으로 그녀의 이름을 불렀다. 되찾은 그의 낙원에서 다시 부르는 이름. 그 이름이, 주는 익숙한 행복감을 느끼면서. 그리고 강진은 최후의 순간에 허리를 격렬하게 찍어 올리는 것으로, 뇌수마저 뚫어 버릴 듯한 강렬한 절정을 맛보았다.

"하아. 하아. 하아……."

참고 있던 호흡을 뱉은 서희는 거의 울부짖으며 그의 가슴에 털썩 몸을 의지했다. 등골을 훑으며 흘러내리는 땀 한 줄기 속으로 한기가 스미자 저도 모르게 그의 품으로 바르작거리며 파고들었다. 아직 남아 있는 절정의 여운이 그의 거친 호흡 소리에서 느껴졌다.

"괜찮아?"

정수리로 그의 입술이 닿아 오자, 서희는 다 소진해 버린 힘을 억지로 끌어 모아 고개를 저었다.

"아뇨……."

몸이 마비가 된 것처럼 움직여지지가 않았다. 모든 에너지가 불시에 다 빠져나간 것 같은 무력감이 찾아든 것도 순식간이었다. 등을 따뜻하게 어루만지고 있던 강진이, 안 되겠다는 듯 그녀를 안고 바로 옆에 있는 침대로 옮겨 가는 것도 거의 무의식중에 깨달은 것이었다.

잠이 든 것도 아닌, 몽혼한 상태에서 따뜻한 물에 적셔진 수건 같은 것이 아래를 쓸고 있다는 자각이 들었다. 강진. 분명 그가 뒤처리를 위해 움직이고 있는 것이리라. 수치스럽게 벌어진 다리를 오므려야 한다는 생각 한 자락마저 들지 않을 정도로 기운이 사라져 있는 상태였다. 아래에서 느껴지던 따갑고 홧홧한 통증 같은 것이 어느 정도 잦아들었다, 싶을 즈음 그가 서희의 나체 위로 몸을 겹쳐 왔다. 젖가슴이 그에 의해 뭉툭하게 짓눌러졌다. 반쯤 열려 불투명해진 눈동자로 그의 얼굴이 와락 쏟아졌다. 또다시 일기 시작하는 섬광 같은 열기. 가슴 한가운데를 날카롭게 뚫고 지나가는 열정 한 줄기가 그에게서 느껴졌다. 서희는 이번에야말로 다리를 오므렸다.

"너, 약속 지켰어."

강진은 서희의 이마를 스치고 있는 한 올의 머리칼을 걷어 내어 주며 그녀의 빰을 손가락으로 툭, 건드렸다.

"이젠 내가 약속할 차례지."

"……무슨 약속을요?"

"난 너와 끝까지 갈 생각이야."

"……끝?"

"남자와 여자 사이의 끝, 다시 말해서 완전체, 그게 뭘까. 생각해 봐. 퀴즈다."

홀로 꿈을 꾼 적이 있었다. 지독한 외로움 속에서, 그래도 살아야 한다는 삶의 의지를 다지며, 서희와의 행복을 상상했던 적이 있었다. 매번 가슴에서 흐르는 눈물을 조용히 삼키는 것으로 마무리되곤 했던, 기억이 아니라 가슴에 맺혀 있었던, 상상. 강진은 저를 올려다보고 있는 아름다운 눈동자에 시선을 두었다.

"누군가에 의해 휘둘리는 상황은 한 번이면 족해. 지금은 너와 나, 둘 다 성장했지. 성장을 한다는 건 나를 지키는 힘을 가진다는 의미야. 나를 포함 내 주변 세상을 지킬 수 있는 힘. 그래도 두렵다면 넌 너만 지켜. 내가 네 세상까지 끌어안을 테니까. 내가 다 싸워 줄 테니까."

"나를 지키기 위해서. 맞아요. 당신 옆에 있으면서 나는 내 방식대로 나를 지킬 거예요."

담담하게 이어지고 있는 그의 말처럼, 서희 역시도 담담하게 내뱉었다. 하지만 그가 입술을 겹쳐 오며 전하는 속삭임에는 절대 담담할 수 없었다.

"언젠가, 네 입으로 다시 말하게 될 거야. 나를 사랑한다고. 마음을 숨기려 애써도 절로 말할 수밖에 없는 날이 오게 될 거야."

그의 전부를 움켜쥐고 싶은 소망이, 열일곱 그때처럼, 서희를 장악했다. 사막이라는 낙원에 살고 있는 이방인, 산호초처럼, 그에게 바다의 의미를 다시 가르쳐 주고 싶다.

"그날만 기다리며 살아가는 것도, 충분히 가치 있는 인생이야."

그가 퍼붓는 키스를 받으며, 오므려진 다리를 천천히 벌려 내는 그의 남성을 느꼈다. 그가 팔로 그녀의 다리를 완전하게 걸어 버려 접촉이 더없이 쉬워졌다. 여성의 둔덕 위를 가볍게, 또는 날카롭게 마찰해 오는 딱딱한 이물감에 또다시 그를 향해 녹아내린다. 유두를 강하게 빨아들임과 동시에, 처녀의 혈흔과 그가 한 번 쏟아 냈던 정액이 섞여 있는 좁은 그곳으로 그가 거침없이 들어섰다. 흥분에 경련을 일으키는 질 속의 점막들이 훅, 하는 짧은 숨소리와 함께 터질 듯 부풀려져 그의 남성을 감쌌다. 순간적인 감각에, 서희는 머리를 뒤로 젖혔다. 그러자 그날, 그와 함께 했던 약속의 맹세들이 천정에서 활자처럼 춤을 추는 것이 보였다. 언젠가, 그 날이 올 것이다. 숨기려 애를 써도 절로 말할 수밖에 없는 그날이. 사랑한다는 말을.

역 앞에 도착한 강진의 회색 벤츠가 정차를 위해 잠시 멈추었다. 갤러리로 돌아가는 길에, 동해로 다시 돌아가야 하는 서희를 바래다주는 길이었던 강진은, 그녀가 차에서 내리려 하자 손목을 붙들었다. 돌아본 서희와 눈을 맞춘다.

"이번 주 일요일 저녁. 잊지 마."

일요일 저녁. 동해에서의 모든 스케줄이 끝나고 서희가 그의 집으로 들어오는 날이다. 강진의 눈이 짧게 빛을 내며 약속을 인지시키자, 그녀가 보일 듯 말 듯한 미소로 대답을 했다. 그 애매한 태도가 마음에 차지 않았던 그가 붙들고 있던 손에 지그시 힘을 주자, 서희가 이내 입을 열었다.

"알았어요."

"오케이."

서희가 차 밖으로 몸을 밀어내자 강진의 시선이 끈질기게 그녀를 따라붙었다. 계단을 오르고 또다시 걸음을 옮길 때마다 위태로워 보이는 그녀에게 힘이라도 주듯, 그의 눈길이 떨어지지 않았다. 두 차례의 격렬했던 정사 때문인지 서희의 걸음이 이따금 부자연스러워 보였다. 그 모습마저도 눈에 새기겠다는 듯 그의 시선은 오래도록 그녀에게 붙박여 있었다.

갤러리로 돌아온 강진은 이사실로 뒤따라 들어오는 여비서를 향해 돌아섰다. 단정하게 묶은 머리와 한 치의 흐트러짐이 없는 정장 차림의 비서에게서 파일을 건네받는다.

"이번 주 스케줄입니다. 이사님. 정식 일정은 아니고 대략 이렇게 흘러갈 것 같다는 뉘앙스만 우선 줬습니다."

파일 속에 끼워진 서류를 훑는 속도가 제법 빠르다. 일요일까지 가득 차 있는 일정표를 보면서, 앞으로 그가 종횡무진 뛰어야 할 많은 업무와 일들을 머릿속에 빠짐없이 구겨 넣었다. 그러다 그중 눈에 띄는 한 부분을 검지로 주욱 훑는다. 눈치 빠른 비서가 부연 설명을 붙였다.

"일요일 두 시의 문화옥션 건은 취소하셔도 됩니다. 이번 동해에서 있었던 스페셜 이브닝 세일에 판매된 작품들의 전시회라서 거래의 의미가 전혀 없을……."

"갑니다."

"예?"

강진은 비서에게 파일을 넘겨 준 후 책상 쪽으로 걸음을 옮겼다. 가서 서희를 만나 함께 저택으로 들어오는 것도 괜찮은 방법이리라. 슈트를 벗자 비서가 재빨리 다가와 받아 들고 옷걸이에 얌전하게 걸어 둔다.

"비공식으로 움직일 테니까 그쪽으로 참석 통보는 하지 마세요."

"알겠습니다. 그리고 이사님. 김시명이라는 분이 몇 분 전에 찾아오셨습니다. 지금 5층 휴게실에 계십……."

상냥하게 읊조리고 있는 비서의 말이 채 끝나기도 전에 세 번의 노크와 함께 문이 열렸다. 틈새로 삐죽 시명이 고개를 내밀자 회전의자에 나른하게 몸을 묻은 강진이 입꼬리를 말아 올렸다.

"하이."

비서가 나간 자리를 시명이 들어와 채웠다. 예의 가볍고 발랄한 기운을 가득 머금은 그는, 마치 제 자리인 양 응접 소파의 강진의 자리에 털썩 앉았다. 팔짱을 낀 채로 책상에 앉아 있는 친구를 본다. 스카이블루 와이셔츠에 짙은 네이비블루 넥타이가 강진을 차갑고 냉정한 남자로 비춰 주고 있었다. 하지만 서류를 들여다보고 있는 저 날카로운 시선 뒤에 때때로 풍겨 오는 부드러움을 알고 있다. 시명이 닮고 싶어 하지만 절대 닮을 수 없을, 강진만의 분위기를. 그 아쉬움에 시명은 어깨를 으쓱했다.

"내가 너 정도라면 한 여자에 만족 못 할 텐데. 세상은 넓고 잘난 남자에게 안겨 드는 여자들은 많거든."

넋두리 같은 시명의 말에, 강진은 또 시작이냐, 는 표정으로 슬쩍 서류에서 시선을 떼어 그를 보며 입을 열었다.

"그 여자들에게도 네가 유일무이하진 않을 거야. 바쁠 텐데 서울까지 어떻게 온 거야?"

"내가 바쁜가? 직원들이 바쁘지."

웃으며 고개를 끄덕인 강진은 회전의자를 비스듬히 돌려 자리에서 일어났다. 커피 머신 앞에 선 그가 돌아보지도 않고 묻는다.

"커피, 할 거야?"

"좋지."

시명에게 줄 커피를 만들고 있는 동안, 강진의 등으로 한탄에 섞인 시명의 음성이 꽂혀 들었다.

"걔가 그렇게 좋냐? 십 년이다, 십 년. 요즘은 십 년이면 강산이 서너 번은 족히 바뀐다더라. 하도 세상이 빨리 변하잖냐."

질책의 연장선. 하지만 언젠가 레몬홍차만 주구장창 마신다고 면박을 주던 그 옛날의 기억과는 사뭇 다른, 무언가 날카롭게 박혀 있는 가시를, 강진은 놓치지 않았다. 그것은 저런 먹지도 않을 말을 하려 이곳까지 온 게 아니라는 깨달음이 스며들어 있는 것이었다. 커피가 다 내려졌다는 붉은색의 버튼이 점등되자, 강진은 옆에 놓인 선반에서 머그잔을 옮겨 왔다.

"서희는, 그냥 나야. 나 자신."

쪼르르 검은색의 액체가, 지독하고, 뜨겁고, 숨 막히는 열기를 선사하며 잔 속으로 빨려 들어간다.

"그건 좋아한다거나 사랑한다는 감정을 뛰어넘은 거야. 넌 몰라. 그게 얼마나 절대적인지."

잔을 든 강진이 돌아서며 시명 쪽으로 다가갔다.

"서희가 없으면, 나도 없는 거야."

세상 누구도 알아주지 않아도 어쩔 수 없는, 절대적인 길이라는 것이 있다. 누구에게나 삶에서 결코 덜어 낼 수 없는 중심이라는 것이 있다. 설사 그것이 타인이 보기에 위태로워 보여도 말이다. 시명은 강진의 얼굴에서 그것을 느꼈다.

"아, 됐어. 좋아. 그럼 내 입이 가벼워져도 네겐 좋은 일이겠네."

시명이 잔을 받아 들자, 소파에 앉은 강진은 팔걸이에 팔꿈치를 올려놓으며 턱을 괴었다. 시명을 주시하며 그의 다음 말을 기다렸지만, 그것은, 의외의, 불쾌감을 선사했다.

"어제 우리 리조트에 네 아버지 다시 오셨더라. 문화옥션 김민석 실장이라는 사람과 만나는 걸 봤어."

강진은 시선을 내리며, 꼬아 버린 구둣발을 의미 없이 까딱거렸다. 그러다 바짓단에 감겨 있는 기다란 머리칼을 발견했다.

"내가 누구냐. 또 슬슬 김 실장을 꼬드겼지. 지가 술술 안 불면 앞으로 우리 리조트에서 남은 일정 어떻게 소화하려고?"

몸을 숙여 그것을 집어 든 강진은, 서희의 것임을 인식하며 머리칼을 손가락에 둘둘 말았다.

"그래서?"

"유서희, 걔 실적에 대해서 자세하게 물어봤다던데?"

고개를 끄덕였다. 감긴 머리칼로 인해 피가 통하지 않은 손가락의 윗부분이 곧 하얗게 질려 갔다.

"얘기해 줘서 고맙다. 뒷일은 내가 알아서 하지."

표정에 변화가 없었고, 머리칼이 감긴 손가락을 매만지는 손길 역시 차분하기 그지없었지만, 곧 예리하게 번뜩이는 눈빛이 상태의 구도를 정확하게 파악하기에 이르렀다. 수찬의 행동에 좋지 않은 저의가 있다는 것을. 고개를 돌려 커다란 창밖을 보았다. 한동안 빛살이, 비쳐 들지 않았다.

깔끔하고 청결한 대나무 블라인드가 천천히 말려 올라가면서 지익지익, 소리를 냈다. 그러자 사무실로 환하게 비쳐 드는 햇살에 수찬은 잠시 눈을 감았다가 떴다. 문화옥션의 대표 이사인 이동훈이 밝아진 사무실 내부가 마음에 든다는 듯, 씨익 웃으며 다가와 수찬의 맞은편에 자리했다.

그와 소파의 옆에 미동도 없이 서 있는 강 실장이라는 사람을 살피는 눈길은 철저하게 관찰자의 시선이었다. 곧게 떨어지고 있는 사각의 턱에서 강인한 고집이 엿보였고, 미소가 걸려 있긴 하지만 입매 역시 사나워 보였다. 어제 동해에 있던 김 실장으로부터 대충 보고를 받은 후였다. 저 건너편에 앉아 있는 늙은 호랑이가 경매에 관심을 보인다고. 이름난 개인 투자자라고 했던가. 전시회 때문에 일요일에도 출근을 해야 했지만, 적어도 오늘은 큰 건수 하나를 물 수 있으리라는 기대감이 팽배해 있었다. 동훈은 만족스러운 얼굴로 찻잔을 집어 들었다.

"하시는 일은 대충 얘기를 전해 들었습니다. 사장님. 투자의 대상을 고르는 데 있어 상당히, 높은 안목을 소유하고 계시다는 것도."

"뭐 여기저기 돈을 조금 주고, 때가 되면 돌려받는 것뿐이지요."

너털웃음을 흘리며 잇는 대답은 표면적으론 겸손이 깔려 있었으나 속에는 대단히 알차면서도 상당한 자부심이 있다는 것을 동훈은 눈치챌 수 있었다. 수찬이 말을 이어 갔다.

"요즘은 투자의 개념이 또 새롭게 바뀌었답니다. 부동산이나 주식 말고도 고가의 그림도 얼마든지 훌륭한 자산이 될 수 있지요. 저 또한 돈이 많아 주체를 할 수 없는 입장인지라 이번 기회를 통해 또 다른 면모로 부를 늘여 볼까 합니다만."

"그렇다면 저희 문화옥션을 선택하신 건 백번 잘 하신 겁니다. 저희 쪽에서 취급하는 작품들은 대부분 고가의 물건들이거든요."

"경매가 있을 때마다 제게 기회를 주신다면 얼마든지 그 가치를 인정하는 금액으로 적지 않은 양을 구입할 의사가 있습니다."

수찬이 본론을 꺼내자, 동훈은 내심 쾌재를 불렀지만 굳이 표정으로 드러내지는 않았다. 찻잔을 물고 있는 입술은 금방이라도 통쾌한 웃음이 터질 것 같았지만, 꾹 참으며 고개만 끄덕였다. 그러나 의미심장한 얼굴로 덧붙이고 있는 수찬의 뒷말에, 동훈은 삼킨 웃음이 곧 기침으로 변모하여 나올 것 같아, 또 한 번 참아야 했다.

"헌데, 모름지기 경매회사는 특정 화랑과의 사적인 친분을 용납하지 않는다고 들었습니다만."

"보통은 그렇지요. 아무래도 특정 갤러리에서 제공되는 작품들의 쏠림 현상을 막기 위해서지요. 저희는 보다 다양한 화랑에서 출품되는, 다양한 작가들의 작품을 알리고 거래를 성사시키는 게 목적이니까요."

수찬이 눈을 빛내며 상반신을 그에게로 조금 끌어왔다.

"여기서 일하는 유서희라는 경매사가 실력이 아수 출중하던데요. 승승장구하고 있다지요?"

"예. 저희가 키우고 있는 직원입니다."

떨떠름하게 나간 동훈의 대답에, 수찬이 혀를 끌끌 차며 크게 고개를 가로저었다.

"그 경매사가 보통 여우가 아니더군요. 제게도 투자 일은 중요한지라 문화옥션에 대해 좀 파고들어 봤더니 말입니다."

"예?"

"곧 오픈할 서진 갤러리의 이사와 그렇고 그런 사이라는 소문이 돌던데요."

"예에?"

동훈의 눈동자가 의문과 낙담으로 크게 벌어졌다. 서진 갤러리라 하면 그도 익히 들어 알고 있었다. 국내 최대 규모로 오픈하게 될 명실상부한 최고의 갤러리가 될 것이었다. 탄탄한 자금력을 바탕으로 유, 무명 할 것 없이 모든 작가들에게 골고루 균등한 기회를 줄 것이라는 소문에 업계가 술렁이고 있던 차였다. 명성이 있는 만큼, 수찬의 저 말이 사실이라면 소문도 빠르게 발을 달아 일파만파 퍼질 것이다. 동훈의 미간이 구겨졌다.

"승승장구하고 있는 만큼 입김이 커질 텐데. 아무튼 기업이든 사람이든, 이미지가 중요하지요. 공과 사는 철저하게 구분되어야 한다는 말입니다."

수찬은 동훈의 얼굴에 드러나고 있는 고뇌의 흔적을 눈으로 살피며 쐐기를 박았다. 그러자 동훈이 고개를 끄덕이며 이 대화를 갈무리했다.

"알겠습니다. 제가 한번 알아보겠습니다. 참, 지금 전시회가 열리고 있는데 한번 가 보시겠습니까? 이 건물에서 나가셔서 횡단보도를 건너면 2층짜리 전시관이 있습니다."

"그러지요."

지팡이를 짚고 일어선 수찬과 강 실장의 시선이 짧은 순간 부딪혔다.

'어쩌시려고 그러십니까?'

'운을 떼어 놨으니 여기서 알아서 하겠지. 유서희를 자르든.'

걱정스러운 강 실장의 눈빛을 수찬은 담담하게 되받아쳤다. 그리고 강 실장의 시선을 이내 외면했다. 어차피 이것은 본성이다. 외면하고 고개를 돌려도 언젠가는 맞닥뜨리게 되는 자신의 추악한 얼굴이다. 그리고 그는 그 추악한 얼굴을, 얼마든지 대면하고 들여다볼 의도가 있었다.

문화옥션 건물을 나온 수찬과 강 실장은 횡단보도 앞에 섰다. 눈이 부시도록 빛이 나고 있는 봄볕에 세상의 것들도 활기를 머금은 듯했다. 그 환한 태양 아래, 수찬은 갑자기 머릿속이 까맣게 암전이 되어 가는 듯한 통증에 잠시 시달렸다. 이윽고 신호등이 파란불을 내뿜자, 이내 아무렇지도 않은 듯 지팡이에 몸을 의지하며 절룩절룩, 걷기 시작했다.

하지만 보도 한가운데에 도착하자마자 신호를 무시한 차 한 대가 그를 향해 달려오는 것이 보여 일순 당황하여 걸음을 멈추었다. 차는 금세 신호를 보고 멈춰졌지만, 수찬은 순간적으로 밀려들었던 당혹감에 힘들게 한숨을 여러 번 내쉬었다. 다급히 다가온 강 실장이 부축했지만 까맣게 변해 버린 시야가 도저히 회복할 기미가 보이지 않았다.

사선의 문턱을 다녀온 것 같은 아찔한 기분이 바닥까지 가슴을 끌어내렸다. 마른침을 삼키며 긴장을 몰아내었다. 머릿속으로, 어떤, 흐릿하고 희미한 생각들이 뒤죽박죽 엉킨 채로 복잡하게 나열되었지만 그게 구체적으로 어떤 생각들인지는 수찬 본인도 깨닫지 못했다.

"괜찮으십니까, 사장님?"

"아. 그래."

대뜸 대답하곤 다시금 몸을 정립했다. 또각또각 지상과 부딪히는 지팡이의 소리가 도심의 소음에 곧 묻혀 버렸다.

동해에서의 일정이 끝난 후, 일요일 아침에 서울로 올라온 서희는 저가 살던 방에서 짐을 챙기고 있었다. 짐이라고 해 봐야 간단한 옷가지들뿐이었지만 살아온 삶은 절대 간단하지 않았다는 것을 스스로 증명이라도 하듯, 느릿느릿 이것저것 꼼꼼하게 살펴보고 있었다. 비가 오면 눅눅한 곰팡내가 풍기던, 여기저기 마모되고 부식된 벽, 정기적으로 점검을 해서 갈아 끼워야 했던 형광등, 유일하게 바깥세상과 연결시켜 주었던 작은 쪽창, 그리고……. 그런 것들보다 더 익숙했던, 지난 십 년 그를 향한 이곳에서의 그리움.

가방 안에 옷을 눌러 담는 순간, 지난 사흘간 동해에서 나머지 일정을 처리하며 또다시 차올랐던 그리움도 함께 꾹꾹 눌렀다. 제 안에 담겨 있는 그를 향한 사랑이 절대 그에게 피해를 입히지 않도록, 그가 자신으로 인해 상처를 받지 않도록, 조심하며 또 조심할 거라 다짐하면서.

"짐 싸는 거야?"

열려 있던 방문 밖으로 민우의 음성이 퍼졌다. 집으로 들어오다 흘깃 훔쳐본 가게 안에서 한창 장사 준비에 여념이 없기에 인사도 없이 스쳤더니, 이내 알고 들어온 것이다.

"응. 가게는 어쩌고?"

"장사 준비야 대충 하면 되지 뭐……."

말끝을 흐리며 발로 바닥에 빙빙 원을 그린다. 민우의 얼굴에 희미하게 퍼지고 있는 서운함과 허전함을 서희는 놓치지 않았다. 함께했던 세월들만큼이나 마음에 묻어 둔 정(情)이 애틋한 모습으로 얼굴 표정에서 드러나고 있었다. 그래서 서희는 뜻밖의 제안을 아무런 사심 없이 전할 수 있었다.

"오빠. 오늘 우리 문화옥션에서 전시회가 열리는데 가게 문 잠시 닫고 같이 갈래? 이 동생이 마지막으로 크게 쏠게."

"됐어. 내가 인생이 험난해서 그런지, 그림 같은 거 난 봐도 모르겠더라. 잠만 오고."

민우가 단칼에 거절하자 서희는 입술을 삐죽이며 나머지 옷들을 개켰다. 그리고 민우가 동행하지 않으면 안 되겠다, 싶은 마음이 생기게끔 흰 톤을 높이 올린 음성으로 노래하듯 중얼거린다.

"전시회 보고 나서 식사도 하고 커피도 마시려고 했더니. 싫은 가 보네. 그럼 뭐 이대로 끝인 거지 뭐."

"끝이라니. 너 뭐 남극에라도 가냐? 가끔 만나서 얼굴 보면 되지."

전시회는 표면적인 것일 뿐, 실상은 서희가 이 집에서의 마지막을 미안해하고 있으며 전시회 관람이 그 연장선이라는 것을 알고 있었다. 마음에서 삐죽삐죽 솟아나고 있는 송곳 같은 날카로운 것이 민우를 자꾸만 찔러 대어 퉁명스러운 대답들이 나왔던 것일 뿐. 어디로 가는지 절대 말해 주지 않는 서희가 원망스럽기도 했다. 민우는 크게 한숨을 쉬며 결심한 듯 두 다리를 척 모았다.

"알았어. 같이 간다. 잠시만 기다려. 옷 갈아입고 나올게."

민우가 건넛방으로 들어간 사이, 서희는 짐 가방의 지퍼를 닫았다. 손으로 툭툭 쳐 본다. 그러다 브래지어에 쓸린 유두가 또다시 따끔거려 잘게 인상을 찌푸렸다. 지난 사흘간, 그가 몸 곳곳에 남겨 놓은 흔적들은 서희의 모든 기억들을 완벽하게 장악했다. 그녀의 의식을 압도했으며 단 한 순간도 벗어날 수 없었다. 망막에 새겨져 영원히 잊을 수 없을 것 같은, 열기에 들떴던 그의 얼굴. 유두를 따라 내려간 감전의 줄기가 쏜살같이 하체로 내달리는 것 같았다.

"하아……."

서희는 무릎을 세워 끌어안았다. 손바닥으로 뜨거워 오는 이마를 짚어 본다. 열이 아니라, 그가 주었던 감각의 기억 때문이라는 것을 알고 있는 마음도, 동시에 뜨거워 오고 있었다.

전시회장은 복잡한 만큼 활기가 넘쳤다. 고즈넉하게 퍼지고 있는 클래식의 선율이 어울리지 않을 정도로 북적대는 분위기는 전시회장보다는 놀이동산을 연상케 했다. 부자들은 과연 어떤 그림을 선호하고 구입하는지, 액자 하나하나를 뜯어보는 날카로운 시선을 가진 사람들, 건성으로 훑어보며 그저 시간을 때우기에 급급한 사람들. 너나 할 것 없이 소란의 분위기에 젖어들고 있었다. 민우는 확실히 후자 쪽이었다. 서희와 나란히 걸으며 흘깃 그림에 시선을 주는 것도 몇 차례 되지 않았다.

"에이. 아무리 봐도 모르겠다, 그림은."

퉁명스러운 말에 서희가 피식 웃으며 그를 올려다보자, 갑자기 민우가 팔을 척 내민다.

"너도 팔짱 끼어 봐."

의외의 제안에 서희는 주변을 둘러보았다. 아무래도 함께 온 연인들이 다정하게 팔짱을 끼고 있는 모습을 보며 덩달아 하고 싶어진 모양이다.

"말도 안 돼. 내가 오빠 애인이라도 돼? 무리한 부탁은 하는 게 아닙니다."

"꼭 애인만 팔짱 끼란 법 있어? 남매 간에도, 그리고 또 뭐 친구 사이에도 낄 수 있는 거지."

"그래도 안 되는 것은 안 되는 거지요."

환하게 웃으며 정면으로 고개를 돌린 서희는 갑자기 엄습해 오는 한기를 느끼며 걸음을 우뚝 멈추었다. 저만치 앞에서 다가오다가 서희와 민우를 발견하고 걸음을 멈춘 강진을 보았기 때문이다. 하지만 그녀를 더욱 아연하게 만든 것은, 강진의 몇 걸음 뒤에서, 세 사람을 번갈아 보며 흥미로운 미소를 짓고 있는 수찬의 존재였다. 강 실장을 만났던 그날 헤어지기 전 들은 말이 뇌리를 스쳤다.

'그 약속, 지킬 수밖에 없을 거다. 사장님의 전언 또한 그러했

으니까. 마음을 주지 않는 한, 함께 있는 것을 묵인해 주겠다고.'

걸음을 멈춰 버린 서희에게 민우가 '왜 그래?' 라 물어왔지만 입이 떨어지지 않는 막막한 현실의 상황에 서희는 창백하게 굳은 얼굴로 시선을 내렸다. 강진에게 마음을 주지 않겠다는 선언을, 수찬이 전해 들었는지의 여부에 대해선 알 수 없었지만, 그 순간 서희의 선택은 한 가지였다. 천천히 든 팔을 민우의 팔에 꿰었다. 언뜻 민우가 돌아보는 것이 느껴졌지만 내려 버린 시선은 아무것도 담아 내지 못했다.

불청객처럼 찾아온 질투라는 이름의 가시.

빼낼 수도, 그대로 둘 수도 없는, 비통함의 시간.

걸음을 멈춘 강진의 시선은 민우의 팔짱을 끼고 있는 서희의 손에 고정되었다. 싸늘하게 얼린 심장이 그날의 기억을 되살려 냈다. 빗속, 한 우산 속에서 마주 보고 있던 두 사람, 서로에게 익숙해 보였던 분위기. 제 기억 속에 쓸쓸한 느낌으로 자리하고 있는 영상들이 선연하게 흘러간다.

그러다 뒤에서 그의 어깨를 살짝 스치고 옆으로 지나가는 누군가의 옆얼굴을 보았을 때, 강진은 이 상황이 일어나게 된 원인을 어렵지 않게 파악할 수 있었다. '꼴좋구나.' 비웃음이 담긴 수찬의 얼굴이 보였다. 수찬과 강 실장은 그대로 그 자리를 벗어났지만, 강진은 다시금 서희에게 시선을 둘 뿐이었다. 활기찬 주변의 분위기와 구분되는, 오롯이 두 사람만이 느끼고 알아챌 수 있는 긴장의 순간들이 가늠할 수도 없이 길게 이어졌다.

제게 적나라한 모멸감을 안겨 주었던 조금 전의 수찬의 표정보다도, 그의 가슴을 더욱 서늘하게 가라앉게 만든 것은 서희였다. 제 품에 안겨 함께 절정을 나누었던 순간에도 절대 볼 수 없었던 서희의 환한 미소가, 진심 어린 순수한 웃음이, 다른 이와 함께 한 순간에 발견하게 된 기막힌 타이밍에 이미 마음이 형편없이 바닥으로 내려앉고 있었다.

드르르륵. 동그랗게 만 팸플릿으로 난간 위를 훑으며 천천히 나아갔다. 그들과의 거리가 좁혀질수록 서희의 눈동자가 당황스러움으로 커지는 것을 지켜보던 그는, 그녀의 앞에 멈춰 서서 밭은 숨을 내쉬었다. 민우의 팔에 걸쳐진 서희 손과는 상관없이, 강진의 손이 그녀의 얼굴로 향했다. 파들파들 떨고 있는 살결이 서희의 안타까운 심경을 싣고 그의 손바닥을 맴돌았다.

"나는 괜찮아."

그래서였다. 가슴을 찌르고 간 질투라는 이름의 가시를 빼낼 수밖에 없었다.

"너도 괜찮아지길. 나중에 보자."

아프게 다물린 턱이 경직되어 가고 있음을 느끼며 강진은 돌아섰다. 슥슥 주변 사람들이 무채색의 실루엣이 되어 그를 스친다. 가시를 빼낸 상흔에서 가득 들끓고 있는 열망을 소리 죽여 눌러 담는 순간이었다.

10
불면(不眠), 사라지다

　멀어지는 강진의 등이 전시회장 복도의 끝, 모퉁이를 돌아 사라질 때까지 서희는 몸을 움직이지 않고 있었다. 민우의 팔에 걸었던 손이 의지가 없는 무생물처럼 스르르 아래로 떨어졌다. 돌아서던 순간에 그가 보냈던 표정이 잊히지 않는다. 괜찮다고 했던 말 속에 그림자처럼 깔려 있던 젖은 습기. 쓸쓸한 한숨과 굳은 미소.

　잠시, 아무 생각이 나지 않았다. 부지불식간에 이루어졌던 모든 상황들이 그와 그녀를 농락하기 위해 덮쳐진 검은 그물 같았다.

　"방금 그 사람 맞지? 최강진?"

　침묵을 깨운 민우의 말이 아니었다면 서희는 그대로 얼마간을 더 서 있었을지도 몰랐다.

　"나중에 보자니……. 너 혹시 저 사람 집으로 들어가는 거야? 엉? 그래? 야. 너 저 사람 때문에 그렇게 힘들어 해 놓고 다시 시작할 거라고? 그게 가능해? 해도 되는 거야?"

의혹에 찬 민우의 질문이, 복잡해진 무의식과 상념이 담긴 머릿속을 재빨리 정상으로 되돌려놓았다. 서희는 짐짓 얼굴을 굳히고 그를 향해 돌아섰다. 그게 가능하냐는 질문은 아마도 그녀의 아버지가 강진의 아버지에게 저질렀던 죄를 염두에 둔 발언일 것이었다. 불가능한 게 당연하다고 믿는 민우의 표정에는 황망함이 가득 들어차 있었다.

고3이 되고 첫 모의고사를 망쳤을 때, 민우와 기수 아저씨에게 그간 저택에서 있었던 일들을 빼곡하게 들려주며 마지막으로 울부짖은 적이 있었다. 다시는 울지 않겠노라 다짐하면서 강진을 향한 그리움마저 마음에 눌러 담기로 결심했던 그날. 아마도 민우는 이런 날이 다시금 찾아오리라 예상하지 못했을 것이었다.

"흥분하지 마. 오빠. 내가 알아서 해."

"알아서는 무슨! 저 사람 웃기잖아. 이제 와서 뭘 어쩌자는 건데? 무슨 권리로 널!"

굳은 서희의 얼굴이 제 짐작이 모두 맞다는 확신을 주는 것 같아서 민우는 짐짓 쓸데없는 고집을 피우고 싶어졌다. 저 남자만 보면 시희를 뺏기는 기분은 그날이나 오늘이나 마찬가지였다. 아니, 뺏긴다는 의미보다 두 사람의 세상으로부터 철저하게 유리되고 내팽개쳐진 기분이라는 표현이 더 맞을지도 모른다. 서희가 잡고 있는 건 분명히 민우 자신인데, 그녀를 더 강한 힘으로 묶고 있는 것은 그 남자였다. 그 느낌을 현실적으로 인식을 하기 시작하자, 의심을 실은 민우의 사고(思考)는 더욱 영역을 확대해 갔다.

"우리 집, 저 사람이 샀었던 거 맞지? 너 같이 살면 우리 집은 그냥 둔다고 협박이라도 했던 거야?"

지나가던 사람이 흘깃 돌아볼 정도로 컸던 민우의 언성이 서희의 차갑게 가라앉은 눈동자와 마주치자 이내 흐려져 갔다. 입을 다문 민우는 지금껏 보지 못했던 서희의 표정을 보며 어느 정도 긴장했다.

"이건 불가항력이야. 그런 게 있어. 어쩔 수 없이 마음이 그렇게 돼."

간절함을 넘어서는 애원. 그것마저 뛰어넘는 절대적인 믿음과 확신. 서희의 지금 표정을 언젠가 다른 누구에게서 본 적이 있다. 민우는 어렵지 않게 그 기억을 떠올릴 수 있었다. 최강진. 그가 빗속에서 서희를 끌어당기며 이름을 말하던 그 순간, 지금과 비슷한 압도감을 느낀 적이 있었다.

"조만간 아저씨 뵈러 한번 들를게. 오늘은 이만 가 봐야겠어. 미안해, 오빠."

서희가 표정을 풀며 손을 따뜻하게 마주 잡아 주었지만, 민우는 가슴속 횅하니 부는 찬바람에 맞서서 힘겹게 호흡만 고르고 있었다. 서희를 향한 서운함도 서운함이지만 그 남자와 다시 시작할지도 모른다는 불안한 예감이 뭉툭 솟아오른 돌부리처럼 그를 가로막고 있었다. 민우는 고개를 내리며 발끝에 시선을 모았다. 지금 입 밖으로 꺼낼까 말까, 갈등이 치밀고 있는 고백이 눈앞으로 수줍게 흘러갔다.

나도 너 좋아해. 서희야.

❖

눈에 맺혀 있는 선명하고 익숙한 것을 다시 보는 것처럼, 현관을 딛고 거실에 올라선 서희의 눈동자에는 반가움과 함께 사무치는 회한이 밀려들고 있었다. 시계(視界)를 꽉 채운 모든 것들이, 그녀가 긴 시간을 버텨 내고 살아왔다는 것을 증명이라도 해 주는 것 같아 가슴이 요란스럽게 뛰었다.

위태롭기만 했던 사춘기가 고스란히 담겨 있는 공간에 다시금 발을 들이게 된 순간, 그녀의 인생이 2막으로 접어들었다는 것을 인정해야만 했다. 아니, 어쩌면 그 날 그와 창고에서 몸을 나눈 그때부터, 생의 궤도가 이미 한 번의 커브를 돌았을지도 모른다.

"후우……."

한숨을 뱉은 서희는 사방이 어둠에 잠긴 내부, 오렌지 빛 미등만이 켜져 있는 주방으로 고개를 돌렸다. 제법 큰 짐 가방을 손에 쥔 채로 그쪽으로 발길을 옮기며 금방이라도 한씨 아주머니의 걸걸한 웃음소리가 들려올 법한 아련함에 젖어들었다.

싱크대 앞에 도착한 서희는 가방을 바닥에 내려놓고 선반으로 손을 뻗어 컵을 집어 들었다. 정수기 쪽으로 몸을 돌리는데, 뒤에서 저벅저벅 슬리퍼를 끄는 발소리가 났다. 발소리는 계단을 다 내려와 잠시 멈추는가 싶더니 이내 등 뒤로 천천히 다가왔다. 서희는 숨을 죽인 채로 뻗어 가던 팔을 멈추었다.

"긴장하지 마."

등으로 꽂히는 저음은 그녀가 물을 마시려 하고 있음을 책망하는 기운이 느껴졌다. 컵을 쥔 채로 서희는 몸을 돌렸다. 담담하게 가라앉아 있지만 서늘함을 감출 수 없는 강진의 눈동자가 쉬이 풀리지 않을 강한 사슬처럼 그녀를 결박해 왔다.

"물. 너 매번 나와 함께 있을 때마다 긴장하잖아."

"……목이 타서요."

찰나지만 짧게 흔들리는 서희의 눈이 아니었다면 아마도 그녀의 손에 있는 컵을 뺏어 제자리에 도로 올려놨을지도 몰랐다. 자신과는 절대 편해질 수 없다는 것인가. 묻고 싶은 마음을 가만히 삼키며 다른 컵으로 정수기의 물을 받기 위해 서희의 뒤쪽으로 팔을 뻗었다. 쪼르르 컵에 담기는 물을 보며, 다른 팔로 그녀의 허리를 감았다. 서희의 정수리에 턱을 얹고 언제부터인가 익숙해져 버린 향을 가득 들이마셔 본다.

"욕조에 물 받아 놨어. 시켜 줄게. 목욕."

다 채워진 컵을 떼어 내며 가만히 속삭였다. 허리를 감았던 팔을 풀고 서희에게 컵을 내민다.

"같이 하자고 말해 주면 더 좋고."

"농담이죠?"

사뭇 장난스럽게 걸었던 말에, 서희가 정색을 하며 고개를 들었다. 몸을 섞긴 했지만 목욕이라는 부담스러운 개념까지 함께 한다는 것은 전혀 생각하지 못한 듯했다.

"나중에 할게요. 혼자."

"지금. 같이."

어떤 방식의 거절도, 거부도, 회유도 먹히지 않을 거라는 정직한 눈빛을 보내며 강진은 서희의 가방을 한 손으로 들고, 나머지 손으로 그녀의 손을 잡았다. 돌아서는 그의 단단하고 넓은 어깨가 문득 안쓰러워 보였다. 그에겐 저밖에 없다는 것을 잘 알면서도 마음을 보여 주지 않는 장벽에 지쳤을 피곤함마저 느껴진다. 전시 회장에서 보았던 쓸쓸해 보이는 미소를 떠올림과 동시에 잡힌 손에 저도 모르게 힘을 주었다. 저벅저벅 계단을 따라 오르면서도 그 힘을 풀지 못했다.

그녀에겐 사랑이 너무 무겁다. 사랑이 너무 아프다. 모든 것을 뒤로하고 그의 손만 잡고 앞을 바라보기엔, 발목을 붙잡는 무거운 족쇄들이 있다. 바닥에 검은 그림자로 도사리고 있다가 때가 되면 엉금엉금 몸을 일으켜 저를 덮어 오는, 자기혐오와 자책이라는 족쇄.

그의 손에 이끌려 계단을 올라선 서희는, 예전에 사용하던 방의 문 앞에 도착하자 걸음을 멈추었다. 그러자 그가 돌아보았다.

"왜."

"잠시만요. 마음의 준비를 좀 해야겠어요. 이 방, 오랜만이니까."

가슴을 크게 부풀리며 호흡을 가다듬는 서희를 보며 강진은 미소를 머금을 수밖에 없었다. 둘이 묶여 온전히 하나였던 지난 시간들이, 이곳에 다시 서 있는 서희를 보며 그를 압도해 왔기 때문이다. 그것은 혼자였던 지난 시간들을 깡그리 날려 줄 것처럼 만족스러운 행복감으로 다가왔다.

살짝 문을 열어 둔 욕실에서 더운 김이 흘러나오고 있었다. 그 때문인지 방의 창문에 습기가 가득이다. 서희는 후덥지근하면서도 뜨거운 방 안의 열기에 금세 화끈거리는 얼굴을 가만히 아래로 떨어뜨렸다. 차오르고 있는 진한 회한을 곱씹어 볼 새도 없이, 돌아보고 있는 그의 시선 때문에 더 그랬다.

"이리 와."

한 치의 망설임도 없이 내밀어진 손. 그녀의 안에서 사랑이라는 전율이 한여름의 장마처럼 끝나지 않는다.

"아까는……."

말을 자르며 그가 서희의 어깨를 끌어당겼다. 전시장에서의 일에 대해 궁색하나마 해 보려 했던 변명도 함께 그의 품에 갇혀 버렸다. 강진은 서희의 등으로 팔을 둘러 그녀의 머리를 묶고 있던 핀을 풀었다. 그러자 웨이브가 들어간 긴 머리칼이 찰랑거리며 여린 등을 와락 덮는다. 트렌치코트의 허리끈을 풀고 겨자색의 니트를 끌어 올려 벗겨 내는 손길은 사뭇 느렸다.

스커트와 함께 속옷마저 모두 벗겨져 마침내 나신의 서희를 품에 안았을 때, 그는 손으로 그녀의 미끈한 등을 느릿느릿 어루만졌다. 뒷목으로부터 시작하여 등골을 따라 천천히 내려가 엉덩이의 굴곡까지 닿자 아랫도리가 강하게 뻐근해 왔다. 서희의 정수리에 탁해진 숨을 받고, 몸을 휘감아 오기 시작하는 열기에 그대로 젖어들었다. 그러나 가슴팍을 타고 울리는 서희의 말에 가만가만 등을 쓸던 손길이 잠시 멈추어졌다.

"항상 생각했어요. 그날, 눈이 오던 저녁에 도로 건너편에 서 있었던 날을요."

그날…….

"떠나기 전에 마지막으로 널 보러 간 거였지. 다음 날 아침 비행기였거든."

서희가 고개를 끄덕이는 게 느껴졌다. 이제 그의 손은 등이 아니라, 그녀의 머리칼을 어루만질 차례였다.

"십 년 동안 어떻게 지냈던 거예요?"

담담하게 묻고 있었지만 적잖이 젖어 있는 음성이라는 것을 알수 있었다. 목에 차오르는 뜨거운 한 움큼의 덩어리를 겨우 넘긴 것처럼, 꽉 잠긴 듯한 목소리였다.

"같이 목욕하면, 얘기해 주지."

어이없는 조건에 서희가 피식 웃었다. 욕실에서 흘러나오는 뜨거운 열기가 그를 통해 끝도 없이 전달되고 있었다.

"딴생각할 틈이 없었어. 하루빨리 성공해서 널 만나러 돌아와야 했으니까."

기다란 욕조에서 피어오르는 하얀 수증기 새로 젖어 있는 그의 얼굴이 언뜻 비쳤다. 몸을 조금씩 움직일 때마다 찰박거리며 바닥으로 넘쳐흘러 버리는 물만 내려다보던 중에도, 욕실을 가득 울리는 음성에 귀를 기울이고 있었다. 욕조의 양쪽 끄트머리에 각각 앉아서 마주 보고 있는 상황. 하지만 그의 나신을 마주할 용기가 없어 무릎을 세워 가슴으로 꼭 끌어 앉은 서희와는 달리, 그는 긴 다리를 그녀 쪽으로 쭉 뻗고 양팔을 욕조에 걸치고 있었다.

"그래도 굳이 대답하자면, 성공해서 다시 유서희를 만날 생각. 하루도 빠지지 않고 너랑 키스하고 잠잘 거라는 꿈, 예쁜 네 얼굴. 사실 그거 생각하려면 하루도 부족했지."

수면 위로 천정에 맺혀 있던 이슬방울이 눈물처럼 뚝뚝 떨어진다. 숨 쉴 때마다 생각할 거라던 별장에서의 그의 말이 떠올라 서희는 금세 가슴이 미어졌다. 그와의 사이에 있었던 시간적인 거리만큼이나 매서운 통증이 번지기 시작하는 코끝도 함께 아파 왔다.

"지금은 많이 못생겨졌어요."

그래서 서희는 붉어지는 얼굴을 손으로 감싸면서, 조금은 이 상황에 덜 어울릴 법한 농담으로 응수할 수밖에 없었다.

수줍게 붉어지는 그녀의 얼굴은 마치 열일곱의 서희를 보는 것 같았다. 강진은 수면 위로 흩어지고 있는 서희의 긴 머리칼과 무릎 속에 잠겨 드러나지 않고 있는 젖가슴, 그리고 그 아래 그녀가 단단히 감추고 있는 아름다운 꽃잎을 차례로 응시하며 입을 열었다.

"옆에 있기만 해도 된다고 생각했는데 그건 위선이었어. 네 마음을 보고 싶다는 욕심을 계속 내게 돼. 내 앞에선 항상 눈을 감는 너. 그 순간마다, 내가, 아파. 여전히 혼자라는 생각이 들거든."

그의 말에 이내 고개를 드는 서희와 눈을 마주했다. 잠시 동안 이어진 침묵 속에는 다른 어떤 것들도 끼어들지 못했다. 서로에게 눈빛으로 열린 순간, 강진은 그 순간을 놓치지 않고 팔을 뻗어 서희를 끌어 왔다. 물살이 갈리고 욕조 아래로 물줄기가 와락 쏟아지는 가운데 거침없이 딸려 온 그녀의 몸을 기어이 제 허벅지 위에 앉혔다.

서희는 활짝 벌어진 다리 사이, 그 중심을 그의 남성이 송곳처럼 찔러 오자 아랫배에 극렬한 통증을 느끼며 고개를 뒤로 젖혔다. 너무도 순식간에 일어난 일이라 신음조차 나지 않아 목까지 고통스러웠다.

"오늘은 너를, 네 마음을, 봐야겠어."

수면 위로 드러난 유두를 입안 가득 삼키고 서희의 허리를 힘을 주어 끌어당겼다. 밀착되진 하체를 가득 덮은 그녀의 여성이 순간적인 통증에 수축을 하며 조여 오자, 그가 쾌감에 젖은 신음을 미약하게 흘렸다. 자신의 것을 가득 머금은 채로 차마 호흡조차도 고르지 못하고 있는 그녀를 보며 아찔한 만족감이 빠른 속도로 전신을 강타하고 있는 것을 느꼈다.

아래를 강하게 찔러 오는 날카로운 감각이 복부를 치받고 나아가 심장까지 건드리는 것 같은, 감당 못할 아찔함에 서희가 그의 목을 끌어안으며 울음 같은 비명을 터뜨렸다.

"흐으윽……."

그러자 강진이 잠시 움직임을 멈춘 후, 손으로 그녀의 고개를 떼어 냈다. 열정으로 흐릿해져 축축해진 서희의 눈동자를 마주하다 이내 부드럽게 입술을 머금었다. 혀끝으로 온몸을 적시는 열기를 전하며, 서희의 타액을 몇 번이나 삼켰다. 타들어 가는 가슴처럼 맞물린 입술도 뜨겁게 가열되었다. 서로에게 지독한 열꽃이 되어 녹아내리고 이내 한 몸으로 엉겨들었다.

그러나 강진은 끝내 서희를 볼 수 없었다. 눈을 마주할 때마다 힘에 부쳐 하는 그녀의 고개가 금세 아래로 스르륵 딸려 내려가 시선이 어긋난 때문이었다. 그가 몰아붙일 때마다 서희의 몸이 위아래로 빠르게 움직이며 속도를 더해 갔지만 쾌감이 몸을 관통하면 할수록 그녀의 얼굴은 점점 더 보이지 않았다. 희미한 안개 속, 사방이 낯선 곳에, 그는 여전히 혼자 서 있었다.

욕실에서의 단 한 번의 정사로 기진해 버린 서희를 침대에 눕힌 강진은, 커다란 타월을 들고 와 그녀의 몸 구석구석을 닦아 주었다. 환한 백색의 조명 아래 눈부신 빛을 뿜고 있는 서희의 나신은 곧 물기가 사라져 본디의 색을 찾아 가고 있었다. 그녀의 긴 머리칼을 수건으로 돌돌 말아서 수분을 걷어 내고, 머리와 이마의 경계에 여전히 남아 있는 물기마저 싹 지워 버렸다.

"잠옷을 입고 자야지, 유서희."

강진은 감겨 있는 서희의 눈동자를 손가락으로 부드럽게 쓸었다. 그러자 서희가 눈매를 살짝 비틀며 졸음에 겨운 음성을 흘렸다.

"으음. 졸려요."

흡사 아기 같다. 강진은 미소를 지으며 그녀의 이마에 입을 맞추었다. 이마를 시작으로, 뺨으로, 목선으로, 젖가슴과 유두를, 아랫배와 그녀의 여성, 허벅지, 발가락까지 차례로 입을 맞추어 나갔다. 이따금 그 간질이는 자극에 서희의 허리가 살짝 비틀리긴 했지만 그는 더 이상 나가지 않고 그녀의 옆자리에 누웠다. 서희의 고개 아래로 팔을 베어 주고 가만히 품으로 끌어당긴다. 맨살이 닿고 온기를 나누었다. 애초부터 둘밖에 없었던 세상처럼 이 포옹은 무척이나 익숙하고 자연스러웠으며 또한 절박하기도 했다. 밤이 되고 어둠이 찾아와도 쉽게 잠들 수 없었던 지난 시간을 떠올렸다. 그리고 오늘 그는, 실로 오랜만에, 깊은 잠을 잘 수 있었다.

잠결에 서희는 희미하게 눈을 떴다. 몽혼한 의식을 챙길 새도 없이 그의 가슴팍에서 울려 대는 차분한 박동의 소리에 귀를 기울이다 문득 그의 어깨 너머 벽에 붙어 있는 그림을 보았다. 그와 동시에 그가 조용히 속삭이는 소리도 함께 들었다. 그림, 그리고 그의 속삭임.

"나는."

낙원의.

"너 없으면 안 돼."

이방인을.

강진은 잠결에 옆으로 손을 뻗었다. 텅 비어 있다는 자각을 본능적으로 안 순간, 다급히 상반신을 일으켰다. 창으로 빛살이 뛰어들고 있는 아침. 그러나 옆에 있어야 할 서희가 없다.

"유서희!"

강진은 침대에서 내려와 옷을 걸쳐 입었다. 서희가 들고 왔던 가방은 그 자리에 얌전히 놓여 있었다. 잠시 불안감으로 내려앉았던 가슴이 빠른 속도로 평정을 되찾아 가는 것을 느끼며, 그는 곧 방을 나섰다.

그릇들이 달그락거리며 부딪히는 소리가 청명하게 퍼지고 있는 주방에서 서희는 식사 준비에 여념이 없었다. 뚝배기에선 찌개가 끓고 있고 도마에 파를 놓고 능숙하게 칼질을 한다.

강진은 기척을 내지 않고 다가와 냉장고에 옆 선을 기댄 채, 그녀의 하는 양을 가만히 지켜보았다. 가슴에 따뜻한 것이 물처럼 스며드는 것 같았다. 일찍이 누려 본 적 없었던 행복한 일상. 제 인생에서 서희를 빼면 아무것도 남지 않을 거라는 확신을 보다 선명하게 갖게 되었다. 강진은 동그랗게 말아 쥔 주먹으로 냉장고를 똑똑, 두드렸다. 그러자 어깨를 움찔한 서희가 이내 고개를 돌렸다.

"일어났어요?"

"뭐 하는 거야?"

"아침 식사 준비요. 출근하셔야죠."

청결한 향이 은은하게 풍기는 그를 보고 있자니, 문득 어제 욕실에서의 일이 생각나 서희는 이내 도마로 시선을 되돌렸다. 규칙을 잃어버린 심장이 제멋대로 넘실거리며 귀밑까지 붉게 달아오르게 만들었다. 파를 써는 속도도 눈에 띄게 줄어들었고 입안에 고이는 침 때문에 절로 목구멍이 울렁거렸다.

"조만간 일하는 아주머니가 오실 거야. 네가 직접 하지 않아도 돼."

옆으로 다가온 그가 싱크대 위에 놓인 과일 그릇으로 팔을 뻗어가는 게 보였다. 서희는 알았다는 듯 고개를 끄덕이며 파를 써는 것에 집중하려 애썼다. 하지만, 자그마한 방울토마토 하나를 집어 들어 입속으로 가져간 그가, 서희의 허리를 순간적으로 끌어당기자 하마터면 소리를 내지를 뻔했다. 겹쳐 오는 입술에서 물컹한 토마토가 혀를 타고 건너왔다.

"으읍!"

기묘한 느낌을 주는 자극제가 되는 것 같았다. 그의 타액과 함께 섞인 토마토의 즙을 목으로 쉴 새 없이 넘겼다. 고개를 틀어 더욱 깊숙이 입술이 겹쳐 왔다. 입안에 토마토의 작은 조각조차 하나도 남지 않을 때까지 혀로 샅샅이 핥으며 빨아들였던 그의 키스는 사뭇 강렬하고 사나웠다.

"안녕하세요. 사모님."

퇴근한 저택에서 서희를 반긴 사람은 인상이 좋아 보이는 넉넉한 풍채의 중년 여자였다. 고무장갑을 끼고 싱크대를 이리저리 닦고 있던 여자는 현관에서의 기척을 읽자마자 쪼르르 달려와 그녀에게 인사를 했다. 이런 저택에서, 그리고 이런 일에 무척이나 잘 단련되어 있는 태도였고, 표정이었다. 그러나 '사모님'이라는 단어에 서희의 마음이 얼마간 긴장한 것은 눈치채지 못한 듯했다.

"네. 안녕하세요. 오시기로 하신……."

서희가 공손한 태도로 인사를 하자, 여자가 다시 황송하다는 듯 고개를 숙이며 제 자랑을 늘어놓기 시작했다.

"맞아요. 그냥 임씨라고 부르세요. 제가 이런 저택에서 부엌일한 지 20년이 넘는답니다. 일에 있어선 적어도 실망하시진 않을 거예요. 일주일에 세 번 오구요. 아침 일곱 시에 와서 저녁 다섯 시에 퇴근하라네요."

"네."

여자를 보면서 서희는 한씨 아주머니가 생각났다. 비슷한 풍채와 비슷한 이미지. 그리고 스스럼없이 대화를 주고받는 친근함까지. 어쩌면 그도 비슷한 생각으로 이분을 선택했던 것일까.

"이 댁 사장님한테 대충 할 일은 전해 들었어요. 그런데 뒤뜰에 창고 비슷한 데가 있던데 거긴 제가 따로 청소하지 않아도 되는지 아니면……."

"거긴, 그냥 두세요. 제가 직접 할게요."

"아. 네."

그와 둘만의 장소에 다른 이의 손길이 닿는 것이 내심 싫었나 보다. 서희는 여자의 말을 중간에서 잘라 버린 것을 말을 다 한 후에야 깨닫고는 미안한 마음에 빙긋, 어색한 미소를 지어 보였다.

"아유. 근데 젊은 부부가 일찍도 성공하셨나 보네. 이렇게 좋은 집에 다 살고. 부럽네요. 우리 아들은 언제 결혼해서 이런 집 장만하는 걸 보나 그래."

"부부……로 보이세요?"

"부부 아녀요? 아까 사장님께서 우리 와이프, 라고 하시던데."

가슴이 아프게 뛴다. 서희는 입을 다물었다. 그녀는 어떤 약속의 말도 해 줄 수 없는데 강진은 줄기차게 그녀의 가슴을 파고들고 있었다.

234

"저어. 그 사람……."

저도 모르게 나간 말에 잠시 당황하여 서희는 말을 바꾸었다.

"……그이는 들어왔어요?"

강진과 그녀를 부부 사이로 알고 있는 여자에게 굳이 의심의 여지를 줄 필요는 없어 보여 입에도 생소한 단어를 힘겹게 꺼낸 그녀는, 여자의 대답에 고개를 끄덕였다.

"네. 좀 전에 지하 수영장에 내려가신다고 하더라구요."

인자하게 웃는 여자의 얼굴에서 다시금 한씨를 떠올린 서희는, 그녀의 손을 마주 잡았다.

"아주머니."

"예. 사모님."

여자는 갑작스런 서희의 태도에 반쯤 당황하는 것 같았지만 아랑곳하지 않은 그녀는 오래전의 기억을 떠올리며 회한에 잠긴 눈으로 대할 뿐이었다.

"아니에요. 그냥 반갑고 좋아서요."

열일곱의 그때. 그 시절. 서희는 다시 돌아갈 수 없는 그 순간을 그리며 오랫동안 여자를 마주하고 있었다.

방에서 한동안 망설이다 기어이 내려간 지하 수영장의 입구에서, 넓은 풀을 자신만의 영역처럼 헤엄을 치며 돌아다니고 있는 그를 발견하고 걸음을 멈추었다. 곧고 탄탄한 어깨, 물기로 넘실거리는 미끈한 등과 맞물려 있는 하체의 근육이 수면 위로 드러났다가 이내 다시 잠기고 있었다. 그의 주변으로 물살이 사납게 동요하는 소리가 수영장에 가득 울렸다.

수영에 열중하고 있는 그를 보고 있자니 어쩐지 불청객이 된 것만 같아 발길을 돌리려던 서희는, 시야로 스치는 어떤 모습에 다시금 그에게로 눈을 돌렸다. 그가 길게 몸을 뻗어 수면 위에 엎드려 있었던 것이다. 가슴이 가볍게 뛰었다. 오래전 그날, 저런 모습으로 엎드려 있던 그에게 정신없이 달려가 그를 일으켜 세웠던 기억이 순간적으로 떠오른 것이었다. 절로 그쪽으로 발길이 당겨졌다. 하지만 상반신을 일으키며 몸을 세운 그가, 젖은 얼굴을 손으로 쓸어내린 후 그녀를 향해 고개를 돌리자, 흠칫 서희는 걸음을 멈추었다.

"기억나? 너 나한테 오버한 날."

언제부터였는지, 그녀가 수영장에 와 있는 것을 모두 알고 있었던 사람처럼 강진의 시선은 서희가 서 있는 곳을 정확하게 향해 있었다. 물기가 뚝뚝 흘러내리는 얼굴 위로 엷게 미소가 번져 가고 있었다.

"수영하기 전에 잠수하는 건 내 습관이었는데. 그날, 넌, 상당히 오버를 했었지."

서희가 떠올리고 있었던 것을, 강진도 똑같이 떠올리고 있었다. 시간이 흘러서야 알게 된 그날의 사연에 대해 서희는 실소가 나올 지경이었지만, 제게 고정시켜진 그의 시선에 사로잡혀 어떤 표정도, 어떤 행동도 취할 수가 없었다.

"수영할래?"

그가 다시금 유유히 수면 위를 떠다녔다. 그러면서도 서희에게

서 눈을 떼지 않고 있었다.

"아뇨. 못해요."

"그럼 나 보고 있어. 가지 말고."

말이 끝남과 동시에 그는 물속으로 파고들었다. 현란하지는 않지만 정확하고 빈틈없는 자세로 물살을 가르며 질주하기 시작했다. 마치 그의 마음속에 가라앉아 있는 고된 감정의 찌꺼기들을 모두 소멸이라도 시켜 버릴 것처럼, 거침이 없었다. 서희는 그를 바라보며 한동안 그 자리에 붙박인 듯 꼼짝도 하지 않았다.

정원의 연못 속에 있는 몇 마리의 잉어들이 물살을 잔잔하게 가르며 헤엄치는 모습을 물끄러미 내려다보던 강 실장은 고개를 돌려 거실의 창문을 바라보았다. 투명한 유리창으로 거실의 내부가 훤히 들여다보인다. 아까부터 텔레비전을 주의 깊게 보고 있는 수찬의 등은 아직도 미동이 없었다. 이곳은 수찬이 가끔 머물고 있는 별장 같은 저택으로, 그는 특별히 이 연못을 좋아했다. 값비싼 잉어를 구입해서 풀어 놓고 그 잉어들이 심심하고 시루하지 않게 여기저기 장식품들도 많이 가져다 놓았다. 명산에서 수집해 온 수석들과 운치가 느껴지는 연잎, 그다지 크지 않은 물레방아에선 물줄기가 잔잔히 떨어지고 있었다. 이른 아침의 평화가 느껴지는 정경이었다. 문득 현관문이 삐거덕 열리는 소리에 시선을 돌리니, 수찬이 지팡이를 짚고 나서고 있었다. 황급히 달려가 그를 부축한 강 실장은 연못가에 있는 흔들의자를 끌고 왔다.

"앉으십시오, 사장님."

연못 쪽을 바라볼 수 있게 위치 조절까지 끝내고 나니, 수찬이 그제야 자리를 했다. 미동 한 점 없는 수찬의 눈빛은 여전히 사납고 불안해 보였지만, 오늘은 그와는 다른 무언가 수심의 그림자가 읽히자 강 실장은 의아한 얼굴로 몸을 일으켰다.

"인생이 정말로, 어떤 계기로 완벽하게 변할 수 있나?"

연못을 한참 동안이나 바라보던 수찬이 입을 연 것은 그로부터 얼마 지나지 않아서였다.

"예?"

"아까 텔레비전을 봤는데 말이지. 어떤 청년이, 물에 빠진 친구를 구하고 대신 죽었다고 하더군. 그 죽은 친구가 하던 일을 지금 대신하고 뭐 어려운 사람도 돕고 그런다나. 한마디로 인생이 확 바뀌었다더군. 뭐, 그럴 수도 있겠지. 커다란 계기가 있다면 인생이 바뀔 수도. 나만 해도 누구 때문에 이렇게 인생이 외로워졌으니 말이야."

평소처럼 낮고 음울한 목소리였지만 수찬에게서 체념 비슷한 감정을 느낀 것은, 아마도 현재 수찬이 강진의 일에 지나치게 날이 서 있기 때문일 것이다.

"그런데…… 처음엔 그 여자 때문에 외롭고 불행해졌다고 생각해서 강진이 녀석을 괴롭힌 건데, 이젠 그게 내 본성이 되었어. 태어나길 그렇게 태어난 양, 추하고 더러워졌단 말이야."

강 실장은 조용히 수찬의 정수리를 내려다보았다. 잔뜩 꼬여 버린 매듭을 어디서부터 풀어야 할지 막막해하면서 미로를 헤매는 어린아이 같은 모습이 보였다.

"그리고 본성은 절대 변하지 않아. 아까처럼 나 대신 누군가가 죽는다는, 삶과 죽음이 오가는 커다란 계기가 존재하지 않는 한은."

"사장님……."

"하지만 내겐 그런 사람이 없다는 게 문제지."

딱히 어떤 위로나 해결책을 바라고 풀어 놓은 넋두리는 아닐 것이다. 강 실장 역시도 해답을 알 수 없었다. 아픈 줄 알면서도 서로에게 부딪혀 할퀼 수밖에 없는 고슴도치처럼, 수찬과 강진은 영원히 서로를 웃으며 껴안을 수 없을지도 모른다. 그것 또한 삶의 일부라면 어쩔 수가 없을 것이다. 하지만 그래도 조금은…….

"쓸데없이 감상적인 생각이나 하다니. 어지간히도 할 일이 없나 보군."

머릿속을 아프게 쑤셔 오는 상념들을 걷어 내려 연못 속의 잉어들을 바라본 수찬은, 그래도 지워지지 않는 한숨이 무겁게 입가에 배는 것을 느끼며 혀를 끌끌 찼다. 언제부터였나. 그래, 아마도 강진의 입에서 그런 말이 나왔을 때부터였을 것이다.

'그 세상엔, 유감스럽게도 아버진 없습니다.'

어차피 강진과의 관계에서 남은 것은 없다지만 제 존재를 깡그리 무시했던 강진의 발언에 가슴이 일순간 서늘해졌던 것을 기억했다. 마치 그녀에게서 무참히 짓밟혀 버린 과거로 잠시 회귀한 기분이었다. 수찬은 고개를 설레설레 저었다. 아비로서의 '의무나

부정(父情)을 일절 쏟지 않았던 자신의 과오는 돌아보지 않은 채 그는 여전히 이기적이고 모순된 사고(思考)만 반복하고 있었다.

"둘은, 결국 같이 살고?"

둘, 이라는 단어에 조금 힘을 준 것으로 보아 강 실장은 그게 누구를 지칭하는지 쉽게 알 수 있었다.

"얼마 전에 서희가 살던 집에서 나갔다고 하니 아마도 그런 것 같습니다."

수찬의 지시를 따라 강진과 서희의 주변에 항상 레이더를 세워두고 있긴 하지만, 수찬에게 보고 해야 할 것은 취사선택을 하고 있었다. 강진이 리조트의 시명을 통해 수찬이 문화옥션에 다녀갔다는 얘기를 들었다는 걸 알아도, 그것은 입을 다물 것이었다. 강실장이 그렇게 결심하고 있을 때에 수찬의 입에선 자조와 같은 혼잣말이 흘렀다.

"둘이…… 잘될 수가 있을 거라고 보나?"

"그건……."

"그 일은 내 책임이 아니야. 그건 명백히 유 기사의 잘못이었지."

수찬이 하는 말의 의미를 아는지라, 강 실장은 순간적으로 동요를 일으키며 수찬을 내려다보았다. 연못을 보고 있다고 생각했지만 실상 수찬은 좀 더 먼 어느 곳을 바라보고 있는 것 같았다.

"사람은 죄를 지었으면 벌을 받아야 하는 법이거든. 내 것에 손을 댄 것에 그 정도 벌은 감수해야 하는 거지. 그래야 하는 거야. 암, 그렇고말고."

딱히 대상도 없는 일갈을 하며 수찬은 심호흡을 연거푸 들이켰다. 같은 말을 반복하는 것으로 그게 옳았다고, 믿으며 확신하려 노력했다. 세월이 이만큼 흘렀는가. 때때로 나약해지려 하는 마음을 들여다본다. 뿌리가 깊게 박혀 있다고 생각했는데 오랜 세월이 흐르는 동안 부식되고 흩어졌던가 보다. 연못 속의 잉어 한 마리가 화려한 모양의 수석 때문에 길을 잃고 있는 것이 보였다. 잉어는 힘겹게 꼬리를 치며 길을 찾고 있었다.

―지금 어디?

핸드폰의 스피커를 통해 울리는 시명의 목소리가 조용하던 차 안을 소음처럼 휘저었다. 환한 대낮, 8차선 도로는 더욱 깊어진 봄과 함께 넘실거리는 아지랑이로 점령당해 있었다.

"운전 중. 문화옥션에 가야 해."

―아하! 마나님 문제 해결하러 가시는구먼. 근데 거기서 너의 그녀와 부딪히면 어떻게 하고? 왜 왔냐고 물어보면 뭐라 대답할 건데? 밖에서 만나 그냥.

"안 부딪히게 해야지. 서희가 그런 쓸데없는 것에 신경 쓰는 건 싫으니까. 그곳 사장이 밖으로 나올 수가 없을 정도로 바쁘다는데 별수 있어? 목마른 내가 움직여야 할 밖에."

좌회전을 위해 신호를 기다리며 강진은 등받이에 몸을 묻었다. 고개를 돌려 차창 밖을 보다가 나른하게 퍼지는 봄빛에 미소를 살짝 머금었다. 반쯤 창문을 내리니 이내 바람이 불어와 그의 앞머리를 가볍게 흔들었다. 서희가 그런 일에 신경 쓰는 것이 싫은 이유는, 아마도 수찬으로 인해 그녀가 또다시 뒷걸음질 칠까 염려되는 마음이 커서일 것이다. 아직은 서희와의 사이에 불안한 부분들이 여전히 산재해 있음에, 쉽게 밖으로 드러낼 수 없는 것들이 있었다. 하여, 그는 요즘 그 어느 때보다 마음을 다져 가고 있는 중이었다. 결혼이라는 단단한 테두리 안에 자신과 서희를 들여놓게 된다면 지금처럼 살얼음판 위를 걷는 기분 따위는 최소한 느끼지 않아도 되리라.

—네 녀석도 차암 지극정성이다. 서울시 열부(烈夫)상 후보에 적극 추천하마. 자식아. 여자 버릇 나빠져. 패스할 건 패스하고 적당히 넘겨.

"끊어."

시명의 뻔한 잔소리를 잘라 내려 통화 종료 버튼을 누르려 했으나 핸드폰 너머에서 버럭 고함 소리가 들려왔다.

—야야야! 메인 테마가 아직 남았다고! 다음 주 우리 최강진 이사님 취임식인데 한 잔 꺾는 거냐? 우리?

취임식.

강진은 대답을 미루고 바뀐 신호에 따라 천천히 왼쪽으로 커브를 틀었다. 핸드폰 속에서 시명이 계속하여 강진의 의중을 물어왔으나 그는 그저 굳은 얼굴로 전방만 주시할 뿐이었다.

"그럼, 이 일정으로 가겠습니다. 사장님."

"그래요. 수고해요."

다음 달에 있을 정기 경매 스케줄표 결재를 받은 진경은 동훈에게 인사를 하고 돌아섰다. 사장실을 나서기 위해 문의 손잡이를 돌리는데 바깥에서 세 번의 단정한 노크 소리가 들려왔다. 잠시 고개를 돌려 문을 열어도 되겠냐는 표정으로 동훈을 본 진경은, 그가 고갯짓으로 끄덕이자 알았다는 듯 미소를 지었다. 하지만 문 앞에 서 있는 남자를 본 순간 진경의 얼굴에 퍼져 있던 미소는 감쪽같이 사라졌다. 낯익은, 기억의 한 축에 무척이나 선명한 영상으로 자리하고 있는 이름 모를 남자. 어디서 봤더라.

"아이고. 최 이사님. 몸소 이곳까지 오시게 해서 죄송합니다."

진경은 동훈이 필요 이상으로 과장된 몸짓으로 의자에서 일어나 다가오는 것을 보며 의외라는 듯 입술을 삐죽거렸다. 저보다 적어도 열 살 정도는 더 어려 보이는 남자 앞에서 연신 굽실거리는 품새가, 아무래도 상당한 위치에 있는 사람 같아 보인 때문이었다.

사장실을 나온 진경은 문을 완전하게 닫지 않고, 아주 살짝 열어 둔 채로 귀를 갖다 댔다. 그러나 아무리 기다려도 안에서는 대화가 시작되지 않고 있었다. 하는 수 없이 엿듣는 것을 포기하고 돌아선 그녀는 눈에 맺혀 있는 모든 기억들을 총동원해 보았다. 그리고 마침내 복도로 접어든 순간, 노력의 결실을 맺을 수 있었다. 진경은 걸음을 우뚝 멈추고 자신의 기억력에 경의를 표하며 박수를 보냈다.

"그 남자였어!"

"유 선배!"

2층 사무실로 내려온 진경이 곧장 향한 곳은 서희의 옆 자리였다. 가진 거라곤 10평짜리 원룸과 시골에 계시는 어머니와 한시도 쉬지 않는 입뿐이었던지라, 이 수확의 쾌재를 한시라도 빨리 누군가와 나누고 싶었던 것이다.

"지금 사장실에 누가 와 있는지 알아요?"

"누가 와 있는데?"

서희는 자신의 검토를 기다리고 있는 몇 개의 서류들과 씨름 중이었다. 업무 중에는 가급적 불필요한 대화는 하지 않는 편이라 조금은 건성이 스며든 대답이었다. 그러나 서희는 곧 의기양양하게 수다를 나열하는 진경을 돌아볼 수밖에 없었다.

"일전에 동해 리조트에서 본 그 멋진 남자가 와 있어요. 그 왜…… 리조트에 간 다음 날 지하 1층 휴게실에서 같이 리스트 점검할 때요. 우리 뒤 칵테일 바에 턱 기대고 서서, 우리 쪽만 보던 그 남자."

"뭐?"

"제가요. 미남들만 기억하는 메모리칩이 여기에 따로 있거든요? 그 사람이 확실해요."

진경이 자신의 머리를 톡톡 치며 다시 한 번 확신을 했다. 서희의 얼굴에 일순 그림자가 드리워졌다. 진경이 말하고 있는 남자가 누구인지 잘 알고 있는 가슴도 잠시 무거운 것이 쌓이는 듯했다. 항상 그와 관련된 일들이라면, 하나부터 열까지 그녀를 긴장시키는 탓이었다. 업무 때문인가. 그랬다면 이곳에 방문한다는 언질 정도는 주었을 텐데.

하얀 서류에 빼곡하게 나열되어 있는 활자 아래를, 볼펜이 의미 없이 슥슥 스쳤다. 아니, 잠시 눈앞에 활자들이 보이지 않았다. 걱정을 담은 볼펜의 검은 자국만이 낙서되고 있을 뿐이었다.

"아니, 이런…… 최수찬 사장님과 부자지간이라는 건 전혀 몰랐습니다."

동훈이 당황해하며 손으로 마른 턱을 슥슥 문지르자, 강진이 짧게 빙긋 웃으며 고개를 끄덕였다. 자연스럽게 대화를 주도하고 상대방의 패를 내보이게 하기 위해선 선행되어야 할 조건이 사실의 전달에 있다는 것을 모르지 않았다. 강진 쪽에서 사실을 먼저 터뜨리자 예상대로 동훈은 당혹감을 감추지 못하고 있었다. 의외로 대화가 짧게 마무리될 것 같다는 예감이 들었다.

"모르셨던 게 당연합니다. 공과 사는 엄연히 구분되어야 하기 때문이죠."

이 젊은 이사에게선 여유 만만한 자신감이 보였다. 확실히 소문대로인 것 같았다. 십 년 동안 미국에서 홀로 독학하여 지금 같은 성공을 거둔 거물급이라는. 상대방의 나이나 위치에 전혀 구애받지 않는 저만의 압도적인 분위기를 발산하며 승승장구 중이라는. 동훈은 턱을 문지르며 한숨을 내쉬었다. 수찬과 나누었던 대화의 내용 전부를 털어놓아야 하나 싶은 갈등에 빠진 탓이었다.

그리고 그 갈등은 오랜 시간이 지나지 않아 한쪽으로 결론이 났다. 수찬과 같은 고객이야 다시 유치하면 그만이지만, 국내 최다 작품을 보유하고 있는 서진 갤러리에 밉보여서 좋을 건 없다는 판단이었다. 부자 관계라면서 왜 이들은 이렇듯 돌아갈까, 잠시 의문이 일었지만 그것 역시도 개인사라 치부하면 그만이었다.

"최수찬 사장님께서 저희 문화옥션과 지속적으로 거래를 약속하시면서 덧붙이신 말씀이…… 우리 직원 중에 유서희 씨에 대한 평판을 좋지 않게 말씀하셔서 좀 걱정을 했었습니다."

"가령, 어떤?"

순간적으로 밀려 올라간 눈썹을 가지런히 한 강진은, 잠시 일렁거렸던 동요를 가라앉혔다.

"최 이사님과 사적으로 얽혀 있다는 루머를 들으셨다고 말씀을 하셨거든요. 아시다시피 저희 회사는 경매 쪽만 맡는지라 특정 갤러리와의 독점 관계는 될 수 있으면 지양하는 편입니다. 사적으로 친분이 얽혀 있으면 아무래도 그런 부분에서 실수가 일어나기가 쉽죠."

고개를 끄덕인 강진은 작게 실소를 터뜨렸다. 수찬이 저지른 행각이 다루기가 가볍고도 쉬운 것임이 의외였기 때문이다. 물론 빨리 나서지 않았다면 일이 커졌을지도 모르겠지만. 수찬은 왜…… 그가 해결할 수 있는 범주 내에서 사고를 친 것일까. 기다란 다리를 꼰 강진은 이내 고개를 들고 동훈을 응시했다.

"그렇다면, 지금쯤은 결론을 내리셨겠군요. 그 일로 유서희 씨와 얘기는 나눠 보셨습니까?"

"아뇨. 아직. 조금 지켜보자는 쪽이었습니다."

"저희는 결혼할 사이입니다."

밑도 끝도 없이 내뱉어진 선언에, 동훈은 크게 당황하며 엉거주춤 자리에서 일어났다. 한 치의 망설임도 없는 그 단언에는 추호의 의심의 여지도 없어 보였다.

"아, 그러십니까? 이거 실례가 많았습니다, 이사님. 뭐라 사죄의 말씀을 드려야 할지."

"유서희 씨 연봉이나 올려 주세요. 아니면 저희 갤러리에 큐레이터로 스카우트해 갈 테니까요."

"하하하. 이거 참."

강진의 농담을 동훈은 얼마든지 기분 좋은 웃음으로 응대했다. 루머가 아니라 실제 결혼으로 이어진다면 이것은 오히려 호재로 작용할 수 있기 때문이었다. 더없이 공식적이면서도 얼마든지 당당하게 서진 갤러리와 거래를 할 수가 있다. 묵직한 것이 들어 있던 머리가 갑자기 새날을 맞이한 것처럼 개운해진 것 같았다. 더없이 가벼워졌다.

"그리고 다음 주에 간소하게 취임식을 할 예정인데 서희와 함께 방문해 주십시오. 귀빈의 특혜를 드리겠습니다."

강진은 ㅗ 발을 끝으로 자리에서 일어났다. 공손한 미소가 드리워진 얼굴은 소파로부터 돌아서면서 곧 싸늘하게 가라앉았다. 결혼. 혼자만의 결정이자 선택의 여지가 없는 판단. 그 어떤 단어보다 행복감을 느껴야 할 말을 입 밖으로 꺼내어 놓고도, 그는 결코 웃을 수 없었다. 이렇게 걷는 순간에도. 그리고 살짝 열린 틈이 보이는 사장실의 문을 여는 순간에도.

"어? 유서희 씨, 언제부터 거기 서 있었어요?"

동훈의 외침을 흘려들으며 강진은 문밖에 서 있던 서희와 눈을 마주쳤다. 무언가 설명을 요구하는 듯한 그녀의 눈빛은, 이 사무실 안에서의 대화를 다 들은 듯해 보였다.

11
낙원, 균열

한 차례 점심 손님들이 물러간 오후, 한숨을 돌린 민우는 의자를 아무렇게나 빼내어 털썩 엉덩이를 걸쳤다.

"푸우……."

깊은 한숨과 함께 끼고 있던 고무장갑을 벗어 손바닥에 툭툭 치면서 그는 요즘 자신이 꽤나 저기압임을 인정하고 있었다. 무엇을 해도 흥이 나지 않았다. 다시 전셋집에 살 수 있게 되었고 가게 역시도 꾸준하게 현상 유지 정도는 되고 있음에도, 가슴에서 무언가 커다란 것이 빠져나간 듯한 허전함 때문에 이따금 지금처럼 무거운 한숨을 내뱉기 일쑤였다. 남몰래 서희를 마음에 두고 있으면서도 지금껏 고백 한 번 전하지 못했던 자신의 용기 없음을 한탄했고, 전시회장에서 보았던 강진과 서희의 분위기를 아직도 미련스럽게 눈에 매달고 있는 스스로를 한심하게 여겼다.

"에휴……. 등신아. 이럴 거 고백이라도 한 번 하지 그랬냐. 바보 멍충이 같은 놈아."

또 한 번 한숨이 자책처럼 들러붙었다. 주먹으로 머리를 콩콩 쥐어박으며 입에 붙어 떨어지려 하지 않는 탄식의 숨을 밭았다 다시 들이마시기를 반복하고 있을 때, 가게의 문이 열리며 기수가 들어왔다. 입고 있던 낡은 점퍼를 벗어 의자에 걸어 두고, 아직 치우지 않은 테이블 위의 빈 그릇들을 하나씩 포개기 시작했다.

"두세요. 아버지. 제가 치울게요."

"그런 말 할 시간에 치우겠다. 인마."

민우는 기수의 타박에 잠시 인상을 찡그리다 이내 입술을 달싹거렸다. 괜히 눈치를 한 번 보며 말을 건네 볼까, 망설였다.

"아버지. 서희 말이에요. 며느리 감으로 어떠세요?"

성하지 못한 한쪽 손으로 겨우 포갠 그릇들을 집어 옮기던 기수가 걸음을 멈추고 돌아본다. 잠시 생각에 골몰한 표정이었다.

"서희? 그거야 말해 뭣하냐. 야무지지. 착하지. 예쁘지. 살림도 잘하지. 근데 그건 왜 물어? 뭐, 서희를 내 며느리 삼게 해 줄 수 있냐, 네가?"

"못 할 것도 없죠 뭐."

"네 녀석이 서희를 좋아하기라도 하냐?"

"그렇다면요?"

농담 삼아 던진 말이었는데 아들의 반응은 의외로 진지했다. 흥, 콧방귀를 낀 기수는 그릇을 주방 선반에 올려놓고 민우가 앉아 있는 테이블로 다가가 의자에 자리했다. 그러자 기수 쪽으로 의자를 바짝 당겨 앉은 민우가 얼굴을 굳히며 본격적으로 대화의 포문을 열었다.

"서희요. 옛날에 잠깐 살았던 그 집에서 다시 살고 있어요. 그 사람이…… 아무래도 다시 돌아온 모양이에요."

"다시…… 돌아왔다고?"

기수의 얼굴에 복잡한 감정들이 잔잔하게 퍼져 나갔다. 민우가 언급하고 있는 '그 사람'이 누구를 지칭하는지 단박에 파악된 듯한 표정이었다. 저를 찾아와 돈을 내밀고 서희를 잠시 맡아 달라 부탁하던 그 젊은이의 얼굴은, 오랜 세월이 흘러서도 잊을 수 없을 만큼 짙은 기억으로 자리하고 있었다. 응당 서희와의 사이에 사연이 있을 것이라 짐작하고 있었고, 이후 서희가 첫 모의고사를 망친 날 울면서 그간 있었던 일을 털어놓았을 때에, 그날 젊은이의 얼굴이 왜 그리 어두웠는지 깨달을 수 있었다. 젊은이와의 약속대로, 그날 커피숍에서의 만남은 서희나 민우에게 얘기하지 않았지만 아직도 그의 마음 한 켠에 언젠가 풀어야 할 숙제로 남아 있는 일이었다.

"예. 말도 안 되지 않아요? 아버지? 그 사람 무슨 권리로 이제 와서 서희를 네려가난 말이에요! 서희가 여전히 열여덟인 줄 아는 건가?"

"네 녀석 말대로 서희가 이제는 열여덟도 아닌데 그리로 갔다면 아직도 거기에 마음이 있는 거다. 마음 접어라. 애저녁에 서희 인연은 그쪽인가 보다."

젊은이가 돌아왔고 서희도 여전히 같은 마음이라면 그게 인연인

게지, 기수는 착잡한 심경을 혼잣말로 중얼거리며 내뱉었다.

"……정말 그렇게 생각하세요?"

"돌고 돌아 와도, 이어질 인연이라면 어떻게든 이어진다. 그리고 아무리 옆에서 살 맞대고 살아도 아닌 인연은 언젠가는 끝나는 법이야. 그 사람이 돌아왔고 서희도 그리로 갔다면, 마음 접어라."

아들 녀석이 서희를 마음에 두고 있을지도 모른다고 어렴풋이 느끼긴 했었다. 워낙 어려서부터 오빠와 동생으로 자라 남매 같은 정이 더 클지도 모르지만, 여태 여자 한 명 사귈 생각도 하지 않고 서희와만 지내 왔으니 충분히 애정으로 변질될 수도 있는 것이었다. 기수의 입장에서도 충분히 욕심이 나는 아이였으나, 사람의 인력(人力)으로 절대 움직일 수 없는 것 중 하나가 인간사의 인연임을 살아온 연륜을 통해 알고 있는 그였다. 애처로움을 넘어서 처연해 보이기까지 했던 그 젊은이의 표정이, 서희를 만났으니 이제 좀 환해졌을라나.

"아서. 처음부터 우리와는 어울리지 않는 아이였어."

미련을 털어 내듯 자리에서 일어난 기수의 등으로 자조하듯 쓴웃음이 섞인 민우의 음성이 날아들었다.

"이대로 마음 접어 버리기엔 지나간 세월이 아깝잖아요."

"그럼 진즉에 좀 털어놓고 잡든가 했어야지, 이 녀석아!"

"혹시 그 사람 연락할 수 있는 방법 알면 좀 알려 줘요. 서희는 보나마나 숨기고 알려 주지도 않을 테고요."

"아, 설거지나 하라니까!"

아들의 축 처진 어깨를 차마 볼 자신이 없어 면박을 주는 것으로 마음을 숨겼다. 터벅터벅 주방으로 들어가 빈 그릇들을 개수대에 집어넣었지만 일이 손에 잡힐 리 만무했다. 기수는 거품이 뽀글뽀글 일고 있는 설거지통을 내려다보며 젊은이와의 지난 일에 대해서 서희에게 털어놓아야 하지 않나, 진지하게 고민을 하기 시작했다.

❖

문화옥션 회사가 있는 빌딩의 옥상에 도착한 서희는 인조잔디가 깔려 있는 곳까지 뛸 듯이 걸어가더니 이내 뒤를 돌아보았다.

"이리 와 봐요. 여긴 휴식 시간마다 제가 자주 앉는 자리예요."

환하게 내리치는 봄빛 아래, 서희가 그를 향해 손을 흔들고 있었다. 피어오르고 있는 아지랑이를 밀어내고 그 자리에 들어선, 마치 봄의 일부가 된 양 화사한 그녀의 모습에 강진은 잠시 눈을 감았다가 떴다. 쪽빛에 가까운 선명한 하늘색은 서희의 이부자리처럼 포근해 보였다.

강진은 이리 오라 손짓을 보내고 있는 서희를 가만히 바라만 보고 있었다. 사장실 앞에서 마주쳤던 순간에 짧게 흘렸던 불안함의 징조가, 평소보다 몇 배는 더 환하게 웃고 있는 저 모습 때문에 더욱 확연하게 다가왔다. 밝고 깨끗한 봄날에, 그보다 더 환한 서희의 미소는 그에게 불안감을 안겨 주고 있었다.

"여기, 이 자리예요."

인조 잔디 위, 휴식을 위해 마련되었을 기다란 나무 벤치는 하얀색의 페인트칠이 되어 있었다. 동화 속의 아름다운 정원에나 나올 법한, 알록달록한 무늬들로 얼룩진 의자의 가운데 지점을 서희가 정확하게 손가락으로 짚어 주자, 강진은 곧 그곳에 자리했다. 그러곤 서희를 올려다보며 옆 자리를 손으로 툭툭, 친다.

"너도 앉아."

고개를 끄덕인 서희는 그의 옆에 앉자마자 크게 숨을 들이켰다. 그러곤 고개를 살짝 틀어 파란 하늘의 어느 지점으로 시선을 돌렸다.

"여기 앉아서 왼쪽으로 고개를 돌리면, 우리 저택이 있는 그 방향의 하늘이 보여요."

자분자분 이어지고 있는 서희의 말을 따라서, 강진도 그쪽으로 고개를 돌렸다. 늘 날이 서 있던 가슴을 차분하게 다독여 주곤 했던 그녀의 음성에 기대어, 잔뜩 치열해 있던 가슴도 어느 정도 가라앉고 있는 것 같았다.

"저도…… 숨 쉴 때마다 저 하늘을 봤어요."

'잊지 않을 거야. 숨 쉴 때마다 생각할 테니까.'

두 사람은 동시에 그날을 떠올리고 있었다. 여전히 두 사람의 생을 암묵적으로 지배하고 있는 커다란 기억의 한 축을 이제는 제법 덤덤하게 떠올리며 받아들이고 있었다. 서희는 하늘로부터 눈을 떼어 내고 그의 옆얼굴을 바라보았다. 한 치의 흐트러짐이 없는 단정하게 빗어 내린 머리칼과 여전히 망막에 선명하게 아로새겨져 있는 콧날, 그 아래로 절묘하게 떨어지고 있는 입술선. 그녀의 입술을 가득 삼켜 주던, 호흡마저 거칠게 앗아 가 버리던, 그리고 마침내 숨조차 쉴 수 없게 만들던.

시선을 의식한 듯, 그가 돌아보았다. 한데 얽힌 눈길을 피하지 않은 서희는 사장실의 열린 문 틈새로 흘러나오던 대화를 돌이키며 담담한 눈빛으로 입을 열었다.

"마음을 보고 싶다고 했죠?"

강진은 쏟아지는 서희의 시선을 마주했다. 순간적으로 경직되어 있는 듯한 서희의 눈동자가, 그가 보고 싶은 마음이 아닌 다른 마음을 보여 주겠다는 의미로 읽혔다. 서희가 사장실에서의 대화를 모두 들은 것 같다는 추측이 사실이었다는 낙담 대신에, 그 불안함이 더욱 강하게 그를 옭아맸다.

"저 때문에 애쓰지 마세요."

그 한마디에, 그가 정확하게 읽었다는 것을 깨달았다.

"결혼 같은 것, 바라지도 않아요. 주제넘은 일인 거 잘 아니까요. 살면서 겉으로 드러내어 바라도 되는 것과 마음에 숨겨야만 하는 것의 구분 정도는 지을 수 있어요. 욕심내도 될 것, 안 될 것, 다 알아요. 너무 잘 알아서 탈이죠."

서희는 마주하고 있는 그의 시선을 잘라 내듯 피해 정면의 허공을 응시했다. 그의 부친이 이곳까지 찾아와 했다는 말의 지의에 무엇이 있는지 알고 있었다. 바닥까지 괴롭혀서 추락하게 만들고 싶어 하시는 것도. 의외로 바닥까지 떨어진 기분은 아니었지만 자신의 힘든 기분 대신, 그가 감내해야 할 고통이 먼저 생각났다. 그녀의 마음에 내내 시커멓게 감겨 있는 족쇄가 그마저 묶지 않기를, 함께 묶여 절망의 바다로 빠져들지 않기를 바라며 차분하게 말을 이었다.

"이대로 함께 있다가 제가 지겨워지면 그땐 버리세요. 그게 제 마음이에요. 착한 여자 흉내 내는 거 아니고 사랑을 못 믿어서도 아니에요. 진심만 가지고 세상에 부딪혀 나가기엔 용기가 없다는 표현이 더 맞겠죠."

서희의 하얀색 플레어스커트의 아랫자락이 잠시 바람에 흔들렸다. 강진은 팔을 뻗어 스커트 자락을 가만히 손으로 덮어 주었다. 잠시, 머릿속이 암전이 된 것도 같았지만 이미 발을 내디며 버린 그의 길은, 원점으로 되돌아가는 이정표가 없었다.

"저는, 이렇게 함께 있으면서 행복해하다가 그때가 되면 아무 말 없이 사라져 드릴 거예요."

"아픔은 식상해지지만, 행복은 중독이야."

강진은 서희의 스커트를 덮고 있던 손을 올려, 그녀의 얼굴을 제게로 돌렸다. 가슴을 치고 가는 이 투명한 눈빛에 흔들리고 빠져들며 마침내 하나로 묶여 드는 순간이었다. 서희의 눈을 대할 때마다 깊이를 가늠할 수 없는 감정과 마주하게 되는 것은 어쩔 수가 없었다.

"한 번 맛을 들이게 되면 절대 포기할 수 없어져. 넌, 그때가 와도 절대 내 앞에서 사라지지 못해. 물론 그런 때가 오지 않으리라는 건 네가 더 잘 알 테지만."

이미 중독이다. 그녀가 시켜 버린.

"내가 십 년이라는 시간을 돌고 돌아서 다시 왔을 땐, 어떤 생각이었을 것 같아? 고작 내 옆에 있기만 하는 너를 보려고, 내 앞

에서 사라지는 너를 보려고 긴 시간을 버텨 내지 않았어. 네 머리
칼 한 올, 호흡 한 자락도 놓치지 않아."

입을 다문 서희의 흔들리는 눈동자가 아니었다면, 그대로 입을
맞추었을지도 모르겠다. 대신에 시선을 아래로 떨어뜨리는 그녀를
보며 강진의 마음은 그대로 가라앉아 버렸다. 뺨을 감싸는 손에
힘을 주었지만 바람에 온기가 사라진 지 오래다. 복잡했던 것들이
시간이 흘러서 제자리를 찾아가 질서가 잡히고, 벌어진 간격들이
일정하게 재구획 되어질 그 순간을 위해서, 그때를 위해서, 얼마든
지 버텨 내고 인내할 수 있으리라 믿고 있다. 그러나 짓이겨져 있
는 마음의 한 축이 통증에 쓸려 가고 있다는 것도 부인할 수 없었
다. 서희의 이마에 제 이마를 묻으며 강진은 낮게 숨을 토해 냈다.
사방이 잠시 회색빛으로 물들었다. 서희의 얼굴 뒤로 펼쳐져 있는
하늘은 저토록 푸르기만 한데.

갤러리로 돌아온 강진은 손님이 찾아와 계시다는 비서의 언질에
알겠다는 듯 고개를 끄덕이며 명함을 하나 내밀었다.

"취임식 초대 명단 리스트에 이분 포함시키세요."

"알겠습니다, 이사님."

비서가 재빨리 자기 자리로 돌아가 명함을 보고 서둘러 명단 리
스트에 입력시킨 이름은 최수찬이었다. 강진은 완료되었다는 비서
의 신호에 의례적인 미소를 보낸 후 이사실로 향했다.

바지 주머니에 손을 찔러 넣은 채로 천천히 복도를 통과하며 그
미소는 곧 싸늘하게 가라앉아 갔다. 함께 있다가 지겨워지면 버리

라던 서희의 말이 그의 속을 바늘처럼 내내 따끔따끔 찔러 댔다. 아무도 없는 사막에 홀로 덩그러니 던져져 더위와 맞서 싸우는 기분. 심지어 그곳엔 서희도 없다. 원하고 바라는 것들이 거기엔 아무것도 없었다.

마른 얼굴을 손바닥으로 쓸어내리며 이사실의 문을 연 강진은, 따끔거리는 기분이 한층 더 매섭게 뇌를 끌어당기고 있는 느낌을 받으며 그 자리에 우뚝 섰다. 익숙하지 않은 곳인 것처럼 안절부절못한 자세로 소파에 앉아 있다가 벌떡 일어나 그를 맞이한 이는 며칠 전 전시장에서 서희와 함께 있었던 남자였다. 그리고 그보다 더 전에 있었던 두 번의 만남 역시도 자연스럽게 기억해 냈다. 그 옛날 서희의 고등학교 앞에서, 그리고 비가 오는 골목길에서. 민우라는 사람과 함께 있던 서희의 그 편안하고 안정적인 미소도 당연한 일인 듯 함께 떠올랐다.

"안녕하십니까. 저는…… 배민우라고 합니다. 우리 얼굴은 알지요?"

강진에게 절대 주눅 들지 않기 위해서였는지 단정한 양복에 머리는 단정하게 빗질까지 한 모양새다. 무척이나 도전적인 음성은 아무래도 이곳에 오기 전, 몇 번의 연습과 훈련을 거친 듯했다. 민우의 모든 것을 이미 꿰뚫은 강진은 입술 끝에 잠시 올랐던 미소를 거둬 내고 이내 고개를 끄덕였다.

"앉으시죠."

자리를 안내한 강진은 인터폰을 집어 들었다.

"차를……."

"아니오. 우리 가게 자판기에서 매일 마시는 게 커핀데요, 뭐."

두 사람의 시선이 허공에서 잠시 부딪혔다. 일순 사무실 내부의 공기가 싸늘하게 식어 갔다. 시선을 먼저 끊어 낸 강진은 잘 단련된 미소로 대답하며 인터폰을 내려놓았다.

"알겠습니다."

민우는 미간에 골이 패도록 인상을 쓰며 무슨 말부터 꺼내어야 할지 타진해 보고 있었다. 강진의 행동 하나하나를 주시하며 눈치를 보는 것도 잊지 않았다. 인터폰을 내려놓고 손을 소파의 바닥으로 내려놓는 강진의 움직임은 무척 정갈하고 고급스러워 보였다. 민우 자신은 절대 흉내 낼 수 없는 우아함과 기품마저 느껴진다. 서희가 저런 모습에 반한 건가.

민우는 저도 모르게 강진을 따라 소파 바닥에 손을 척 내려놓아 보다가 이내 쓴웃음을 삼키며 주먹을 그러쥐었다. 뱁새는 뱁새의 걸음을 유지해야 하며 오르지 못할 나무는 기어오를 생각도 하지 않는 것이 그의 철학이었다. 저가 서 있는 자리에서 최선을 다해 살면 그만인 것이다. 민우는 험험, 헛기침을 두어 번 하며 심호흡을 한 후 입을 열었다.

"저희 아버지 통해서 여기 알게 된 겁니다. 여기저기 알아보셨다더라구요. 제가 막 졸랐거든요. 뭐, 제가 따로 그쪽 스토커 짓 할 정도로 시간이 많은 것도 아니고요."

민우를 응시하고 있던 강진의 눈동자가 작게 출렁거렸다. 그날, 서희와 별장을 함께 나온 후 민우의 아버지를 만났던 날을 떠올린 때문이었다. 가슴으로 회한이 번져 들었다. 그날의 만남도, 그분과 강진만이 공유하고 있는 비밀도, 망막 속에서 아스라이 되살아나는 것 같았다.

"단도직입적으로 말씀드리겠습니다. 서희랑 앞으로 어떻게 할 생각인 겁니까?"

민우의 직접적인 질문에, 강진은 금세 머릿속을 현실로 되돌려 놓았다. 침을 몇 번이나 꿀꺽 삼키고 있는 민우에게서 적잖은 긴장이 느껴졌지만 강진은 그저 침묵만을 유지했다.

"집을 담보로 서희 빼 간 거 다 압니다. 서희가 말 안 해도 제가 그 정도 눈치는 긁을 수 있거든요. 서희요. 십 년 전에 그 집에서 나왔을 때 한동안 엄청 방황했어요. 공부도 곧잘 했던 애인데 고3 올라가고 첫 모의고사에서 바닥을 쳤어요. 잠도 못 자고 밥도 못 넘기고. 몇 달을 그렇게 폐인으로 살았다구요."

살갗을 날카롭게 후벼 파는 듯한 고통쯤은 아무것도 아닌 것 같았다. 얼마쯤 눈앞이 하얗게 흐려지고 가슴마저 똑같은 색깔로 탈색되는 것 같았다.

"그러더니 어느 날 그럽디다. 당신 집에서 있었던 일 다 얘기하면서 그날 얼마나 울었는지 몰라요. 서희를 참 오랫동안 봐 왔지만 그렇게 우는 걸 본 건 처음이었어요."

십 년이 흘렀어도, 여전히 그 자리에 맴돌고 있는 서희의 심정에 처음으로 동화되었다. 자신과 함께 있을 때는 절대 볼 수 없던 환한 미소, 제 앞에서 마음을 보여 주지 않겠다고 했던 말, 옆에 있을 테니 때가 되면 언제든 버려도 된다는 말, 그런 말들을 가시처럼 후둑후둑 내뱉을 수밖에 없었을 그녀에 대한 안타까움을.

"걔요. 많이 힘들었어요. 그렇게 힘들게 산 애를 우리 아버지랑 내가, 다독거려 주면서 지냈다고요. 근데 이제 와서 당신이 무슨 권리로! 무슨 생각으로 서희를 다시 만나는 거냐구요. 어차피 그쪽 집에선 여러 이유로 서희 거들떠도 안 볼 거 아니에요?"

고요하게 가라앉아 있던 강진의 눈동자가 차츰 본디의 위치를 회복했다. 주고받는 대화가 아닌 자신의 일방적인 전달로부터 시작하여 일방적인 책망으로 마무리되고 있다는 것을 깨달았는지 민우가 짐짓 크게 숨을 들이켜며 입을 다물었다. 제게서 시선을 떼지 않고 있는 강진의 눈치를 흘깃 살피며 마지막 쐐기를 용감하게 박았다.

"나 서희 좋아합니다. 뭐, 내친김에 다 말하죠. 당신 때문에 서희가 또다시 흔들리거나 힘든 거 보고 싶지 않……."

"그럼에도 불구하고."

내내 침묵만 지키던 강진이 민우의 말허리를 자르며 마침내 입을 열었다.

"우린 함께 있어야만 합니다. 서희와 나는."

목으로 침을 꿀꺽 넘긴 민우는 더 이상 할 말을 잃은 듯해 보였다. 주렁주렁 가시 돋친 말들을 몇 분에 걸쳐 쏟아 냈던 자신와는 달리 단 한 마디로 상황을 정리해 버린 그에게 살짝 질린 듯도 해 보였다. 너는 내 상대가 되지 않는다는 단언에, 민우는 한참 동안이나 거친 숨만 들이켜고 있었다.

"다 됐다."

서희는 손에 들고 있는 강진의 넥타이를 허공으로 높이 들어 보며 다시금 이리저리 살폈다. 퇴근하는 길에 구입한 넥타이핀은 그에게 더없이 잘 어울릴 것 같았다. 푸른색의 조그만 사파이어 조각 주변으로 깨알처럼 촘촘히 박혀 있는 루비가 인상적이었다. 메인 보석인 사파이어보다 그것을 호위하며 보다 아름다운 빛깔로 장식하고 있는 루비의 가치에 보다 더 점수를 준 그녀는, 만족스럽게 고개를 끄덕이며 다시 장 속에 고이 걸어 두었다.

그의 침대 끄트머리에 걸터앉아 손에 쥔 핸드폰을 내려다본다. 벌써 밤 열 시가 넘어가고 있었다. 벌써 퇴근한 가정부 임씨가 차려 놓은 저녁은 식어 버린 지 오래였다. 늘 함께 저녁식사를 했기에 오늘처럼 그가 연락도 없이 늦을 경우, 어떻게 해야 할지에 대해선 한 번도 생각해 본 적이 없었다는 것을 깨달았다. 이정표를 잃은 차를 몰고 가는 것처럼 망연하고 아득해졌다.

"후우……. 전화를 해 봐야 하나."

망설이며 핸드폰을 쥔 손에 힘을 주었다. 그러자 이내 땀이 배어 진득하니 물기가 스친다. 오늘 낮, 빌딩의 옥상에서 있었던 그와의 짧은 만남에, 내도록 머리 뒤끝이 먹먹함으로 당기고 있던 차였다. 지겨워지면 버려 달라는 자신의 말 때문에 차츰 흐려져 가던 그의 눈빛이 업무에 방해가 될 정도로 가슴에 질기게 들러붙어 있었다. 일찍 돌아와 아주머니와 함께 집 안 곳곳을 청소하면서도 퇴근해 들어올 그에게 무슨 말부터 가장 먼저 할까, 몇 번이나 마음으로 자문하기도 했다.

서희는 침대에 앉아 있던 몸을 일으켰다. 느릿느릿 그의 방을 나서면서도 차마 떼어 내지 못한 미련을 남겨 둔 채로 조용히 방문을 닫았다. 그가 없는 이 저택 안. 그녀의 발길마저 목적지를 잃은 것처럼 서희는 잠시 복도에 멍하니 서 있었다.

복도의 끄트머리에 있는 창문으로 봄이 묻어 있는 밤이 내리치고 있었다. 달무리의 기운을 받았는지 어둠마저 활기가 느껴졌다. 그 달빛만이 공간을 유영하고 있는 적막의 시간. 그의 전부로 뒤덮인 이곳에서의 시간은 그녀에게 언제까지 허락될까. 거실로 내려가는 계단을 향해 몸을 돌리며, 서희는 언제가 될지 모를 그 순간과 맞닥뜨리는 상상을 되도록 하지 않으려 입술을 사려 물었다.

1층의 거실에 내려선 서희는 기다란 소파에 누워 있는 강진을 발견하고 걸음을 멈추었다. 걸음은 멈추어졌지만, 그를 향한 떨림은 다시 시작된다. 그는 피곤한 듯 재킷을 벗지도 않고 누워 이마에 손등을 얹고 있었다. 다가가는 발걸음이 사뭇 조심스러웠다. 잠이 든 것이라면 행여 그가 잠이 깨지 않도록, 피곤이 여기저기에서 발견되는 그의 몸이 편하게 휴식을 취할 수 있도록, 서희는 모든 신경을 발걸음에만 두면서 그의 가까이에 도착하여 천천히 무릎을 꿇고 앉았다.

그다지 상하지 않은 술 냄새가 배어 있었다. 살짝 흐트러져 있는 넥타이와 몇 시간 사이에 지쳐 버린 듯한 메마른 얼굴이 서희의 망막을 아프게 찔러 왔다. 몸보다도 마음의 피곤함이리라. 마음에 적재되어 있는 수많은 통증과 고통과 아픔 때문이리라. 알면서도 이렇게 바라보는 것밖에 할 수 없는 스스로의 나약함이 치떨리게 혐오스러웠지만 그것이라도 할 수 있음에 감사하는 마음이 더 컸다.

나가려던 한숨을 입안에서 겨우 삼킨 서희는 그에게 덮어 줄 이불을 가지러 가기 위해 몸을 일으켰다. 하지만 그 순간에 너무도 또렷한 발음으로 제 이름을 부르는 그의 음성에 그대로 스르르 주저앉아 버렸다.

"서희야."

이마에 댄 손등을 떼지 않은 채로 작게 입만 움직이는데도 그 울림이 적잖이 명확하고 선명하여 서희는 마치 그의 힘에 의해 주저앉혀지는 느낌이었다.

"……네."

"가지 말고 거기 그대로 있어."

잠시, 가슴이 무너지는 것 같았다. 이름을 부르던 그 또렷한 음성과는 반대로, 힘없이 안으로 삼켜지는 부탁의 말들. 오늘은 특별히 또 한 번 잊을 수 없는 날이 될지도 몰랐다.

"술…… 드신 거예요?"

강진은 천천히 고개를 끄덕이며 이마에서 손등을 떼어 내고 서희 쪽으로 고개를 틀었다. 내부의 모든 감각이 하나둘씩 바깥의 일들로부터 문을 닫고 오로지 서희만을 담아냈다. 그녀를 빤히 바라보며 오늘 하루 내내 있었던 아픔의 흔적들이 자취를 감추어 가고 있음을 느낀다. 먼 훗날에도 항상 묻고 싶어질 것이다. 넌 어째서 바라보는 것만으로 나를 가두어 버리는 거냐고.

"많이 마시지 않았어. 유서희하고 사랑할 기운은 아직 있거든."

엷은 미소를 입 끝에 물고, 손을 뻗어 서희의 얼굴을 끌어 왔다.

스치듯 닿은 입술이 겨울을 흠뻑 들이마신 꽃잎처럼 차갑게 포개어져 왔다. 가볍게 부딪혔던 입맞춤은 결국 짙은 키스로 이어졌고, 차가운 입술에 열기를 선사했다. 서희의 입안 곳곳을 헤집는 강진의 혀끝은 농밀한 움직임으로 열정을 충동질하며 그녀를 옴팡지게 몰아붙였다.

서희의 몸을 안아 올려 제 몸 위로 포개었다. 그녀가 입고 있던 셔츠를 위로 끌어 올려 벗겨 내고 하얀 브래지어 속에 감추어진 젖가슴을 손바닥으로 가득 덮었다. 입술을 부딪쳐 오는 서희에게 강렬한 키스를 퍼부은 그는, 온몸으로 사랑한다 말하고 있었다.

서진 갤러리 3층 전시 홀. 취임식 직후 시작된 간단한 애프터 파티에 참석자들이 다시 모여들었다. 벽에 도배가 되어 있는 신인 작가들의 수십 점의 그림과 내부에 흐르고 있는 잔잔한 클래식이 눈과 귀를 즐겁게 하고 있었다. 연회 담당 업체에서 파견된 직원들은 와인 잔이 빼곡하게 담겨 있는 쟁반을 한 손에 들고 홀을 누비고 있었고, 이따금 그 와인을 필요로 하는 사람늘에게 다가가 잘 단련된 미소로 응대했다.

강진의 지인으로 초대된 시명과 여경은, 삼삼오오 모여 있는 참석자들 사이를 분주하게 오가며 인사를 나누고 있는 강진의 모습을 멀찍이서 바라보고 있었다. 큰 키와 균형 잡힌 몸매에 딱 떨어지는 고급 블랙 슈트 차림이 많은 사람들 속에서도 단연 눈에 띄는 강렬한 빛을 발산하고 있었다. 여경은 그런 강진의 모습에서 눈을 떼지 못하며 입술 끝에 와인 잔을 슬며시 물었다.

"요즘 꽤 좋아 보이지 않아? 예전엔 뭐랄까, 벼랑 끝에 나뭇가지 하나 붙들고 매달려 있는 것처럼 위태로워 보이더니 이젠 적어도 그런 느낌은 없어."

이미 와인 한 잔을 비우고 두 번째 잔을 손에 들고 있는 시명이 그녀의 말에 느릿느릿 고개를 끄덕이면서도, 개운치가 않아 입맛을 다셨다.

"그러냐? 뭐 나이를 먹었으니 당연히 안정적인 느낌은 나야 하는데, 근데도 난 어째 위태위태해 보인다. 여자 때문이겠지만."

"그게 무슨 뜻이야? 여자라니? 강진이한테 여자가 있다는 거야?"

"넌 입으로만 강진이 좋아한다 어쩐다 한 거야? 그거 하나 딱딱 눈치 못 채고 말이야. 그러고 보니 너 며칠 전에 선도 봤다면서? 갈대가 따로 없구먼."

시명의 얄밉지 않은 면박에 여경은 이내 잔뜩 어깨를 움츠리며 어쩔 수 없는 일이었다는 것을 강조하였다.

"몇 년을 해도 안 되는 일을 어쩌라고. 그리고 나한테 강진이는 이를 테면 그런 거야. 동경의 대상이랄까. 여자들이 한 번씩 꿈꿔 보는 멋진 남자들 있잖아. 죽을 때까지 멋지게 살아 줬으면 하는, 그런 남자."

"여자들의 로망 따위 난 모르겠고, 네가 아무리 열심히 대시했어도 꿈쩍도 안 했을 놈이라는 건 알아. 뭐 상처 받기 전에 발을 빼는 것도 좋은 일이지. 하나밖에 모르는 놈."

시명은 혀를 끌끌 차면서도, 자신들을 발견하고 빠른 걸음으로 다가오고 있는 강진을 향해 손을 흔드는 것을 잊지 않았다. 하지만 강진의 뒤로 방금 막 홀의 입구에 들어서고 있는 서희가 보이자, 시명의 안색이 금세 굳어졌다. 서희를 이곳에 초대한 강진의 저의를 파악한 때문이었다. 공식적인 연인으로서의 선포. 아직 수찬과의 과거사가 원만하게 청산되지 못한 상태에서 감정적인 대립이 계속되고 있을 텐데 기어이 서희를 끌어안고 불바다로 뛰어들겠다는 심산인가.

"와 줘서 고맙다."

다가와 손을 내미는 강진의 등 뒤로 저만치 구석진 곳에 서서 이쪽으로 바라보고 있는 서희의 눈치가 보였다. 시명은 강진이 내민 손을 짧게 마주 잡으며 서희의 등장을 아직 모르고 있는 그를 좀 더 붙잡아 놓을까, 짓궂은 갈등을 하기 시작했다.

"너 여자 있니?"

그러나 강진에게 가까이 다가가 그의 귀에 대고 속삭이듯 물어보는 여경 때문에 시명의 장난 섞인 갈등은 금세 해결되었다. 여경의 질문을 듣느라 그녀의 얼굴에 귀를 가져간 강진의 자세로 인해 두 사람의 몸이 거의 밀착되어 있었던 것이다. 예상대로 이곳을 바라보고 있던 서희의 안색이 잠시 변하는가 싶더니 이내 고개를 다른 쪽으로 돌려 버린다. 시명은 쿡쿡 터지려 하는 웃음을 참아 내기 위해 일부러 잔을 입에 물어야 했다.

강진은 여경의 질문을 받고 잠시 시명을 응시하다 이내 한 번 고개를 끄덕였다.

"누군데?"

"궁금하니?"

강진이 웃으며 묻자 여경은 기어이 알아내고야 말겠다는 얼굴로 크게 고개를 끄덕였다. 돌아선 강진은 홀을 한 바퀴 둘러보았다. 지금쯤 도착했을 서희를 찾는 시선이 분주하다. 꽤나 넓은 내부를 샅샅이 훑던 강진은 생각보다 수월하게 그녀를 찾을 수 있었다. 한 무리의 남자들 틈에 서희가 있기 때문이었다. 실상 그 남자들이 서희를 둘러싸고 있다는 표현이 더 어울릴 정도로 각각의 얼굴에 드리워진 낯빛의 정체들은 향기로운 꽃을 발견한 벌 떼들의 그것 같았다. 덕분에 서희와 함께 왔던 문화옥션 이동훈 사장은 한 켠으로 밀려나 있었다. 모두 동종 업계에 종사하고 있는 젊은 큐레이터 내지는 타 갤러리의 요직에 있는 직원들로, 강진의 위치에선 손가락 하나로도 가볍게 제압할 수 있는 이들이었지만, 그는 좀 더 느긋하게 지켜보기로 했다.

"네 여신님 주변에 날파리들이 좀 있다?"

놀리듯 살피는 시명의 눈길을 담담히 받아 내었다. 두 남자의 대화에 영문을 알지 못하는 여경이 잠시 의아한 듯 고개를 갸웃거렸으나, 강진은 서희에 두고 있는 눈을 떼지 않고 와인을 한 모금 들이켤 뿐이었다.

"역시 수컷들은 꽃향기만 맡아도 미친다니까."

저를 자극하려는 의도가 너무 뻔히 읽히는 시명의 놀림조에도 그저 빙긋, 짧게 웃을 뿐이었다. 둘러싼 이들 중 한 녀석이 서희에

게 잔을 내밀고 있다. 서희는 잔을 받아야 하나 말아야 하나 난색
을 표하며 망설이고 있었다.

"날파리들은."

남은 와인을 모두 비워 낸 강진은, 빈 잔을 시명에게 건넸다.

"날려 보내야지?"

헤아릴 수 없이 무수한 표정을 담고, 강진은 서희를 향해 걸음
을 옮기기 시작했다. 벽에 붙어 있는 액자들을 허공에서 손가락으
로 주르륵 훑으면서, 한 걸음 뗄 때마다 그를 주목하는 수십 개의
시선들을 받아 내면서, 거리가 좁혀질수록 자신을 발견한 서희의
눈이 깊이를 담고 출렁거리는 것을 보면서. 서희의 무리들에 가까
이 다가선 강진은 그의 등장에 놀라 엉거주춤 뒷걸음질을 치며 인
사를 해 오는 남자들에게 가볍게 고개를 숙여 보였다.

"왔어?"

의례적으로 오고 간 인사 후, 강진은 굳이 대답이 필요하지 않
는 질문을 하며 서희의 허리를 제게로 끌어당겼다. 그 접촉에 주
변의 시선들이 일제히 경직되어 가고 있는 것을 느낄 새도 없이,
그들의 시선 너머로 퍼져 나갈 두 사람의 이야기들이 어떤 식으로
전개가 될지 생각할 새도 없이, 부드럽게 감겨 오는 서희의 감촉
에 그는 또 한 번 빨려 들어갔다.

안고 있는 서희의 어깨 너머로, 입구를 통해 들어왔다가 이 광
경을 발견하고 걸음을 우뚝 멈추어 선 수찬과 강 실장이 보였다.
강진은 얼음처럼 굳어 있는 수찬에게 눈을 둔 채로, 서희의 정수
리로 입술을 내렸다. 서희가 그의 연인임을 공식적으로 알리고자

하는 이 자리에서 딱 한 명 보고 싶었던 얼굴을 봤으니 이제 목적은 이룬 셈이었다. 싸늘하게 식어 가고 있는 수찬의 눈빛을 본 것으로 흡족하다, 싶었다. 정수리에 묻은 입술을 떼지 않았다. 당혹해하며 움찔하는 서희의 몸을 그대로 가슴에 품었다. 수군대는 주변의 소음들과 시선들의 의미 따위에 생각과 시간을 허비하고 싶지 않아서, 강진은 그저 서희에게만 집중하고 있었다.

서희는 한순간 불길한 마음이 들어 자신을 안은 그를 밀어내고 주변을 확인했다. 예감대로 그들을 향한 수찬의 시선을 확인할 수 있었다. 다시 자신을 끌어당기는 강진의 손길을 뿌리치며 서희는 자신의 가슴이 찢기는 아픔을 맛보았다. 당혹스러워하는 강진의 얼굴을 볼 자신이 없어 서희는 그대로 취임식장을 빠져나갔다.

"먼저 들어가 있어."

저택의 차고에 차를 세운 강진은 서희를 돌아보았다. 금방이라도 비가 내릴 것 같은 회색빛의 밤, 강진은 돌아오는 내내 서희에게 어떤 책망의 말도 보내지 않았다. 그녀 또한 길게 침묵을 유지하는 것으로 어떠한 변명도 하지 않을 거라는 통하지 않을 시위를 하고 있음을 알고 있었다. 자신의 결정이 역시나 너무 일렀던 건지로 몰랐다. 그것을 원망하고 부담스러워서 보인 행동이리라. 강진은 서희의 얼굴로 손을 뻗었다. 기분 좋게 감겨드는 촉감에 앞으로 서희에게서 들어야 할 원망의 목소리 따위는 얼마든지 견뎌낼 수 있을 것 같았다.

"어딜 가시는데요? 같이 내리는 거 아니었어요?"

빤히 바라보며 물어오는 얼굴에 대고 강진은 엷게 미소 지었다.

"나중에 다 얘기할게. 오늘 일까지도. 단, 먼저 잠들면 안 돼."

엷었던 미소가 이내 짓궂은 색채로 가득 번져 갔다. 손가락으로 나긋하게 휘어 감기는 서희의 볼은 마치 그녀의 젖가슴을 만지는 것처럼 부드럽고 또한 육감적이기도 했다. 잠시 목으로 뜨거운 숨이 들이 찼지만, 이내 서희가 고개를 돌리고 차 문을 딸깍, 열고 내리는 순간 다시금 차갑게 식어 갔다. 현관문을 열고 들어가려던 서희가 잠시 뒤를 돌아보았다.

'빨리 오세요.'

그녀가 희미하게 웃는다. 강진은 고개를 끄덕였다.

그리고 이 밤, 그녀의 뒷모습은, 강진의 망막에 영원히 잊히지 않을 만큼 아로새겨지게 되었다.

외로운 밤이 또 찾아왔다. 늘 허기가 진 상태였기 때문에 고픈 줄도 모르고 살아온 마음이, 밤만 되면 불시에 습격하는 늑대의 울음처럼 귀를 괴롭히고 눈을 괴롭혔다. 수잔은 전면 봉유리를 봉해서 사무실을 온통 둘러싸고 있는 도시의 어둠을 가만히 관조하고 있었다. 강진은 그의 뒤통수를 보기 좋게 날려 버렸다. 서희를 두고 문화옥션의 사장과 거래를 했던 자신의 목을 그 어떤 힘도 들이지 않고 유유히 꺾어 버렸다. 제 이름 앞으로 강진의 취임식 초대장이 왔을 때에, 무의식 속에서 얼마쯤 의외의 미묘한 기분을 느낀 것은 결국 자신의 착각이자 대단한 오만이었던 셈이었다. 차가운 미소 아래, 쓰디쓴 뒷맛만이 남았다. 결국, 아버지는 없을 거라는 그 세상에, 강진은 서희와만 함께 존재하게 될 것이다.

삶이, 그를 또 한 번 조롱하고 있었다. 그의 앞에 시커멓고 잔인한 그림자가 드리워진 길만을 안내하게 될 것이다. 처음부터 그 길만 걸어왔으니 이제 와 어설프게 미련을 떨어 봤자 우스운 꼴만 내보이게 될 테지만, 가면 아래에 도사리고 있는 불안함의 정체를 수찬은 요즘 꽤나 구체적으로 느끼고 있었다. 철저하게 혼자서 고립되어질 거라는 불안감.

"훗날 내 인생을 돌아봤을 때 뭐가 남을까."

그래서 조금은 감상적인 질문으로 서진 갤러리 파티장에서 돌아온 직후의 시간을 맞이할 수밖에 없었다. 수찬의 몇 보 뒤에 서 있던 강 실장은 그런 수찬의 등을 가만히 바라만 보았다.

"이 손에는…… 아무것도 남지 않겠지."

수찬은 몇 차례 손바닥을 쥐었다가 폈다를 반복했다. 삶의 허무를 비교적 일찍 알아 버린 탓에 이토록 기형적인 일상을 살아가고 있지만 최소한 무언가라도 남는 장사여야 할 텐데 말이다. 씁쓸하게 웃는 입가가 자조로 얼룩졌다. 보다 못한 강 실장이 두어 걸음 다가섰다.

"서희를 며느리로 받아들이시는 게 더 좋으실 겁니다. 혹여 나중에라도 모든 사실을 알게 된다 해도, 서희 입장에선 사장님을 어찌할 수가 없을 테니까요. 아니 꼭 그 이유뿐만은 아닙니다. 제발 마음 편히 받아들이십시오. 사장님. 이제 모든 것을 내려놓고 편하게 사세요."

"그 아이가 나를 어찌하지 못한다?"

살짝 뒤로 튼 수찬의 시선이 날카롭게 빛을 내었다. 강 실장의 의도와는 다르게 수찬의 꼬여 버린 심경은 다시금, 따지고 싶은 것만을 내세우고 있었다.

"이 세상에 영원한 비밀이란 없으니까요, 사장님."

그저 편하게 사는 모습이 보고 싶다는 얘기였을 뿐, 대화의 핵심은 이 부분이 아니었다는 듯, 허탈하게 어깨를 늘어뜨린 강 실장을 향해 수찬은 고개를 설레설레 저으며 강력하게 반발했다.

"유 기사가 죽은 게 결국은 내 탓이라는 거군. 죽이려는 의도는 전혀 없었어. 바락바락 대들기에 어깨를 살짝 밀었던 것뿐이야. 빗물 때문에 발이 미끄러져 떨어진 거 아닌가! 그게 왜 내 탓이라는 거지?"

차분하게 시작되었던 말이 점차 속도와 언성을 높여 갔다. 사무실을 쩌렁쩌렁 울릴 정도로 기세 좋게 펼쳐졌다.

"사고 직후에 신고를 하지 않고 바로 그 자리를 떠났지 않습니까."

"애초에 만날 장소로 산을 잡은 깃이 유 기사야. 남 눈 피힌답시고 기껏 생각했다는 곳이. 쯧쯧. 다 유 기사가 자초했던 일이야."

일갈한 수찬은 잠시 숨을 고르느라 말을 끊었다. 긴장의 궤도에 오른 사무실의 내부는 어떤 여유도, 평화도 허락되지 않는, 팽팽하면서도 위태로운 줄 위에 서 있었다. 수찬을 따라서 호흡을 고른 강 실장은 어떻게든 이 살얼음판 같은 상황을 갈무리하기 위해 조용히 입을 열었다.

"사장님. 이제 그만 하시고……."

그러나 사나워진 사무실의 분위기를 채 추스를 새도 없이 덜컥, 하고 문이 열렸다. 수찬과 강 실장의 시선이 일제히 소리가 난 쪽을 향했다.

"지금, 그게 다 무슨 말입니까."

문가에 서 있는 이를 확인한 수찬과 강 실장의 눈에, 충격이 실어 온 당혹감이 강렬하게 들이쳤다. 지나치게 경직되어 있고 굳어 있는 강진의 눈빛은, 방금 자신이 들은 것이 사실이 아님을 증명해 달라는 애원도 함께 묻어 있었다. 창백하게 변해 가는 수찬의 안색 너머로, 마른 입술을 축이고 있는 강 실장의 귓전이 들썩거렸다.

"강 실장님. 따라 나오십시오."

12

비탈, 안개 속

투둑투둑. 창문을 때리는 빗소리에 잠이 스민 눈을 뜬 서희는, 거의 동시에 거실의 벽에 있는 시계를 보았다. 소파에 누워 눈을 붙이고 아주 잠깐의 시간이 흐른 것 같았지만 어느새 한 시간이 훌쩍 지나 있었다. 주변을 살피지 않아도 그가 아직 돌아오지 않았다는 것을 알 수 있었다. 굳이 일어나 사방을 둘러보면서 그의 부재를 확인받고 싶지 않아서, 몸을 일으키지 않고 그대로 누운 채로 거실 창밖을 바라보았다.

비와 함께 봄답지 않은 바람이 세차게 불고 있었다. 정원에 만개해 있던 벚꽃 이파리들이 비바람에 쓸리기라도 했는지 하나둘 날아와 창문에 다닥다닥 붙었다. 행복하고 설레었던 계절이 다시 돌아와 있었다. 늘 이맘때면 지워지지 않는 얼룩처럼 스며들어 있는 기억들을 불러내어 그녀가 휘청거릴 때마다 버티게 만들어 주었던 그 계절이, 눈앞에 바짝 다가와 있었다. 그를 처음 만나고 대화를 나누고, 그림을 이야기하고, 입을 맞추었던, 그 계절이, 영원히 고갈되지 않을 샘의 물처럼 다시금 그녀의 안에서 솟아나고 있었다.

"하……."

몸을 돌려 누운 서희는 천정을 올려다보았다. 취임식 직후에 있었던 파티장에서의 그의 행동을 되돌려보자 가슴 한가운데로 싸한 통증이 일었다. 유서희는 최강진의 영역에 들어가 있는 여자라는 것을 아무런 거리낌 없이 타인에게 거침없이 선포하던 그. 그녀도 그처럼 단단하고 거침없이 사랑을 표현할 수 있다면 얼마나 좋을까. 가슴은 이토록 끓어오르고 있는데 애타게 끓고 있는 끓는점을 드러낼 수 없는 나날들이 변화 없이 이어지고 있었다.

이대로 변화 한 점 없이 시간이 흘러간다고 해도 아무 일만 일어나지 않는다면 충분히 행복할 수 있을 것 같았다. 하지만 지겨워지면 언제든 버리라고 당당하게 말하던 그 순간과는 다르게, 그에게서 정말로 버려질까 두려워하는 자신의 모습과 이따금 마주하고 있는 것을 모른 척할 수는 없었다. 마른 한숨이 나가던 찰나, 손에 쥐고 있던 핸드폰이 진동으로 흔들렸다. 그일까, 기대감에 다급히 액정을 들여다보는 시야가 잠시 후 텅 비어 갔다. 서희는 무기력하게 퍼져 있던 기운을 끌어 모아 몸을 일으켰다.

"응. 오빠."

―자고 있었니?

서희는 꽉 막혀 있는 목을 헛기침 두어 번으로 정돈시킨 후 거실의 창 쪽으로 고개를 돌렸다. 여전히 비바람이 거세었다. 운전, 조심해서 돌아와야 할 텐데.

"아냐. 가게 끝날 시간인데 바쁘지 않아?"

—바빠도 전화는 해야지. 내일모레 가게 쉬는 날이라서 아버지가 같이 저녁 한 끼 먹자셔. 집에서.

"아. 그래. 그러자. 내가 고기 좀 사 갈까?"

—그러든지.

잠시 입술 끝에 올랐던 미소가, 핸드폰 건너 민우의 음성 속에 날카롭게 박혀 있는 것 같은 가시들로 인해 수그러들었다. 평소와는 다른 차갑고 냉랭한 얼음이 비처럼 떨어지는 것 같았다.

"말투가 왜 그래? 무슨 일⋯⋯."

—그날 보자, 그럼.

잘려 버린 물음이 핸드폰에 미적미적 남아서 찜찜함을 제공하였다. 가만히 핸드폰만 내려다보던 서희는 어깨를 크게 한 번 들썩이는 것으로 의문과 찜찜한 기분을 애써 잠재우려 했다. 소파에서 일어나 거실 창가로 다가갔다. 어둠이 내린 정원. 세상을 침몰시킬 듯 들이치고 있는 빗줄기에 고단한 심사를 같이 묻었다. 그러다 자신이 함께하지 못할 그의 저녁 식탁이 못내 마음에 걸렸다. 민우의 집으로, 같이 가자고 말해 볼까.

어떻게든 그와 함께 있으려 머리를 쥐어짜는 스스로의 모습에 피식, 실소를 터뜨렸다. 행복은 중독이라 쉽게 포기할 수 없다는 그의 말이 옳다는 것을 인정했다. 그가 옆에 없는 순간들은 적응이 되지 않았으므로. 예나 지금이나.

❖

    빌딩의 지하주차장. 싸늘하게 얼어붙은 공기는 아까부터 일상의 기류로 회복할 기미를 보이지 않고 있었다. 강진을 둘러싸고 있는 시간과 공간이 한꺼번에 마비되어 수찬의 사무실에서 흘러나왔던 대화를 들은 그 순간에서, 단 한 걸음도 나아가지 못했다. 무언가 단단한 그물이 친친 옭아매고 있는 것 같은 느낌에 그 역시 손가락 하나 움직일 수 없었다. 계기판의 시계 숫자가 어둡고 적요한 공간에 위태로운 빛 한줄기만을 던지고 있을 뿐, 사방은 가라앉아 있었다. 그의 마음처럼.

    삶이, 다시 그를 손바닥에 놓고 가지고 노는 것 같았다. 겨우 손에 쥔 모든 것들이 손가락 사이의 틈으로 아스라이 빠져나가 버릴 것만 같은 위태로운 상실감 속에서 그는 겨우 버티고 있었다. 차창 밖으로 뻗은 손끝에서 담배 연기가 차올랐다. 담배의 끄트머리, 그 뜨거운 불꽃이 발화하여 가슴까지 모두 태우고 있었다.

    "……사무실에서의 대화를 다 들었다면, 그게 전부야. 덧붙일 것도 뺄 것도 없어."

    마침내, 기나긴 침묵 끝에 조수석에 앉아 있던 강 실장이 입을 열었다. 저가 조수석에 몸을 밀어 넣자마자 모든 것을 빠짐없이 털어놓으라던 강진의 명령 같은 부탁에, 입을 다문 지 십여 분만이었다. 그 십 분간의 침묵이 진행되는 동안 강진은 어떤 채근도 종용도 하지 않고 그저 자신이 입을 열 때까지 기다려 주기만 했다.

열어 놓은 운전석과 조수석의 창문으로 매캐하고 칼칼한 지하의 음습한 공기가 스며들었다. 그것은 두 사람의 손가락 사이에 끼워진 담배의 연기와 맞물려 몇 배의 갑갑한 통증을 수반했다.

그러나 누구도 담배를 끌 생각을 하지 않고 있었다. 강 실장은 아까부터 전방의 꽉 막힌 시멘트 벽만 바라보았다. 강진이 내내 자신을 외면하고 운전석의 차창 밖으로 고개를 돌리고 있다는 것을 알고 있었지만, 이 역시나 누구도 서로 마주 보고 대화할 수 없는 사안이라는 것도 잘 알았다.

"아마도 유 기사는 훔친 USB를 가지고 사장님과 거래를 하려고 했던 것 같아. 돈 푼만 쥐어 주면 그걸 돌려주겠다고 장대비 속에서 몸을 떨면서 말하더군. 어리석었지. 돈에 눈이 멀어서 한 치 앞을 못 보는 실수를 저질렀어."

담담하게 내뱉고 있었지만, 과거를 돌이켜 그 시간으로 다시 거슬러 올라가고 있는 강 실장의 마음은 조금도 담담할 수 없었다. 한숨이 군데군데 섞인, 고해 성사와도 같은 고백. 느린 속도로 타 들어 가고 있는 담배를 입에 물 생각도 하지 않은 채 말을 이어 갔다.

"네가 무슨 생각을 하고 있는지는 모르겠지만 이거 하난 확실해. 사장님은 절대 고의가 아니었어. 유 기사의 퇴직금까지 준비하고 있었으니까. 다행인지 어쨌는지 그날 산속에서의 대화가 다 끝나 갈 무렵에 폭우가 쏟아져서 증거라고 할 만한 것들이 남아 있질 않았지. 발자국이고 뭐고 빗물에 다 쓸려 갔거든. 등산복 차림으로 산에 왔던 유 기사는 등산을 하다가 갑자기 내린 폭우에 실족사한 걸로 처리되었고."

빈주먹을 창백해져 핏기가 보이지 않을 정도로 꽉 쥐었다. 운전석의 차창 밖만 응시하던 강진의 눈동자가 짧게 뒤흔들린 순간이었다.

"처음엔 그랬다. 혼자 남은 어린 서희가 불쌍해서, 못마땅해하시는 사장님께, 후일을 대비해야 한다는 핑계를 대고 저택에 데리고 왔지. 단지 그 이유뿐이었어. 너하고 서희가 그런 감정이 생기게 될 줄은…… 몰랐어."

숨을 쉴 수 없는 고통의 순간. 사랑했던 서희를 품에서 떼어 내어야만 했던 시간들이 다시금 심장에 욱신거리는 통증을 전해 주었다. 사연도 모른 채로 오랜 시간을 자책과 자기혐오로 살아야만 했던 서희를 향한 미안함이 먼저 수반된 아픔이었다. 그리고…….

"시간이 제법 흘러서도 너희들이…… 아직도 이렇게……."

그리고, 그녀가 왜 그토록 그에게 쉽게 다가올 수 없었는지, 한쪽 발만 담근 채로 언제든 떠날 수 있는 여지를 남겨 둘 수밖에 없었는지, 그가 보고 싶은 마음이 아니라 다른 마음을 보여 주었던 것인지 알게 되었다. 모든 상황이 역전이 되고 전세가 뒤바뀌어 비로소 그가 그녀의 입장이 되어 버린 것이다.

이런 마음이었던 거다. 가슴을 찢는 자책감. 덧붙여지는 자괴감. 사건을 일으킨 장본인이 아님에도 더불어 느낄 수밖에 없는 수많은 감정들과 대면하면서 힘겹게 싸우고 있었던 것이다. 마음의 괴로움을 알기라도 하듯, 가슴과 머리가 한꺼번에 아파 왔다. 담뱃재가 먼지처럼 아래로 뚝, 떨어졌지만 입에 물 생각조차 하지 못했다.

일탈.

어린 서희를 돌보고자 저택으로 데리고 왔던 수찬의 행동을 그렇게 정의 내린 적이 있었다. 그리고 대부분 일탈의 결과는 좋지 않은 쪽으로 귀결된다는 것을 잘 알고 있다. 십 년 전이, 그 결과의 끝이라고 생각했는데 아직 더 남아 있었던 모양이다. 강진은 허탈함이 배인 한숨으로 입안을 가득 물들였다.

"누구의 잘잘못을 따지기엔 당시 상황은 어쩔 수 없이 그렇게 흘러갔고, 또 이미 세월이 많이 지났어. 그 일 때문에라도 사장님께서 서희를 받아들이고 그리고 너를 내려놓고 편하게 사시길 바랐다."

최대한 침착하게 당시 상황을 전달한다고 생각했지만 한 가지 빠뜨린 것이 있다는 깨달음에 강 실장은 그제야 고개를 돌려 강진의 얼굴을 보았다. 반대쪽 창밖만 보고 있는 강진의 뒷머리가 어지러운 시야를 비집고 들어왔다.

"강진아. 사장님은…… 네가 떠난 후에 충격을 받고 다리를 못 쓰시게 되었다."

강진에게서 어떤 반응을 바라고 내뱉은 말은 아니었다. 다만…….

"과거사에만 사로잡혀 계셔서 아직 소중한 게 뭔지 잘 모르실 뿐이야."

다만, 그래도 고개를 돌려 이쪽으로 시선이라도 한 번 주기를.

"그분, 서희 아버님은 지금 어디에 묻혀 계시는 겁니까."

그러나 돌아온 것은 강진의 마음이 담긴 시선이 아니라, 낮게 깔린 한숨 속에 실린 떨리는 저음의 음성이었다. 말을 주고받는 것을 넘어선 마음을 주고받는 것 자체를 거부하는, 일방적이면서도 대화의 단절을 말하는 신호. 그 신호에 강 실장의 가슴이 무겁게 반응했다. 이제 어떻게 할 거냐고 물어보려던 마음을 가만히 안으로 삼켰다. 강진의 성격대로라면, 그리고 결정적으로 서희가 엮인 일이라면, 이대로 넘어가지는 않을 것이라는 추측 아닌 확신이 든 때문이었다. 주차장 내부의 희미하고 탁한 조명 아래, 싸늘하게 식은 공기는 언제까지고 가라앉아 있을 것만 같았다.

탁, 강 실장이 차에서 내린 후 문이 닫히자, 비로소 강진의 시선이 정면을 향했다. 눈 대신, 손이 절규했다. 주먹으로 일어선 핏발이 사무치게 아파 왔다. 무너지듯 핸들에 얼굴을 묻으며 거칠게 어깨를 들썩거렸다.

숨소리조차 들리지 않는, 금세 터져 버릴 것 같은 불안감이 팽배한 차 안의 내부에서, 강진은 이리저리 흔들리며 하염없이 표류하고 있었다.

사무실로 올라온 강 실장은 의외로 차분해 보이는 표정의 수찬과 마주했다. 조금이라도 흔들린다거나 얼마쯤의 동요가 있을 줄 알았던 수찬의 얼굴은 평소와 다름없이 무감했고 건조했으며 오히려 자세히 살펴보니 평온해 보이기까지 했다. 강진과의 대화가 어떤 식으로 진행되었고 마무리되었는지 빠짐없이 보고를 하려던 생각이 제동이 걸린 듯 멈칫해졌다. 수찬의 밑에서 오랜 세월 일을 하면서, 무슨 말을 내뱉어야 할지 갈피를 잡을 수 없었던 순간은 지금이 처음이었다. 하지만 강 실장의 그런 애매한 고민은 오래 지나지 않아서 해결이 되었다. 벽에 세워 둔 지팡이를 쥔 수찬이 먼저 입을 열었다.

"자네 지금, 운전을 좀 해야겠는데."

수찬의 뒤로 온통 빗물에 젖은 전면 통유리창이 눈에 들어왔다. 마치 자신들의 과오를 사납게 후려치기라도 하듯 비는 거세게 퍼붓고 있었다.

"어디를 가시는 겁니까."

"가 보면 알아."

순간, 수찬의 눈에 잠시 일렁거렸던 짙은 회한의 빛깔을 강 실장은 읽어 냈다. 어쩌면 그것이 일종의 징후였는지도 몰랐다. 자기 연민에 빠져 일평생을 스스로를 학대하고 괴롭히며 살아왔던 한 남자가, 절대 무너지고 싶지 않은 대상에게 오점을 들켰을 때, 그 머릿속에 과연 어떤 생각과 결말이 들어앉게 될 것인가, 라는 슬픈 징후. 하지만 그게 무엇인지 그때는 구체적으로 알지 못했다.

"알겠습니다, 사장님."

강 실장은 고개를 끄덕인 후, 다가오는 수찬의 어깨를 잡으며 그를 부축했다.

수찬이 알려 준 주소를 따라 빗길을 헤치며 운전하여 도착한 곳은 비교적 부유한 동네의 오르막길에 위치한 큰 저택 같은 집이었다. 그 집 앞은, 격자무늬의 고풍스러운 디자인을 한 가로등 아래로 금빛 찬란한 조명이, 빗줄기에 의해 잘게 부서지고 있었다. 강진의 저택에서 쉽게 볼 수 있었던 벚나무와 아직 제 계절을 맞이하지 못한 은행나무가 높은 담벼락 위를 울창하게 장식하고 있기도 했다. 비바람에 의해 지고 있는 벚꽃 잎들이 한겨울의 보송한 눈발처럼 흩날리고 있는 밤이었다.

"라이트를 끄게."

한동안 이어지던 침묵을 깨고 수찬이 명령했다. 그 명령과 동시에 강 실장에 의해 시동이 꺼졌고 라이트와 함께 계기판의 불빛들이 차례로 소멸되었다. 굳이 묻지 않아도, 깊이를 담고 출렁이고 있는 수찬의 눈동자를 보며 이곳이 어디인지 누구를 보고자 왔는지 짐작할 수 있었다.

강 실장은 룸미러를 통해 어둠 속에 앉아 있는 수찬을 보았다. 표정은 읽을 수 없었지만 시선은 한 곳만 향해 있는 것 같았다. 어쩌면 강진은 수찬의 저런 면모를 한결같이 닮은 것인지도 몰랐다. 처음부터 끝까지 하나밖에 모르는. 절대적으로 하나의 사랑밖에 알지 못하는.

"딱 한 번, 웃은 적이 있었어. 강진이 그 녀석 때문에."

자조하듯 혹은 한숨을 짓듯 마음에만 묻어 두었던 하나의 기억을 끄집어냈다. 그것은 언제 본 것인지 기억도 나지 않는 아주 오랜 영화 속 한 장면처럼, 자잘한 회색 먼지와 함께 그의 동공을 스쳤다.

"처음으로 걸음을 뗐을 때. 참으로 신기하더군."

실상, 환하게 웃은 것도 아니었다. 괴롭게만 이어지던 날들 속에 강진의 그 작은 걸음마 하나가 그저 신기해서, 헛웃음을 터뜨렸던 것 같다. 그 후로 다시금 그의 삶은 후진을 모른 채로 고속도로를 질주했다.

"다 포기하고, 그 웃음만 끝까지 붙들고 늘어졌다면, 지금쯤 내 인생도 꽤나 즐거웠을 텐데……."

자조로 뒤덮인 말끝이 천천히 흐려졌다. 반대쪽 골목을 통과한 고급 승용차 한 대가 저택 앞 차고로 천천히 들어서는 것이 보였기 때문이다. 차의 라이트가 잠시 빛을 발하는가 싶더니 이내 천천히 꺼지고 운전석에서 중년의 남자가 내려 우산을 펴 들었다. 차를 돌아 조수석으로 간 남자가 그쪽 문을 열자, 마찬가지로 중년의 여자가 입고 있던 코트를 여미며 남자의 우산 속으로 폴짝 뛰어들었다. 여자의 어깨를 가볍게 끌어안은 남자는 차고를 나와 대문을 열고 안으로 사라졌다. 가로등 아래, 우산 속의 여자 표정이 언뜻 비쳤던 것 같기도 했다. 노란색의 고급스러운 스카프에 폭 파묻힌 여자는 행복하게 웃고 있었다. 가로등의 잔인한 불빛이 그 모습을 담아냈고, 수찬은 그 영상을 놓치지 않았다.

'너는 변함없이 잘 살고 있구나.'

수찬의 눈동자가 천천히 흐려졌다. 남자와 여자는 이미 집 안으로 사라진 후인데도 그의 눈은 하염없이 무언가를 좇고 또 찾고 있는 듯해 보였다. 인생을 하나의 줄로 길게 늘어놓았을 때에, 그 중간에 툭 잘려 나가 버린, 잃어버린, 조각을.

❖

서희의 방문 손잡이를 잡고 살짝 밀자 삐거덕, 하는 소음이 솟아오른 불안감처럼 크게 울려 댔다. 슈트 윗도리를 손에 쥔 채였다. 목을 두르고 있던 넥타이는 반쯤 끌어내렸고 눈동자는 그 어느 때보다 피곤함을 담고 있었다. 강 실장과 헤어진 후 주차장을 벗어나 한적한 도로에 차를 세워 두고 몇 시간을 머물렀던 것 같다. 차를 우산 삼아 비를 맞으며 내일 아침이면 이 흐린 하늘이 깨끗하게 개이기를, 꿈이라면 찜찜한 뒷맛을 남기지 않고 기억 속에서 사라져 주기를, 완벽하게 처음으로 돌아가 있기를. 이루어지지 않을 기원을 하며, 떨어지지 않는 발걸음으로, 다가가지 못할 것 같은 이곳, 서희에게 돌아왔다.

지친 육체보다도 마음의 무거움 때문에, 침대에 누워 있는 서희를 눈앞에 두고도 두 발이 쉽게 떨어지지 않았다. 강진의 흐려진 시야가 곤히 잠들어 있는 그녀의 얼굴을 담아냈다. 비틀거리지 않는다. 쓰러지지도 않는다. 그러나 이제 어떤 식으로 서희에게 다가서야 할지, 수많은 번민과 생각과 감정들로 점철된 가슴이 잔인한 자문을 거듭해 온다.

너를, 잃게 될 수도 있을까.

내 옆에선, 너는 정녕 행복할 수 없는 것일까.

이끌리듯 잠든 서희에게 한 걸음씩 다가갔다. 재킷을 의자에 걸어 두고 침대 아래 바닥에 앉아 서희의 얼굴로 손을 뻗었다. 허공을 향해 나아간 손이 중간에 멈추어졌다. 가만히 그러쥐다가 이내 다시금 그녀의 얼굴을 향했다. 손바닥 아래, 부드럽게 감기는 살결을 음미하며, 잘 살고 있으니 흔들지 말라며 절규하며 울던 서희를 떠올렸다. 생을 부딪쳐서 욕심을 내어 본 단 한 사람. 아무도 필요 없었는데. 아무것도 상관없었는데.

가슴에서 휘몰아치는 많은 언어들과 감정들을 작게 작게 포개어서 손바닥에 감추어 놓고, 그 손으로 서희의 얼굴을 쓰다듬었다. 뿌옇게 습기가 찬 시야 너머로, 기척을 느낀 서희가 눈을 뜨고 있는 것이 보였다. 칼칼해진 목을 억지로 가다듬어, 사랑을 던지듯, 작고 희미한 속삭임을 건넸다.

"기다리지도 않고 자는 거야?"

"……많이 기다렸는데."

강진은 서희의 뺨으로 입술을 내렸다. 포개어진 입술과 뺨 사이로 사무치는 마음이 부서졌다.

"그랬어?"

"지금 몇 시예요?"

"음. 새벽 한 시쯤."

"와아. 많이 늦으셨네요."

늦은 귀가를 책망하는 듯하다. 길었던 기다림을 증명하기라도 하듯, 서희는 이내 다시 피곤한 눈을 감았다. 입술을 떼어 낸 강진은 서희 옆으로 천천히 몸을 뉘었다. 그녀를 가슴에 안고 익숙한 향기를 들이마시며 짓이겨 뭉그러져 가고 있는 마음을 들여다보았다. 서희가 괴롭고 아팠던 그 고통의 시간만큼 그도 아프기 시작하는 것 같았다.

"유서희."

시려 오는 가슴속으로 잠든 그녀의 고른 숨소리가 전해져 왔다. 아니, 사실은 날카로운 칼날에 쓸려 나가는 것 같은 아픈 감각 때문에 아무것도 느낄 수가 없었다.

"듣고 있니?"

규칙적으로 뛰고 있는 맥박의 움직임과 파닥파닥 힘을 다해 뛰고 있는 심장의 생명력조차도.

"사랑해."

습관처럼 울리던 적막과 외로움만이 여전히 그를 지배하고 있을 뿐이었다.

"오늘 아침엔, 어제 끓였던 찌개를 그냥 먹어야 할 것 같아요. 버리긴 아까우니까."

서희는 짐짓 서운한 표정과 음성으로 일관하며 가스레인지 불 위에서 열심히 끓고 있는 뚝배기를 바라보았다. 늦는다는 연락도 없이 새벽에 들어온 그에게 내리는 그녀만의 작은 벌인 셈이었다. 다신 늦지 말아요. 투정도 부리려다 주제넘는다 싶어 피식, 쓴웃음만 삼켜 버렸다. 하지만 식탁에 앉았을 거라 생각했던 그가 바로 옆에 다가와 손목을 잡았을 때 쓴웃음이 아닌 외마디 비명을 내지를 뻔했다. 아프게 꺾인 손목을 살짝 비틀며 그를 올려다보았다. 서늘하게 가라앉은 눈동자. 그러나 서희는 본능적으로 알 수 있었다. 그의 마음이 경고하고 있는 미세한 균열을. 미세하게 흔들리다가 이내 크게 붕괴되고 말 것 같은 작은 틈을.

"해야 할 이야기가 있어."

부드러운 음성이었지만 잡힌 손목은 그의 강한 악력에 의해 시큰한 통증마저 느껴졌다. 그에게 이끌려서 식탁으로 다가가자, 그가 의자를 빼서 그녀가 앉을 수 있도록 배려했다. 건너편에 자리한 강진은 다분히 비장하고 경직되어 있는 표정이었다.

"내가 해야 할 이야기고, 네가 들어야 할 이야기야."

"······무슨 얘기요?"

"듣기 전에, 이거 하나만 알고 있어."

그 순간에, 서희는 보았다.

"네가 어떤 생각을 하든 난, 이곳에서, 변함없이 널 사랑하고 있을 거야."

하루 새 메말라지고 까칠해진 그의 얼굴 속 고뇌의 빛을.

듬성듬성 턱에 나 있는 수염의 흔적을.

그의 눈동자에 서서히 차오르고 있는 절박한 부탁을.

잊지 말고 버리지 말아 달라는 사무친 애원을.

13
교차로, 엇갈림

두 시간 동안 이어진 오전 회의를 끝내고 이사실로 돌아온 강진은 습관처럼 핸드폰을 꺼내어 서희의 번호를 눌렀다.

고객님의 전화기가 꺼져 있으므로 음성사서함으로……

재차 반복해서 들려오는 기계음이, 아침부터 오전으로 이어지는 내내 품고 있는 불안감의 실체를 확인시켜 주고 있었다. 서희가 곁에 없다는. 저택의 전화도, 그녀의 핸드폰도 모두 침묵 속에 갇혀 있었다. 회의에 집중을 할 수 없을 정도로 어지럽고 복잡해진 심사가 서희의 부재와 함께 더욱 깊은 바다로 곤두박질치고 있었다. 천천히 바닥에 끌듯 걸음을 옮긴 강진은 들고 있는 서류의 모서리 부분으로 책상을 툭툭, 치다가 의자에 털썩, 무너지듯 몸을 묻었다. 한숨이 나간 메마르고 건조한 입술을 혀로 축이다, 의자를 뒤로 돌려 창문으로 가득 쏟아지는 햇살에 마음속 속삭임을 모두 내보여 본다.

'잠시만…… 잠시만 저한테 시간을 주세요.'

차마 울음을 토해 내지 못하고 힘겹게 안으로 삼켜 내며, 흔들리듯 내뱉어진 서희의 말이 오전 내내 비수처럼 날카롭게 귓전에 박혀 있었다. 그것은 조용한 아침의 평화를 금세 시커먼 먹물로 얼룩지게 만들었고 위태롭게 건너고 있던 시냇물 위 징검다리의 붕괴를 가져왔다.

다시금 가슴에 찬바람이 인다. 강진은 뒷머리를 기대고 괴로운 이마에 손등을 얹었다. 다 타 버린 가슴만큼 이마, 눈, 얼굴 전체, 그리고 손까지 어느 한 곳 까만 잿더미가 뭉쳐 있지 않은 곳이 없었다.

'따라오지 마세요. 혼자 있을게요.'

그 말을 끝으로 그들의 대화는 끝이 났고, 서희는 방으로 올라갔다. 대화 내내, 그의 말이 이어지는 내내, 서희는 한 마디도 하지 않았다. 마치 그날 주차장의 차 안에서 강 실장의 말을 전해 듣는 동안 그가 한 번도 입을 열지 않았던 것처럼. 마음이 들여다보이지 않는 서희의 표정이 백 마디의 아픈 말보다도 그를 후벼 팠다. 갈피를 잡을 수 없을 만치 흔들리는 음성과 식탁의 의자에서 일어나자마자 비틀거리던 그녀의 몸. 다급히 부축하며 품에 안았던 서희가 그의 팔을 천천히 떼어 냈을 때 이런 상황이 오리라 예상하고 있었는지도 몰랐다.

취임식 직후라 강행군일 정도로 계속되고 있는 업무 회의와 미팅이 아니었다면 오늘은 서희의 곁을 떠나지 않았을 거라 반쯤 자책하며 강진은 다시 핸드폰을 들었다.

"서진 갤러리 최강진 이사입니다."

—아, 예. 이사님.

문화옥션 이동훈 대표의 여유가 묻은 음성이 건너왔다. 강진은 둘러 가지 않고 정공의 질문을 하기로 했다. 서희의 행방을 확인할 수 있는 방법과 루트를 최대한 활용해 볼 생각이었다.

"유서희 씨 오늘 출근했습니까."

—예? 아, 잠시만 기다려 주시겠습니까? 확인을 좀⋯⋯.

핸드폰 너머에서 이동훈 대표가 인터폰을 통해 누군가와 몇 마디의 대화를 나누는 소리가 들려왔다. 그 짧은 몇 초의 순간이 영원히 끝나지 않을 것처럼 길게도 이어졌다. 그리고 다시금 이동훈의 말이 들려왔을 때, 강진은 목까지 차오르고 있는 괴로운 호흡을 서글프게 토해 냈다.

—오늘 아침에 며칠 결근하게 될 것 같다고 전화 왔었다고 하는군요. 몸이 많이 안 좋은 모양이라고 동료 직원이 그러네요.

"알겠습니다."

시간을 달라고 했으니 응당 기다려 주는 것이 지금부터 그에게 주어진 과제라는 것을 잘 알고 있음에도, 식탁에서 일어나 돌아서던 서희의 굳어진 등이 눈 끝에 내내 아프게 매달려 있었다. 그 등이 다시 제게로 돌려지지 않을까 봐, 다시 안을 수 없을까 봐, 종말과 끝을 예고하고 있을지도 모르는 그녀의 뒷모습을 인정하고 싶지 않은 마음이 더 컸다.

언제나 변함없이 기다리고 있을 것임을, 다시 똑같은 일이 되풀이되어 십 년의 세월이 더 흘러야 한다고 해도 이 자리에 있을 수밖에 없음을 스스로가 알고 있었다. 하나의 사랑밖에 알지 못하는 심장이 이미 담아 버린 사람이기에 그걸 빼내면 그 자신이 피투성이가 될 것임을 알고 있었다. 버겁게 밭은 한숨을 끝으로 강진은 비서실로 연결되는 인터폰을 눌렀다.

—네. 이사님.

"오후 일정 모두 내일로 연기시키세요. 그리고 지금부터 몇 시간 자릴 비울 겁니다."

—알겠습니다.

비서의 간결한 대답 뒤로 사무실은 재차 적요가 내려앉았다. 의자에서 일어난 강진은 옷걸이에 걸려 있는 재킷을 거칠게 집어 들고 자리를 나섰다.

지하주차장으로 내려가는 계단. 주차장에서 올라오고 있었을 강 실장과 마주친 그의 걸음이 눈에 띄게 느려졌다. 귀를 파고들었던 강 실상의 十낮발 소리 역시도 그의 앞에서 멈추어졌다.

"강진아."

속내를 감추듯 바지 주머니에 손을 찔러 넣은 강진은 제 이름을 불러오는 강 실장을 대면하기 위해 바닥으로 떨어져 있었던 시선을 위로 들어 올렸다.

"상황이 궁금해서 오신 겁니까?"

강 실장의 눈동자가 대답 없이 허공만 헤매는 것을 지켜보던 강진은 제게도 해당이 될 당부를 쐐기처럼 박았다.

"좀 더 기다리십시오. 모든 건 서희에게 달려 있으니까."

강진은 그 말을 내뱉으며 속으로 다시 한 번 곱씹었다. 기다려야 한다. 기다려야 한다.

"누구의 잘잘못을 따질 수 없는 일이라고 하셨으니 서희가 오랜 세월 동안 자책에 시달리며 괴로워했던 만큼, 아버지도 힘들어 하셔야죠. 서희 아버님은 목숨을 내어놓으셨고, 서희는 십 년을 고통 속에서 살았습니다."

그 기다림 뒤에는 달콤한 휴식이 찾아올 거라는 믿음과 기대를 가지고.

"저 역시, 오랫동안 서희를 잃었습니다. 아버진, 무얼 내어놓을 거라 하시던가요."

격화되어 가는 감정을 애써 다스려 가던 강진은 내내 침묵만 지키고 있던 강 실장이 마침내 입을 열자, 가슴이 무겁게 가라앉는 것을 느꼈다.

"오늘 아침에 고문 변호사를 불러서 소유하고 계시는 부동산을 포함한 모든 재산을 네게 상속할 거라고 말씀하셨다."

잠시, 아무 생각이 나지 않았다. 머릿속이 소름 끼치도록 차가운 물이 들이 찬 것처럼 따갑고 물렁했다. 그가 아는 최수찬이라는 사람은 돈을 벌고 굴리고 유지하기 위해서라면 얼마쯤의 불법적인 루트도 용인하고 과감하게 수용할 수 있는 막가파식 사업가였다. 아들이라곤 하지만 딱히 유대가 없고, 더구나 서희와의 일들로 갈등의 정점에 와 있는 상황에서 이런 식의 포기는 수찬답지 않은 행동이었다. 그날 밤, 수찬과 강 실장의 대화를 문밖에서 듣고 있다가 문을 열었을 때, 파랗게 질려 가던 수찬의 얼굴을 떠올렸다.

"무슨 생각을 하고 계신지 감을 잡을 수가 없어서…… 불안하구나."

서희로 가득 차 있는 마음이 강 실장의 말들로 잠시 혼란으로 출렁거렸지만 이내 눈동자를 똑바로 고정시켰다.

"아버진, 생각이라는 걸 모르는 분입니다. 그저 앞만 보고 가실 뿐이죠."

강 실장을 지나쳐 계단으로 내려가는 발걸음이 무겁다. 언제 추락할지 모르는 벼랑 위에 서서 온몸으로 폭우를 맞고 서 있는 기분이었다. 뚜벅뚜벅 구둣발 소리가 빨라진 박동처럼 속도를 더해 갔다. 그에 따라 난간을 쥔 손 역시도 하얗게 창백해져 갔다.

서울에서 두 시간 반을 달려 도착한 그곳은, 동강의 유유한 흐름이 사방을 압도하고 있는 강원도 영월의 어느 한적한 산간이었다. 눈이 시리도록 푸르기만 한 자연의 경관을 바탕으로 답답하게 꽉 막혀 있던 폐부가 절로 탁 트이는 느낌이었다. 강 건너의 저편에 드높게 펼쳐진 산과 곳곳에서 발견되는 회색의 절벽, 그리고 고요한 적막을 깨고 어디선가 들려오는 새들의 울음소리가 마음에 무겁게 얹혀 있는 짐들을 그나마 조금은 덜어 주는 느낌이었다.

강진은 모래가 깔려 있는 강가를 따라 천천히 걸으며 강줄기를 바라보았다. 정확하게 어딘지는 모른다. 다만 서희가 이곳 근처에서 아버지의 유해를 뿌렸다는 강 실장의 말을 듣고 찾아온 것이었다. 지금이면 강과 세월의 흐름을 따라 잔해도 당연히 사라졌겠지만 매년 이곳을 찾아와 홀로 가슴속 응어리들을 토해 내고 풀어냈을 그녀를 생각하며 걸음을 멈춘 강진은, 강 쪽을 향해 천천히 허리를 구부렸다.

무릎을 꿇고 등을 엎드리고 두 팔을 공손하게 바닥에 짚는다. 수찬을 대신하여 지난 시간들을 위로하고 고단했을 삶을 위로하고 가슴에 품고 있는 바람들을 꺼내었다.

'잠시만 저한테 시간을 주세요.'

흔들리는 눈동자로 제게 말했던 서희의 얼굴이 중독된 듯 다시 떠올랐다. 아프게 일그러지는 눈매에 그리움을 담았다. 서글프게 잠긴 입술에 연인의 달콤한 감촉을 담았다.

서희야.

어서 내게 돌아와.

기다리고 있는 내게 돌아와.

높게 솟아 있는 산 뒤에서 겨우 위치를 찾은 햇빛이 푸른 강으로 제 몸을 반사시켰다. 보석 알갱이처럼 빛이 나고 윤이 나는 강물이 아득하게 펼쳐진 천국의 대문 같았다. 하지만 빛이 나는 주변과는 달리, 몸을 일으킨 강진의 눈빛은 피폐와 고단함으로 얼룩져 있었다. 어느 정도 가벼워졌다 생각했던 마음에 서희가 다시 들어오면서 재차 무게가 실렸다.

산과 강은 드높고 푸르렀지만, 그의 마음은 한없이 가라앉고 있었다.

강진이 떠난 자리에, 좀 전까지 주변의 텃밭에서 일을 하던 중년의 여자가 지나가다 무언가를 발견하며 허리를 숙였다. 모래 위에서 반짝거리고 있는 보석이 여러 개 박힌 넥타이핀. 여자는 조금 전 멀리 텃밭에서 언뜻 보았던, 이곳에서 더없이 공손하게 절을 하던 젊은이를 떠올리며 다급히 주변을 살폈다.

"이봐요! 이걸 떨어뜨리고 갔어!"

외쳐 보았지만 돌아온 것은 쩌렁쩌렁 울려 대는 자신의 목소리뿐이었다. 여자는 고개를 갸웃하며 머리를 긁적거렸다.

"이걸 어쩌지?"

난감한 기색으로 다시금 젊은이가 사라진 쪽을 보다가 이내 터벅터벅 제 일터로 발길을 재촉했다.

얼마의 시간이 흘렀는지도 알 수 없었다. 아침 식탁에서의 대화를 끝으로 그를 떠나 무작정 버스를 타고 향한 곳은 아버지가 잠들어 있는 이곳 동강이었다. 시간을 좀 달라는 말로 그의 저택을 떠나면서도, 미련처럼 들러붙어 좀처럼 떼어 내지지 않는 마음. 고개를 들어 강을 바라보았다. 도도한 물살만큼이나 지금 일어나고 있는 이 모든 일들도 어서 빠른 속도로 흘러가 잊히면 좋겠다, 생각하면서.

저 왔어요, 아빠.

가만히 읊조리며 입술 끝에 옅은 미소를 올렸다. 매해 기일마다 홀로 이곳을 지키며 서러운 마음과 그를 향한 그리움을 빼곡하게 토해 냈던 시간들을 돌이켜 보았다. 그때까지도 서희는 제 뒤를 왔다 갔다 하며 고개를 갸웃거리고 있는 여자의 존재를 눈치채지 못하고 있었다.

"오늘 여기 웬일이래."

등 뒤에서 들려오는 여자의 음성에 서희는 천천히 몸을 돌렸다. 이마에 손 가리개를 만들어 햇살을 막고 선 여자가 의아하다는 듯한 표정으로 서희의 아래위를 열심히 훑고 있었다.

"좀 전에도 웬 잘생긴 젊은이 하나가 와서 강에다 대고 절하고 가던데."

여자의 말에, 문득 가슴이 뛰는 이유를 알 수 없었다.

"······젊은이요?"

"키가 아주 훤칠하고 되게 잘생겼더라구. 아, 그 총각이 뭐 떨어뜨리고 갔는데. 이거."

가슴이 뛰는 이유. 서희는 여자의 손바닥 위에 놓인 넥타이핀을 보며, 그 이유를 알게 되었다. 그의 넥타이에 그녀의 손으로 직접 끼워 주었던 그것이다. 그가, 왔었구나. 눈앞이 뿌예지고 시야가 흐려졌다. 주위의 모든 것들이 사라지고 눈동자에 오직 그의 흔적만이 남게 되었다.

"그 사람, 언제 왔었나요."

"간 지 한 시간쯤 지났지, 아마? 아는 사람이에요?"

"네."

서희는 넥타이핀을 집어 올려 그것을 손에 꼭 쥐었다.

"제가 사랑하는 사람이에요."

너무도 깊이, 너무도 선명하게 새겨져 있는 그. 몸과 마음이 한꺼번에 열려 있는 하나의 대상. 영원히 지워지지 않을 아름다운 얼룩. 유일한 낙원. 어떤 수식어로도 서희의 마음에 담겨 있는 강진의 존재를 표현할 수 없었다. 사랑, 이라는 두 음절의 고리타분한 형용조차도 부족하고 모자라다.

"아가씨 혹시 민박집 찾으면 우리 집으로 와요. 저 언덕 넘어 바로 첫 집이야. 내가 반값에 해 줄게."

넥타이핀을 바라보는 서희의 시선을 보며 깊은 사연을 짐작하기라도 했는지, 여자가 살짝 웃으며 호의를 베풀었다.

"감사합니다."

사라진 여자의 뒷모습을 가만히 보던 서희는 다시 고개를 돌려 강에 눈을 두었다. 손을 넘어서 전신을 점령하고 있는 넥타이핀의 느낌이 머릿속을 물처럼 가득 적셨다.

'아빠. 그 사람이…… 왔었나요.'

시간을 되돌려 오늘 아침으로 돌아가 그 순간을 회상하는 그녀의 눈동자는, 이전과는 다른 색채의 빛이 조금씩 차오르고 있었다. 강진의 앞에서, 그의 곁에서, 늘 망설이고 주춤거리기만 한 여리고 나약했던 심기가 단호하면서도 강한 결심 앞에서 단단해지고 있는 것이다.

'여기서 너를 기다리면서, 변함없이 사랑하고 있을 거야.'

"그 말을 하는 그 사람을 보는데, 마음이 너무 아픈 거야."

강가의 모래 위에 앉은 서희는 강물을 바라보며 아버지와 대화를 하듯 입을 열었다. 모든 사연을 털어놓은 후에 그가 약속처럼 했던 다짐을 맹세처럼 그녀의 안에 깊이 새긴 순간이었다.

"미안한 고백을 하나 하자면, 아빠. 사장님에 대한 원망이나 아빠가 안타까운 마음보다도, 내가 지금껏 그 사람을 한 번도 먼저 안아 준 적이 없었구나 하는 생각이 먼저 들었어."

그래서였는지도 몰랐다. 고해 성사처럼 들려온 강진의 말에 비수에 찔린 듯 전율하면서도 그를 향한 염려가 먼저 스며든 것은. 그녀가 그랬던 것처럼 강진도 오랜 세월을 아파하며 그녀의 앞에서 멀어질까 봐, 두려웠던 것은.

"안아 주고 싶었어. 그때, 그 사람이 나를 안아 주었던 것처럼."

그 모든 사연을 듣고 난 후에도 강진을 먼저 생각한 죄책감으로, 이곳을 찾아 아버지에게 용서를 빌고 싶은 생각이 들었던 것은.

"그렇게 할 거야. 당신 잘못이 아니니 우리 둘 다 서로를 버리지 말자고 얘기해 줄 거야."

이제 그에게 다가가는 마음에 걸림돌이 조금은 사라진 것 같다는 죄스러운 생각을 모두 빌고 싶은 마음이 든 것도.

"다 묻어 둘 거야. 그래도 되죠? 그 얘기 하러 왔어요."

그래서 긴 시간, 그녀를 잊지 않고 사랑해 준 그에게 당당하게 다가서고 싶었다.

"그 사람을 사랑하고 있어."

멀리 바람이 불어 잔잔하던 강물에 조그만 파문이 일었다. 그 흐름은, 부디 행복해 달라는 아버지의 용서와 대답처럼, 서희의 마음을 오랫동안 뭉클하게 만들었다.

"그래도…… 지금 당장 함께일 수는 없겠지? 아빠에게 너무 미안해서……."

"잘 먹겠습니다."

여자가 들고 온 밥상은 잘 버무려진 봄나물로 가득했다. 그날 저녁, 서희는 강가에서 만났던 여자의 말대로 이곳에서 민박을 하기로 했다. 주로 낚시꾼들이 하루 머물다 가는 곳이라 그리 시설이 편하지만은 않을 거라며 보충 설명을 한 여자는, 화장실이며 세면대의 위치를 서희에게 알려 주곤 횡하니 부엌으로 들어갔다. 그런 후에 십 분 만에 후딱 차린 밥상은 의외로 풍성했으며 사라져 버린 식욕을 충분히 돋워 주었다.

숟가락을 들어 된장찌개를 뜬 서희에게, 여자가 넌지시 물어왔다.

"아까 그 청년과는 결혼할 거예요?"

뭐라 대답해야 할지 알 수 없어 그저 미소만 지어 보이는 그녀를 보며, 여자가 눈가에 주름살을 만들면서까지 환하게 웃어 보였다.

"아이고. 지금 보니 둘이 잘 어울리네. 거 뭐냐, 요즘 애들 말로 킹왕짱이네."

그러다 차분하게 다리를 모으고 회한에 찬 말투로 허공의 그 어느 지점을 응시하며 추억을 되새김질하였다.

"우리 집 그 양반이 생각나. 지금은 저세상으로 먼저 갔지만."

"그러셨어요?"

"젊어서 한때 좋아했다가 집안 반대로 각자 다른 인연 찾아서 결혼을 했더랬지. 나도, 우리 집 그 양반도. 그러다…… 참 무슨 인연인지, 비슷한 시기에 배우자를 잃고, 둘 다 혼자가 되어서 우연히 다시 만났어. 그게 5년 전이지. 자식이고 뭐고 세상 눈 피해서 이 산간에 들어와서 둘만 살았지. 그러고 싶더라구."

여자의 눈동자에 들이 찬 회한은 말투까지 그윽해지게 만들었다.

"그런데 우연인 줄 알았는데 알고 보니, 암 투병 중이었던 그 양반이 죽기 전에 마지막으로 나랑 살아 보겠다고 찾아온 거였어."

서희는 여자의 눈에서 금방이라도 떨어질 것 같은 습기를 보았다. 누구에게나 가슴에 박혀 있는 아픈 사랑의 추억을 엿본 것 같아서 그녀 역시 마음이 경건해졌다.

"후회는 없어. 나도 평생 그 양반을 잊지 못하고 살았었으니까."

"힘……내세요. 아주머니."

통하지도 않을 위로를, 위로랍시고 건넸지만 이어진 여자의 말에 서희는 가슴에 조금씩 차오르는 오열을 견뎌 내기가 힘들다는 것을 느꼈다.

"가슴에 한 번 맺혀 버린 사람은 아무리 시간이 지나도 잊기가 힘들더라구."

탁, 서희는 갑자기 숟가락을 상 위에 놓고 다급히 일어나 문밖으로 나갔다. '아니. 아가씨 왜 그래요?'라며 헐레벌떡 일어난 여자가 뒤따라 나오긴 했지만, 세면대로 뛰어가는 서희의 발걸음을 막진 못했다.

세면대에 도착한 서희는 황급히 허리를 숙여 속에서 올라오는 메스꺼운 욕지기를 토해 냈다. 참을 수 없는 서글픔을 모두 토해 내어야만 했다. 가슴에 맺혀 버린 사람은 시간이 지나도 잊을 수 없다는 여자의 말에, 그때까지도 참고 있던 눈물을 구토와 함께 모조리 쏟아 냈다. 오열과 함께 치미는 그리움에 몸과 마음이 산산이 부서질 것만 같았다.

다음 날 저녁, 이틀 동안의 고해를 끝으로 민박집의 여자에게 작별을 고한 서희는 버스를 타고 서울로 향했다. 민우의 집에서 저녁을 함께 하자던 약속을 되새기며 강진의 저택으로 가려던 발길을 꾸역꾸역 돌렸다. 그가 얼마나 애타게 자신을 찾고 있을지 눈에 훤히 보이는 영상을 안타깝게 상상하며, 오랫동안 눌러살았던 곳의 마당에 발을 들여놓았다.

"아저씨!"

함께 있으면 엄마 품에 있는 것처럼 포근했던, 아무런 힘듦이 없이 그저 편안하기만 했던, 이곳에서의 생활이 그 한 번의 부름에 모두 담겨 있었다.

"서희 왔니?"

방금 막 방을 나와 댓돌에 놓인 신에 발을 꿰던 기수가 돌아보며 환하게 웃었다. 뒤이어 따라 나온 민우도 서희를 발견하며 살짝 멋쩍은 미소를 보였다. 강진의 사무실에서 있었던 일을 서희가 혹시 다 알고 있는 건 아닐까 하는 민망함 뒤로 어찌 됐든 서희의 얼굴을 보니 그저 좋은 마음이 먼저 생겨났다. 민우는 점퍼의 주머니에 넣어 둔 파란색의 조그만 벨벳 상자를 툭툭 건드려 보았다. 오늘 서희에게 건넬 것이다. 혹여 거부당한다고 하더라도 나중에 찝찝하게 후회하는 것보단 나을 것 같다는 판단이었다. 서희와는 함께 있어야만 한다는 강진의 표정이 머릿속에서 떠나지 않았지만 민우에게도 어쩔 수 없는 불가항력의 일이란 것이 있었다.

이틀간 서희에게 무슨 일이 일어났는지 전혀 알 리가 없는 두 사람을 향해서, 그녀는 손에 들린, 삼겹살이 든 까만 비닐 봉투를 치켜들어 반갑게 흔들며 다가갔다. 복잡하게 꼬여 있던 모든 심사가 정리되어 있는, 순수한 웃음이었다.

"저어. 오빠. 핸드폰 좀 빌려 줄 수 있어?"

서희는 본격적인 저녁 준비를 위해 부엌으로 들어간 기수를 바라보다가 민우에게 다가갔다. 그에게 연락을 해야 한다는 다급한 생각에, 의아해하며 핸드폰을 건넨 민우에겐 부연 설명도 하지 못했다. 하지만 신호음이 끝까지 울려 전화를 받지 않는다는 기계음이 들려올 때까지 그에게선 답변이 없었다. 허탈한 심경이 가슴을 울렸다. 그에게 가 봐야겠다는 생각으로 황급히 고개를 들었지만, 이내 함박웃음을 머금은 채로 부엌에서 커다란 상을 들고 나오는 기수 때문에 그럴 수도 없다. 민우에게 핸드폰을 돌려준 서희는 기수에게서 상을 받아 들고, 마당에 있는 커다란 평상 위에 놓았다. 파란 어둠으로 물든 하늘에 둥실 뜬 달이 처연한 빛을 머금고 있는 저녁이었다.

퇴근한 강진은 이틀째 텅 비어 있는 서희의 방에 또다시 발을 들였다. 처음부터 주인이 없는 곳인 양, 온기 한 점 남아 있지 않아 싸늘하고 또 어두웠다. 이틀간, 애타게 서희를 찾아다니면서 소진되어 버린 기운이 다시 한 번 그녀의 부재를 확인하며 바닥으로 완전하게 침몰하고 있었다. 무력하게 조각나 버린 48시간이었다. 맹렬한 기세로 엄습해 오는 답답함에는 이미 익숙해졌다. 다만, 언제나처럼 그리움이란 놈이 문제였다.

고개를 돌려 화장대 위에 얌전히 놓인 그녀의 핸드폰을 보았다. 나가서 집어 들어 본다. 어둡게 꺼져 비켜 올릴 리가 만무한데도 강진은 기약 없는 기다림으로 내려다보고만 있었다. 그러다 자신의 핸드폰을 꺼내어 보았다. 무슨 예감이 들었던 건지는 모른다. 다만 액정에 남아 있는 부재중 전화 한 통이란 이름으로 찍힌 낯선 번호에, 그는 두 번 생각할 틈도 없이 곧장 버튼을 눌렀다.

　—여보세요?

대답을 하려 입을 열었다가 일순 멈추어졌다. 낯익은 남자의 음성이었다.

—여보세요?

재차 건너오는 음성은, 강진이 따로 분석하려 들지 않아도 귓전에 남아 있는 것이었다. 그였다. 배민우. 흔들리는 눈가에 따끔따끔 경련이 일었다. 그의 번호가 왜 핸드폰에 남아 있었던 것인지 사연을 추궁하고자 다시 열린 입술이 이번에는 건조하게 메말라져 굳어졌다.

'서희야. 이제 그만 나와. 다 됐다.'라며 외치는 나이 든 남자의 목소리가 고막을 파열시킬 것처럼 쑤셔 댔다. 허공에 황망한 시선을 꽂은 채로, 통화 종료 버튼을 눌렀다. 서희를 찾아다니면서도 그의 무의식이 유일하게 외면했던 그곳. 서희가 있을 가장 큰 가능성이 있는 곳임을 알면서도 굳이 찾지 않았던 그곳. 그곳에서 서희의 이름을 찾았다. 어쩌면 그곳에서 서희를 발견하게 될지도 모를 현실을 일부러 외면했던 것일지도 몰랐다. 허리에 손을 얹고 발치로 짙은 한숨을 내보냈다. 괴롭게 쌓여 가고 있는 감정들이 그를 조롱하고 농락하고 있는 순간이었다. 강진은 곧 몸을 돌려 방을 나섰다.

서희를 빼내 오기 위해 한때 사들였던 민우의 집은 금세 찾을 수 있었다. 적당한 곳에 차를 세워 두고 내려 구불구불한 골목길을 돌아 그곳에 도착한 강진은, 걸음을 멈추고 반쯤 열린 대문 틈에 시선을 꽂았다.

그다지 넓지 않은 마당 한가운데에 놓인 평상 위에서 세 사람을 발견한 순간, 그의 눈동자는 작게 출렁거리다가 이내 텅 비어 갔다. 억지로 붙들고 있던 무언가가 툭, 끊어지는 느낌이었다. 그들의 모습은, 그가 오랫동안 꿈꾸어 왔던 행복하고 따뜻한 가족의 일상을 보는 것 같았다. 그에겐 절대 찾아오지 않을, 꿈으로만 끝이 날, 즐겁지만 허무한 상상.

상추에 정성스럽게 고기를 올려 말아서 민우와 기수에게 차례로 건네는 서희의 모습을 보면서, 강진은 그녀의 선택이 무엇인지 깨달을 수 있었다. 의심할 여지가 없이 완벽하게 즐거워 보이는 미소가 서희의 만면에 가득 드리워져 있는 것을 보면서 제 곁에는 앞으로도 그녀가 없을 것이라는 슬픈 예감을 가져야만 했다. 민우가 주머니에서 무언가를 꺼내어 서희에게 스윽 내미는 것이 보였다. 부끄러운 듯 민우의 얼굴이 달아올라 서희를 향하고 있었다.

강진은 눈이 시려 고개를 내렸다. 그들에게 한 걸음 다가설 수 없는 자신의 처지를 뼈아프게 각인하며 괴로운 숨을 받았다. 천천히 그들로부터 돌아섰지만, 쉽게 발길이 떨어지지 않았다. 스산한 봄바람이 칼날처럼 가슴을 베어 버리고 지나갔지만 아픔마저 느낄 수 없는 부삼사의 상태로 몇 분 동안 서 있었다. 이제는 지쳐 버린 마음이 출구를 찾지 못한 채로 방황하고 있었다. 아무것도 남지 않은 텅 빈 손을 가만히 그러쥐며 그들의 모습을 가슴에 빼곡하게 저장시켰다. 골목에서 멀어져 가는 그의 뒷모습은 빠르게 사라져 버리는 봄날처럼 아득했다.

이유를 알 수 없었다. 서희를 본 후에 왜 발길이 절로 이곳에 오게 되었는지. 강진은 수찬의 사무실 문 앞에서 다 쓰러져 피폐해 가는 자신의 모습을 가만히 관조하고 있었다. 그리고 공허하게 가라앉아 버린 시선에 최후의 통첩 같은 열기가 곧 피어올랐다. 서희가 곁에 없음에도, 그럼에도 불구하고, 수찬이 그녀에게 응당 해야 할 일은 사라지지 않을 것임을 알고 있다. 이제부터 그것을 하나씩 수찬에게 알려 줄 참이었다.

딸깍, 문을 여니 소파에 마주 앉은 채로 이야기를 나누던 수찬과 강 실장이 일제히 고개를 돌렸다. 강진을 본 수찬의 얼굴이 하얗게 탈색되어 가는 것을 놓치지 않았다. 그의 등장에 놀라 일어서는 강 실장을 지나친 강진의 시선에는, 입을 꾹 다문 수찬만 담기고 있었다.

"왜 재산을 모두 처분하시려는 겁니까."

강 실장의 옆자리에 앉은 강진은 고개를 들고 수찬을 응시했다. 그날의 일 때문인지 야위고 마른 듯해 보이는 얼굴은 예전과 같은 번뜩번뜩한 기운은 사라지고 없었다. 대신에 강진 자신처럼 꽤나 지친 듯한 표정만이 그늘을 만들고 있었다.

"너한테 줄 게 그것뿐이니까."

수찬의 낮고도 단호한 말에, 강진의 눈매가 순간적인 직감을 담고 비틀렸다. 수찬이 현재 모든 것을 정리하고 있다는 강 실장의 말을 들었을 때부터 이미 그 직감은 그의 뇌수를 일부 장악하고 있었던 건지도 몰랐다. 어떤 형태의 마감. 결말. 정리. 그런 추상적인 단어들이 강진의 머릿속을 배회했다. 그 암시를 어떤 식으로 구체화시켜야 할지 여전히 모든 것들이 혼란스러웠다. 수찬의 안색에서 보이는, 다분히 나약해진 것 같은 마음의 틈을 보며 강진은 입을 열었다.

"서희한테 찾아가서 용서를 구하세요."

그 틈이 수찬을, 아버지를, 구원해 주길 바라면서.

"그러세요. ……아버지."

간절하게, 말했다.

"저를 키우신 동안에, 단 한 순간이라도 행복하셨던 적은 없습니까? 오로지, 괴롭기만 하셨어요?"

아이처럼, 강진은 울먹였다. 젖어 버린 음성이 메마른 입술을 비집고 흘러나왔다. 서희가 없는 그의 인생이, 다시금 혼자가 되어 버린 자신의 고달파질 인생이 사무쳐서, 지친 가슴에 남아 있는 게 아무것도 없어서 폐허가 된 순간에도 확인하고 싶은 것이 있었다. 처음부터 끝까지 외로웠던 삶을 붙들 수 있게 처절한 확인을 받고 싶은 것들이 있었다. 기억을 아무리 쥐어짜도 떠오르지 않는 한 줌 희망의 덩어리를 갈구하고 싶은 마음이 있었다. 수찬은 생각 없이 앞만 보고 간다는 자신의 말이 대단한 착오였음을 확인하고 싶은 바람이 있었다.

그러나 수찬의 굳은 입술은 어떤 긍정의 대답도 거부한 채로 핀트가 엇나가는 다른 말을 내뱉고 있었다.

"잠시 바람을 좀 쐬고 싶구나."

수찬은 주춤 일어나 지팡이를 들고 문 쪽으로 걸음을 옮겼다. 강진에게 절대 내보이고 싶지 않았던 나약한 빈틈을 결국 보이고야 만 것 같은 패배감에 쓰라린 가슴을 움켜쥐었다. 바닥까지 추악해진 자신의 모습을 강진의 눈을 통해서 발견하고 깨달은 그날, 그날 밤에 찾아갔던 그녀의 모습을 아주 잠시 떠올리기도 했다. 사랑, 이라는 힘없고 부질없는 종잇조각 같은 위태로운 감정을 잠시 원망하기도 했다.

빌딩 밖은 저녁을 알리는 어둠이 어슴푸레 깔리기 시작하고 있었다. 바람을 쐬고자 나온 것이지만 그의 가슴을 정작 시원하게 만들어 줄 바람은 그 어디에도 없다는 것을 알고 있었다. 한적한 도로. 인도에는 사람이 거의 없고 도로 역시 간간이 지나가는 차만 듬성듬성 보일 뿐이었다.

횡단보도 앞에 선 수찬은, 신호등이 파란불로 바뀌자 절룩거리는 걸음을 천천히 이어 갔다. 보도의 중간쯤에 도착했을 때, 한 대의 차가 신호를 무시하고 달려오고 있는 것이 보였다. 그 날, 문화옥션에서 나와 횡단보도를 건너던 순간처럼 똑같은 상황이 들이닥쳤다.

그때, 무슨 생각을 했더라.

반짝거리는 라이트 불빛에 잠시 눈살을 찌푸린 수찬은, 운전석에 앉아 핸들을 쥔 채로 꾸벅꾸벅 졸고 있는 남자를 보았다. 순간, 지팡이를 잡고 있는 손이 미세하게 떨렸다. 발길이 도저히 움직여지지 않는 이유를 알면서도 모를 것 같았다. 수찬은 그 자리에 결박당한 듯 몸마저 움직일 수 없는 마비의 순간과 마주하고 있었다. 아직, 정리할 것들이 더 남아 있는데. 시간이 좀 더 필요한데.

헌데…… 발이 움직여지지 않았다.

라이트의 불빛이 거대하게 일렁거리며 그의 얼굴을 비추었다. 그 순간, 문화옥션 앞 횡단보도에서 비슷한 상황에 맞닥뜨렸을 때 무슨 생각을 했었는지, 수찬은 감을 잡을 수가 있었다. 어쩌면…… 이대로 이 고단한 삶을…….

"피하지…… 않으셔."

강 실장의 입에서 물고 있던 담배가 바닥으로 투둑 떨어졌다. 수찬이 사무실에서 나간 직후, 강진과 함께 뒤따라 나오던 차였다. 횡단보도를 건너고 있는 수찬을 건성으로 지켜보다가 이내 그의 눈이 무시무시한 직감과 함께 경련으로 파르르 떨리기 시작했다. 바로 이것이었나 보다. 그날 이후, 내도록 수찬에게서 읽히던, 짐작할 수 없던 불안감의 실체가.

"사…… 사장님!"

입에서 나간 혼잣말이 아득하게 허공에서 삼켜졌다. 하지만 강 실장은 저도 모르게 몇 보 달려 나간 걸음을 우뚝 멈출 수밖에 없었다. 자신보다 먼저 튀어 나간 강진이 횡단보도를 향해 질주하고 있었던 것이다.

"아버지!"

그리고 강 실장은 똑똑히 보았다. 어둑해지는 저녁의 기운 아래, 한 대의 차 앞에서 수찬을 밀어내고 대신 바닥으로 떨어져 나뒹굴고 있는 강진을. 쓸쓸한 바람이 불어와 쓰러져 있는 강진의 머리칼과 슈트 자락을 흔들고 있는 것을. 망연해하며 강진의 팔을 붙들랑 말랑 하고 있는 수찬의 모습을.

　몸으로 파고드는 통증의 기운은 없었다. 등을 타고 전해지는 시멘트 바닥의 차가운 감촉에 전신이 춥고 서늘하다는 것뿐. 딱히 수반되는 고통도 없었다. 팔을 붙들고 있는 수찬의 느낌마저도 둔해진 감각에 영향을 미치진 못했다. 오히려 가물가물 감기는 눈꺼풀 아래로 희미하게 스며들고 있는 서희의 얼굴이 그를 더욱 큰 아픔의 나락으로 밀어 넣었다. 민우의 집 마당에서, 행복하게만 보였던 서희의 얼굴과 미소를 기억해 낸 가슴이 절규하며 그녀를 찾아 대고 있었다. 그러나 서희는 오지 않을 것임을 안다. 몸이 바닥에 내리꽂히는 것처럼, 그리움에 지쳐 가는 마음도 모두 내려놓고 싶어졌다. 강진은 쓸쓸함에 흐려지는 시야를 천천히 닫음과 동시에 마음도 닫아 버렸다. 아프고 힘들기만 했던 그의 낙원. 그가 놓아주어야만 그곳을 벗어날 수 있는 서희를, 이제 놓아주어야 할 순간이 온 것 같았다.

14

다시, 영원히

　민우의 손에 의해 내밀어진 파란색의 벨벳 상자가 지글지글 고기가 익어 가는 불판 옆에서 함께 열이 오를 때까지, 서희는 그것을 가만히 내려다보기만 했다. 그러다 고개를 들어 민우를 보았을 때에야 이 상자 안에 어떤 종류의 물건이 들어 있는지 예감할 수 있었다. 평소답지 않게 조금은 들떠 있는 표정. 귀밑까지 붉어진 얼굴로 입술만 연신 축이고 있는 모습. 낮게 새어 나오는 한숨 뒤에 다분히 결심한 듯 입을 연 민우가 상자의 뚜껑을 조심스레 열었다.

　"끼워 봐. 너한테 어울리려나 모르겠어."

　그러자 서희는 뚜껑을 열려 하는 민우의 손을 저지하며 고개를 가로저었다. 내용물이 무엇인지, 그리고 그것이 제게 얼마나 잘 어울릴지에 대해서 전혀 알고 싶지 않고 관심이 없다는, 무감하면서도 단호한 표정이었다.

"미안해. 오빠. 이건 내 것이 아닌 것 같아."

그녀의 말에 민우와 기수가 서로 눈빛을 교환했다. 네 녀석이 괜히 긁어서 부스럼 만들었다는 표정의 기수가 말없이 꾸짖자, 민우가 민망한 얼굴로 머리를 긁적거렸다. 역시 서희의 마음은 그쪽으로만 향해 있는 건가, 새삼스러운 깨달음으로 젓가락을 들고 죄없는 삼겹살만 이리저리 조각내고 있었다.

"나는……."

서희는 말을 어떻게 이어야 할지 잠시 고민이 되어 다시금 입을 다물었다. 잠시 이중적인 감정들이 솟구쳐서 목이 멜 것 같기도 했다. 이 상자 속에 감추어져 있는 민우의 감정을 읽어 버린 순간, 미치도록 강진이 그리워졌기 때문이다.

"아냐. 됐어. 아무 말 안 해도 돼."

차마 서희의 눈을 마주하지 못하며 민우는 입에 넣은 삼겹살만 오독오독 씹어 냈다. 역시 괜한 짓을 한 것이다. 서희 마음이야 민우 본인이 더 잘 알고 있음에도 쓸데없는 오기를 한 번 부려 본 것이었다. 결과가 남지 않을 만용을 부려 본 것이다. 삼겹살이 목으로 넘어가지 않는다. 민우는 젓가락을 내려놓고 괜히 잔을 들고 입속으로 소주를 털어 넣었다.

기수는 서희가 벨벳 상자를 민우에게 다시 돌려주는 것을 지켜보다가 가슴을 크게 부풀리며 깊은 호흡을 내뱉었다. 오늘 서희를 부른 이유에 대해 털어놓아야 할 시점이 온 것 같아서였다. 괜히 빈 소주잔에 소주를 들이부어 보았다. 해가 떨어지면서 어느새 낮

아진 기온으로 인해 겉옷을 걸쳐야 할 정도로 한기가 스몄지만 바람만큼은 부드러웠다.

"서희야."

그때까지도 상자를 거절한 이유에 대해 민우에게 어떻게 설명을 해야 하나, 골몰하고 있던 서희는 기수의 차분한 부름에 고개를 돌렸다. 소주를 몇 잔 마신 기수의 얼굴은 어느새 취기가 올라 있었다. 술에 강한 위장이라며 하루에도 몇 병씩 비워 내던 예전 아저씨의 모습이 아니어서, 서희는 안도감과 함께 조금은 마음이 무거워졌다. 세월의 흐름은 기수에게도 비껴가지 않을 모양이었다.

"네. 아저씨."

금세 한 잔을 뚝딱 비워 버린 기수의 잔에 한 잔을 따라 주었다.

"오늘 서희 너를 부른 이유는, 너한테 해 줘야 할 얘기가 있어서야."

소주병을 내려놓고 올려다보는 서희의 표정에 사뭇 궁금증이 스쳤다. 어쩐지 일상적인 이야기는 아닐 거라는 예감이 회한이 들이찬 기수의 얼굴 표정에서 읽혔다.

"무슨 얘긴데요? 하세요. 아저씨."

하지만 이제 어떤 이야기를 들어도, 꽉 치 버린 가슴이 더 이상 동요하진 않을 것 같았다. 서희와 민우는 기수의 입에서 나올 이야기를 듣기 위해 시선을 그에게 모았다. 두 아이들의 얼굴을 번갈아 보면서, 기수는 강진도 함께 이 자리에 있었다면 좋았을 것 같다는, 짐짓 헛된 바람을 품어 보았다.

"아주 옛날에, 서희 네 아버지가 돌아가시고 넌 그 저택으로 들어가고, 우리는 이곳에 남았지."

차분하다 못해 담담하게 이어지는 기수의 어조에 서희는 그저 고개만 끄덕였다.

"그러다 서희 너 그 집에서 나오게 됐던 날. 그날 어떤 사람이 나를 찾아왔었다."

"······누가요?"

서희의 질문에 기수는 곧장 대답하지 않고 빙긋, 엷은 미소가 밴 얼굴로 그날을 회상했다.

"네가 피치 못할 사정으로 그 집에서 나가게 됐다며, 저녁에 너를 데리러 학교에 가 달라고 하더구나. 그리고 당분간 너를 데리고 있어 달라고."

예감은, 아프고 선명하게.

"나한테 돈 봉투를 쥐어 주면서 앞으로 너 학비와 생활비로 사용해 달라고."

그리고 동요를 넘어서는 전율 속으로.

"너한테 들어갔던 돈은 모두 그 사람이 준 거였다."

깊고 강렬하게 빨려 들어가는 것 같았다.

"최강진. 그 사람 말이다."

고개를 떨어뜨려 버렸다. 내려 버린 시선에 그들을 아우르고 있는 십 년의 세월이 투명하게 가슴을 치고 가는 것 같았다. 기수의 형편으로는 서희 본인의 그 많은 생활비며 학비를 얼마쯤이나마 충당할 수 없다는 것을 알았으면서도 그 가운데에 그가 자리하고 있을 거라는 생각은 한 점도 해 보지 못했다. 그때는 어렸고 오로지 살아 내어야 한다는 생각으로 끈질기게 버티는 것만이 할 수 있는 전부였다. 시커멓게 멍이 들어 버린 어린 가슴이 할 수 있는 것은 그것 말곤 없었다. 그랬는데 그는 그때부터 지금까지 어떤 형태로든 자신의 곁을 한시도 떠나지 않고 있었다.

회한이 스며든 서희의 눈동자가 깊게 일렁거렸다. 숨을 쉬는 것 자체가 고통스러울 정도로 피폐해져 있던 그 시절, 어쩌면 버텨 낼 수 있었던 이유도, 강진이 그녀의 자아를 강하게 붙들고 있었기 때문인지도 몰랐다.

"그 사람이 너한테 절대 얘기하지 말라고 했는데, 세상에 영원히 감출 수 있는 일이란 없다. 언제고 어느 때고 알아져서, 나쁜 일이라면 그에 응당하는 대가를 치러야 하고, 책임을 져야 할 일이라면 사람의 도리를 하고 살아야 하는 것이야. 그리고…… 돌고 돌아 와도 만날 수밖에 없는 인연이라면 당연히 만나야지."

당신이, 보고 싶어. 간절하게 원해. 강진의 존재가 점령해 버린 가슴이 타 버릴 것처럼 뜨거워지는 것을 느끼며 서희는 질끈 눈을 감았다. 제어할 수 없을 정도로 뛰고 있어서 말을 내뱉는 데에는 엄청난 힘이 필요했다.

"아저씨, 저 이만 가 봐야 할 것 같아요."

마음이 급해졌다. 자욱하게 끓어오르고 있는 마음이 짙은 흐느낌으로 변질될까 얼른 기수와 민우로부터 얼굴을 돌리고서 평상 아래로 두 발을 내디뎠다. 시야가 흐려져 신발에 발을 제대로 꿰지도 못하고 있는 것을 눈치챈 기수가 서희의 등을 떠다밀었다.

"그럴래? 그럼 먼저 가거라. 민우 녀석하고 나는 한잔 더 하마."

평상에서 다급히 내려온 서희는 갑자기 생각난 듯 민우를 돌아보았다. 그가 손에 들고 있는 상자에 물끄러미 눈을 꽂으니, 민우가 괜스레 상자를 쥔 손을 허리 뒤로 숨겼다.

"안 될 거 알면서도 오기 부려 본 거야. 너무 신경은 쓰지 마."

"미안하고, 고마워. 오빠."

서로 민망해지지 말자는 의미의 미소를 담고 민우는 서희를 향해 고개를 끄덕여 주었다. 거의 뛰듯이 마당을 가로질러 대문을 나서는 서희의 발소리가 골목에서 멀어지도록 민우와 기수는 입을 꾹 다물고 있었다.

"근데 그 얘기 다 사실이에요? 아버지?"

"그럼 내가, 서희 두고 거짓부렁 하랴?"

민우는 어쩐지 쓰라린 패배감에 입맛이 썼다. 사람의 인연이라는 것이 진실로 존재한다는 것을 두 눈으로 확인한 순간이었다. 십 년 전 빗속에서 강진을 만났던 날부터 생긴 이 패배감을 마침내 인정해 버린 것이다. 기묘한 기분과 함께 절로 나는 헛웃음을 삼키며 기수가 따라 준 잔을 들고 입안으로 술을 쏟아 부었다. 시린 속을 겨우 술로 달래고 있는데 기수의 한마디가 또 한 번 민우의 뚫린 가슴에 잔뜩 찬바람을 불어넣었다.

"넌 못 봤냐. 서희 눈이 그 사람 생각으로 가득 차 있더구먼."

살랑거리기만 하던 바람이 어느새 찬 기운을 듬뿍 묻힌 채로 마당에 서 있는 매화나무를 뒤흔들었다. 술기운에 젖은 몸이라 추위쯤이야 거뜬하게 견뎌 낼 수 있었지만, 어쩐지 입에서 나가는 한숨은 오늘 이 밤이 지나도록 잦아들지 않을 것만 같았다.

울타리 대문을 열고 정원을 거의 뛰다시피 가로질렀다. 한 걸음 한 걸음 저택의 현관에 다가설수록 현관문에 가까워지는 것이 아니라, 그에게 가까워지는 느낌에 서희의 발걸음이 한층 더 분주해졌다. 하지만 현관문을 연 순간, 와락 달려드는 까만 어둠에 저도 모르게 움찔하며 내부를 살폈다. 한밤중에도 늘 켜 두는 주방의 오렌지 빛 조명마저 사라진 1층은 거실의 한 켠, 인테리어를 위해 놓아 둔 수족관이 주변으로 파란 빛만 발산하고 있을 뿐이었다.

2층으로 향하는 계단에 올라서는 발걸음이 조심스러워졌다. 그가 현재 부재중일지도 모르겠다는 허전한 예감 뒤로, 혹시 잠이 들어 있는 거라면, 이라는 생각이 기대감처럼 함께 자리하고 있던 것이다. 어깨에 메고 있는 백의 끈을 힘을 주어 쥐며 2층에 들어선 서희는, 강진의 방문을 천천히 열었다. 텅 빈 방은 온기 한 점 느껴지지 않을 정도로 싸늘하게만 보였다. 그의 평소 모습처럼 잘 정리되어 있는 침대와 책상 역시 어리둥절하게 여겨질 정도로 그의 흔적이 엿보이지 않았다.

제 방으로 들어온 서희는 두고 갔던 핸드폰을 집어 들고 전원을 켰다. 그러자 시냇물이 흐르는 소리와 함께 붉은색의 전원 불빛이 깜빡거리며 핸드폰을 되살려놓았다. 다급히 누른 번호는 강진의 것이었다. 하지만 몇 번의 신호음이 떨어져도 그의 목소리는 건너오지 않았다. 다시 번호를 눌렀다. 이번엔 조급함이 좀 더 실린 손길이었다.

─여보세요? 서희니?

그러나 기대감과는 달리 들려온 음성은 그의 것이 아니었다. 그녀의 귓전에 그리움처럼 내려앉아 있는 강진의 목소리가 아니었다. 이 음성의 주인이 누구인지 모르지 않았다. 하지만 음성의 당사자를 알아챈 순간 함께 실려 오는 불안감에 쉽게 입을 열 수 없었다.

"……강 실장님?"

―아, 그래. 서희야.

"……그 사람은요? 왜 강 실장님이 받으시는 거예요?"

그녀의 질문이 나간 후에 한숨과 함께 몇 마디의 말들이 건너왔다. 낮으면서도 지나치게 명확하고 명료한 발음들이 비수처럼 쏟아져 그녀의 전부를 찔러 댔다.

―사고가 있었어.

잠시, 머릿속이 텅 비어 아무 생각이 나지 않았다. 그 한마디의 말이 수백 배로 확대되어 지나치게 큰 소리로 그녀의 고막을 점령했다. 머릿속 커다랗고 하얀 여백이 시커멓게 그을려 찰나의 어둠 속으로 그녀를 내던졌다. 퍼뜩 정신을 차리고 보니, 핸드폰 너머에서 얼핏 주변의 소란스러운 소리들이 들려오는 것 같아서 서희는 핸드폰을 꽉 쥐었다.

"지금…… 가겠습니다."

거의 기계적으로 통화를 종료하고, 다시금 백을 챙겼다. 다리에 힘이 풀려 버려 금방이라도 주저앉을 것 같았지만 억지로 꾸역꾸역 멍해진 몸과 마음을 다독였다.

'네가 무슨 생각을 하든, 난 이곳에서 변함없이 너를 사랑하고

320

있을 거야.'

무감각해진 머릿속으로 그의 말이 압도해 왔다. 정확하게 들었
으면서도 내내 귓전을 겉돌기만 하고 있는 강 실장의 말들도 그
사이에 낱낱이 박혀들었다. 서희는 벽에 걸려 있는 액자를 올려다
보았다. 어둠 속에서도 그림 속의 형체는 명확한 실루엣을 유지하
며 그녀의 시선을 사로잡았다. 사막 위 산호초. 산호초가 능히 뿌
리 내릴 만한 양분을 몸속에 숨긴 채로 말없이, 오래전부터, 그리
고 강한 힘으로 산호초를 품어 주고 있었던 사막. 당신. 그의 거대
한 사랑에 목을 놓아 우는 대신, 서희는 한층 견고하고 단단해진
발걸음으로 방을 나갔다.

패싸움을 일으킨 것 같은 한 무리의 환자들이 새로 유입된 응급
실은, 아까보다 한층 더 소란스러워진 분위기를 타고 있었다. 분주
하게 오고 가는 환자들과 보호자들, 그리고 흰 가운을 입은 의사
들이 지금이 밤 시간이라는 사실도 잊게 만들 만큼 저마다의 사연
을 안고 역동적으로 움직이고 있었다. 그렇게 바삐 움직이고 있는
사람들 사이로 가장 끄트머리에 있는 침대에 누워 있는 강진이 보
였다. 의사와 간호사 두 명이 달라붙어 다양한 검사를 진행하고
있는 중이었다.

서희와의 통화를 끝낸 강 실장은 수찬과 함께 응급실 밖의 복도
에 우두커니 서서 그 모든 상황을 지켜보고 있었다. 대화가 일절

없이 침묵만 유지되고 있음에도, 그들 사이로 불고 있는 급박한 분위기는 일정의 궤도를 넘어서서 금세 무언가가 터질 듯한 팽팽함이 서려 있었다. 사고 직후 현장에 온 경찰에 의해 모든 경위 조사가 끝났고, 운전자의 과실은 수찬의 합의로 조용히 마무리되었다. 수찬은 어쩌면 이 이상의 소란스러운 절차를 원하지 않았을지도 모르겠다. 쓰러진 강진의 팔을 붙들고 있던 수찬의 눈동자에, 감출 수 없는 당혹감이 서려 있는 걸 분명하게 보았다. 늘 날이 서 있던 빛이 사라진 자리에 한없이 들어서던, 나약한 절망의 기운을.

"최강진 환자의 보호자 되시죠?"

그사이에 강진을 검사했던 의사가 간호사 한 명과 함께 다가와 물었다. 보호자, 라는 말에 수찬이 꺼져 있던 눈을 빛냈다.

"그렇습니다."

"심각하게 큰 외상은 없습니다. 다행히 운전자가 속도를 일찍 줄였고, 환자 역시 바닥에 쓰러지면서 자세를 잘 잡은 모양입니다. 보통 이런 상황에서 생기기 쉬운 심각한 골절이나 근육 파열은 없습니다. 물론 팔과 대퇴부에 약간의 골절과 타박상이 있긴 하지만 심한 정도는 아닙니다. 그저 모든 게 천운이 잘 맞아 들어갔다고밖에 볼 수 없습니다."

수찬은 일순 몸을 비틀거렸다. 현기증이 엄습하는 것 같아 눈앞이 뿌예지는 느낌에 고개를 아래로 떨어뜨리자 강 실장이 급히 부축하였다. 안도감이 짙은 한숨이 두 남자 사이에 흘렀다. 그러나 머리를 긁적이며 이어진 의사의 말에 수찬과 강 실장은 아래로 늘어졌던 시선을 다급히 다시 주워 올릴 수밖에 없었다.

"헌데……."

"무슨 일이 있습니까?"

강 실장이 묻자 의사가 잠시 다문 입을 열었다.

"사고 후 정신적인 쇼크 때문인지 의식이 아직 회복이 되지 않고 있습니다. 저희도 좀 의아한데요. 상처가 그다지 심각한 게 아닌 만큼 지금쯤 희미하게나마 의식이 돌아와야 정상인데 말이지요. 이삼 일 경과를 지켜봐야 할 것 같습니다."

마음의 상흔이리라. 몸에 새겨지지 않은, 마음의 상처와 고통 때문이리라. 강 실장은 그렇게 짐작했다.

"오늘은 응급실에 머물러야 할 것 같고요. 내일 아침에 경과 봐서 입원실로……."

"지금 당장, 특실로 올리세요. 최고 실력을 갖춘 의료진으로 꾸려 주시고."

그때, 내내 입을 다물고 있던 수찬이 의사의 말을 중간에서 자르며 말문을 열었다.

"이 병원 도현태 병원장한테 내 이름 대면 알 거요. 난 최수찬이라는 사람이오."

의사가 잠시 난감한 기색이 되어 간호사를 마주 보았다. 그들이 수찬의 존재를 두고 무언가 수군대는 소리는 이미 강 실장의 사고 영역 밖이었다. 수찬의 무겁고도 낮은 음성의 말들에서 불현듯, 머릿속을 스치는 것들이 있었다.

'그리고 본성은 절대 변하지 않아. 아까처럼 나 대신 누군가가

죽는다는, 삶과 죽음이 오가는 커다란 계기가 존재하지 않는 한
은.'

'하지만 내겐 그런 사람이 없다는 게 문제지.'

연못 속의 잉어들을 내려다보며 수찬이 싸늘한 어조로 내뱉었던
말들을 강 실장은 지금에서야 곱씹어 보고 있었다. 그의 눈을 가
리고 있던 것들이 보이기 시작했다. 수찬은 어쩌면 변하고 있는
중인 것일까. 수찬 대신 그 사선의 불구덩이에 뛰어든 강진으로
인해 변해 가고 있는 중인 것일까. 절대 열리지 않을 것 같던 문
이, 이제라도 열리기 시작하고 있는 것일지도 몰랐다. 강 실장은
괜히 경건해진 마음에 크게 심호흡을 했다.

수찬은 간호사와 함께 수군대며 누군가와 핸드폰으로 통화를 하
고 있는 의사의 어깨 너머로, 침대에 누워 있는 강진을 바라보았
다. 미동이 없는 강진의 몸은 흡사 시체처럼 보였다. 파래진 안색.
혈기 한 점 느껴지지 않는 창백한 살갗을, 이 추악하고 더러운 손
으로는 감히 만질 수도 없을 것 같아 시선을 내려 버렸다.

"지금 바로 특실로 옮기겠습니다."

통화를 끝낸 의사가 수찬이 이 병원의 거물급 투자자임을 모두
알게 된 듯 몰라 봬서 죄송하단 얼굴로 정중하게 고개를 숙여 왔
다. 강 실장은 급히 핸드폰을 꺼내어 서희에게 강진의 병실을 문
자로 알려 주었다.

❖

병실 입구에 도착했음에도, 쉬이 떨어지지 않는 발걸음이 마치 사슬에 묶이기라도 한 것 같았다. 그가 누워 있는 병실은 넓었고 세련된 디자인의 벽지와 넘치도록 화사한 백색의 불빛이 점령하고 있었으나 서희는 알고 있었다. 넓은 침대에 누워 있는 그의 모습은 까만 어둠 속에 잠겨 있다는 것을.

"서희야."

소파에 앉아 있던 강 실장이 일어나 이름을 불렀지만, 서희는 자신의 시계(視界)를 꽉 채우고 있는 강진의 모습 때문에 차마 그쪽으로 고개를 돌릴 수 없었다. 얼핏 강 실장의 옆에 앉아 있는 사장님의 모습도 보인 것 같았지만 한 곳에만 고정된 시선이 도저히 움직여지지 않았다.

혼자서 외롭게, 아프게, 쓰러지고 사그라졌을 그의 모습이 눈에 잡히는 것 같아 왈칵 눈물이 솟았지만 다가서는 걸음으로 겨우 무마했다. 코끝을 적시는 소독약 냄새보다도 익숙해져 버린 그의 체향이 절로 발길을 이끌었다. 병실 속 적막이 폐부까지 끌어안을 듯이, 서희는 강진과 함께 묶여 외부와는 완벽하게 격리되어 있는 조용한 공간에 유유히 표류하고 있는 것 같았다.

"내가 왔어요."

링거 줄이 연결된 그의 손을 잡으며 젖어 버린 음성을 겨우 끌어냈다. 저가 없었던 이틀 새 까칠해지고 건조해진 것 같은 손은 아주 희미한 온기만 유지하고 있었다. 서희는 가만히 시선을 떨어뜨려 그의 손을 내려다보았다. 그의 손등으로 뚝, 떨어진 눈물이 푸른 정맥을 타고 흘러 이내 시트에 닿았다. 가슴이 내려앉는다. 억지로 다잡고 있던 평정이 와르르 무너지면서 서희는 결국 그의 손으로 제 얼굴을 덮으며 힘껏 오열했다.

덥다. 춥다. 몸은 덥지만 가슴은 춥다. 더 이상 삶을 낭독해 주지 못하는 황량하고 쓸쓸한 폐허에 홀로 고독하게 서 있는 익숙한 실루엣이 망막 가득 덮쳐 왔다. 자세히 보니 그 실루엣은 바로 강진, 자신이었다. 누구도 손을 내밀어 주지 않는 그 넓은 공터에서 쓸쓸히 불어오는 바람에 맞서서 혼자 서 있었다. 검은색의 슈트와 검은색의 타이. 쌍안경을 눈에 대고 어딘가를 바라보며 무엇을 찾고 있는 모습이 분주해 보인다. 하지만, 자신의 눈 속에 담긴 것은 아무것도 없다. 바람이 쓸어 가고 있는 회색빛 먼지뿐.

그런데.

'서희야.'

서희.

눈꺼풀 안에 숨어 있던 동공이 먹먹하게 꿈틀거린다. 늘어져 있던 신경이 팽팽하게 당겨져 무의식 너머에서 내내 불렀던 이름임을 인지시켰다. 무언가, 굉장히 소중하고 절박한 것 같은 존재가 막혀 있던 혈류를 무섭도록 전율하게 한다. 너무 아파서, 결국 손에서 내려놓아 보내 줄 수밖에 없었던, 그 존재가.

'내가 왔어요.'

손등으로 전해지는 축축한 습기가 추운 가슴에 온수처럼 흘러든다. 그 순간에, 습관처럼 울리던 공허와 상실감이 빗장을 열고 멀리 날아가 흩어지는 것 같다.

이 느낌은 뭐지.

낮게 가라앉았던 감정들이 순식간에 솟구쳐서 열정으로 뒤바뀐 기분. 모든 것이 사라졌다고 생각했던 손바닥 안에 무언가 풍족하고 만족스러운 것들이 가득 채워지는 기분.

나의 어린 고양이.

내 낙원의 유일한 이방인.

그것을 찾아야 하는데. 눈을 떠야 한다는 의지를 여전히 무의식이 가로막고 있다. 눈을 뜨면 모든 것들이 사라져 있을지도 모른다고 생각하는 무의식. 어둠이 지배하고 있는 그 쓸쓸한 공터에 멀리서 조그만 불빛이 비쳐 드는 것 같다. 직사로 뻗어 오는 빛 때문에 눈동자가 시려 온다. 그래서 더더욱 눈을 뜰 수가 없는데…… 손바닥으로 뜨거운 열기가 전해 온다.

몸이 익히 알고 반응하는, 뜨거운 열기가.

그리고 그 열기를 전해 주고 있는 너는…….

그의 손을 가지런히 놓아 준 서희는 보호자용 의자에 백을 올려 두고 결심한 듯 뒤돌아섰다. 가장 먼저 눈에 들어온 것은 반쯤만 열려 흐릿해 보이는 수찬의 눈동자였다. 파고들 틈이 전혀 보이지 않았던 예전과는 조금은 달라진 모습. 강 실장으로부터 그가 수찬을 구하고 대신 쓰러졌다는 얘기를 들었을 때 어쩌면 수찬과 맞대면을 해야 하는 이런 순간이 오게 되리라 예감했는지도 몰랐다.

"드릴 말씀이 있어요."

그래서 어느 정도 차분해진 심정으로 말문을 열 수가 있었다. 고개를 든 수찬과 눈이 마주쳤으나 예전처럼 먼저 피하거나 주눅 들지도 않았다. 다만, 수찬의 눈빛에 서려 있는 짙은 빛깔의 회한을 잠시 들여다본 것 같아서 마음이 무거워졌다. 그것은 무감함으로 포장된, 서글픔과도 같은 느낌이었다.

서희가 만들어 온 차를 앞에 둔 세 사람은 말없이 테이블만 내려다보고 있었다. 뜨거운 김이 모락모락 일어나는 허공으로 뿌옇게 안개에 잠겨 있는 것 같은 강진의 모습이 비쳐 들었다. 앞으로 모아 쥔 손에 힘을 주었다. 여전히 그는 눈을 감고 있었지만 어쩐지 힘을 내라, 말을 해 주고 있는 것 같아서 서희는 무겁게 닫혀 있던 입을 겨우 열 수가 있었다.

"지난 일은 모두…… 모두 다 잊겠습니다."

그녀의 말에 강 실장은 고개를 들고 이쪽을 바라보았지만 수찬은 여전히 굳은 침묵에 갇혀 있었다.

"다 묻어 둘 겁니다. 대신에……."

서희는 목으로 침을 꿀꺽 넘겼다. 울컥, 하고 튀어 오른 격렬한 감정의 덩어리가 목구멍을 막고 있는 것 같은 답답함이 치밀었다.

"더 이상 저 사람을 아프게 하지 말아 주세요."

지팡이를 쥐고 있던 수찬의 손이 일순 힘이 들어가면서 오므렸다 폈다를 반복하고 있었다. 그것에 잠시 눈을 두던 서희는, 마지막으로 나머지 결심을 전했다. 그것은 잔뜩 지쳐 피곤해 보이는 수찬을 위한 그녀의 배려이기도 했다.

"그리고 여긴 제가 있겠습니다."

사랑한다는 말보다 더 강력하게 다가오는, 옆에 있겠다는 말. 강 실장은 서희의 그 말이 마치 둘을 내버려 둬 달란 부탁 같았다. 한층 견고해진 서희. 그리고 침대에 누워 있지만 여전히 서희와 묶여 하나가 되어 있는 것 같은 강진을 보며 느꼈다. 가슴 아래, 여전히 상처의 흔적들이 침전되어 가라앉아 있다고 해도 두 사람은 이젠, 마주 보기를 시작할 수밖에 없다는 것을.

"가시죠. 사장님."

강 실장은 수찬의 팔을 부축하며 몸을 일으켰다. 몇 시간 사이 부쩍 초췌해져 버린 늙은 남자는 강 실장을 따라 소파에서 일어나 몇 걸음을 떼다가 우뚝 멈추어 섰다.

"어서⋯⋯."

수찬의 말에 서희는 고개를 들고 그의 등을 바라보았다. 하지만 수찬에게선 더 이상의 말이 들려오지 않았다. 말 대신에 비스듬히 뒤돌아서 곁눈으로 강진을 보는 것 같았다. 서희는 직감적으로 수찬이 무얼 말하고 싶어 하는지 알 것 같았다.

어서 일어나거라.

병실 문을 나서는 수찬을 향해 서희는 예의를 담아 고개를 숙였다. 수찬의 진심이 없는 것이 아니라, 그동안은 보여 주지 않았다는 것을, 강진도 언젠가는 알게 되길 바랐다.

❖

"응. 미안해. 진경 씨. 출근하는 날에 내가 크게 쏠게."

서희는 턱과 어깨 사이에 핸드폰을 끼운 채로 창밖의 어둠을 응시하며 블라인드를 내렸다. 밤의 병실은 다시금 온전히 강진과 둘뿐이다. 통화를 끝내고 돌아선 서희는 젖은 수건이 담긴 통을 들고 침대로 다가갔다. 통에서 수건 하나를 들고 의자에 앉는다. 익숙한 손놀림으로 그의 팔을 닦아 내렸다.

"오늘로 96시간하고도 2시간 더."

혼잣말처럼 중얼거렸지만, 실상 강진에게 건네는 말이었다. 오늘로 나흘째. 서희는 며칠 휴가계를 냈고, 그는 여전히 침묵 속에 갇혀 있었다. 어쩌면 깨어나고 싶어 하지 않을지도 모른다는 어제 강 실장의 말이, 새삼 그녀의 귓전을 아프게 맴돌기 시작했다. 그것은 슬픈 예감처럼 이따금 서희를 울컥하게 만들기도 했다. 슥슥 팔을 쓸던 수건에 속도를 더했다. 묵직하게 내려앉은 무거운 심경을 멀리 밀어낸 서희는 애써 발랄하게 웃으며 입을 열었다.

"다음 주에 경매가 잡혀 있거든요. 원래 제가 담당해야 하는데 시원하게 후배한테 넘겨줬어요. 잘 했죠?"

웃으며 그의 얼굴을 바라보았다.

"아깝긴 하다. 그것만 잘 해내면 저 연봉 더 오를 수도 있었는데."

마치 그가 깨어나 그녀를 보고 있는 것처럼 서희는 그의 감긴 눈과 마주하고 있었다.

"연봉 오르면 당신 맛있는 거 많이 사줄게요. 일어나기만 해요.

그럼 내가……."

말하다 다시금 울컥 목이 메었다. 서희는 곧 차분하게 마음을 가라앉히며 그를 바라보았다.

잠든 그의 얼굴은 흡사 그리스 신화에 등장하는 젊고 아름다운 남신을 보는 듯했다. 생기가 없음에도, 흠뻑 도취되고 빨려 들어갈 것만 같은 강렬한 분위기는 여전해서 서희는 일부러 입술을 삐죽였다.

"잠든 거 맞아요? 아닌 것 같아. 깨어 있는 사람 같아."

부드럽게, 부드럽게, 닿아 오는 그의 손에 얼굴을 댔다. 문득 동해 리조트 경매장에서 그를 다시 본 날이 떠올랐다. 십 년을 뛰어넘어 그녀에게 돌아온 그가 쌍안경을 통해 자신을 관찰하고 있던 그때, 온몸이 전율하는 순간이었다. 자신만을 갈구하고 원하는 그에게 조금만 더 일찍 다가섰더라면. 뒤늦은 후회와 함께 그녀의 머릿속을 헤집어 놓는 기억 하나.

'언젠가, 네 입으로 다시 말하게 될 거야. 나를 사랑한다고. 마음을 숨기려 애써도 절로 말할 수밖에 없는 날이 오게 될 거야.'

예감처럼, 확신처럼, 그가 했던 말을 떠올리면서 서희는 말 그대로 저도 모르게 입을 열었다.

"……사랑해요."

서희는 시트에 엎드린 채로 그의 얼굴을 보았다. 피곤한 몸이 수면을 요구해 왔다. 자꾸만 감기려 하는 눈꺼풀을 애써 밀어내며 그의 얼굴을 확보하려 애썼지만, 그녀는 이내 곧 잠 속으로 빠져들었다.

'사랑해요.'

꼭 잠겨 있던 딱딱한 폐부에 물컹거리는 이물질이 스며든 듯하다. 그것은 마치 한껏 메말라 건조해진 사막에 묻혀서도 용케 잘 견디고 있는 산호초처럼 끈질긴 생명력을 보이고 있다.

또다시 열기와 함께 내게로 전해지는 너의 목소리.

여기저기 흩어져 있던 조각들을 한데 모아 주는, 익숙하면서도 그리웠던 그 음성이 몸 안에서 멈추어져 있는 혈류를 또 한 번 흐르게 만들었다.

"후우……."

어깨가 뻐근할 정도로 깊은 숨이 올라왔다. 너무 덥고 뜨거워서 얼른 토해 내어야 할 것 같은 한 줌 덩어리 같은 한숨이었다. 그 숨을 시작으로, 천천히 미간이 좁혀졌다. 깨어질 것처럼 아파 오는 머리가 묵지근한 통증을 안겨 주었기 때문이다. 동공이 아려 왔고 팔과 다리에선 날카로운 아픔이 느껴졌다. 천천히 손을 오므렸다가 펴 보았다. 그리고 이내 손끝으로, 무언가, 부드러운 감촉이 걸리고 있다는 것을 깨달았다.

강진은 힘을 들여 반쯤 눈을 떴다. 희미한 시야가 밝은 불빛과 함께 사방을 인지했을 때, 또 한 번 파르르 욱신거리는 경련이 일었다.

강진은 고개를 살짝 틀어 시선을 내려 보았다. 그 순간에, 손끝에 내도록 부드럽게 걸리던 감촉의 정체가 무엇이었는지 깨달을 수 있었다. 맥없이 늘어져 있던 팔을 힘을 주어 들어서, 그것을 향해 뻗었다. 서희의 머리칼이다.

"……유서희."

꽉 막혀 버려 칼칼하게 내뱉어진 음성에 침대에 엎드려 있던 서희의 어깨가 움찔하는 것이 느껴졌다. 강진의 커다란 손이 한층 더 힘을 실어 서희의 머리칼을 부드럽게 쓸었다.

"고개…… 들어 봐."

휙 들려진 서희의 얼굴이 잠시 잠깐 불빛 아래 희미하게 일렁거리는 것 같았다. 그 바람에 강진의 손은 허공에서 길을 잃고 방황하게 되었지만 이내 편안하게 침대를 짚는다.

한순간의 시야마저도 아슬아슬하게 사로잡는 강진의 눈빛이 되살아나, 눈물이 그렁그렁해진 서희를 향하던 순간, 그녀는 저도 모르게 와락 일어나 허겁지겁 그의 목을 감싸 안았다.

"미안해요. 내가 잘못했어요. 미안해요. 미안해……."

깨어난 그에게, 어째서 그 말이 제일 먼저 하고 싶었는지는 알 수 없었다. 그저 그간 저로 인해 매번 까마득하게 추락했었던 그를 이제야 가슴으로 안아 주며 다독거려 주고 싶은 마음이 먼저였는지도 몰랐다. 서희는 끌어안은 그의 얼굴을 오랫동안 가슴으로 보듬고 있었다.

15

너, 또 다른 나

"그래. 서희야. 계속 수고해."

서희와의 통화를 끝낸 강 실장은 거실 창밖으로 고개를 돌렸다. 어둑해진 밤. 정원의 연못가에 선 채로 잉어들을 들여다보고 있는 수찬의 옆 선이 눈에 들어왔다. 두 개의 조명등에서 각각 붉은색과 푸른색의 불빛이 수찬의 머리 위로 아스라이 떨어지고 있었다. 강진이 깨어난 지 이틀째 되는 날이었다. 간간이 서희와 통화를 하면서 강진의 상태를 보고받고 있는 중이었고, 다행히도, 강진은 이틀 뒤면 퇴원해도 된다는 주치의의 허락이 떨어진 상태였다.

이틀 전, 강진이 깨어났다는 소식이 서희로부터 왔을 때 수찬이 어떤 표정이었는지 기억이 잘 나지 않았다. 그로서도 묻고 싶은 것들이 많았고 알고 싶은 것들이 많아서, 수찬의 심사를 그 순간만큼은 놓쳐 버렸던 것 같다. 그러나 수찬의 입에서 짙게 새어 나온 한숨 소리는 잊히지 않고 있었다. 그것은 안도감이었고 동시에 아들을 염려하는 아비의 부정(父情)이기도 했다. 수찬이 절룩거리며 근처에 있는 흔들의자를 끌어오려 하고 있었다. 강 실장은 서둘러 현관을 나섰다.

"로마에 있는 별장 정리 좀 해 두라 하지. 당분간 거기에 가서 좀 쉬어야겠어."

강 실장이 곁에 오자, 흔들의자에 앉아 잉어를 보던 수찬이 입을 열었다.

"왜……"

"내가 주변에서 얼쩡대면 강진이 녀석이 신경 많이 쓰일 거야. 내가 사라져 주는 것이 그 녀석을 위한 길이야."

덤덤한 척 말했지만 실상 마음은 무거웠다. 뒤늦게야 어렴풋하게나마 손에 잡히게 된 강진을 향한 정을, 자신의 잘못된 과오와 실책으로 인해 억지로 도려내어야 한다는 사실 때문이었다. 늦은 후회와 책망과 자책의 한숨이 흘렀다. 하지만 자신의 존재가 강진에겐 여전히 불편할 거라는 생각은 변함이 없었다. 남은 것은 강진이 보다 편한 삶을 살아갈 수 있도록, 이쯤에서 그는 퇴장하는 것이다.

"강진이는 그렇게 생각 안 할 수도 있잖습니까."

"아니. 내가 그러고 싶어. 나도 좀 지쳤고 말이지."

단호했다. 한 번 결정을 한 일은 두 번의 재고가 없었다. 여지를 주지 않는 수찬의 결단력은 어쩌면 강진도 가장 닮은 부분일지도 몰랐다. 수찬은 고개를 들고 붉은색의 조명 빛을 바라보며 살짝 눈살을 찌푸렸다. 그러다 이내 크게 뜬 눈으로 그날을 회상했다.

"희한한 것이…… 그 녀석한테서 보호받는 기분이었어."

모든 것을 정리하려 했었다. 모질게도 괴롭혔던 강진에게 가장 큰 치부와 오류를 들킨 채로 여생을 꾸려 가기가 막막했었다. 살아가는 이유나 다름없었던 자존심이 추락함과 동시에 끈질기게 붙들고 있던 어떤 것한테 조롱당하고 패배당했다는 상실감이 그를 후려쳐서. 점차 나약해져 가는 모습을 보이기 전에 이 지긋지긋한 생을 마감하고 싶었다. 그러나…….

"그 녀석이 그때 잘못되었다면, 아마 나도 곧 따라갔을 거야."

자신을 내치고 대신 나뒹굴던 강진의 얼굴을 본 순간, 오랫동안 멈춰져 있던 생의 바퀴가 삐걱삐걱, 요란한 소리를 내며 다시금 굴러가는 것 같은 아찔한 느낌이 충격의 형태로 그에게 들이쳤다. 그것은, 지금까지 자신뿐만 아니라 강진마저 고통에 빠뜨리는 것을 즐기며 살아온 인생을 송두리째 뒤엎어 놓았다.

"후……."

생각을 하자 또다시 가슴에 묵직한 통증이 일었다. 그래서인 것이다. 그동안 자신 때문에 아프게 살아온 강진이 이후나마 마음 편하게 지냈으면 하는 마음인 것은.

"저 대신 죽은 친구 때문에 인생이 바뀌었다는 텔레비전 속 그 사람의 이야기가, 이제야 좀 납득이 되고 있어."

수찬은 말끝에 다분히 격화된 심정을 실었다. 꽉 쥔 주먹이 하얇게 탈색되도록 힘을 들였다. 행여 강진이 잘못되기라도 했다면, 하는 괴로운 생각들이 내내 자책처럼 들러붙어 떨어지지 않고 있었다.

"괜찮으십니까, 사장님?"

동요를 지켜보던 강 실장이 염려스럽게 물어오자 수찬은 곧 고개를 끄덕였다. 격양된 심정을 다스리려 눈을 감았다. 아프게 다물린 입술은 이내 서글픈 침묵이 이어졌다. 잠시 후 눈을 뜬 수찬은 머릿속의 한쪽 구석에 밀어 두었던 기억 하나를, 그제야 끄집어냈다.

"그나저나 내가 어제 꿈을 꾸었는데. 강진이 녀석이 웬 큰 호랑이 한 마리를 가슴에 안고 있더란 말이지. 아, 이 녀석이 무서운 줄도 모르고 그 덩치 큰 걸 안고 어찌나 좋아하던지. 알고 보니 녀석이 깨어날 예지몽이었나 봐."

강진의 꿈을 꾼 것은 처음 있는 일이었다. 그 꿈을 꾸고서도 신기한 느낌이 가시지 않았던 것을 기억한다. 핏줄로 한데 묶인 가족이라는 생각. 영원히 이어질 인연이라는, 아직은 조금은 어색한 개념. 그런 것들이 뒤죽박죽 뒤엉킨 머릿속이 어지럽기도 하고 설레기도 해서 다시 쉬이 잠들 수 없었던 것을 기억한다. 마치 아기였던 강진이 첫 걸음마를 성공했을 때, 그때의 기분을 다시 맛본 듯했다.

그러나 얼마쯤의 침묵 후에, 강 실장이 상반신까지 숙여 가며 제 귀에 대고 의견을 전한 순간, 수찬의 안색이 확연하게 바뀌었다.

"저어. 사장님. 그런 꿈은…… 대체로 태몽이 아닙니까?"

"……뭐?"

수찬은 고개를 틀어 강 실장의 눈과 마주했다. 껌뻑껌뻑. 마주한 두 남자의 시선이 한동안 사태의 진위 여부를 부지런히 추리하고 있었다. 붉은색과 푸른색의 빛살 아래, 지난번엔 연못 속에 놓인 수석에 가로막혀 길을 찾지 못하고 헤매던 잉어가, 오늘은 꼬리까지 치며 유유히 빠져나가 평화롭게 뛰어놀고 있었다.

세면실에서 나와 냉장고를 열어 내부를 정리할 때에도. 다시 세면실로 들어가 문을 열어 두고 수건을 물에 적실 때에도. 얼핏 고개를 들어 본 거울 속에서, 내내 강진의 시선이 따라다녔다. 병실 내부를 돌아다니는 순간순간마다, 걸음걸음마다 늘 그의 나른한 시선이 함께하여, 서희는 어느 순간 걸음이나 행동이 비틀어져서 당황하고 말 것이란 생각마저 들었다. 강 실장과 통화를 하고, 저녁 식사를 하고, 의사가 다녀간 직후였다. 왼쪽 팔뚝에 감긴 붕대를 풀어 새로 처치를 하고 붕대를 교체했다. 그 때문에 그는 현재 윗옷을 벗은 상태였고, 헤드 부분이 살짝 들려져 상반신 역시 비스듬히 세워져 있었다. 더없이 편안한 자세로 그는 서희를 마음껏 감상하고 있었던 것이다.

세면실을 나온 서희는 분무기를 들고 창가 쪽으로 다가가, 조그만 난초 화분에 물을 주었다. 사실 무언가라도 해야 한다는 막연한 계산 때문에 하고는 있지만, 난초가 물을 잘 머금고 있는지에 대해선 어떤 생각도 없었다. 그 순간마저도 제 옆 선에 들러붙어 있는 강진의 눈길을 모를 리 없었기 때문이다. 온통 신경이 그에게 쏠려 있었다. 손바닥에 땀이 났다. 긴장의 순간에 늘 그랬듯 바싹 마른 입술을 혀로 축인 서희는 물을 마셔야 한다는 생각으로 몸을 돌렸다.

"아잇!"

그때, 염려했던 일이 일어나 그녀를 당황하게 만들었다. 걸음이 꼬여 몸이 살짝 중심을 잃었던 것이다. 다행히 창가의 난간을 짚어 최악의 상황은 면했지만 귀밑까지 붉어진 홍반을 의식하며 순간적으로 고개를 들고 그를 보았다. 강진의 입술 끝으로 미소가 오르고 있었다. 왜 넘어졌는지 모두 안다는, 오만하고 짓궂은 의미의 미소.

그러게 왜 그토록 사람을 뚫어져라 보아선. 얼마쯤 원망스러운 눈빛으로 그를 보는데, 강진이 시트를 살짝 걷더니, 그의 옆 빈 공간을 손바닥으로 툭툭 쳤다.

"이리 와."

깨어나고 이틀간 서희를 관찰하고 비리보고 꿰뚫을 듯 응시만 했을 뿐, 그녀에게 직접 말을 건넨 건 처음이었다. 서희는 그가 침묵했던 이유를 짐작하고 있었다. 그것은 그들의 지난한 시간들을 반추하는 의미였고, 동시에 다가올 그들의 미래를 차분하게 설계하고 계획하는 계산의 과정이었으리라.

"어서."

하지만 자신을 당황하게 만든 것은 여전히 원망스러웠다.

"거길요?"

그래서 그의 곁에 다가가고 싶다는 마음을 일부러 숨기고 저만치 구석에 있는, 못지않게 넓고 큰 침대를 가리켰다.

"저기 보호자용 침대가 따로 있어요. 아주…… 편해요."

"약 기운 때문에 이성을 잃었어. 지금 네가 두 개로 겹쳐 보이는데……."

하얗게 내뿜어지고 있는 가습기의 증기 때문인지, 그의 주변은 환각처럼 아득하게만 보였다.

"좀 더 심해지면 무슨 짓을 할지 몰라. 그러니까 와."

그가 다시 한 번 더, 시트를 툭툭 친다. 호흡을 고른 서희는 이끌리듯 다가가 침대 옆에 섰다. 붕대가 감긴 그의 팔이 뻗어 와 서희를 끌어당겼다.

"여기서 자. 내 옆에서."

링거 줄이나 여전히 욱신거릴 팔 등은 아랑곳하지 않은 채로, 강진은 기어이 서희를 제 옆에 눕혔다. 다 벗은 상반신으로 서희의 체온이 겹쳐 왔을 때에야 그녀가 완전하게 제 품에 들어왔다는 것을 인지할 수 있었다. 강진은 품에 들어온 서희의 몸을 강하게 끌어안았다. 그녀의 어깨 너머 까만 창밖을 응시하며 서희의 귀 뒤로 머리칼을 차분하게 넘겨 주었다.

"나 때문에 며칠을 결근한 거지?"

"……거의 일주일 됐어요."

입을 연 서희의 음성이 가슴을 타고 울리고, 그 입김이 가슴팍에 닿자 강진은 짧게 뭉근한 신음을 토해 냈다.

"이런. 내가 미웠겠네?"

빙긋, 쿡쿡, 서희의 작은 웃음이 그간에 있었던 무거운 상처들을 모두 씻어 주는 것 같아서, 강진은 서희의 이마에 행복한 입술을 묻었다.

이틀 전 깨어나는 순간에 자신의 옆을 지키고 있는 서희의 존재와 더불어 가장 먼저 떠오른 것은 수찬의 얼굴이었다. 횡단보도를 질주하여 아버지를 밀어내고 대신 쓰러졌던 그때. 리조트에서 십 년 만에 해후하여 수찬의 과거를 듣게 된 날, 얼핏 들었던 연민의 감정이 순식간에 치솟았던 것 같다. 그것은 서희로 인한 상실감 위에 몇 배의 무게로 더 얹혀, 그의 등을 무섭게 떠다밀었다. 삶의 나침반이 흔들리고 목적지를 잃게 된 그 순간, 서희를 애타게 부르고 찾았던 희미한 기억. 그리고 마치 대답처럼 그의 옆에 돌아와 준 그녀. 한때, 서희를 영영 내려놓을 뻔했던 그 순간이 사무치게 다가올 정도로, 서희는 지금 그의 가까이에 와 있었다.

강진은 이마에서 입술을 떼어 내고 서희의 두 눈을 마주했다. 귀 뒤로 연신 머리칼을 넘겨 주던 손길이 뺨을 타고 올라와 작은 얼굴을 감쌌다. 마음을 다 알고 있으니, 굳이 많은 밀들이 필요하지 않다는 서희의 표정을 읽고, 그 역시도 고개를 끄덕이며 미소로 대답했다.

"행복해 줘, 서희야. 내 옆에서."

행복해 줘.

"최고의 남편이자 연인이 되어 줄게."

내 옆에서.

울컥, 솟아오른 회한의 덩어리 때문에 서희는 목으로 침을 겨우 넘기고 그의 가슴에 얼굴을 묻었다. 부끄러움도 없이 그의 맨허리에 팔을 두르고 더욱 깊이 그의 품으로 파고들었다. 그와 있을 때면 언제나, 항상, 세상에 둘뿐이라는 착각을 하게 된다. 주변의 모든 것들이 존재감도 없이 무채색으로 흐려지고 오로지 그녀의 앞에, 혹은 옆에 서 있는 강진만이 빛을 발하며 압도할 뿐이다. 그가 가지고 있는 습하면서도 건조하고, 어두우면서도 화려한, 이중적인 분위기에, 서희는 아마도 처음부터 빨려 들어갔던 거라고 생각하고 있었다. 놓치고 싶지 않다. 지금 그의 품에 안겨 있는 이 순간, 그리고 앞으로도 계속 이어질 그와의 이야기들.

강진의 입술이 스치듯 그녀의 뺨을 지나 입술에 닿았다. 작게 머금다 이내 크게 벌려 더운 숨을 토해 내는 서희의 입술을 한 번에 삼켜 버렸다. 그녀의 뒷머리를 젖히고 거칠게 입술을 맞물렸다. 온기를 넘어서 열기가 담긴 혀가 건너가 서희의 숨결을 모조리 삼키고 빨아들였다. 링거 줄이 엉킨 팔을 서희의 등 뒤로 돌려 니트 속을 파고들었다. 맨등을 따라 올라가다 이내 브래지어의 후크를 건드린다. 그러자 입술을 떼어 낸 서희가 그의 팔을 저지하며 주사기가 꽂혀 있음을 상기시켰다.

"팔, 조심해야……."

"하……."

살짝 잠긴 서희의 음성에, 강진은 뜨겁게 달구어지고 있는 욕망의 덩어리를 어떻게든 달래기 위해 거친 신음을 받았다. 어깨를 들썩이며 뜨거운 호흡을 토해 낸 강진은 반쯤 열려 나른해진 눈빛으로 서희의 시선과 마주했다. 욕망으로 파랗게 젖어 버린 눈동자를 서희의 두 눈에 꽂았다.

너를 마시고, 너를 삼킨다.

거부할 수 없을 격정에 물들어 버린 눈빛으로 서희의 모든 것을 단박에 옭아맸다. 상반신을 조금 일으켜 서희의 흰 목덜미를 입술로 짓눌렀다. 어깨로 그녀의 몸을 자신의 아래로 눕히며 가슴 선을 따라 입술이 내려갔다. 봉긋 솟은 젖가슴에 다다라진 입술로, 니트 위 일어서 있는 유두의 끝을 아리도록 강하게 물었다. 그러자 서희가 크게 숨을 몰아쉬며 흐느낌처럼 신음을 뱉어 냈다. 시트를 쥔 손에 바짝 힘이 들어갔다. 참아 내는 숨이 가슴께에서 아프도록 머물러 찌르르 통증이 전해졌다.

"돌아가면, 가만 안 둬."

실긋 젖가슴으로부터 고개를 든 그가 짓궂게 웃으며 입을 열었다. 살짝 잠겨 있는 음성. 서희의 시야에 다 차지 않고 있는 강진의 얼굴. 하여, 그의 굵은 목울대가 말 한마디 한마디마다 울리는 것에만 눈을 두고 있었다. 서희는 손을 뻗어 강진의 얼굴을 감쌌다. 마주한 눈동자의 떨림마저 모두 집어삼킬 것처럼, 그의 눈빛은 여전한 반동으로 서희의 가슴을 격정으로 가득 차게 만들었다.

"동강에…… 다녀갔었죠?"

그가 깨어나면 묻고 싶었던 것을, 서희는 그의 따뜻한 눈빛에 기대어 용기 내어 물었다.

"어떻게 알았지?"

"당신 넥타이핀이 그곳에 떨어져 있었어요. 제가 사서 넥타이에 꽂아 둔 거였거든요."

강진은 잠시 그날을 회상했다. 넥타이를 맬 때 핀이 생소해 보이긴 했으나 워낙 여러 개를 가지고 있어 그중 하나겠거니 생각하며 대수롭지 않게 여겼었다. 그것이 또 한 번 서희와 이어 주는 고리가 될 줄은 몰랐다.

"그랬어? 미리 얘길 했다면 그 넥타이핀은 내 보물 1호로 승격되었을 텐데. 너와 관련된 것은 하나라도 놓치지 않을 거거든."

강진은 제 뺨을 감싸고 있는 서희의 손을 덮었다. 체온과 체온이 맞닿아 있는 순간, 서희 역시도 그의 것은 한 가지라도 놓지 않을 것임을 마음에 새기면서 동강에 갔던 그 순간을 떠올렸다. 그의 마음이 평화로워지길 바라며 가만히, 낮게 읊조렸다.

"아빠도 우리가 행복하길 바라신대요."

강진은 잠시 서희를 바라보더니 이내 손바닥에 입을 맞추었다. 제 마음이 어떠한지 모두 알고 있는 서희만의 배려이리라. 환한 형광등이 뿌연 휘장이 되어 그들을 감싸고 에워쌌다. 익숙한 적막 속에서 세상에 둘뿐인 채로 서로에게 깊이 녹아들어 모든 경계가 허물어진 순간, 두 사람의 눈앞에 낙원이 다시 펼쳐지고 있었다.

주방 정리를 끝낸 민우는 홀로 나와 테이블을 가지런히 정돈했다. 몇 개 되지도 않는 탁자가 방금 전에 돌아간 세 명의 중년남

덕에 이리저리 어지럽혀져 있었다. 술을 마시려면 곱게 마시든가 할 것이지, 제 것처럼 집기를 흩트려 놔야 만족을 하는 사내들이 꼭 한둘은 있다. 못마땅한 표정으로 혀를 끌끌 찬 민우는, 출입문이 드르륵 소리를 내며 밀리자 고개를 들었다.

"어서 따라 들어와라. 애야."

가게로 들어선 기수가 문밖으로 고개를 돌렸다. 민우의 시선이 자연스럽게 기수를 따라 들어오는 누군가에게로 향했다. 미간이 좁혀지고 이어서 그의 얼굴에 떨떠름한 표정이 스쳤다. 이건 또 뭔가, 싶은 얼굴로 다짜고짜 기수를 바라보았다.

"뭐예요, 아버지?"

민우의 질문에 대답 없이 따라 들어온 선영을 의자에 앉힌 기수는, 그제야 고개를 들고 아들을 마주했다.

"내일부터 여기서 너랑 같이 일할 애다. 나 예전에 공사장에서 일했을 때 알게 된 사람 딸내민데 얼마 전까지 식당 운영하다가 처분하고 다른 데 알아보고 있대서 내가 얼른 데려왔어."

"예에?"

선머슴 같은 짧은 커트머리에, 여성미라곤 눈을 씻고 찾아봐도 없어 보이는 허름한 점퍼와 펑퍼짐한 바지. 서희의 아름다운 외모만 보고 살아온 그로선 일대 충격이나 다름없는 그녀의 행색에 민우는 입을 다물지 못하고 있었다.

"안녕하세요. 임선영이에요. 근데 아저씨, 식당이 생각보다 작네요?"

민우가 충격을 받거나 말거나, 선영의 관심사는 오로지 가게의 규모에만 집중되어 있는 것 같았다.

"일손 많이 필요할 것 같지 않은데."

"보기엔 이래도 바쁠 땐 엄청나."

"그렇구나."

기수가 흐뭇하게 웃으며 말하자, 선영은 고개를 끄덕이면서도 의심의 표정을 지우지 않고 있었다. 선영이 가게를 둘러보는 사이, 민우는 기수의 옷소매를 살짝 잡아끌며 주방에 들어가서 잠깐 애기 좀 하자는 턱짓을 보냈다.

"이게 뭐예요, 아버지?"

홀에 있는 선영이 듣지 못할 정도로 음성을 낮추었다. 하지만 마음속에 부글부글 끓고 있는 화는 결코 낮춰지지 않았다. 의논도 없이, 그것도 여자를 불쑥 데리고 들어온 기수의 속내를 파악하지 못할 민우가 아니었다.

"나도 이제 기력이 딸려서 안 돼. 젊고 힘 넘치는 애들이 해야 가게도 활기 넘칠 것 아니냐. 월급 많이 안 줘도 되니까 그냥 함께 일하기만 해. 나이가 스물일곱인데 서희 못지않게 속이 아주 꽉 찬 아가씨다."

"아버지 의도가 달리 읽히는데요, 저는?"

그 말에, 기수가 민우를 돌아보며 씨익 웃는다. 자신의 의도를 아들이 정확하게 읽었다는 의미였다.

"그렇게 읽었다면 어쩔 수 없는 것이고."

"아버지!"

큰 소리로 외치며 당당하게 싫다는 의견을 전했으나, 기수는 그저 휘파람을 불며 홀로 다시 나갈 뿐이었다.

❖

 퇴원 후 돌아온 저택은, 두 사람의 며칠간의 부재를 증명이라도 하듯 대낮인데도 컴컴한 어둠 속에 갇혀 있었다. 거실 한 켠에 가방을 내려놓은 강진은 주방으로 가 잔에 물을 부은 후 뒤돌아섰다. 싱크대에 등을 기대고 입술 끝을 잔에 묻으며 서희를 바라보았다. 거실에 올라서자마자 창 쪽으로 다가가 베이지 색의 커튼을 확 젖히는 서희의 뒷모습에 눈을 두었다. 커튼이 사라진 거실 창이 봄빛을 가득 흡수하여 그것을 거실 바닥으로 다시 뿌리고 있었다. 거실 바닥이 순간적으로 거울처럼 반짝거리고 그 빛을 머금은 서희의 뒷모습은 그림처럼 그의 눈을 시리게 만들었다. 거칠게 올라온 숨을 작게 뱉어 냈다. 퇴원 수속을 밟으며, 그리고 돌아오는 차 안에서, 내내 그녀를 안고 싶어 하는 욕정이 눈에 불을 켜고 호시탐탐 노골적인 이를 드러내고 있었다. 하얀 빛살. 그보다 더 하얀 서희. 눈과 가슴과 온몸에 맺혀 있어 때때로 숨 쉴 수조차 없게 만들던 그녀를 지금 안아야만, 이 소리 없는 감정의 소요를 멈출 수 있을 것만 같았다.

 "아주머니는 내일쯤 다시 출근하실 거예요. 그전에 청소를 좀 해야겠어요. 엉망이 됐어."

 서희가 고개를 돌려 그를 보며 외치자, 강진은 웃으며 고개를 끄덕였다. 그러나 잠시 후, 물 잔을 내려놓은 강진은 기어이 지금 그를 점령하고 있는 감정에게 자리를 내어주며 서희를 향해 다가섰다.

커튼을 모두 젖힌 서희가 청소를 하기 위해 블라우스 소맷자락을 둘둘 말아 올린 순간, 등 뒤로 그의 체온이 겹쳐 왔다. 그의 턱에 눌린 정수리로부터 뜨거운 기운이 감지되자 서희는 강진이 지금 원하는 것이 무엇인지 한순간에 파악할 수 있었다. 허리를 감고 있던 그의 커다란 손이 올라와 블라우스 위 젖무덤을 가만히 움켜쥐었을 때, 그리고 그녀의 고개를 뒤로 젖히게 만들어 뜨겁게 입술을 겹쳐 왔을 때, 터져 나오려 하는 신음을 삼켜 내며 끓어오르고 있는 가슴속 열망을 엿보았다. 그의 사랑을 받고 싶고, 그를 원하고 있는 도발적인 자신의 또 다른 모습을. 그래서 그의 혀가 입속으로 거칠게 파고들어 와 눈동자를 헤집듯, 입속을 헤집어도 온전히 받아들였다. 그와 한데 혀를 얽으며 맞물린 입술 새로 흐르고 있는 타액을 질리도록 느꼈다.

젖가슴을 자분자분 주무르고 있던 강진의 손이 일순 거칠게 블라우스의 앞섶을 후두둑 뜯어냈다. 서희를 돌려세워 거실 창으로 밀어붙인 그가 속옷을 벗겨 내는 시간은 그리 오래 걸리지 않았다. 농익은 여체. 그의 이성을 언제나 앗아 가 버리던 서희의 눈부신 나신에, 그는 오늘도 반쯤 미치며 무섭도록 전율하고 있었다. 겹쳐진 입술로부터 목선을 타고 내려간 그의 입술이 쇄골을 지나 유두에 닿자, 서희의 허리가 움찔하였다. 다분히 사납게 물고 강하게 빨아들이자 아찔한 통증이 쾌감과 함께 몸속으로 스며들었다. 이미 한껏 부풀어 달구어져 있는 아랫도리를 서희의 하체에 부비며 강진이 고개를 들었다. 그의 눈이 서희의 눈동자를 헤집을 듯 마주했다. 거친 신음. 이어지는 떨림 속에 아래로 내려간 그의 손이 여체의 가장 중심, 사타구니 속으로 빨려들듯 들어가자 여린 살들이 경련을 일으키며 그의 손가락을 머금기 시작했다.

"으홋……."

그 통증을 견디지 못한 서희가 그의 단단한 어깨에 이마를 기대 왔다. 다른 자극이 없어도 순순히 벌어지는 여성이 축축하게 젖어 들었고, 그와 동시에 수축과 이완을 반복하며 그를 한껏 조였다. 그에게만 활짝 열린 서희. 자극에 순수하게 반응하는 붉은 얼굴을 보며, 강진은 가슴이 타 버릴 것 같은 짙은 욕망을 되새김질하였다.

서희의 안으로 제 몸을 거칠게 들여놓은 순간, 그녀가 호흡이 살짝 멎는가 싶더니 이내 커다랗게 어깨를 들썩였다. 좁다란 입구에서부터 진입하기가 쉽지 않았지만 허리에 힘을 주어, 이내 뿌리 끝까지 찔러 넣었다. 깊이 파고들어 그녀를 가득 채웠다. 짧고 거친 신음과 함께 서희의 몸이 흔들리지 않도록 그녀의 등을 끌어안았다. 하지만 뜨겁게 밀어 넣어 강하게 허리를 튕기자 서희의 상반신이 질로 흔들렸다.

"으흑……."

아래에서부터 시작된 아픔과도 같은 쾌감을 견디지 못한 서희는 그의 목을 끌어안고 신음처럼 호흡을 토해 냈다. 강렬한 삽입으로 고개가 절로 뒤로 젖혀지는 아픔에 차라리 울부짖고 싶었다. 멈춤이 없이 계속하여 찔러 오는 그는 서희를 끝 간 데 없는 고통과도 같은 열감 속으로 밀어 넣고 있었다. 고개를 살짝 떼어 낸 그의 눈이 다시 그녀를 마주했다. 함께 묶여서 이대로 가라앉는다고 해도 좋을 것만 같은, 감당할 수 없는 사랑의 무게로, 강진은 계속해서, 그리고 격렬하게 서희의 몸을 달구어 나갔다.

밤이 이어져 새벽의 시간. 제 품속에서 곤히 잠이 든 서희와는 달리 강진은 쉽게 잠이 들 수 없었다. 서희가 입고 있는 실크 소재 슬립의 촉감을 손가락으로 가만가만 쓸어내리며 그녀의 몸을 좀 더 세게 끌어안았다. 잠든 서희의 달콤한 숨이 목에 와 닿자 또다시 하체가 빳빳하고 단단하게 일어설 것 같았지만 뭉근한 신음으로 달랠 수밖에 없었다.

"잠이 오니? 넌?"

원망이 담긴 속삭임을 연인의 이마에 작게 묻고는 입술 끝에 엷은 미소를 올렸다. 허공을 바라보며 이제 앞으로의 일들에 대해 하나씩 정리를 하기 시작했다. 결혼. 그리고 서희를 내내 돌봐 주었던 기수와 민우에 대해서도. 그리고 그런 생각들의 끝에, 의무 혹은 아픔처럼 매달려 있는 수찬을 떠올렸다. 목에 가시가 걸린 것처럼 잠시 날카로운 숨이 밭아져 나왔다. 어떤 식으로든 수찬과의 감정 정리는 필요하다는 생각 한 켠에 아버지라는 존재를 향한 연민도 얽혀 있음을 부정할 수 없었다. 편한 사이가 되고 지금부터라도 유대를 쌓아 갈 수만 있다면, 하는 바람. 억지로 꾸미지 않아도 절로 알아지는, 온전한 가족으로서의 느낌을 알아 갈 수 있도록. 수찬을 생각하며 드는 마음의 무거움만큼, 그만큼 서희를 자꾸만 끌어안았다.

"으읍."

그때, 가슴팍에 묻혀 잠들어 있던 서희가 신음과 함께 살짝 고개를 들었다. 어둠 속에서 마주친 그녀의 눈이 휘둥그레지며 무언가 상당히 거북한 색채로 뒤덮이기 시작했다.

"서희야."

강진은 서희의 얼굴을 쓰다듬으며 눈빛으로 이유를 물었다. 그러자 벌떡 상반신을 일으킨 서희가 다짜고짜 침대에서 내려가 욕실로 뛰어드는 것을 보며 강진도 다급히 상체를 일으켰다.

욕실로 들어간 서희는 변기 뚜껑을 잡고 메스꺼워지는 속을 마구 토해 내고 있었다. 우엑, 하는 비명이 심상치 않은 분위기를 타고 강진을 긴장의 궤도로 올려놓았다. 서희의 등이 거칠게 들썩거렸다.

"유서희. 괜찮아?"

놀라 당황하여 어정쩡하게 서 있던 강진은 다급히 무릎을 꿇고 앉아 그녀의 등을 두드렸다. 툭툭 치다가 이내 부드럽게 쓸었다. 팔에 여전히 남아 있는 상처가 욱신거렸지만 그 통증쯤은 가볍게 망긱 속으로 잊혀졌다.

"하아. 하아."

모든 것을 토해 낸 서희는 지쳐 머리를 벽에 기대었다. 땀이 맺힌 그녀의 얼굴을 강진의 손이 감쌌다.

"너…… 뭐 잘못 먹은 거라도 있어?"

서희는 모두 소진되어 버린 힘을 겨우 끌어 모아 고개를 가로저었다. 기억을 아무리 떠올려 보아도 이렇듯 야밤에 난리를 쳐야 할 정도로 색다른 음식은 먹은 게 없었다. 눈물이 찔끔 비쳐 시야마저 흐릿해지는 것 같아서 강진의 얼굴을 보기 위해 몇 번이나 눈을 부릅떠야 했다.

"안 되겠다. 병원에 가자."

그가 겨드랑이에 팔을 끼워 서희의 몸을 일으키려 했으나 일어날 기력마저 모두 다 빼앗긴 상태였다.

"자, 잠시만요."

서희는 거의 쓰러질 듯 강진의 어깨에 이마를 기대었다. 몇 번의 심호흡, 그리고 몇 차례의 헛기침으로 시간을 보낸 서희가 고개를 들었을 때, 그리고 강진의 두 눈과 마주했을 때, 두 사람 사이에 잠시 잠깐 흐릿한 예감의 분위기가 흘렀다. 무언가, 굉장히, 색다른 예감의 분위기가.

16
낙원의, 이방인

　그 나무는 병원 앞마당의 한가운데에서 하얀 울타리의 보호 속에 홀로 우뚝 서 있었다. 언제 다가온 건지도 모르게, 또한 언제 사라져 간 것인지도 모르게 훌쩍 지나가 버리곤 하는 봄을 대변하듯, 가지에 겨우 몇 개의 이파리만 남겨 둔 채로 흘러간 봄을 노래하고 있었다. 어느새 살랑 바람이 불어와 남아 있던 이파리들마저 모조리 쓸어 가자, 나무는 이내 맨몸을 드러내며 다음 해에도 어김없이 다가올 봄을 기약하고 있었다.

　강진은 잠시 시선을 내려 크게 호흡을 골랐다. 병원 복도의 창가로 들이치는 더운 햇살이 정수리로 쏟아져 온몸이 녹아내릴 것처럼 열이 올랐다. 마치 저 목련나무처럼 맨몸이 되어서 세상의 모든 빛을 다 받고 있는 기분이었다. 그 기분은 금세 부풀어 터질 것 같은 이 초조한 순간들로 이어져, 손목에 둘러진 시계를 몇 차

례나 확인하게 만들었다. 서희가 들어간 지 십 분. 고개를 돌려 본
다. 진료실로 이어지는 긴 복도가 기다림을 재차 확인하게 만들어
주는 것 같아서 강진은 또 한 번 낮게 한숨을 터뜨렸다. 새벽에 있
었던 작은 소동의 결과가 부디 좋은 쪽이길 바라는 들뜬 기대감의
한숨이었다.

가족.

서희를 만나기 전까지는 꿈꾸어 본 적도, 희망을 해 본 적도 없
었던, 그의 손으로는 절대 이룰 수 없는 것이라고 생각했다. 사랑
을 하고 정을 나누며 마주 보고 살아간다는 개념 자체에 부정적이
고 회의적이었으며, 그것은 곧 기형적인 사고방식을 불러와 모든
이들에게 가시를 세우게 했다. 풍요롭지 않은 삶이었기에 마치 사
막과도 같았던 건조함만이 가득했던 것이다. 어쩌면 그래서 서희
에게 더욱 절박하게 매달렸는지도 모르겠다. 그의 인생에 유일하
게 두 발로 저벅저벅 걸어 들어와, 그를 풍족하고 풍요롭게 만들
어 준 존재. 그의 꿈. 그가 이루어 내야 할 유일한 과제이자 행복
한 삶의 무게.

감당할 수 없는 감정들이 가슴을 휘저었다. 고독으로 점철되었
던 지난 시간들이 동공을 조여 와 눈가를 따끔거리게 만들었다.
지금, 그 무엇보다 서희가 간절하게 필요했다. 서희가 꽂아 둔 넥
타이핀만 자분자분 만지작거리고 있었다.

"나 왔어요."

그의 부름에 응답이라도 하듯, 등 뒤에서 그녀의 목소리가 들려
왔다. 다급히 몸을 돌려 서희를 확인한 강진은 팔을 뻗어 그녀의

얼굴을 조심스레 감쌌다. 복도를 지나가는 사람들의 흘깃거리는 시선 따위에 예민해질 그가 아니었다. 강진은 자신의 손바닥에 감싸인 서희의 얼굴을 살폈다. 동그란 눈이 당혹감을 감추지 못한 채로 이리저리 눈동자를 굴리고 있었다.

"괜찮아?"

함께 들어가자는 강진의 권유도 마다한 채로 혼자 들어가서 검사를 받고 나온 서희는, 아직도 의사의 검진 결과를 믿을 수 없었다. 그의 눈을 마주하고 있음에도 무언가, 현실 같지 않은 시간 속에 존재하고 있는 것 같았다. 서희는 이끌리듯 거의 무의식적으로 입을 열었다.

"……5주로 접어들었대요."

5주. 마주한 두 사람의 눈이 분주하게 시간을 거슬러 그 순간을 쫓고 있었다. 그리고 그 시점을 찾아낸 것은 오래지 않아서였다. 창고. 그들이 처음으로 서로를 열고 받아들인 그날. 아찔한 깨달음은 자각의 탄성과 함께 찾아왔다. 강진은 떨리는 입술을 사려 물고 있는 서희의 어깨를 그대로 끌어당겼다.

"기분, 정말 이상하지 않아요?"

가슴팍에서 웅얼거리는 서희의 음성은 촉촉하게 젖어 있다. 그 못지않게 외로웠던 서희 역시도, 막연하게 이룰 수 없을 거라 생각했던 꿈을 가지게 된 데 대한 기쁨의 눈물이라 여겼다.

"난…… 기분이 너무 이상해요. 내 몸이 아닌 것 같아."

서희의 뛰는 심장이 고스란히 그에게도 울려 전해졌다.

"다음엔 사진을 찍어 준대요. 그땐…… 같이 들어가요."

강진은 서희의 정수리에 턱을 괸 채로 고개를 끄덕였다. 굳이 말을 하지 않아도 서로에게 느낌으로 젖어 들고 표정으로 기분을 알아챌 수 있었다.

언제부터일까. 너는 나. 나는 너.

모든 아픈 기억들을 한순간에 날려 버리는 대신에, 거대한 해일 처럼 몰려와 그를 떠미는 한 마디의 말.

"고마워."

강진은 서희의 등을 힘을 주어 꼭 끌어안았다.

"행복하게 만들어 줘서 고마워. 유서희."

한때 그의 낙원이 더 이상 생명력을 유지하지 못하고, 그저 서 희가 다녀간, 서희만이 가득했던 텅 빈 공간이 될 뻔한 기억을 떠 올리며, 그를 지탱하게 하는 유일한 힘이 되고 있는 서희를, 가슴 가득 품고 또 품었다.

젖어 버린 눈이 그의 슈트를 어지럽히지 않도록, 서희는 최대한 눈물을 참으려 했지만 노력은 결국 물거품으로 돌아가 그의 옷깃 을 적시고 말았다. 그에게 덤덤한 척 말했지만 실상은 그녀 역시 도 고마워하고 있었다. 첫 생리 날, 엄마가 해 주어야 할 일을 그 가 대신 해 주었던 것처럼 지금도, 그녀는 강진과 함께 나누고 있 었다. 그녀의 모든 처음에 항상 존재했던 그.

"나도 고마워요."

그것은, 사랑한다는 말보다 몇 배 더 깊은 심연의 마음이었다.

❖

"임신?"

시명이 꼬고 있던 다리를 제자리에 내려놓고 강진이 앉아 있는 건너편으로 다급히 상반신을 굽혀 왔다. 재차 되물으면서도 분명 잘못 들은 거야, 확신하는 표정이 마치 아니라고 말해 달란 애원 같아서 강진은 잠시 쓴웃음을 머금으며 다시금 책에 시선을 내렸다.

"나 분명 잘못 들은 거지? 아닌데. 내 청력엔 아무 문제 없는데."

"차 마시러 왔으면 얌전하게 마시고 가. 너랑 놀아 줄 여유 따위 없다. 나 돈 많이 벌어야 하거든."

일이 있어 서울로 올라온 게 두 시간 전, 점심이나 같이 먹을까 해서 들렀더니 친구 녀석이 이 모양이다. 시명은 손가락으로 귀까지 후벼 파며 열심히 조소하는 것으로 어떻게든 그의 주의를 끌어 보려 했으나, 돌아온 건 그저 잔인한 확인 사살뿐이었다. 허탈감에 아예 등을 소파에 파묻으며 멍하니 있다 시명은 이 믿기 힘든 초유의 상황에 대한 같지도 않은 분석을 늘어놓았다.

"웃기시네. 그게 지금 말이 된다고 생각해? 뭐가 오진 아냐?"

"내 나이 서른둘이야. 뭐가 말이 안 된다는 거지?"

"니들 아직 결혼식도……."

"내달에 할 계획. 아이는, 서희가 내게 주는 결혼 선물?"

"하!"

안색 하나 바꾸지 않고 당당하게 말하는 친구 녀석의 표정을 보니 더욱 표현할 수 없는 울화가 치밀었다. 마치 잘 키운 아들자식 장가보내는 부모의 심정마냥, 상실감과 어색함 사이에서 기분이 널을 타고 있었다.

"그래서 천하의 최강진이가 지금, 그 말도 안 되는 임신육아 책이나 들여다보고 있다는 거지, 지금?"

강진은 꼬고 있는 다리를 까딱까딱 움직이면서도 책에서 눈을 떼지 않고 있었다. 사흘 전 서희와 병원에 다녀온 후 급히 장만한 것이었다. 이런 분야엔 문외한이나 다름없는 그에게 이 책 은 많은 것들을 알게 하였다. 그러나 호시탐탐 이어지고 있는 방해꾼의 훼방 때문에, 강진은 들여다보던 책에서 시선을 떼고 고개를 들었다. 대답을 기다리고 있는 시명을 보며 이내 동문서답을 내뱉었다.

"집 공사를 새로 해야겠어."

"왜? 한 지 얼마 되지도 않았잖아."

"계단 경사가 너무 심해. 서희가 다니다 위험할 수도 있어. 게다가 좀 미끄러워야지. 확실히 위험해."

"열부 났네. 열부 났어. 에라이. 내가 부조 하나 봐라."

시명이 테이블 위에 놓인 펜을 집어 들고 강진 쪽으로 쑥 던지자, 그가 손으로 턱 받아 낸다. 손가락으로 펜을 빙글빙글 돌리며 입술 끝에 미소를 피우는 강진의 모습이 얄미웠다. 계집애처럼 기묘한 질투가 일기도 하고 한편으론 외로웠던 친구에게 찾아온 사랑이 어느 정도 부럽기도 했다.

"난 통곡할 거야. 절세 싱글미남이 또 한 명 줄어든 데 대해서. 아, 역시 싱글의 길은 아무나 걸을 수 있는 게 아니었어."

늘어지는 시명의 불평을 뒤로하고 미소를 지은 강진은 자리에서 일어나 창가로 다가갔다. 입원해 있는 동안 미뤄 두었던 회의와 미팅 일정을 무시무시한 스케줄 속에서 소화해 내고 있는 며칠이었지만, 요즘처럼 완전하게 행복감이 찾아든 적은 처음이라, 몸과는 반대로 마음은 가벼워지고 있었다. 바지 주머니에 손을 찔러 넣었다. 빽빽한 빌딩의 숲 사이로 늦은 봄이 곳곳에 숨어들어 마지막 봄 향기를 전하고 있는 것 같았다. 사람들의 상의 소매가 짧아지고 대기가 조금씩 덥고 습한 기운을 머금어 가고 있지만, 마지막 흔적을 남기려 하는 봄의 기운이 여전히 여기저기에서 느껴졌다. 그 허공의 어느 지점에 눈을 둔 강진은 주문처럼, 다짐처럼, 나직한 음성을 뿌렸다.

"이제야 완전하게 사는 것 같은 기분이야. 나. 서희도 아마 그럴 거다."

시명은 가끔, 강진에게서 자신과는 다른 인생의 심연을 엿볼 때가 있었다. 살아온 과정이 평범하지 않다는, 그런 원인이나 이유를 차치하고서라도, 절대 그는 흉내 낼 수 없을 깊고 진한 분위기. 외로움이라든가 고독이라는 단어로 대치될 수 있겠지만 그것보다는 좀 더 쓸쓸해 보이는 분위기. 아마도 그래서일지도 모른다. 강진이 누군가와 사랑을 하고 하나가 되어 가정을 꾸리는 모습이 생소해 보이는 것은.

"점심, 할 거야?"

그가 돌아보며 물었다. 시명은 어깨를 으쓱하며 자리에서 일어나 기지개를 쭈욱 켰다.

"오랜만에 스테이크 썰어 볼까? 리조트에서 내내 빵부스러기만 먹었더니 위장이 아주 밀가루로 도배될 위기야."

그러자 옷걸이에서 재킷을 걷은 강진이 책상을 가로질러 지나가며 그를 힐끔 쳐다보았다.

"난 국밥집에 들를 예정인데. 안됐군. 다음에 보자."

휙 바람을 일으키며 이사실을 나가 버리는 강진의 뒤를 시명이 엉거주춤 따라나섰다.

"뭐야. 야! 국밥? 내가 그런 걸 먹어야겠냐? 아, 저 자식이."

드르륵. 거친 소리를 내며 밀린 문 안으로 들어선 강진은, 잠시 서서 가게의 내부를 훑었다. 몇 개의 테이블에 손님들이 앉아 점심을 하고 있었고, 그 사이를 분주하게 오가고 있는 여직원과 하얀 가운을 입고 주방에서 왔다 갔다 하고 있는 민우의 모습이 시야를 비집고 들어왔다. 볼륨을 낮춘 채로 켜 둔 텔레비전에서는 앵커가 뉴스를 전달하기에 바빴다. 좁고 협소한 곳이었지만 각자의 할 일에 집중하고 있는, 조용한 분위기였다.

"어서 오세요."

여직원의 인사 뒤로, 주방에서 민우가 이쪽을 보자 강진은 고개를 끄덕였다. 자신의 등장이 의외였는지 민우는 잠시 멍하니 있다가 얼떨결에 고개를 끄덕이곤 옆으로 고개를 돌렸다. 기수를 부르고 있는 눈치였다.

"어이구. 이게…… 이게 누구요."

기수는 뜻밖의 만남에 놀라 주방에서 바로 튀어나왔다. 언젠가 한 번은 다시 만나게 되리라 생각은 하고 있었지만 이렇게 빠른 시일 안에 이루어질 줄은 몰랐다.

"안녕하셨습니까, 어르신."

강진이 공손하게 허리를 숙이자 기수가 고개를 끄덕였다. 십 년 전에 딱 한 번 본 얼굴이었지만 기억 속에 내내 또렷하게 저장되어 있던 사람이었다. 흐뭇하면서도 어쩐지 마냥 이 만남에 즐거워할 수만은 없는, 어떤 회한 같은 감정들이 북받치는 것 같았다.

"아, 내 정신 좀 봐. 어서 앉으시게."

강진을 얼른 빈 테이블로 안내한 기수는 살짝 곤혹스러운 얼굴로 망설이며 입을 열었다.

"차라도 한 잔…… 아…… 여긴 싸구려 커피뿐인데. 가만, 이 근처에 커피숍이 어딨더라."

"국밥 한 그릇 말아 주십시오. 먹고 가겠습니다."

엉덩이를 들썩거리며 강진에게 어울릴 만한 장소와 차를 속으로 고민하고 있던 기수는, 그의 의외의 말에 의자에 몸을 고정시켰다.

"아…… 그럴 텐가? 민우야! 뭐 하고 있냐. 빨리 준비해."

강진에게서 눈을 떼지 않는 기수가 주방 쪽으로 외치자 '예.' 하는 떨떠름한 민우의 대답이 들려왔다.

"내달에 서희와 결혼식을 올릴 생각입니다."

차분하게 꺼낸 강진의 말에, 기수는 멈칫하면서도 올 것이 왔구나 인정하며 고개를 조용히 끄덕였다.

"아…… 그래. 그렇게 되었군. 그래야지."

"그래서 어르신께 부탁 한 가지 드리러 왔습니다. 결혼식 때 서희와 함께 입장해 주십시오. 부탁드립니다."

"······내가?"

강진의 부탁은, 오늘의 만남만큼이나 의외였다. 서희를 딸처럼 거두긴 했으나 결혼식에 함께 입장까지 한다는 것은 어쩐지 오랜 지기에게 미안하고 염치없는 일 같아서 말을 아꼈다.

"네. 충분히 그럴 자격 되십니다."

하지만 굳건한 확신을 품고 제게 그렇게 말을 해 주는 강진을 보면서, 마음이 조금씩 흔들렸다. 누구보다 서희의 앞날을 축복해 주고 싶은 마음. 친부모 못지않은 정으로 키웠다고 감히 자신 있게 말할 수는 없지만 적어도, 축하는 해 주고 싶은 마음이었다. 기수는 입술에 살짝 문 미소로 내도록 듬직한 강진의 얼굴만 바라보고 있었다.

"세상에나······ 연예인 같아."

민우는 홀에 있는 강진을 바라보며 감탄 섞인 찬사를 늘어놓고 있는 선영의 옆구리를 홱 밀어 버렸다.

"아얏! 왜 이래요?"

덕분에 선영은 싱크대 모서리에 부딪힌 골반을 손으로 슬슬 문지르며 민우를 팩 쏘아보았다.

"뭐요? 연예인?"

"너무 잘생겼잖아요. 되게 부티 나 보이는데 아저씨랑 어떻게 아는 사이일까."

"신경 끄고 밥이나 말아요."

"으휴. 나도 안구정화 할 권리는 있는데 말이죠."

선영은 민우의 아래위를 열심히 훑으며 내심 강진과 비교하고 있으니 입 다물어라, 라는 표정으로 일관했다. 도대체 당신은 봐 줄 데라곤 눈을 씻고 찾아봐도 없는 남자, 라는 사실을 알고나 있 냐, 라는 표정도 잊지 않았다. 입술을 삐뚜름하게 비튼 채로 자신 의 옆을 휙 지나치는 선영을 째려보며 민우는 바닥까지 뭉개져 버 린 자존심을 콧김으로 대신 씩씩 뿜어냈다.

"저 여자가 진짜."

서희에게 품었던 마음에 대한 미안함이 생겨 차마 홀로 나가지 도 못하고 있는데 별 여자가 다 신경을 거슬리게도 한다. 민우는 잔뜩 굳은 얼굴로 뚝배기에 국물을 퍼 담았다.

또 다른 일상의 단면. 사람과의 부대낌 속에서 인연을 만들어 가고 감정을 배워 간다. 그것은 또 하나의 낙원이었다.

기수의 가게를 나온 강진은 주차해 둔 차에 올라탔다. 서희에게 전화를 하기 위해 핸드폰을 꺼내는 손길이, 그 순간에 울리는 신 호음에 의해 통화 버튼을 누르는 쪽으로 방향이 바뀌었다.

"네."

—강진아.

강 실장의 음성이 건너오자 강진은 손가락으로 미간을 문지르며 나지막이 한숨을 쉬었다. 그 날 사고 이후 처음이었다. 깨어나지 않았던 나흘 동안 강 실장이 병원에 주로 다녀갔다는 얘기를 서희 를 통해 듣긴 했지만 음성으로 대화를 나누는 일은, 여전히, 서로가 불편한 일이었다.

"네. 말씀하세요. 강 실장님."

—사장님께서 너한테 아무 말 하지 말라고 하셨는데, 그래도 해야 할
것 같아서.

"무슨 일입니까."

핸드폰 너머, 강 실장의 음성 주변으로 소란스러운 소리들이 함
께 흘러나오고 있는 것을 그제야 들었다. 사람들의 말소리와 더불
어 안내멘트가 울림처럼 퍼지고 있었다.

—지금 공항이야. 한동안 로마에 가 계시겠대. 나도 동행하기로 했다.

잠시 그는 눈만 껌뻑거렸다. 수찬에 대한 일을 전해 듣자, 그날
차에 부딪힌 자리가 다시금 욱신거리며 쑤셔 오는 것 같아 통증에
눈살을 찌푸렸다. 결국 이것이 수찬의 선택이라는, 아픈 결론이 희
미하게 생각의 귀퉁이를 점령했다. 한동안 대답이 없자 '강진아.
듣고 있니?' 라며 강 실장이 물어왔으나, 강진은 팔에서부터 전해
지는 욱신거림 때문에 입을 열 수가 없었다. 등골로 땀이 흐르고
안색이 창백해질 때까지 입술을 떼지 못한 그는 결국 그대로 통화
를 끝낸 채로 좌석에 머리를 기댔다. 가쁜 숨을 몰아쉬며 팔을 주
물렀다. 이 통증은 외상에 의한 것이 아니라, 감정에서부터 비롯된
것임을 모르지 않는다. 그래서…… 더욱 견디기가 힘들었다. 수찬
을 향한 여러 가지 복합된 감정들이 해결되지 못한 채로 미진하게
남아서 더 그랬다.

"후우……."

가슴에 무겁게 얹힌 감정들을 밀어낸 강진은 결심한 듯 곧장 시

동을 켰다. 핸들을 꺾고 차를 출발시켰다.

"시간이 다 됐습니다. 사장님."

벤치에 앉아 있는 수찬에게 강 실장이 다가왔다. 사람들로 북적이는 공항청사 내부. 이 넓은 곳을 가득 메운 사람들의 표정은 새로운 곳으로 간다는 도전과 기대감, 그리고 들뜸으로 넘쳐 나고 있었다. 의욕과 활기가 곳곳에서 감지된다. 그것은 수찬 본인의 현재 심경과 확연하게 대비되는 것이었다. 씁쓸하면서도 어쩔 수 없는 처지임을 알면서도 한 가닥 기대는 저버리지 않고 있었다.

"그래."

지팡이를 짚고 일어선 수찬은 고개를 돌려 뒤를 돌아보았다. 자신이 떠난다는 말을 절대 강진에게 하지 말라, 강 실장에게 일러두긴 했으나, 어이없게도 들러붙어 있는 한 줌 미련이 사라지지 않고 있었다. 행여 강진이 올까, 염치없는 바람을 헛되게도 가지고 있었다. 헛웃음을 삼키며 강 실장의 부축을 받고 게이트 쪽으로 걸음을 옮겼다. 씁쓸함을 담은 발길에 한숨을 묻었다.

하지만.

"아버지."

몇 보 나간 걸음이 돌연 멈춰지고 수찬의 몸이 저절로 뒤를 향했다. 옆에서 강 실장이 '강진아. 왔구나.' 라며 반갑게 맞이하는 소리조차 귀에 들리지 않았다. 정장을 정갈하게 갖춰 입은 강진의 모습에 수찬은 잠시 목구멍으로 올라오는 뜨거운 덩어리를 힘겹게 삼켜야만 했다.

"괜한 짓을 했군. 강 실장."

굳이 묻지 않아도 강 실장이 연락을 했으리라는 짐작에 그렇게 말이 나갔지만, 속에서 치미는 여러 감정들이 수찬을 뒤흔들었다. 지팡이를 잡은 손이 하얗게 창백해지도록, 꽉 쥐었다.

"좋아 보이니 다행이구나."

수찬이 겨우 목소리를 끌어내고 있는 것을 잘 알고 있는 강진이 그에게 한 걸음 다가섰다.

"결혼식 때, 들어오십시오."

둘의 시선이 허공에서 맞물렸다. 지난 시간들에 대한 반추가 담겨 있는 눈빛들이었다. 수찬이 고개를 끄덕였는지 어땠는지, 강진은 확실히 알 수 없었다. 그저⋯⋯.

"그때, 대답을 안 해 주셨습니다."

아이처럼, 다시 한 번, 확인하고 싶은 것에 대해 입을 열기만 했다.

"저를 키우시면서 단 한 번도 행복하셨던 적, 없으세요?"

흔들리는 손. 흔들리는 눈동자. 까만 수찬의 눈동자가 짧게 흔들리는 것을 강진은 지켜보았다. 그것은 비단 반드시 확인을 해서 마음이 편하고 싶은 심정 때문만은 아니었다. 사랑에 대한 상처 때문에 모진 인생을 살아올 수밖에 없었던 수찬이, 어느 한순간이라도 행복했던 적이 있기를. 그간 보여 주었던 모습이 전부가 아니기를. 바라는 마음이 더 컸다. 그리고.

"있었다."

아주 작게, 허공으로 빨려들어 갈 듯이 내뱉은 수찬의 대답에,

강진은 엷은 미소를 지어 보였다.

"됐습니다. 그거면."

젖은 음성으로 수찬의 손을 잡았다. 그가 먼저 내민 손을, 수찬
도 꽉 쥐었다. 됐다. 그거면 된 것이다. 앞으로 살아가는 데에 조
금은 힘이 될 것 같았다.

물기가 젖어 있는 수건을 털어 내듯,
낙원에 묻은 고통을 쓸어 낸다.
이방인이 걸어온 자욱마다
저벅저벅 나타나는 행복 한 줌에.

❖

"몸은 괜찮아?"

수찬을 보내고 주차장으로 돌아온 강진은 시계를 확인하며 서희
의 번호를 눌렀다. 오후 회의 시간까지 앞으로 한 시간. 그사이에
연인의 얼굴을 잠시라도 봐야 이 서글픈 가슴이 진정이 될 것 같
았다. 수찬의 뒷모습에 내내 꽂혀 있던 아픈 눈이 나시 행복해질
것 같았다.

―그럼요. 이래 봬도 통뼈⌐요. 병치레 한 번 안 하는 건강미도 갖추
고 있답니다.

웃음소리와 함께 들려온 서희의 말에 강진 역시 빙긋, 웃었다.

"지금 뭐 해?"

―점심 먹고 지하 홀에 내려가는 길이에요. 오늘 경매 일정이 있거든요.

"······얼굴 보고 싶었는데 역시 안 되겠군."

―아, 그랬어요? 아쉬워라. 그래도 안 돼요. 이따 저녁에 집에서 만나요.

바쁜 서희와 지금 만나는 것은 역시 불가능한 일인 것 같아 허탈한 한숨이 내쉬어졌다. 강진은 다시금 공항 건물로 고개를 돌렸다. 지금쯤 수찬은 비행기에 몸을 실었을 것이다. 비행기가 날아가는 길이 부디 안전하기를 바라며, 강진은 시선을 내렸다. 전방을 응시하다가 핸들을 손가락으로 툭툭 건드려 보았다. 시동을 거는 손길에는 아까와는 달리 힘이 들어가 있었다.

❖

통화 종료 버튼을 누르고 계단을 뛸 듯이 내려가던 서희는 아차, 하는 생각에 뜀박질을 멈추고 배를 슬슬 문질렀다.

"아가야. 괜찮니? 미안해. 마음이 급해서 뛰어가는 실수를 저질렀어. 미안해."

몇 번이고 미안하다는 말을 하며, 아기를 달래듯 배를 문질러 보았다. 아직 형체도 심지어 어떤 느낌도 전해지어 않았지만, 기분 탓인지 무언가 아기와 연결이 되어 있다는 유대감이 계속하여 느껴졌다. 묘한 기대. 이어지는 설렘. 자신을 둘러싼 모든 것들이 제자리를 찾아 가고 있다는 생각에 미소를 지은 서희는 문득 창밖을 내다보았다. 내리치는 햇살을 홀로 다 받고 선 채로 그 자리에 제법 오랫동안 머물러 있었다.

경매는 바야흐로 초반을 지나 중반으로 접어들고 있었다. 투자의 명목으로 그림을 사들이려는 졸부들이 저마다 눈을 빛내며 쌍안경을 통해 고가의 작품들을 찾고 있었다. 전광판의 숫자에 황색 불이 들어올 때마다 여기저기에서 번호판이 위로 획획 들려졌다. 특별 경매가 아닌 일반 경매에 속하는 오늘. 그녀의 8회차 자리였다.

"다음 작품은 〈무화과〉입니다. 서면 응찰 일천만 원부터 시작합니다."

헤드마이크를 통해 서희의 또렷한 음성이 퍼졌다. 스텝 두 명이 커다란 액자 그림을 무대 중앙으로 날라 왔고 이어서 전광판에서 2천만 원이라는 숫자가 불빛으로 껌뻑거렸다. 젊은 신인 작가의 작품이지만 탄탄한 기본기를 갖추고 있어 호사가들 사이에선 꽤나 이름이 나 있는 유화였다. 곳곳에서 들리는 번호판들을 일일이 호명하며 가격을 띄운 서희는 최종 낙찰가를 발표하며 봉을 내리쳤다.

"〈무화과〉 2천만 원에 최종 낙찰합니다."

중앙에 있던 액자가 스텝들에 의해 치워지고 이내 다음 작품이 단상에 올랐다. 액자의 위치를 체크하고 스텝과 눈짓으로 오케이 사인을 주고받은 서희는 헤드마이크를 재차 고정시키고 입을 열었다.

"〈청춘〉 칠백만 원에 응찰……."

고개를 든 서희가 객석으로 시선을 던진 순간, 또렷이 울리던 그녀의 말이 중간에서 흐려지다 이내 멈춰졌다. 부드러운 바람이 이마를 간질이는 것 같아 그녀는 절로 미소가 지어졌다. 동해에서의 그 날처럼, 그가 쌍안경을 눈에 대고 그녀를 바라보고 있었던 것이다. 여전히 시선을 사로잡는 빼어난 존재감으로 그가, 와 있었다. 망막에 새겨져 영원히 잊히지 않는 그날의 모습으로 그가, 그녀에게 와 있었다.

그가 액자를 살피는 듯하다가, 이내 쌍안경을 서희에게 고정시켰다. 그 아래로 절묘하게 어우러지고 있는 그의 입술이 서희의 모든 것을 보듬어 줄 것처럼, 환한 미소로 늘어나고 있는 것이 보였다. 가슴에 따뜻한 물이 번져 드는 것 같았다. 어디에 있어도, 무슨 일을 해도, 항상 그녀에게만 꽂혀 있는 그의 시선. 그녀가 살아야 하는 이유이자, 사랑해야 하는 이유였다.

비와 눈이 지나간 낙원의 자리에
이방인이 데리고 온 봄이 머문다.
일찍 다가와 빨리 사라져도
흔적만은 새록새록.

에필로그

1년 후. 이탈리아 북부 밀라노 시 근처의 포 강(Fiume Po) 유역.

루가노 호수(Lago di Lugano) 가에 위치한 수찬의 개인 빌라
는 롬바르디아의 평원에 내리쬐고 있는 5월의 햇빛을 혼자서 다
받고 있는 양, 변함없이 화려한 외관을 자랑하고 있었다. 길 가던
사람들도 한 번쯤 뒤돌아볼 법한, 현대와 고대의 건축 양식을 적
절하게 섞어 지은 빌라는 이 작은 마을의 이름난 명소이기도 했
다. 쪽빛 호수가 바람의 방향을 따라 잔잔한 파동을 일으키며 넘
실거렸고, 호수를 둘러싼 산은 초록빛 녹음이 가득했다.

2층에 있는 넓은 홀의 좌측 테이블에 홀로 앉아 있던 수찬은 전
면 통유리를 통해 호수 건너편에 있는, 스위스령의 모르코테 마을
의 정경에 눈을 두고 있었다. 치열함만이 들어차 있던 눈빛은 어
느새 시간의 흐름을 흡수하여 제법 여유와 평화가 느껴졌다. 늘

불안감을 달고 있던 마음도 더없이 차분해졌고, 작고 사소한 일에 기뻐할 줄도 아는 감정적인 흐름마저도 생겼다.

테이블 옆, 조그만 선반에 놓인 두 개의 시계 중 하나가 숫자를 넘기며 정오를 알렸다. 이어 바로 옆에 있는 시계도 숫자판이 돌아가며 저녁 7시 정각을 가리켰다. 정오를 알린 시계는 이탈리아 시각이고, 바로 옆에 있는 시계는 한국 시각이다. 수찬은 한국의 시각을 알려 주고 있는 시계를 잠시 보다가 이내 벽 쪽으로 고개를 돌렸다. 강진과 서희의 결혼사진과 이제 4개월 된 손자 동주의 사진이 크게 확대되어 걸려 있었다. 두 개의 사진을 번갈아 보던 수찬의 얼굴에 엷게 미소가 번졌다.

"사장님. 강 실장님이 도착했습니다."

계단을 올라오는 구둣발 소리는 강 실장의 밑에서 일하고 있는 그의 두 번째 비서였다. 밀라노의 유명 의류 회사인 F&T와 새롭게 손을 잡은 수찬의 사업 분야를 강 실장이 보좌하고 있다면, 이 젊은 비서는 수찬의 생활적인 부분들을 담당하고 있었다. 그는 한국인 패션 디자인 유학생으로서, 수찬이 특별히 그 의류 회사의 디자이너로 들어갈 수 있게 그의 공부를 도와주고 있었다.

"아. 그래. 알았네. 바로 식사할 수 있도록 준비하고."

"알겠습니다."

수찬의 얼굴이 오늘 더욱 특별히 환한 이유는 따로 있었다. 이곳에 정착한 후 강 실장이 처음으로 그에게 여자를 소개시키기로 한 것이다. F&T의 고문 디자이너이자 한국에서도 패션 디자이너로 제법 유명한 김인영이라는 여자였다. 지난해 겨울, F&T의 연

말 파티에서 처음 만났을 때엔 기가 너무 세고 도도하여 여자로서 매력이 느껴지지 않는다며 고개를 설레설레 젓던 강 실장이, 그후 딱 1개월 만에 김인영의 사진을 핸드폰에 저장시키는 지경에까지 이르렀다.

마흔이 넘도록 여자를 만날 생각도 하지 않은 채 제 곁에만 있어 온 이였기에, 강 실장의 이런 일탈이 처음엔 생소했지만 수찬은 곧 받아들였다. 이것은 일탈이 아니라 강 실장의 인생이라는 것을. 강 실장이 인영에게 그를 '아버지나 다름없는 분'이라 소개했다는 말을 들은 후부터였던 것 같다. 이십 대 후반, 아직 삶을 논하기엔 젊고 어린 나이에 당당하게 자신을 소개하며 그의 밑에 들어오기를 희망했던 그때를 떠올리자, 수찬의 만면으로 추억의 그림자가 빛을 드리우며 짧게 지나쳤다.

'강규태입니다. 사장님 밑에서 일을 배워 보고 싶습니다.'

강규태. 그래, 강 실장에게도 이름이 있었지. 수찬은 미소가 번진 얼굴로 손가락으로 테이블을 툭툭, 치다가 계단을 올라오고 있는 발소리에 자리에서 일어났다. 강 실장이 인영을 에스코트하며 2층에 도착했다. 하얀색의 시폰 원피스에 검은색 벨트로 마무리한 인영의 차림새는, 사방에서 햇빛이 모여들고 있는 2층 홀을 한층 더 눈부시게 만들었다.

"안녕하셨어요? 사장님? 연말 파티에서 뵙고 처음이죠?"

인영은 특유의 도도하고 자신감 넘치는 미소로 수찬을 향해 손을 내밀었다. 시원시원하게 웃고 있는 인영의 손을 맞잡으며, 수찬역시도 환하게 웃어 보였다.

"그렇군요. 어서 앉아요. 오늘은 특별히 한국에서 요리사를 공수해 와서 점심을 준비했습니다. 재료도 모두 한국에서 직접 가져왔지요."

"어머나. 좋아라. 밀라노 한국 식당에서 가끔 한국 음식을 먹긴 하는데 이렇게 한국에서 직접 요리사까지 오다니. 놀랍네요."

"기대하셔도 좋을 겁니다. 김 선생."

"감사해요."

어깨까지 으쓱하며 기분 좋은 웃음으로 일관하고 있는 인영의 허리를 강 실장이 살짝 끌어당기며 의자를 권했다.

"앉아요."

"고마워요."

인영, 수찬, 강 실장이 차례로 의자에 앉자 제2비서가 1층에 있는 주방으로 다급히 내려갔다. 손가락을 깍지 끼고 턱을 괸 채로 2층 홀 내부를 눈으로 둘러보던 인영은 벽에 붙어 있는 액자 두 개에 시선을 꽂았다.

"저 사진은······."

인영의 시선을 따라 강 실장과 수찬도 벽 쪽으로 고개를 돌렸다.

"제 아들 부부입니다. 그 옆은 손자구요."

"그러시구나. 부부 내외의 외모가 상당하네요. 언제 한번 다 같이 만나서 식사라도 했으면 좋겠어요."

한참을 액자만 보고 있던 인영이 갑자기 무언가 생각난 듯 옆에 앉은 강 실장에게로 고개를 홱 돌렸다. 의미심장한 얼굴을 그의 귓전에 바짝 갖다 댔다.

"아! 혹시, 당신 나한테 그걸 부탁했던 이유가……."

"그건 나중에 얘기해요."

인영이 하고 싶은 말이 무엇인지 잘 아는 강 실장은 수찬의 눈치를 보며 얼른 그녀의 입을 막았다. 수찬이 왜 그러냐는 얼굴로 돌아보았지만, 강 실장은 이내 잘 단련된 포커페이스답게 표정을 싹 지웠다.

식사가 마련될 때까지, 빌라 아래에 있는 정원에서 호수의 사진을 찍겠다던 인영은 준비해 온 소형 카메라를 들고 정원 구석구석을 돌아다니고 있었다. 롬바르디아의 평화로운 일상 같은 그 모습을, 2층 홀의 통유리 앞에 선 수찬과 강 실장은 마음껏 만끽하고 있었다. 지팡이를 앞으로 옮겨 두 손으로 꼭 쥔 수찬은, 정원에서 눈을 떼고 멀리 호수 너머의 고원으로 아득한 시선을 던졌다. 그 옆 선을 가만히 바라보던 강 실장이 입을 열었다.

"어제 한국으로 선물을 하나 보냈습니다."

"어떤?"

"글쎄요. 그건 비밀입니다. 그냥 제가 보내고 싶어서……."

수찬은 입술 끝에 엷은 미소를 드리웠다. 가끔, 두 달에 한 번 정도. 강 실장이 강진에게 선물을 보내고 있다는 것을 알고 있었다. 동주의 장난감부터 시작하여 값비싼 화장품까지. 선물의 종류와 가격은 천차만별이었다. 선물을 보내고 일주일 후면 으레 강진이나 서희 쪽에서 강 실장에게 연락이 온다. 잘 지내냐고. 선물 잘 받았다고. 수찬은 그것이 자신을 향한 두 아이들의 메시지임을 모르지 않았다.

"서희 몸은…… 이제 완전하게 회복되었다던가."

"동주 낳고 넉 달이나 지났잖습니까. 회복이 되고도 남을 시점이지요."

고개를 끄덕인 수찬은 루가노 호수로 시선을 던지며 혼잣말처럼 중얼거렸다.

"첫 걸음마를 하려면 아직 더 남았군."

아마도 강진의 첫 걸음마 때를 떠올린 것이리라. 수찬이 살아오면서 유일하게 웃었던 기억인 그때를. 결혼식 때 들어오라던 강진의 말도 거절한 채로 이곳에서 일 년을 보낸 수찬은, 서희에게 산고가 찾아오고 해산을 위해 산부인과로 갔다는 소식을 강진에게서 들었던 그 날, 잠도 이루지 못한 채로 한국에서 빨리 소식이 날아오기를 기다렸다. 떨어져도 떨어져 있는 것이 아니었다.

"동주 사진 한 장 더 찍어서 보내라고 해."

멀리 있어도 떨어져 있는 것이 아니었다. 수찬의 마음이 한시도 한국에서, 강진에게서 떠나지 않고 있다는 것을 강 실장은 잘 알고 있었다.

멀리 루가노 호수에 한 무리의 새들이 내려앉았다. 고요한 파장. 잔잔한 진동이 마음마저 평화롭게 만드는 5월의 어느 날이었다.

"소포 왔어요. 사장님."

임씨가 식탁에 내려놓은 상자는 세로로 긴 커다란 상자였다. 상자의 표면. 왼쪽 귀퉁이에 조그맣게 쓰인 글자를 내려다보며 강진은 손에 들고 있던 찻잔을 내려놓았다.

또박또박 써져 있는 이탈리아어로 된 주소 아래, 눈에 익은 '안토니오'라는 이름. 수찬 내지 강 실장이 보내온 선물이라는 것을 알고 있는 그의 눈이 일순 빛을 내며 훈기가 감돌았다. 강진은 상자를 감고 있는 붉은색의 리본을 풀고 조심스레 뚜껑을 열었다. 상자의 안에는 아기 옷 두 벌과 함께 아이보리 색의 시폰 소재 드레스가 잘 개켜져 있었다. 구석에는 드레스에 어울릴 만한 코사지도 함께 놓여 있었다.

강진은 그간 이탈리아에서 보내온 선물과는 조금은 다른 종류에 고개를 갸웃하며 아기 옷 한 벌을 들어 보았다. 소매 부분에 조그맣게 수놓인 검은색의 글자가 그제야 눈에 띄었다.

Handmade by In-Yeong

"인영……."

강진은 글자를 따라 읽고는 그래도 풀리시 않는 의문에 주머니에서 핸드폰을 꺼냈다. 강 실장에게 전화를 걸어 볼 생각이었다. 하지만…….

"에구머니나. 우리 동주가 응가를 했구나. 아잉. 우리 도련님, 응가 냄새 풀풀 나쪄여?"

거실에서 들려온 임씨의 말에 강진은 서둘러 핸드폰을 끄고 그쪽으로 발길을 돌릴 수밖에 없었다. 햇빛 좋은 일요일 오전. 방에만 갇혀 있던 동주에게 빛을 쏘여 준다고 흔들침대에 눕힌 채로 데리고 나온 임씨가 새 기저귀를 손에 들고 있었다.

"제가 하겠습니다."

침대 옆에 앉은 강진은 임씨의 손에서 기저귀를 옮겨 쥐고는, 울고 있는 동주를 달래기 위해 상반신을 살짝 들어 올렸다.

"아…… 뭐. 그러세요."

하여간 못 말린다니까. 임씨는 강진의 옆얼굴을 훔쳐보며 고개를 설레설레 저었다. 동주의 일이라면 자다가도 벌떡 수준이 아니라, 아예 잠을 자지 않아 버리는 이 댁 주인의 열성에는, 임씨도 두 손 두 발 다 든 지 오래였다. 태어나기 전부터 육아 책을 손에서 놓질 않더니, 기어이 연륜과 경험으로 무장한 임씨 본인까지 위협할 만한 초고수의 실전 실력을 선보이고 있는 것이다. 행동 하나하나는 또 얼마나 섬세하고 꼼꼼한지. 이 댁 사모는 남편 하나 정말 기막히게 만났다니까. 실긋, 웃고 임씨는 주방으로 돌아갔다.

"최동주. 일요일인데도 엄마가 없다고 지금 반항하는 거야?"

강진은 잘 눕힌 동주의 두 다리를 허공으로 들어 올리고 기저귀를 새로 갈아 채우기 시작했다. 능숙한 솜씨에 동주 역시 꺄르르 웃었다. 강진은 쾌적해진 느낌에 다시금 잠을 자기 위해 새록새록 눈을 감는 동주를 빤히 내려다보곤 볼을 가볍게 툭 쳤다.

동주의 탄생으로 이 저택의 생활 사이클도 상당 부분 바뀌게 되었다. 우선, 일주일에 세 번 출근하던 임씨는 매일 쉬지 않고 출근하여 동주를 보는 일도 함께 하게 되었고, 강진과 서희가 일이 바쁜 날엔 이 저택에서 밤잠을 자는 일도 다반사였다. 밤과 낮이 뒤바뀌어 생활의 균형이 무너진 적도 많았지만 강진과 서희, 두 사람은 지금까지 잘 견디고 잘 해내고 있었다.

잠이 든 동주의 얼굴을 바라보던 강진은 소파에 앉았다. 주머니에 든 핸드폰이 진동으로 흔들리자 집어 든 그는, 행여 동주가 깰까 얼른 거실 창가 쪽으로 자리를 옮겨 받았다.

─저예요. 동주는요?

서희. 문화옥션 일 때문에 현재 부산에 내려가 있는 그녀는 내일모레 밤이나 되어야 올라올 예정이었다. 5월의 햇빛 속에 싱그럽게 자라고 있는 정원의 잔디에 눈을 둔 강진은 입술 끝에 흐린 미소를 올렸다.

"아들 먼저 챙기기야? 남편은 뒷전이다 이거지?"

─에이. 그럴 리가요. 유서희에게 가장 첫 번째는 누구보다 최강진, 당신이죠.

"말로만?"

─그럼. 뽀뽀라도 해 드려요?

"너무 약한데, 그건. 오늘 밤 시간을 전부 다 준다면 몰라도."

─아…… 저도 그러고 싶죠. 하지만…….

창문을 살짝 여니 더운 기운을 머금은 바람이 살짝 그의 머리칼을 흔들었다. 훈풍에 눈을 감았다. 목소리만으로도 그를 늘 허기지게 만드는 아내가 바로 옆에 있는 것 같은 착각이 인다.

"너무 굶었어. 지금 당장 먹어 치우고 싶을 정도야."

—으음. 다음 달에 이탈리아에 가려면 지금 부지런히 일을 끝내야 한다구요.

다음 달. 서희의 제안으로 수찬이 있는 그곳에 함께 가기로 했다. 결국 결혼식에도 오지 않았던 수찬이, 그들이 보내 준 동주의 사진 한 장에 너무 기뻐한다는 강 실장의 말을 들은 탓이었다. 넉넉잡아 일주일 정도의 일정으로 생각하고 있으니 서희의 상황을 이해해 줄 수밖에 없었다.

여전히 한국 최고의 갤러리로 칭송받고 있는 서진 갤러리의 이사인 그 역시도, 이탈리아 여행을 위한 일정을 빼기 위해, 내일부터 미리 많은 일들을 해치워 놓아야 했다. 통화를 끝낸 강진은 잠시 핸드폰을 내려다보다가, 아까 못한 강 실장과의 통화를 위해 다시금 버튼을 눌렀다.

"접니다. 선물 받았어요."

—그래? 빨리도 도착했구나. 서희하고 동주 거야. 사이즈도 아마 잘 맞을 거다. 그거 만든 사람 눈썰미가 워낙 대단해서 사진만 보고도 키하고 허리둘레 같은 걸 짐작하더라니까.

강 실장의 목소리가 평소답지 않게 살짝 들떠 있는 것을 눈치챈 강진은, 그 이유를 수놓인 글자 속 이름과 어렵지 않게 연관 지을 수 있었다.

"누가 만든 겁니까?"

—나랑 결혼할 여자야.

한참 만에 들려온 대답에, 강진의 입매가 깊은 미소로 늘어났다.

"축하, 드립니다. 그리고 내달에 서희 데리고 거기 갈 생각이라고 아버지께 전해 주세요."

—여길?

"네. 놀라게 해 드리려고 미리 말씀 안 드릴 생각이었는데……
서희가 그러자고 했습니다. 그래서 강 실장님께 말씀드린 거 서희
가 알면 저 혼나요. 그러니까 우리가 그곳에 도착하면 의외라는
표정을 잘 지으셔야 합니다."

—하하하. 알았어. 염려 마. 사장님께도 말씀드려 놓을게. 아주 좋아하
실 거야.

처음 들어 보는 강 실장의 웃음소리였다. 아마도 사랑, 이라는
것으로 마음에 한층 여유가 생긴 탓이라 여겨졌다. 건너편에서 별
다른 말이 없기에 그대로 통화를 끝내려 하던 그의 귓전으로 잠시
주저하는 강 실장의 부름이 들렸다.

—강진아.

"네."

—동주 말이다. 태몽을…… 사장님께서 꾸셨다. 이태리로 오기 며칠
전에.

그저, 환청 같았다. 혹은 바라고 또 그리던 일이 이루어졌다는
막연한 가슴 벅참일지도 몰랐다. 입가에 흐르고 있는 이 표정이
웃음인지 아니면 서글픔인지도 알 수 없었다. 그저 그는, 눈에 비
친 정원의 잔디가 임씨가 뿌린 호스의 물에 의해 물빛으로 변해
가고 있는 것을 바라보기만 했다.

그날 밤, 동주의 침대를 옆에 둔 채로, 잠시 침대에 누워 잠이

들었던 강진은 그 짧은 순간에 꾸었던 꿈 때문에 번쩍 눈을 떴다. 어둠이 내려앉은 사위. 협탁 위 스탠드에서 뿜어지는 약한 불빛에만 의지한 방 안은 꿈속과는 달리 평화롭기 그지없었다. 이마로, 얼굴로, 땀이 흘러내리고 있었다.

꿈속의 그. 아기였다가 아이였다가 중학생이었다가 스무 살이었다가. 시간의 흐름에 따라 변하던 그 자신이, 서희를 처음 만난 순간으로 돌아가 있었다. 그들이 헤어졌던 그 순간, 버스에서 방금 막 내린 서희를 도로 건너편에서 바라보던 그 순간으로 돌아가 있었다. 하지만 꿈이 그날과는 조금은 달라진 이유는, 눈발 흩날리던 그때에 그의 곁에 다가와 눈물을 흘리며 잘못했다, 말하는 수찬의 얼굴이 나타난 때문이었다.

강진은 눈을 감았다. 꿈은 그의 온몸을 쑤시게 만들었다. 아프게 울던 수찬. 제 손을 잡던 그 온기가 꿈에서 깨어난 지금도 사라지지 않고 있는 것 같다.

서희. 네가 필요해.
내 이마를 닦아 줘.

강진은 간절하게 그녀의 이름을 불렀다. 그러자 환청인지 상상인지, 살짝 방문 여는 소리가 들리더니 이내 누군가의 발소리가 희미하게 들려왔다. 그리고…….

"왜 이렇게 땀을 흘려요."

귓전을 두드리는 음성. 이마로 전해지는 익숙한 손의 느낌. 강진은 천천히 눈을 떴다. 스탠드 불빛에 흐리게 드러난 얼굴은 서희였다.

"너……."

"당신이 보고 싶다는데, 내가 당연히 와야죠."

동주가 깰까 속삭이듯 말하는 서희는 웃고 있었다.

꿈이 아님을, 이마를 짚고 있는 그녀의 체온이 말해 주고 있었다. 아직 찬 기운이 묻어 있는 서희의 몸을 그대로 끌어당겼다. 입술을 맞댄 그는, 꿈에서의 서글픔을 모두 밀어내고 그 틈을 서희로 가득 채웠다. 서희의 눈동자. 서희의 입술. 서희의 젖가슴. 서희의 아름다운 향으로 구석구석을 빠짐없이 메웠다. 매 순간 그의 고통을 위로해 주었던 나긋나긋한 존재가 그의 품으로 다시 감겨들었다. 강한 포옹으로 숨통이 조여드는지 그녀가 크게 호흡을 했지만, 아랑곳하지 않은 강진은 입술로 서희의 얼굴을 애무하기 시작했다.

밤이 시작되었다. 허기가 풍요로 바뀔 밤이.

-The end

낙원의
이방인

초판 1쇄 찍음 2012년 10월 15일
초판 1쇄 펴냄 2012년 10월 23일

지은이 | 반　해
펴낸이 | 정　필
펴낸곳 | 도서출판 **뿔미디어**

편집장 | 이재권
기획 · 편집 | 손수화
편집디자인 | 이진선
관리 · 영업 | 김기환, 임순옥

출판등록 | 2002년 9월 11일 (제1081-1-132호)
주소 | 부천시 원미구 상3동 533-3 아트프라자 503호 (우)420-861
전화 | 032)651-6513 / 팩스 | 032)651-6094
E-mail | dahyangs@naver.com
카페 | http://cafe.daum.net/dahyangs
값 9,000원
ISBN 978-89-6639-985-7 03810

ㄷ
향

사랑, 그 설렘에 취하고 향기에 물들다.

ㄷ
향

사랑, 그 설렘에 취하고 향기에 물들다.